해방 이후
동인지문학

한국문학사와 동인지문학 2

**해방 이후 동인지문학** 한국문학사와 동인지문학 2

**초판발행** 2025년 2월 25일

**지은이** 박주택·유성호·박성준·이형권·송기한·
오형엽·조강석·김태형·최민지·김웅기

**펴낸이** 박성모
**펴낸곳** 소명출판
**출판등록** 제1998-000017호
**주소** 06641 서울시 서초구 사임당로14길 15 서광빌딩 2층
**전화** 02-585-7840
**팩스** 02-585-7848
**이메일** somyungbooks@daum.net
**홈페이지** www.somyong.co.kr

**ISBN** 979-11-5905-526-3 93810
**정가** 25,000원

ⓒ 박주택 외, 2025

KOREAN LITERARY HISTORY
AND LITERARY COTERIE
MAGAZINE

# 해방 이후
# 동인지문학

## 한국문학사와 동인지문학 2

### 박주택 외 지음

# 한국문학의 잡지와 동인지의 통사적 인식

박주택

## 1. 일제강점기 잡지의 결사結社 체제와 동인지문학의 발생

1905년 『황성신문皇城新聞』에 처음으로 등장한 공동체라는 용어는 조선 사회의 일차적 관계를 기반한 전통적 의미에 분화된 이념과 사상의 공통된 지향을 보여주며 근대적 의미로서의 공동체 또한 내포하는 것이었다. 애국계몽기를 거쳐 근대적 공동체 사유를 진전시키고 결집시키는 데 주요한 역할을 했던 것은 잡지였다.[1] 해방 전 조선에서 발행된 잡지의 수는 360여 종에 달하며 해방 이후 좌·우 대립 양상으로 뻗어나간 상황에서 발행한 잡지 또한 200여 종 이상이었다.[2] 잡지는 식민지 조선 사회 전반

---

[1] 잡지를 통해 문학 작품을 발표하기 시작한 것은 구비전승을 통해 적층문학을 형성한 조선 문학의 근대적 이행을 보여주는 것과 동시에 예술의 현실 인식과 가치 지향을 집결시키는 기능으로 강조되었다. 이 점에서 문학을 더 이상 사대부의 흥취와 고급스러운 향유물로 치부하는 것이 아니라 '사회를 구성하는 하나의 체계로 인식'(지크프리트 슈미트, 『구성주의 문학체계이론』, 책세상, 2004, 27~28쪽)하기 시작했다는 점에서 주목을 요한다.

을 살펴보는 일에 있어 동시대적 실천의식의 증좌라 할 수 있다. 잡지나 문예지는 단편적 연구로만 이루어질 수 없고 통시적인 관점이 복합적으로 수행될 때 문학사에 대한 폭넓은 관점을 제공한다. 이는 잡지의 존재가 기록과 원전으로서의 공간에 기반하는 것이기도 하지만 일반적인 서적과 달리 필진과 대중의 교섭이 가능한 형태이자 시·공간을 공유하는 형태라는 특징을 지니고 있는 까닭이다. 또한 잡지·문예지는 내용의 측면에서도 다양한 종류의 식자매체 기반의 예술과 학술적 장르를 수용하고 있는데 이는 조선에서 매체 파급력이 상당했음을 방증한다.

한국문학사에 수용된 계몽주의·국가주의·민족주의·사회주의 등 정치적 이해관계와 시대성을 관통하는 사상에 따라 발생한 주의-ism는 조선의 변증법적 주체 존립의 표상이었던 화용 언어였다. 예컨대 1920년대 경향문학의 좌장이었던 박영희가 『개벽開闢』에 「중요술어사전重要術語事典」을 연재하며 신경향의 대두에 따른 '사회주의'에 대한 개념뿐 아니라 여타의 사상에 대해서도 깊이 있게 논급한 것에 따르면 근대의 산물로서 '주의'에 대한 무분별한 수용을 이행한 것으로만 보이지는 않는다. 이미 사회주의 대립항으로 나열되는 '자연주의'와 '낭만주의'뿐만 아니라 '신자연주의新理想主義', '미래주의', '의고주의Archaism', '희랍주의', '희백래주의', '옵브로모세즘Oblomovism' 등 다양한 '주의'에 대한 탐구와 비판이 동시적으로 이루어지고 있었기 때문이다.

하나의 장을 마련한다는 것은 의미를 (재)구조화한다는 것과 동위를 이

---

2  해방부터 1948년 정부 수립 때까지 알려진 잡지 종류는 188종. 1945년 넉 달 동안 32종, 1946년에 2백 종이 창간되었는데 이해 1월 한 달 동안 무려 22종의 정기 간행물이 선을 보였다. (김병익, 『한국문단사』, 문학과지성사, 2001, 255쪽)

룬다. 이미 형성된 장의 바깥에서 일어나는 무의미 또는 비의미로서의 텍스트가 '사건'의 맹아이고, 이것이 문화적 장 안으로 유입될 때 새로운 의미를 가진다고 할 수 있다.[3] '근대'라는 개념이 없던 조선의 봉건 사회가 개항되고 낯선 의복 차림의 외세가 유입해 들어오면서 조선 사회에 '근대'는 단순한 제도적·문화적 변화 양상이 아니라 하나의 사건이었다. 조선의 자주성을 강조하던 척사파의 논리가 전근대의 상징으로 의미화 되고 임오군란·갑신정변·동학농민운동·갑오경장·을사늑약·국권피탈로 이어지는 근대이행기에 수입된 근대 제도와 문물은 조선의 내·외부를 극렬히 흔드는 사건으로 의미화 되었다. 이 과정에서 조선은 민족의 자주와 근대 신문물의 합일을 통해 애국계몽의식을 고취하게 되었을 뿐만 아니라 문학 또한 새로운 '몸'을 찾는 여정이 시작된 것은 근대문학의 시발점을 알리는 것이었다.[4]

하지만 지금까지의 한국문학 통사는 시대별로 주목했던 주류의 문예사조를 기반으로 특정 시인이나 작가 또는 작품에 치중하여 서술된 바가 없지 않다. 임화의 「개설 신문학사開設 新文學史」에서도 알 수 있듯 '근대'라는 하나의 사건이 조선에 이식됨으로써 형성된 문학이라는 사실과 근대성에 대한 맹목적 추종과 식민지인이라는 성찰적 태도가 뒤얽히면서 조선적 주체의 혼돈을 보여주는 양상으로 나아갔던 것도 부정할 수 없는 사실이다.[5]

---

3   질 들뢰즈, 『의미의 논리』, 한길사, 1999, 25~27쪽.
4   한국근대문학의 시발점을 설정하는 데 있어 다소간의 견해 차이가 있는 것은 주지의 사실이다. 이 글에서는 '근대'라는 사건이 한국문학사에 끼친 양상을 중점으로 당대 잡지와 문예지·동인지가 보여준 담론의 전승과 변화, 단절과 연속이라는 다면성을 강조하기 위해 근대이행기로서의 한국문학이라는 관점을 견지한다.
5   "신문화 이식과 인문 개발의 공간은 역시 새로운 교육제도의 실시와 그 장려로 당시의 모든 층이 일치하여 교육에 대하여 원대한 희망을 부치고 있었다. (…중략…) 개화에 의하여 자주

이에 따라 근대문학의 층위적 파악은 당대 주요 문예사조와 그 문예사조의 타자로 역할 했던 시대상황의 상관관계에 따른 해석으로 점철된다.


## 2. 계몽과 계급 식민지 문단의 단절과 연속

한국 잡지사에서 공통적으로 말하고 있는 잡지로서의 최초의 성격을 지닌 것은 1896년 11월 독립협회가 발간한 『대죠선독립협회회보大朝鮮獨立協會會報』1896이다. 이 잡지는 근대문명과 과학지식을 전파하려는 목적으로 만들어졌다. 이를 통해 외세에 대한 저항과 계몽의 성격을 뚜렷하게 나타냈다. 이는 국권피탈 이후 아동기부터 민족의 계몽의식을 고취시키고자 시도했던 『소년少年』1908, 일본 유학생을 중심으로 근대문학을 발전시킨 『청춘靑春』1914, 『학지광學之光』1914, 종교를 통해 대중성을 확보하고 무단통치기에도 간행을 이어 나간 『신문계新文界』1913, 『반도시론半島時論』1917과 같은 잡지들의 탄생에 영향을 끼쳤다. 이와 같은 잡지들은 일본 잡지인 『조선朝鮮』1908과 『조선급만주朝鮮及滿洲』1912, 『조선공론朝鮮公論』1913 등과 지향을 달리하면서도 조선 내 일본 잡지와의 비교항이 되는 사료로 조선의 근대적 욕망이 어떤 방식으로 특수 지형에서 균열과 조화를 보여주었는지 살피는 방증이 된다. 이에 따르면 조선 잡지의 가장 큰 특징은 '단절'과 '연속'이었다. 다시 말해 식민지라는 특수한 지형에 놓인 이 산물들이 감내해야

가 가능하다면 개화는 실로 신교육에 의하여서만 달성된다는 신념이 상하를 통하여 팽배했던 것이 당시의 공기다"라는 언급에서도 알 수 있듯 자주적 근대화를 이루지 못한 피식민지배 상황에서 조선의 새로운 문학은 그 전제에 이식을 내포할 수밖에 없었다. (임화, 『임화문학예술전집 2-문학사』, 소명출판, 2009, 58쪽)

했던 것은 일본의 감시 아래 자행된 검열과 폐간 조치에 따른 단절성에 따라 후신격 잡지를 지속적으로 등장시키며 그 연속성을 파악하게끔 만든다는 것이다.

활자를 통해 민족을 선도하고 집단적 이념을 구호하는 성격의 기관지와 대중잡지·문예지·동인지 등이 다수 등장하게 되는 과정에서도 잡지 각각의 생명력을 살펴볼 수 있을 것이다. 그 대표적인 예로서 조선에 수용된 낭만주의를 들 수 있다. 그 시작은 3·1운동 이후 일본의 식민전략인 문화통치 체제로의 전환에 따른 언론과 출판계에 자유가 허용되면서부터였다. 『동아일보東亞日報』1920, 『조선일보朝鮮日報』1920 등의 일간지를 비롯하여 동인지 성격으로는 최초인 『창조創造』1919가 발간되었고 『폐허廢墟』1920, 『장미촌薔薇村』1921, 『백조白潮』1922가 연달아 발간되며 낭만주의가 본격적으로 수입되고 산출되었다.

이를 계기로 급속도로 추진된 공화주의와 대중운동은 '공동체전통적 의미'에 대한 강력한 의식이었다. 다시 말해 '민족·우리·국민·공동체·대중·민족성'과 같은 기표들이 등장하였으며 이는 공동체적 근대성을 견인하는 일이었다. 뿐만 아니라 문화통치기 『개벽』은 '민본주의'를 중심으로 세계에 대한 인간의 자주적 인식을 강조한다. 민본이란 인간의 근본적 가치를 의미하는 것이었다. 즉 사회주의 사상과 맞물리며 조선의 공동체가 종교적 표상에서 정치적 표상으로 변화함을 알 수 있는 것으로 이는 박영희가 "우리는 정치적으로 무능할 뿐 아니라 경제적으로 멸망을 당하는 무리"로 민족을 인식하고 있는 데에서도 알 수 있다. 곧 '생활' 조건과 '지성'을 빼앗긴 식민지 주체의 탄식으로 근본적인 공동체를 마련하자는 투쟁의식의 표현으로 전화된다. 조선의 공동체를 '대중'이자 '인민'으로 형상화한 잡지는 『신생활新生活』1922, 『염군焰群』1922, 『사상운동思想運動』1925, 『제삼전선第三戰線』1927, 『현계단現階段』1928, 『비판批判』1931, 『시대공론時代公論』1931 등 20여 종이 넘는 것에서도 알 수 있듯 정치적 공동체에 대한 지대한 관심을 엿볼 수 있다.

공동체주의는 이후 노동항쟁과 사회주의 운동으로 급진하며 계급해방을 목표로 모든 인민이 평등해질 때 민족의 자주권을 회복할 수 있다는 궁극적 메커니즘에 따랐다. 그리고 여기에는 민족의 자주권을 회복하려는 조선의 주체와 그것을 제국에 봉사하는 '국민'으로 수렴시키고자 하는 제국주의 논리가 본격적으로 갈등을 일으키기 시작하며 그 의지를 이어가게 된다. 말하자면 일본의 경우 에도막부의 근세와 메이지 유신 이후 근대의 연속성을 성립시킬 수 없는 사정 가운데 서양이 급진적으로 존재했다. 따라서 근대에 대한 초극론을 앞세운 일본은 대립항으로 서양을 지정했으며 조선을 동양제국의 신민으로 치환하고자 했다. 이로 인해 '내지 / 외지', '중심 / 주변'과 같은 이항대립을 양산하며 주변으로서 조선의 위기는 위기의 공동체와 회복의 공동체의 표상으로 전치되었다. 이러한 투쟁으로서 근대성을 선취하고자 했던 과정은 개인의 심리적 기초에 기반한 공동체에서 역사적 투쟁에 기반한 공동체로 나아갔던 것이다.[6]

---

6  낭만주의는 신경향파 문학의 타자이자 식민지 현실에서 도피하여 자신들만의 감상주의를 내세웠다는 점에서 자의식을 드러냈다. 그렇지만 일본의 낭만주의가 지향했던 상징주의와는 다르게 내재적 장소를 지향하며 식민지 현실에서의 실존 회복을 염원했다는 점에서 낭만주의의 본원을 보여주는 것이었다.

## 3. 1930년대 잡지의 혼종성과 낭만성

1931년 신간회 해산, 1931년과 1934년 두 해에 걸쳐 일어난 카프 맹원 검거 사건, 1936년 공포된 조선사상범 보호관찰령, 1937년 중일전쟁, 1941년 태평양전쟁 등 민족 말살 정치기로부터 파시즘통치기로 나아가는 1930년대는 조선의 문단뿐만 아니라 국내외에 전포되어 있던 민족의 삶을 암흑기로 이끌었다. 그러나 이 과정에서도 문학의 당위적 임무를 조치하였던 문인들은 제2의 동인지기라 부를 수 있을 만큼 다양한 지면 활동을 이어간다. 이광수의 『조선문단朝鮮文壇』1924이 1920년대를 거쳐오는 동안 1930년대 후반 제기된 일본동양 = 전체↔조선 = 부분이라는 도식은 서구 = 전체↔동양 = 부분 담론의 변모였다. '조선적인 것'에 대한 정의가 논의되었던 것 역시 이러한 도식을 통해 독자적인 문화적 차이를 인정받고자 하는 시도였다. 급변하는 시대적 상황 속에서 해당 시기에 대한 다방면적 논의가 적층[7]되면서 김영랑, 박용철이 주도한 『시문학詩文學』1930을 시작으로 서정주, 신석초, 오장환, 윤곤강, 이용악, 이육사 등 신진세대로부터 형성된 제2의 동인지기는 『삼사문학三四文學』1934, 『낭만浪漫』1936, 『시건설詩建設』1936, 『자오선子午線』1937, 『시인춘추詩人春秋』1937, 『맥貘』1938, 『시학詩學』1939, 『시림詩林』1939, 『문장文章』1939[8] 등이 주를 이어갔다. 이 같은 상황은 영미 모더니즘의 수입과 더불어 카프 해산 이후 아나키즘과 아방가르드에 대한 조류가 수용되기 시작하면서 시의 다양한 시도가 일어났고 1920년대 문학의 청산과 조선적 모더니티라는 과제를 이

---

7  박주택 외, 『한국문학사와 동인지문학』, 소명출판, 2022, 3쪽.
8  김기태, 『한국 근대잡지 창간호 연구』, 학연문화사, 2022, 4~5쪽.

중으로 떠안게 되면서 발현한 것이라 볼 수 있다.

　중일전쟁 이후 급속도로 확산된 일본의 전체주의 사상과 그 통치에 따라 조선문단에서 잡지나 문예지를 간행하는 일이 더욱 어려워졌고 이 때문에 폐간이라도 면하고자 친일적인 색채를 띠거나 친일 성향의 사고社告를 싣는 등 불가피한 조처를 보이는 잡지가 다수 등장하게 된 것도 이때 이후의 일이었다. 문학 연구에서 일제강점기 말 조선문단의 자료를 적극적으로 읽어낼 수 없는 이유 또한 여기에 있다. 다시 말해 친일문학을 해석하는 것은 자칫 그것의 옹호론이 될 수 있을 뿐더러 한국 근대문학의 어두운 면을 자각하지 않는 태도로 보일 수 있기 때문이다. 그럼에도 불구하고 일제강점기 조선 문학은 일본의 근대문학과 일정한 대타성을 이룰 수밖에 없으며 이를 적극적으로 해석하지 않는 경우 온전한 형태의 근대문학을 읽어낼 수 없다는 사실 또한 자명해진다.

　일제강점기 말 창간된 문예지를 중심으로 조선의 공동체주의 문학의 성격을 규명하고 새로운 정신인 에스프리를 점유하는 방식을 모색하기 위해서는 1930년대 중반 이후 발행된 잡지에 대한 사회적·문화적·경제적 방면에서의 통찰이 필요하다. 예컨대 『삼천리문학三千里文學』1938, 『시학』, 『문장』, 『인문평론人文評論』1939 등은 시와 소설뿐 아니라 종합문예지의 성격을 보여주며 시대적 고민과 '민족'에 대해 첨예한 감각을 보여주었다. 『삼천리문학』은 『삼천리』 간행 10주년을 기념하여 김동환이 발행한 문예지라는 점에서 비록 통권 2호로 끝내기는 했지만 일제강점기에도 오랜 명맥을 이어올 수 있었던 『삼천리三千里』1929의 문학이 지니고 있었던 시대정신을 살필 수 있을 것이다. 윤곤강은 『시학』에서 편집 겸 주재의 역할을 하면서 1940년대를 여는 신진 시인의 태도와 방향성에 골몰하며 문학으로서의 새로운 공동체주의를 주장했다. 한편 이태준이 주재하던 『문장』 역시 조선의 순문학을 강조하면서 민족주의로서의 문학을 공고히 해 나갔다.

반면 최재서가 주재했던 『인문평론』은 그 색채가 친일적이라는 이유로 조명되지 못하였다. 그러나 『인문평론』을 통해 최재서, 임화, 백철, 김남천, 이원조 등이 보여준 비평은 전체주의 일본의 신체제에 아카데미즘적 접근으로서 새로운 공동체주의를 구가하며 1940년대로 진입하는 '전환기'의 인식을 보여주었다. 이들에게 민족은 대타적 존재인 일본으로부터 조선 주체의 변증법적 존립과 투쟁의 표상이었다. 민족은 일본적인 것의 대항적 기표이지만 그것은 역사적 현실과 사상을 지향하거나 개인의 심리적 기초에 의한 내면화된 공동체적 목소리의 기표이기도 했다. 곧 이에 대한 사유는 조선적인 것에 대한 사유로 전유되며 여기에는 일본의 동양론과 궤를 같이 하는 인식 장치의 메커니즘이 작용하면서 제국주의에 대한 대안 투쟁으로 나타났다.

이는 1930년대 중·후반 파시즘 체제가 공고히 되던 때 '전통'과 '근대'를 잇는 새로운 조선-주체에 대한 지속적인 탐구에 따라 식민지기 지식인이 근대 사상을 내면화하려는 욕망의 양상과 발현 그리고 대응 전략에 주목하는 것이었다. 또한 문예지의 면면을 비교하여 시대적 표상으로 기능했던 '민족·예술·공동체·해방'을 새롭게 규명하고자 하는 시도 역시 담론적 성격을 규명하는 것이기도 하였다.[9]

---

9  1930년대 신문사에서 새해마다 개최된 문인좌담회는 이 같은 한국문학의 방향을 자처하며 비평의 지평을 넓혔고 현해탄 너머에서는 동경유학생들이 순문학이나 초현실주의문학을 지향하면서 새로운 시각을 끊임없이 투영하고 있었다.

## 4. 해방 이후 결사의 사유 방식 순수·참여 논쟁과 세대론

해방 이후 한국 문단은 경성부에서 서울시로 개칭된 도시 공간을 중심으로 집결하였다. "서울은 식민지 근대화와 한국 전쟁, 급격한 개발과 성장이라는 분기점들을 거치면서 중층적이고 혼종적인 도시로 재편되었다."[10] 신문과 잡지는 해방공간에서 일어난 이 같은 재편 양상을 구체적으로 보여준다. 동아일보와 조선일보 등 중앙지가 복간된 것은 1945년 12월이었으며 그 이후 "구김살 없이 광복의 감동과 희열을 표현하는 국문의 신문 잡지"와 "민족의 자긍심을 일깨우며 북돋우는 '민족 문학의 수립'이 해방 문단의 첫 과제"[11]를 해결하기 위한 다양한 잡지가 등장했다. 해방 직후 가장 먼저 등장한 잡지는 『해방뉴스』인데 현재는 자료가 소실되어 그 내용을 알 수 없으며 10월에 창간된 『선구先驅』는 정치잡지로 민족의 새로운 건설을 주창하고 있다. 11월에 발행된 『선봉先鋒』은 대중잡지로 〈애국가〉·〈조선의 노래〉를 소개하며 역시 민족주의를 강조했다.[12] 이렇듯 해방공간 초기 잡지의 양상은 민족의식을 앞세우며 무너진 국가체제를 속도감 있게 수습하고 재건하기 위한 매체로 기능하였다. 즉 1939년 2월에 발행되어 1941년 4월 통권 25호로 강제 폐간된 『문장』도 김연만과 정지용에 의해 1948년 10월에 '속간호'라는 제호로 복간[13]되었으며 좌우의 이념 대립보다 해방의 민족사적 기념을 위해 『해방기념시집解放紀念詩

---

**10** 한국문학연구원, 『모던 경성과 전후 서울』, 모던앤북스, 2023, 297쪽.
**11** 김병익, 앞의 책, 250쪽.
**12** 최덕교, 앞의 책, 430~438쪽.
**13** 1호로 종간되기는 했으나 1940년대 『문장』지가 보여주었던 이념에 치우치지 않는 순문예지로서 해방 전과 후를 이을 수 있는 사료라는 점에서 의의가 있다.

集』중앙문화사, 1945.12, 『횃불』우리문화사, 1946.4 등이 연달아 발행되기도 하였다.
이런 점을 살펴보았을 때 해방공간 초기에는 이념보다는 광복의 찬탄을
앞세운 범문단적 성격을 표방하고 있었던 것으로 판단할 수 있다.

　　그러나 이것은 일시적인 현상에 지나지 않았다. 해방 직후부터 한반도
는 자유주의와 사회주의의 대립 양상으로 재편 중이었던 지형으로서 이념
적 갈등의 가능성을 이미 내장하고 있었다. 따라서 민족문학에 대한 문제
도 이 같은 이념의 문제로 전화되면서 한국 문단 역시 좌익과 우익으로 구
분 짓게 되었다. "조선문학건설본부는 임화·이태준·김남천·이원조 등
에 의해 해방과 함께 가장 먼저 조직된 문인 단체"[14]였으며 조선음악건설
본부·조선미술건설본부·조선영화건설본부 등이 연합해 1945년 8월 18
일 조선문화건설중앙협의회가 결성되었다. 그러나 조선문화건설중앙협
의회의 지도 노선에 반발한 이기영·한설야·송영 등은 조선프롤레타리아
예술동맹을 결성해 카프의 정신을 계승하고자 했다. 이와 같은 대립과 갈
등을 종용하고자 조선공산당이 개입하면서 좌익 계열의 문화 단체는 좌익
문화 운동의 통일전선 확립을 위한 성명을 발표한다. 이로써 결성된 조선
문학동맹은 1946년 2월에 전국문학자대회를 개최하고 이를 계기로 조선
문학가동맹으로 정식 승인된다. 한편 조선문화건설중앙협의회가 결성될
당시 가담하지 않은 변영로·박종화·김영랑·이하윤·김광섭·이헌구 등
의 민족계열 문화인들이 결집하여 만든 단체가 중앙문화협회였다. 이들은
민주주의 국가 건설에 문화인이 공헌하고 민족 공동의 문화를 발전시켜야
한다는 주장을 내세웠다. 중앙문화협회에 가담하고 있었던 조연현·김동

---

14 권영민, 『한국현대문학사』 2, 민음사, 2002, 29쪽.

리·서정주·조지훈·곽종원 등은 개별적으로 조선청년문학가협회를 설립하여 좌익계열 문인들과의 대립 구도를 더욱 첨예하게 만들었다.[15]

이태준이 편집과 발행을 도맡은 『문학文學』1946은 조선문학가동맹의 기관지로 역할을 하였는데 창간사를 살펴보면 "봉건제의 동양적 특수성인 정체성은 우리나라에서도 거의 전형화하여서 우리는 근대적인 민족문학을 늦도록 가지지 못하였다"라고 언급하고 있다. 이와 더불어 민족문학 건설운동의 기본 강령을 내세우고 있다. 그 강령은 "봉건 잔재의 청산, 일재 잔재의 소탕, 국수주의의 배격"[16]이다. 이처럼 『문학』은 민족문학의 재창조와 발전을 위해 카프의 문학운동 정신을 이어받음과 동시에 시와 소설에서 정치성과 사상성을 드러냈다.

시기의 차이가 다소 있지만 김동리가 주재한 『문예文藝』1949는 해방공간과 전후시대를 거치면서 『문학』과 마찬가지로 민족문학 건설을 주창하였지만 순수 문예지의 성격을 지녔다는 점이 다르다. "모든 시, 모든 소설이 다 민족문학이 되는 것은 아니다. 그 아름다운 맛과 깊은 뜻이 능히 민족천추에 전해질 수 있고, 세계문화 전당에 열할 수 있는, 그러한 문학만이 진정한 문학"[17]이라는 창간사를 살펴보더라도 『문예』는 당파성보다는 문학성을 강조한 잡지라는 사실을 알 수 있다. 해방공간에서의 이념적 대립과 일제강점기의 문학사적 공백을 채워주었던 이러한 작업들은 한국문단의 지형을 재구조화할 뿐만 아니라 문학의 정치적 장소로서 뚜렷한 역할을 해왔다.

---

15 김병익, 앞의 책, 255쪽.
16 최덕교, 『한국잡지백년』 3, 앞의 책, 470쪽.
17 위의 책, 480쪽.

한국전쟁 이후 1970년 강제 폐간 조치를 당하기 전까지 통권 205호를 발행한 『사상계思想界』1953는 장준하가 주재한 월간 시사잡지로 초기에는 정치와 문화를 중심 내용으로 하는 종합교양지였다. 이들은 민족통일문제·민주사상의 함양·경제발전·새로운 문화창조·민족적 자존심의 양성 등의 담론을 확장하였고 1960년대 이후부터는 동인문학상을 비롯한 논문상, 번역상, 신인문학상을 제정하여 문단에서도 지대한 역할을 했다. 특히 1968년 『사상계』와 『조선일보』에서 김수영과 이어령이 주고받은 불온시 논쟁은 1960년대 초반 범문단적으로 벌어진 순수·참여 논쟁[18]의 연장선에서 촉발된 것이었다. 『조선일보』는 「이어령 씨와 김수영 씨의 「자유」 대 「불온」 논쟁」이라는 특집으로, 『사상계』는 「작가와 평론가의 대결」이라는 기획지면으로 불온시 논쟁을 각각 자기 지면으로 인입시키기 위한 경쟁 구도를 형성하였다.[19] 아울러 『사상계』의 경우 불온시 논쟁에만 국한하지 않고 문학의 순수·참여 논쟁으로 확장하여 선우휘와 백낙청의 대담 「작가와 평론가의 대결-문학의 현실참여를 중심으로」, 김윤식, 김현, 구중서의 좌담 「4·19와 한국문학」1970을 통해 1960년대 문학에 대한 시인, 소설가, 평론가의 인식 차이를 선명하게 보여주었다.[20]

---

18 순수·참여 논쟁의 시발점이 되는 참여문학론은 4월 혁명을 기점으로 대두되었다. 현실 사회에서 실천의 움직임이 문학으로까지 이어진 것이었다. 5·16 이후 잠시 주춤했던 참여 문학론은 6·3항쟁 이후로 새롭게 일어난 저항적 정신과 결합하며 다시금 범문단적 쟁점으로 부상했다. (김려실 외, 『사상계, 냉전 근대한국의 지식장』, 역락, 2020, 149쪽)

19 김윤식은 이와 관련하여 "불온시 논쟁은 단순한 김수영, 이어령 두 사람의 힘겨루기에 앞서, 『사상계』와 『조선일보』의 이데올로기적 분석 없이는 생산적 논의"가 이루어질 수 없음을 지적하며 이는 "글만 쓰면서 생계를 유지하는 이른바 자영인으로서의 김수영과 직장을 가진 문사"로서의 이어령의 차이에 관한 계층적 문제로 확장될 수 있음을 언급하고 있다. (김윤식, 『문학사의 라이벌 의식』, 그린비, 2013, 92쪽)

20 김려실 외, 앞의 책, 151~161쪽.

1960년대 문학의 현실은 4·19혁명의 실패 이후 자유의 부재 속에서 저항하는 예술의 인식 차이에서 비롯되는 것이었다. 문학은 그 형식과 내용에서 불온성이 담보되어야 하는 것이기도 했으나 순수라는 확정되지 않은 사건의 자리에서 우연성으로 말미암아 발현되는 창조의 자리이기도 했던 것이다. 이 같은 문학의 역동성을 특정하고 전위적인 것으로 확정시켰을 때 잃어버릴 수 있는 본질에 대한 당대 문인들의 첨예한 논쟁은 단순한 변증법적 과정을 거치는 것이 아니었다. 이는 1970년 『조선일보』에 언급된 "일본 시단에서 가장 큰 영향력을 가진 월간 「시학詩學」이 근간 9월호에서 한국시 특집을 기획"했다는 보도와 함께 일본에서도 "참여와 순수의 논쟁 등 최근 시단의 면모"[21]를 주목하고 있다는 사실을 통해 1970년대 이후에도 지속적으로 자생된 문학의 공동체적 담론의 의의를 지녔음을 알 수 있다.

　　한편 1980년 『創作과 批評』과 『文學과 知性』이 강제 폐간[22]되면서 각각 발행했던 무크지 『한국문학의 현단계』와 『우리 세대의 문학』은 각각 지향했던 문학적 이념과 비평 전략의 공백을 메우면서도 민중문학과 자유주의문학의 대립 구도를 통해 전세대의 문학에 대한 계승과 세대론적 극복을 동시에 보여주었다. 또한 1970년대부터 꾸준히 등장한 동인지와 무크지, 지역문예지 등은 제도적 경계를 허물며 1980년대 문학의 이채로움에 가담했다. 1980년대는 시를 중심으로 한 잡지가 다수 발행되었다. 『시운

---

21　「日詩誌에 韓國詩 특집」, 『조선일보』, 1970.11.20, 5면.
22　언론과 출판에 대한 폐간 조치는 범문단적으로 이루어진 것이었다. KBS를 중심으로 방송 3사가 흡수되었고 라디오에서도 사정은 마찬가지였다. 이를 통해 방송과 언론은 정부의 홍보기구로 전락했으며 『창작과 비평』, 『문학과지성』 등을 포함한 대다수의 정기간행물이 등록 취소되었고 영화, 연극, 전시 등 대중예술 전반에 대한 사전과 사후 검열까지 규제가 일어났다.

동』,『실천문학』,『시와 경제』,『시힘』,『5월시』,『시와 반시』등이 간행됨
으로써 1980년대 한국이 감당했던 정치적·문화적 조류를 다방면에서 관
통하였다.


## 5. 해방 이후 동인지와 잡지문학의 결사結辭

이처럼 한국문학의 사적 조명에 있어 잡지를 통사적으로 살피는 일은 우
리의 문학이 내장하고 있는 다원적인 육성을 뚜렷하게 들을 수 있는 지표
가 된다. 한국전쟁 이후 수많은 정치사를 겪어오면서 한국문학은 참여와
순수, 민중과 자유, 근대성과 탈근대성으로 대표되는 문학의 논리를 지면
위에 올려놓으며 길항하였으며 한 세대에서 다음 세대로 이어지는 미적 변
화를 꾀해 왔다. 이에『해방 이후 동인지문학–한국문학사와 동인지문학
2』는 해방 직후부터 한국전쟁, 민주화 운동, 산업화를 거치며 1990년대로
나아가는 한국문학사를 폭넓게 조망하는 데 그 목적을 두고 있다. 특히 문
단에서 1960년대 이후부터 순수·참여 논쟁이 재점화되면서 사회현실에
대한 문학적 지향을 어떤 방식으로 유도할지에 대한 인식의 차이가 동인지
문학 형성의 발로로 작용한 것이기도 하였다. 이에『해방 이후 동인지문학
–한국문학사와 동인지문학 2』에 실린 논문을 살펴보면 다음과 같다.
「해방 직후 북한문단 형성기의 시적 형상–『관서시인집』을 중심으로」유
성호는 해방기에 북한 쪽에서 가장 먼저 출간된 사화집『관서시인집』에 주
목한다. 그동안 제목만 전해져오던 이 사화집이 최근 발굴되었기 때문이
다. 필자는『관서시인집』이 해방 직후 북한 지역에서 최초로 출간된 공동

사화집으로 평양을 중심으로 활동하던 서북 지역 시인들의 공동 성과물
이라고 할 수 있음을 파악하며 황순원을 비롯한 14인의 시인이 참여한 이
사화집이 북한문단 형성기의 시적 형상을 잘 보여주는 사례라고 분석한
다. 해방의 기쁨을 노래한 『관서시인집』은 그 행간에 여러 시인의 다양한
내용들을 병치함으로써 북한문단 초기의 시적 형상이 중층적으로 구성되
어 있음을 알 수 있게 해준다. 필자는 이러한 다양성과 중층성이 초기 북한
문단의 재편 과정에서 첨예한 비판의 실마리를 주게 되었고 그 결과 『관서
시인집』은 당시 북한문단에서 필화 사건을 겪게 된다는 사실을 밝히고 있
다. 이 글을 통해 『관서시인집』은 초기 북한문단의 인적 구도와 시적 형상
의 형성 과정을 선명하게 알려주는 중요한 자료이자 해방 직후 북한문단에
서 펴낸 가장 문제적인 사화집이 아닐 수 없다는 의의를 주창한다.

　「『신시론』 1집과 박인환 – 『신시론』 초기 동인이 추구한 모더니즘의 실
체」박성준는 해방공간에서 박인환과 『신시론』 동인들과의 관계를 조명한
다. 필자에 따르면 『신시론』을 주도했던 초기 동인은 모더니즘을 공유한
'느슨한 공동체'로 요약된다. 필자는 기존에도 『신시론』 1집에 수록된 서
문과 평문 「ESSAY」, 「현대시의 구상성」, 「시단시평」이 각기 다른 지향점
을 보인다는 문면 때문에 동인 간 불화의 시발점으로 고찰될 수 있다고 지
적한다. 이는 박인환이 『신시론』 1집 간행을 전후해 발표한 평문들을 간
과했기 때문이라 언급하면서 박인환이 모더니즘 기수로서 현실 참여와
문학의 정치성을 어떻게 인지해야 하는지 고민해왔고 해방공간에서 현대
시가 나아가야 할 현실의 문제와 역사 인식의 중요성을 공유하고 있음을
분석하고 있다. 또한 그는 박인환이 할스먼의 점프 폴로지Jump pology나 김
기림과 S. 스펜서를 탐독하는 과정에서 드러나는 리얼리즘과 모더니즘의

양자 지향의 문제가 이 시기 박인환 시와 시론이 지니고 있었던 독특한 미적 형태라고 제언하고 있다. 또한 그는 수록 시편「고리키의 달밤」에 주목하면서 고리키나 레닌을 차용한 부분이 '사회주의 리얼리즘'과 간접적인 영향 관계를 방증하면서도 역동과 정적 상태의 시어들이 다수 전포되어 있어 박인환의 고민이 투사된 흔적이 엿보인다고 진단하고 있다.

「'후반기' 시의 메트로-코스모폴리탄 감각과 사회시학」이형권은 후반기 동인들의 시에 자주 등장하는 메트로-코스모폴리탄 감각이 1950년대 현대 문명을 시적으로 형상화하는 중요한 방식이었다는 점을 밝히고 있다. 필자는 한국전쟁 당시 미국 문화가 수입되면서 메트로폴리탄 문화가 가속적으로 비인간화의 길로 진입하게 된 사회적 풍경을 짚어내면서 후반기 동인 또한 이러한 메트로폴리탄 서울을 배경으로 도시 문명과 국지적 체험을 넘어서는 코스모폴리탄 감각을 시적으로 채택했다고 분석한다. 이에 따르면 메트로폴리탄 서울에 대한 후반기 시인들의 정서는 불안·고독·슬픔 등과 같은 부정적인 것들이 주류를 이룬다고 할 수 있는데 특히 김경린의 「태양이 직각으로 떨어지는 서울」은 전후의 서울에서 무력감과 권태감을 드러내고 있으며 김차영의 「안개의 강」에서는 대도시의 뒷면에 드리운 어두운 부면을 성찰적으로 묘사하고 있다고 지적한다. 뿐만 아니라 김규동의 「하늘과 태양만이 남아있는 도시」를 언급하면서 인공 도시에서의 방황하는 인간의 모습을 구조화했음을 고찰하며 이봉래의 「단애 2-풍경」이 대도시의 음울하고 어두운 면모가 인간의 내면세계로까지 이어진다는 사실을 예각적으로 제시하고 있다.

「'후반기' 동인과 전위의 의미」송기한는 한국전쟁 이후 사회적 맥락을 읽어내기가 쉽지 않은 시단에서 이미지즘의 등장과 전개를 유의미한 것으로 보고 **후반기** 동인의 모더니즘의 시사적 가치를 재구한다. 필자에 따르면 1930년대 모더니즘과 1950년대 모더니즘을 분기하는 중요한 매개이면서 차별점이 되는 분수령이 바로 한국전쟁이다. 1930년대 모더니즘이 가공의 현실을 관념 속에서 직조한 것에 있는 반면 1950년대의 모더니즘은 '지금 여기'의 현실을 실제 속에서 재구성해내고 있다는 것에 주목하여 이러한 상황인식이 모더니즘의 여러 지류 가운데 이미지즘을 적극적으로 수용하게 된 계기이자 발판이 되었다고 논급한다. 이 글에서 필자는 전후 시단에서 시대의 고민을 노래한 모더니스트들이 있지만 하나의 유파를 만들고 이를 구성한 것은 '후반기' 동인뿐이었음을 강조한다. 이와 더불어 필자는 **후반기** 동인을 제외한 모더니스트를 자처한 문인에게서 공통적으로 보이는 모더니즘의 시적 방법과 정신이 이미지즘으로 현저하게 기울어져 있었다는 점을 지적하며 **후반기** 동인이 근대의 제반 모순 또한 예각적 시선으로 비판하는 충실성을 보여주었다고 간파한다.

「전후 모더니즘 시의 음악성과 시의식-『전쟁과 음악과 희망과』1957를 중심으로」오형엽는 전후 모더니즘 시의 미학을 고찰하기 위해 김종삼·김광림·전봉건의 연대시집인 『전쟁과 음악과 희망과』에 나타난 음악적 특성과 시의식에 주목하고 있다. 필자에 따르면 "김종삼의 시에서 '음악'은 전경화된 회화적 풍경 속의 배경음악처럼 은밀하게 묻어나"올뿐더러 김종삼의 시에 나타나는 표현들이 삭막한 지상의 현실에 "물"과 "그늘"을 내려주는 신의 은총으로 형상화되고 있다고 분석한다. 또한 필자는 김광림의 시가 '음악'이 자연의 본래적 생명을 담은 인간의 소중한 가치로 제시된다고 언급하며 시인에게 있어 음악이 운율이나 호흡상의 효과를 살려내는 시적 형상화의 기법으로 작용하기보다는 의미를 구현하는 개념적 언어로 파악하고 있다고 설파한다. 이와 함께 전봉건의 시에서 '음악'이 인간과 우주가 공통적으로 가진 유동성과 순환성의 원리가 산출되는 생명의 노래라고 간주한 뒤 4음보의 율격이 음위율과 결합되어 유동적이고 순환적인 율동을 구현하고 있을뿐더러 반복되는 지시대명사나 문장의 율격도 이와 유사한 효과를 얻는다고 진단한다. 이중의 도치 구문과 교묘한 행갈이 역시 생명의 박동감을 리듬에 실어 전달하고 있으며 전봉건의 시의식 속에서 성경 모티프는 인간과 우주가 하나의 생명 공동체라는 범신론적 사유의 한 부분으로 포합된다고 갈파한다.

「1960년대 한국시의 이미지—사유와 정동의 정치학」조강석은 『한국전후문제시집』신구문화사, 1961을 조명하고 있다. 필자는 이 사화집이 해방 이후부터 1960년대 초반까지의 한국 시의 흐름을 광범위하게 보여주는 중요한 사료임에도 이 사화집에 전개된 현실 인식과 시학적 기투의 양상을 종합적으로 판단하는 논의가 부족하다는 사실을 지적하고 있다. 해방과 한국전쟁, 4·19 혁명과 5·16 군사 쿠데타로 이어진 역사의 격변기에 시작활동을 한 시인들의 경향의 작품을 망라할 뿐만 아니라 시인의 「시작노트」를 중요한 비중으로 함께 게재하고 있다는 점에서 특징적이다. 이 사화집이 가지는 의미가 현실인식의 차원에서만 평가되는 것도 언어의식이나 수사학의 관점에서만 작품에 접근하는 것도 모두 부면적인 양상을 띠게 될 수밖에 없다는 필자의 문제의식은 해방이후 동인지문학의 문제의식과 상통하는 지점이다. 필자가 현실 인식이나 미학적 전략 그 자체가 개별적으로 중요하지만 무엇보다도 양자의 내재적 관계가 시를 통해 어떻게 드러나고 있는가를 설명하는 것이 요긴한 문제라는 점에서 "이미지—사유와 정동情動, affect, 그리고 그것의 종합으로서 이미지—체제"가 뜻하는 의미를 제언하고 있는 것이 흥미롭다.

「황동규 초기 시 내부 공간 변모에 대한 시선-1970년대『문학과지성』의 세대 에꼴을 중심으로」김태형는『문학과지성』이 1970년대를 '위기의 시대'로 인식했다는 점에 주목하며『문학과지성』에꼴이 '한국적인 것'에 얽매이기를 거부하면서도 기성세대의 패배주의와 샤머니즘 등 '비지성적 태도' 배격을 제언하는 데 초점이 맞추어져 있다고 진단한다. 한국 사회의 "정신을 안일하게 하는 모든 힘에 저항"하기 위해 현실 분석·비판과 외국의 '문화적 징후'를 번역하여 소개하는 등의 수단을 선택하였다는 지적은 필자의 논리가 구체적 근거에 기반하는 것이라 하겠다. 필자는『문학과지성』의 비평이 "1960년대 출신"의 시인들을 중심으로 이루어져 있음을 확인하고 이들이 4·19를 겪은 세대이며 "첫 한글세대" 혹은 "합리적 사고의 첫 세대"로서 이 중에서도 황동규가 "헬라클레스의 그림자"를 드리울 것으로 기대된 이유가 그가 기성세대가 부여한 불안하고 비참한 청년의 표상에서 스스로 현실을 인식하는 지식인으로의 방향으로 변모하는 모습을 보였기 때문이라고 언명한다. 전후세대 이후의 신세대 즉 4·19세대의 문학적 자장으로서 창간된『문학과지성』이 기성세대에 대한 대안의식으로 문학공간을 점거함으로써『문학과지성』만의 독특한 담론을 생산할 수 있었다고 평가한다.

「1980년대『문학과지성』의 공간과 아우라-『우리 세대의 문학』에서『잎 속의 검은 잎』까지」최민지는 김태형의 글에서처럼 다수의 무크지가 출현한 1980년대 문학 장에서『문학과지성』의 문학적 대응 양상을 고찰한다. 1970년대 후반 대두된 민중문학론은 해당 시기 '새로운 문학 주체'의 등장이라는 문학적 귀결을 가져왔지만 이후 발전적으로 흡수되지 못한 채 소멸의 형태를 보였다는 점에서 문제적이라 지적한 이 글에서 1980년대와 1990년대에 가로놓인 '단절론'이 담론을 저어시키는 원인으로 작용한 것으로 판단한다. 필자는 앞선 시기를 양분한『문학과지성』이 강제 폐간을 경험하면서도『문학과사회』창간까지 나아갈 수 있었던 지점을 재구하며 1980년대를 연대기적 시선으로 접근함으로써 해당 시기『문학과지성』이 시대적 요구에 따른 문학적 대응을 보여줄 수 있는 지면을 상실한 경우에 봉착하고 있었지만『우리 세대의 문학』과『우리 시대의 문학』이라는 무크지로 그 공백을 채웠던 사정들을 다각적으로 고찰하고 있다. 이를 통해『문학과지성』이『문학과사회』로 나아가는 과정에서의 '단절론'을 극복할 수 있는 연대기적 접근을 시도한 것으로 판단한다. 이 같은 관점이 주목을 요하는 까닭은 1980년대 자유주의문학과 민중문학의 이분법적 담론과 더불어 정치적 조치와 법제적 억압으로 인해 은폐되어 있었던 각 지면의 연결고리를 탐색한다는 점에 있을 것이다.

끝으로 「『시운동』의 견유주의 정신과 1990년대 문학의 정치주체 재론」김웅기에서는『시운동』의 후반기 비평작업을 검토하여 그들의 견유주의犬儒主義 정신을 밝히고 1980년대 문학장의 정치주체로서『시운동』의 위치를 논구한다. 1970년대 문학의 업적을 계승하는 동시에 전 세대와 다른 문학을 추구해야 한다는 이중과제를 떠안고 있었던 1980년대 문학의 담론에 필자는 참여 / 순수로 표상되는 민중문학과 자유주의문학의 이분법적 대립으로 담론을 규정짓는 시선이 여전하게 무크지와 동인지에 가세했던 사정을 지적한다. 뿐만 아니라 절충론과 세대론이라는 양가적 비판으로부터 자유롭지 못한 헤게모니적 구도 속에서 1991년까지 14집이라는 비교적 긴 수명을 보여주었던『시운동』의 문학운동이 순수문학의 급진적 사례로 소략된 면이 없지 않다고 논급하고 있다. 이에 따르면 『시운동』은 민중문학과 자유주의문학의 절충론이나 세대론적 반성론에 수렴되지 않는 독특한 시적 공동체를 형성해나가며 파레시아Parrhesia 정치학의 관점을 방법론으로 삼아 이들의 운동이 순수·참여 논쟁으로 점철되어온 그간의 상징을 답습하지 않고 '여기'에 부재한 '이방인'을 표상한다고 판단한다. 동시에 『시운동』 동인들이 스스로의 정체성을 이방인의 실천praxis으로 노정하고 있으며 이 표상은 바슐라르적 '상상력'으로 도모되는 것이었음을 밝히고 있다. 이 같은 표명은 방법적 모색과 작품을 통해 구체화되며 독특한 정치지형을 형성한다고 언명하며 『시운동』을 1980년대와 1990년대의 문학사적 단절성을 극복하는 사례로 제시한다.

『해방 이후 동인지문학-한국문학사와 동인지문학 2』는 해방공간에서부터 1990년대까지의 문학사적 도정이 한국문학의 중요한 통사를 이룬다는 점에서 문학적 넓이와 깊이에 기여하는 참조가 될 것이다. 이 작업은 2022년도에 펴낸 해방 이전의 동인지문학을 탐구한 『한국문학사와 동인지문학』소명출판, 2022의 연장선상에 있는 것이라 할 수 있다. 잡지와 동인지문학은 다른 매체와 마찬가지로 이상과 현실이 중층 되어 있는 '겹' 사이에 존재하며 동시에 또 다른 '겹'을 형성해 낸다. 이러한 관점에서 한국문학은 일제강점기와 한국전쟁이라는 역사적 질곡을 넘어오면서 특수한 정치적 지형을 내장한 산물이자 두터운 겹으로 형성된 공동체의 산실이다.

이 책이 나오기까지 도움을 준 분들이 많다. 먼저 창의적인 시각으로 관점을 채워준 필자들에게 감사의 인사를 전한다. 아울러 책이 나올 수 있도록 배려를 해주신 소명출판 박성모 대표와 책의 구성과 뜻을 깊이 있게 높여준 편집자 여러분의 노고에 감사를 드린다.

# 차례

# 해방 직후 북한문단 형성기의 시적 형상

**『관서시인집』을 중심으로**

유성호

## 1. 해방 직후의 문단 상황

1945년 8월 15일, 어느 사상가의 표현에 의하면 "도적처럼"함석헌 갑작스레 찾아온 민족 해방은, 고통스런 식민지시대를 살아온 우리 민족으로 하여금 새로운 가능성과 맞닥뜨리게 한 미증유의 역사적 사건이었다. 비록 그 후에 '분단'과 '전쟁'이 차례로 이어지면서 우리 민족사가 또 다른 미궁으로 빠져든 것이 사실이기는 하지만, 그래도 이 을유乙酉 해방은 우리 민족에게 재건의 가능성과 도전을 충만하게 던져주었던 역사의 한 정점頂點이었음에 틀림없다. 우리가 분단시대를 통해서 줄곧 이날을 '광복光復'이라는 은유로 지칭해온 것도 사실은 이러한 새로운 가능성에 대한 민족적 열망 때문이었을 것이다. 정치적인 어둠을 뚫고 나온 한 줄기 '빛의 회복'이라는 뜻의 이 말은, 해방을 맞은 민족적 감격의 밀도가 얼마나 강렬했는가를 보여주는 비유적 표현이자, 앞으로의 역사가 밝고 긍정적으로 전개될 것이라는 믿음을 내포한 낭만적 표현이기도 하였다. 아무튼 해방은 우리 민족에게는 식민지 파시즘 체제의 종언을 뜻했고, 동시에 새로운 민족사의 전개에 대한 충일한 변혁 의지를 안겨주었다. 또한 해방은 이후 펼쳐지는 분단 체제의 첫 단추 역할을 담당하게 되는 비극의 진원지이기도 하였다.

우리가 잘 알듯이, 연합국의 힘에 의해 타율적으로 주어진 해방은 우리에게 자주적인 민족 국가의 건설이라는 범민족적 과제를 부여하였다. 그만큼 해방 직후의 모든 정치적, 문화적 움직임은 자주적인 민족 국가의 건설이라는 과제와 분단 극복을 통한 통일 국가의 완성이라는 과제를 중심으로 하여 진행되었다고 할 수 있다. 하지만 민족의 내적 역량이 채 정비되지 못한 데다 곧바로 외세가 깊이 개입하면서 우리는 엄청난 혼란과 갈등을 겪게 된다. 이와 같은 시대적 성격은 문학에도 고스란히 반영되는데, 따라서 이 시기의 문학이나 문학운동은 당대의 정치 현실과 깊은 내적 연관성을 가지면서 펼쳐지게 된다.

이때 우리 문학에 닥친 변화 중 우리가 가장 뜻 깊게 기억해야 할 것은 바로 모국어의 회복이라고 할 수 있다. 그동안 모국어를 근원적으로 박탈당한 채 식민지시대를 살아온 문학적 주체들에게 자기 언어의 회복은, 새로운 정체성의 탐색과 정립에 필요한 결정적인 모티프와 에너지를 선사하게 된 것이다. 특히 일제 말기 한때 일본어로 써야만 발표가 가능했던 상황에 비하면, 모국어를 되찾은 해방 직후의 문학적 조건은 더없이 강조되어야 한다. 또한 우리 문학은 해방을 맞아, 일제시대에 불가피하게 여러 모양으로 행해졌던 친일 행위에 대한 자기 반성을 필연적으로 요청받게 된다. 이는 당시에 매우 중요한 윤리적 과제로 제기되었는데, 그럼에도 불구하고 철저한 반성과 청산이 이루어지지 않고, 격화되는 이념 대립과 현실화된 분단 과정에서 점차 희석되어 버린다. 우리 문학의 일제 잔재 청산을 위해서는 아쉬운 일이 아닐 수 없다. 결국 '해방'은 이처럼 우리 역사의 물줄기를 정치적, 언어적, 윤리적 근원에서부터 바꾼 일대 전기를 마련했으면서도, 이후 분단 체제가 형성, 완결되면서 미완의 가능성에서 역동적인 자기 전개를 멈추게 된다. 해방 직후에 쓰인 시편들은 이러한 환희와 좌절, 갈등과 화해, 저항과 순응, 반목과 평정, 반성과 변명의 서사를 고스란히 육체화하면서 다양한 무늬를 수놓게 된다. 식민지시대부터 활동했던 시인들은 물론, 이 시기에 등단하는 신인들까지 그 창작 주체의 폭을 매우 큰 것이었고, 그들에 의해 창작된 작품(집)의 너비는 이 시기가 매우 짧았음을 상기하면 엄청나게 넓고 화려한 것이었다. 또한 이 시기에는 식민지시대에 간행되지 못했던 이육사·윤동주·심훈 등 시인들의 유고 시집[1]이 잇따라 간행되면서, 민족시의 맥을 형성하는 미학적 토대를 닦기도 한다. 물론 이들은 해방이 되기 전에 유명을 달리하지만, 그들의 시적 권역이 한 권의 시집으로 모아져 일반에 공개되면서, 우리 시는 현실 인식과 서정성의 통합이라는 우수한 시적 경지를 실물로 접하는 계기를 맞게 된다. 이들의 시집 간행은, 그들의 시로 하여금 후배 시인들에게 하나의 문학사적 전범 역할을 하게 하였으며, 그들의 시를 한국 시의 한 표본으로 자리 잡게 하는 사건이 되었다.

또한 해방 직후는 여러 종의 사화집[2]이 출간되어 역동적인 시적 공간을

---

1 『육사시집』(1946), 『하늘과 바람과 별과 시』(1948), 『그날이 오면』(1949) 등이다.
2 『해방기념시집』(중앙문화협회, 1945), 『3·1기념시집』(조선문학가동맹시부, 1946), 『햇불』(우리문학사, 1946), 『조선시집』(아문각, 1946) 등이다. 이들은 모두 서울 지역에서 출간되었고, 『관서시인집』(인민문화사, 1946)은 평양에서 출간되었다.

형성한 시기로 기록되기에 족하다. 문학적 차원에서의 좌우 통합의 기운을 여기서부터 알 수 있으나, 남과 북에 각각 단정單政이 수립되면서 이러한 각 진영이 망라된 사화집은 이후 거의 절연되다시피 하게 된다. 이러한 상황 속에서 북한 쪽에서 가장 먼저 출간된 사화집이 바로『관서시인집關西詩人集』이다. 이 글은 그동안 제목만 전해져오던 이 사화집이 최근 발굴됨에 따라, 이 사화집의 경개와 실질을 소개하고 해석하는 과정을 치름으로써, 해방 직후 북한문단 형성기의 시적 형상을 탐색해보고자 한다.

## 2.『관서시인집』의 체재와 구성

『관서시인집』인민문화사, 1946.1은 해방 직후 북한 지역에서 최초로 출간된 공동 사화집이다. 잘 알려져 있듯이, '관서 지방'이란 평양을 중심으로 한 평안도 일대를 말한다. 과거 서울을 지키기 위한 관문의 하나였던 철령관의 서쪽 지방이라는 의미와 고려 성종 때의 행정 구역인 관내도 서쪽 지역이라는 의미에서 유래하였다고 전한다. 현재는 '서북 지방'이라고 부르는 곳이기도 하다. 그러니까 이 시집은 해방 직후 '평양'을 중심으로 활동하던 서북 지역 시인들의 공동 성과물이라고 할 수 있다.

시집 표지에는 '해방기념특집解放記念特輯'이라는 부제와 함께 해방의 환희를 상징하는 삽화가 하나 실려 있다. 말에 올라탄 남자와 깃발을 든 여자가 기뻐 춤을 추는 그림이 그것이다. 시집을 펴면 서발序跋 같은 장치가 전혀 없고 바로 시편 배열이 시작된다. 목차에 해당하는 '順序'는 권말에 수록되었다. 황순원·김조규·박남수·정복규·양명문·정희준·심삼문·

한덕선·최창섭·신진순·안용만·김현주·김우철·이원우 등 열네 명의 시인 이름이 가지런히 한자로 표기되면서 그들 작품이 순서대로 수록되어 있다.[3] 편수는 김조규가 6편으로 가장 많고, 황순원과 양명문이 5편, 박남수·정복규와 이원우가 3편, 정희준과 심삼문이 2편, 나머지 시인들이 각각 1편씩을 싣고 있다.

판권 난에는 판권 소유가 '평남인민정치위원회'에 있음을 밝히고 있고, 저술 책임자는 유용한柳龍翰, 인쇄인은 이홍균李洪均, 발행소는 인민문화사로 적혀 있다. 이들 모두는 평양에 적을 두고 있다. 유용한은 해방 직전에 고등법원 형사부에서 치안유지법 위반으로 재판을 받은 기록이 남아 있다. 1945년 4월 19일 당시 25세의 나이로 상고하였으나 바로 기각되었다. 판결문에 의하면 유용한은 식민지시대에 '동행회'라는 조직을 이끌었고 기관지『무궁無窮』을 발행하여 조선인 농민의 민족의식을 높이 앙양하고 조선 독립을 기도하였으며 특별히 문학을 이용하여 그 목적을 달성하려 하였다고 한다. 그런 그가 해방이 되자 자신의 거처였던 평양으로 되돌아와 그 이듬해 26세의 나이로『관서시인집』저술 책임자로 자신의 이름을 올리게 된 것이다. 그의 판권 난 주소지는 '평양시 설암리 25번지'이다.[4] 시집의 발행일은 '단기 4279년' 그러니까 서기 1946년 1월 25일이다. 가격은 '정가 15원'으로 적혀 있다.

---

3  웬 까닭인지 황순원은 한글로 표기되었고, 정복규는 '鄭복규'로 표기되었다. 정복규의 한자 표기는 '鄭復圭'로, 그는 김동리·함형수·서정주·오장환 등과 '시인부락' 동인으로 활동한 시인이다.
4  해방 직전 재판 당시 그의 주소는 '평양부 설암정 170번지'였다.

## 3. 『관서시인집』의 구성원과 그 작품세계

이제 시집에 실린 순서대로 구성원의 면면과 작품세계를 일별해보도록 하자. 가장 앞에 등장하는 황순원黃順元은 세상이 다 아는 소설가이다. 그는 평양 숭실중학을 졸업하고 동경으로 건너가 와세다 제2고등원에서 '동경학생예술좌'를 창립하여 이 단체 이름으로 첫 시집 『방가放歌』1934를 간행하였다. 이 시집은 황순원 스스로 표현하고 있듯이, "나의 세상을 향한 첫 부르짖음"「서문」답게 식민지 지식인 특유의 사회적 울분과 민족의식을 진하게 담고 있다. 졸업 후 와세다대학 문학부 영문과에 입학한 그는 제2시집 『골동품骨董品』1936을 펴내는데 이는 "다른 하나의 실험관"「서문」이라고 스스로 말하고 있듯이, '동물초', '식물초', '정물초'로 구획하여 대상을 향한 짧은 명명, 비유, 기지의 언어를 보여준 일종의 실험 시집이다. 이후 그는 주지하듯 자신의 본령을 소설로 옮겨간다. 그런 그가 해방 직후 『관서시인집』에 매우 중요한 구성원으로 참여한 것이다. 그가 평양을 중심으로 활동하였고, 시집에 참여한 이들 중 그와 직간접적으로 연관되는 인물들이 있고, 시집 맨 처음에 시가 실린 점 등이 시집 구성에서 그가 차지하는 작지 않은 비중을 시사해준다. 맨 앞에 실린 「부르는 이 없어도」의 경우를 보자.

> 부르는 이 없어도
> 찾아 나서면
> 모두 잊을 뻔한 내 사람뿐이오.

예와 다름없을 거리의 얼굴들이

왜 이닥지 반가웁겠소,

어느 유순한 짐승처럼

비릿하고 쩝절한 거리의 몸냄새가

왜 이처럼 그리웁겠소.


호박 광주릴 인 촌 아주머니는

호박개처럼 복스런

막내딸이라도 낳게 해줍쇼,

무지갤 진 촌 아주머니는

뭇밋처럼 시원한

만득자라도 보게 해줍쇼.


우리가 말도 웃음도 없이나

서로 지나치고 만나노라면

몸냄새처럼 체온도 합치는구료,

여보시오 국수를 먹고는 국수처럼

다같이 명길일 합시다.


부르는 이 없어도

찾아 나서면

모두 잊을 뻔한 내 사람뿐이오.

황순원, 「부르는 이 없어도」

화자를 부르는 이 하나 없지만, 화자는 "모두 잊을 뻔한 내 사람"을 찾아 거리로 나선다. "예와 다름없을 거리"이지만 그 거리에서 만나는 얼굴들은 모두 반갑고 그들의 몸냄새는 모두 그립고 촌부村婦들은 이제 마음 놓고 아들딸을 낳을 기대에 차 있다. 그렇게 그들은 "말도 웃음도 없으나 / 서로 지나치고 만나노라면 / 몸냄새처럼 체온도 합치는" 감격을 맛본다. 자연스럽게 국수처럼 명길일 하자는 권유는, '명길'이 '설'의 방언이라는 점을 참조한다면, 새해를 맞는 기쁨과 "모두 잊을 뻔한 내 사람"을 다시 만나는 감격을 노래함으로써 이 사화집의 성격이 기본적으로 해방의 기쁨을 담는 데 있음을 암시해주고 있다. 그리고 이어지는 「푸른 하늘이」에서 황순원은 "가난한 뒷골목 뒷골방"에서의 기다림을 노래하고 있고, 「이게 무슨 신음소리오」나 「아이들이」나 「내가 이렇게 홀로」에서는 '아기 / 아이들 / 별빛' 등의 심상을 통해 새로운 세대에 대한 희망을 노래하고 있다. 전체적으로 기다림 같은 수동적 이미지도 있지만, 새롭게 다가올 시대에 대한 희망의 암시가 두드러지는 시편들이 아닐 수 없다.

김조규金朝奎는 1914년 평남 덕천에서 출생하였다. 숭실중학과 숭실전문학교 영문과를 졸업하였고, 1931년 『비판』에 「폐허에 비친 가을 석양이여」를 발표하였다. 이후 「밤마다 흩어진 마음」, 「누이야 고향 가면」 등을 발표하면서 문단의 주목을 받았다. 1938년 『단층』 동인으로 참가하였고, 1942년에는 『재만조선시인집』을 편집하기도 했다. 그는 다른 『단층』 동인들과 마찬가지로 심리주의적 경향을 강하게 보여주었고, 식민지시대 지식인의 암울한 자의식을 형상화한 시편을 다수 남겼다. 해방 후에는 평양예술문화협회에 참여하였고 분단된 북쪽 문단에 적극적으로 참여하면서 북한 최초의 개인시집 『동방』조선신문사, 1947.12을 발간하게 된다. 『관서

시인집』에 실린 그의 시 여섯 편은 '모멸侮蔑 속을 걸어온 어느 시인詩人의 유고초遺稿草'라는 제목하에 연작 형식으로 실렸고, 모두 해방 전에 씌어진 시편들이다. 시인은 시편 말미마다 창작 시기를 적고 있는데, 일부 시편에는 창작 장소도 적고 있다. 먼저 「수신獸神」1941.12에서는 '어두운 침실寢室'로 암시되는 퇴폐적 분위기를 노래하고 있고, 「삼등대합실三等待合室」간도(間島), 1941.10에서는 "조국祖國을 떠나 머언 이방異邦의 나라"에 있는 자의 고독을, 「현대수신現代修身」1941.2에서는 "나의 여윈 사상思想과 육체肉體로써 / 역사歷史와 우주宇宙와 인생人生을 모멸侮蔑"하고 있음을, 「떨며 붉은 술을」1942.2에서는 의젓한 살육이 진행되는 시대의 우울을, 「장군張君 입영入營하던 날」다수산방(多壽山房), 1945.6에서는 "끄려 가는 한 마리 살진 송아지"로서의 민족적 비애를 그리고 있다. 「남호南湖에서」1943.4에서는 "호수湖水처럼 정지停止한 나의 사상思想"을 차분하게 노래한다.

> 호수湖水가에 앉으면
> 호수湖水처럼 정지停止한 나의 사상思想이었다
>
> 조약돌 주워 호심湖心을 향向해 던져보노니
> 수문水紋이여 수문水紋이여
> 오오 깨어지는 나의 하늘이여
>
> 가다간 창천蒼天이 서러워 길가에 주저앉은 때도 있었노라
> 나의 이웃이 슬퍼 홀로 조상祖上에게 명목暝目한 때도 있었노라

언제 머언 후일後日

호수湖水가 가을처럼 맑게 개이는 날

나는 나의 던진 돌을 찾아 다시 나아오리라.

(1943.4.)

김조규, 「남호南湖에서」

　시인이 호숫가에서 느끼고 있는 것은 "호수湖水처럼 정지停止한 나의 사상思想"이다. 고요하게 정지된 사상이란 사실 격변의 역사적 흐름 속에서 보면 맥 빠지는 무력감일 수 있을 것이다. 아닌 게 아니라 시인은 가다가 하늘이 서러워 길가에 주저앉을 때도 있었고, 나의 이웃이 슬퍼 조상에게 눈을 감을 때도 있었다. 비록 "언제 머언 後日"에 가을처럼 맑게 호수가 개이는 날을 희구하는 있지만, 김조규는 대체로 정적이고 퇴영적인 고독과 우울과 비애의 정서를 담은 시편을 쓴 것이다. 이러한 우울과 비애의 시편들 때문에 그는 훗날 북한문단에서 일정한 고초를 겪게 된다고 할 수 있을 것이다.

　박남수朴南秀는 평양 숭인상업학교를 다녔고, 1941년 일본 중앙대학 법학부를 졸업하였다. 대학 시절 동경에서 『초롱불』삼문사, 1940.2이라는 첫 시집을 낸 바 있다. 1945년 당시에는 조선식산은행 평양 지점장을 지냈고, 1951년 월남하였다. 그는 월남 후 『적치육년赤治六年의 북한문단北韓文壇』국민사상지도원, 1952이라는 책을 '현수玄秀'라는 필명으로 펴냈는데, 책 말미에 '1952년 4월 부산에서'라고 적고 있다. 그러니까 월남한 직후에 자신만의 경험적 기억과 자료를 결합하여 초기 북한문단의 거대한 흐름을 기록한 것이다. 『관서시인집』에 실린 세 편의 시는 「내 재롱 피우리까」와 「슬프고 슬픈 날은」,「외로운 사람과」 등인데, 이 시편들은 역사적 감격이나 환희를 담지 않았고 오히려 '슬픔'이나 '외로움'을 주된 정서로 삼고 있다. 늙으신 어머니에 대한 애착과 슬픔을 노래하거나, 꿈을 가지고 슬픈 날을 웃으며 살아온 시간을 고백하거나, 외롭고 어둡고 가난하고 어진 사람에 대한 만남을 희구하거나 하는 내용들이다. 다른 시인들의 작품에서 흔히 찾아볼 수 있는 해방의 기쁨 같은 것은 전혀 없는 셈이다. 이러한 시편을 쓰고 전쟁 발발 직후까지 평양에서 은행 근무를 했던 박남수가 월남하게 된 사연은 위에서 말한 자전적 기록이자 증언록인 『적치육년의 북한문단』에 선명하게(혹은 철저하게 월남 문인으로서의 주관적 기억에 의해) 잘 나타나 있다.

정복규鄭復圭는 모두 세 편의 시를 싣고 있다.「길」에서는 향기도 빛도 아름다움도 없지만 그리고 오래도록 짓밟히고 찢기어왔지만 "강强한 의욕意慾으로 살아온 잡초雜草"를 노래함으로써 해방을 맞은 우리 민족을 우의적으로 표현하였고,「예전부터」에서는 '백의민白衣民'으로서의 긴 역사를 지닌 채 강한 백성으로 살아온 우리 민족을 우렁차게 노래하였다.「막간幕間아가씨」에서는 투명한 의상을 입고 선객들에게 춤을 보여주는 "피곤疲困한 인어人魚"로서의 막간아가씨에 대한 연민을 예외적으로 보여준다. 이 시편은 같은 『시인부락』 동인이었던 오장한 초기 시편을 고스란히 닮았다. 이렇게 그로서는 '해방기념특집'으로서의 송가적 속성과 퇴폐적 노래의 속성을 병치한 셈이다.

양명문楊明文은 우리에게 "검푸른 바다 바다 밑에서 줄지어 떼지어 찬물을 호흡하고"로 시작하는 가곡「명태」의 원작자로 유명한 시인이다. 그는 1913년 평양에서 평양 거상의 아들로 태어나 황순원 · 김이석 · 이중섭 등과 평양 소재 종로공립보통학교를 다녔고, 일본 동경 센슈대학 법학부에 진학하여 그때 평생지기인 작곡가 김동진을 만났다. 이 무렵 박남수·김종한·함윤수 등과 동인지『이정표里程標』를 발간하려다 한글 표기가 문제가 되어 일경에게 원고를 압수당한다. 1940년에 일본어로 씌어진 첫 시집『화수원華愁園』청수사, 1940을 동경에서 발간하며 작품 활동을 시작하였다. 1943년 대학을 졸업하고 평양으로 돌아와 해방 후 평남건국준비위원회에 참여하였고, 1945년 12월에「명태」가 반동적이라는 이유로 내무서에 불려가 혹독한 심문을 받기도 한다. 1947년 평양에서 제2시집『송가頌歌』문예전선사, 1947를 냈는데, 이 시집에는 전통 정서를 담은 서정시와 해방의 감격과 북조선의 위용을 노래한 송가가 혼재해 있다.『관서시인집』에 실린 작품 중「독립송獨立頌」과「산」을 이 시집에 수록하였다.「바람」,「칠성문七星門」,「말」은 시집에서 뺐는데, 아마도 당시 북한 정서를 고려한 결정이 아닌가 싶다.[5] 「산」은 '산'이 가지는 넓은 품이 지구와 하늘과 세월을 모두 지키고 있음을 노래하였고,「독립송獨立頌」은 해방의 기쁨을 여과 없이 노래한 명백한 송가이다.

> 얼마나 얼마나 기다렸던고
> 해마다 말없이 피었다 지던
> 무궁화 무궁화처럼

---

5  「독립송(獨立頌)」은『관서시인집』에는 없던 '1945.8.16'이라는 창작 시기를 말미에 달았고, 시의 내용과 형식에는 전혀 변형을 가하지 않았다. 그리고 「산」 역시『관서시인집』에 실린 내용과 형식을 그대로 따랐다.

드디어 드디어 왔어라

우리 하늘에 우리 태양太陽이 솟아오르는

우리 강산江山에 우리 노래 높이 울리는

오늘은 오오 오늘은 왔어라


피끓는 형아 날뛰는 누나야

자유自由와 해방解放의 만세萬歲 부르자

독립獨立과 건설建設의 만세萬歲 부르자

먼 조상祖上 분묘墳墓 속 백골白骨이 흔들리도록


한限없는 환희歡喜의 눈물 흘리며

우리 기旗ㅅ발 높이 날리우자

만세萬歲 만세萬歲 우리 조선 만세萬歲!

양명문, 「독립송獨立頌」


오랫동안 기다려온 해방은 "무궁화"나 "우리 태양太陽", "우리 강산江山", "우리 노래"의 연쇄적 기표 속에서 그 열도와 밀도를 얻고 있다. 여기서 "피끓는 형아 날뛰는 누나야"라는 구절은, 말에 올라탄 남자와 깃발을 든 여자가 기뻐 춤을 추는 『관서시인집』 표지 그림을 연상케 한다. 결국 시인 은 "자유自由와 해방解放" 그리고 "독립獨立과 건설建設"의 만세를 부르면서 "만세萬歲 만세萬歲 우리 조선 만세萬歲!"라는 외침을 시편 말미에 배치함으 로써 이 시편이 명백한 송가임을 나타내고 있다. 이 작품 외에 나머지 작 품이 양명문의 개인 시집에 누락된 까닭은 이 작품이나 「산」에 비해 역사적, 민족적 속성이 부족하였기 때문이 아닌가 한다. 「바람」의 '예언豫言' 같은 시어나 "하느님이 당연 범연하신 말씀으로 지으셨나니", "지극히 높으신 이와 속삭인다" 같은 기독교적 표현이 시집 수록을 주저케 하였을지도 모른다.[6] 「칠성문七星門」은 문자 그대로 평양성에 있는 문 가운데 하나인데 우리 문학사에서는 일찍이 김동인의 단편 「감자」에서 '칠성문 밖 빈민굴'로 그 모습을 확연하게 나타낸 바 있다. 지금은 평양시 모란봉 구역에 위치하며 북한이 보물 제4호로 지정한 문화재라고 한다. 이 시편은 다소 처량한 정조를 동반한 채 "조화造花 속에서 역사歷史를 지키고 섰는 / 늙어빠진 칠성문"이라고 표현함으로써 퇴영적 정서를 드러내고 있음이 문제였을 성싶다. 그리고 「말」은 "대포알이 날든 / 비행기가 떨어지든 / 말은 운다"라는 표현이 적절치 않았을 것이다. 박남수와 마찬가지로 양명문은 1·4후퇴 때 단신 월남하게 된다.

정희준鄭熙俊은 1914년 경북 영천 임고면 선원리에서 태어났고, 초기 『삼사문학』 동인으로 활약하였다. 1934년에 창간하였다고 하여 그렇게 이름을 지은 『삼사문학』은 신백수·이시우·정현웅·조풍연·정희준 등이 참여하였다. 황순원은 3호부터 참여한다. 정희준은 창간 멤버에 들어 있으며 창간호에만 작품을 발표하였다. 그는 연희전문학교 재학 시절에 시집 『흐린 날의 고민』교육정보사, 1937을 펴낼 정도로 활발한 문청이었으며, 당대의 대표작을 망라한 임화 편찬 『현대조선시인선집』학예사, 1939에도 자신의 시편을 올릴 정도로 역동적인 활동을 펼쳤다. 1948년 4월 남북회담을 지지하는 108인 성명에도 그의 이름이 보이는데, 이 명단에는 이병기

<hr />

6  참고로 양명문은 월남 후 기독교적인 내용의 시편을 많이 창작한다.

·염상섭·정지용·유진오·김기림·박태원·허준 등 당시 중도적 문인들이 대거 들어 있다. 1949년에는 『조선고어사전』東方文化社을 펴낼 정도로 고전과 국어학 연구에도 밝았다. 경북 영천 출신인 그가 왜 『관서시인집』에 참여했는지는 지금으로서는 전혀 알 수 없다. 가장 유력한 것은 『삼사문학』을 둘러싼 황순원과의 인연 때문이 아닐까 추측해볼 수 있다. 역시 영천 출신인 김성칠이 용비어천가 주해서를 낸 것처럼 정희준도 홍익대학교 교수로 있으면서 우리말 사전 편찬에 공을 들였다는 증언도 있고, 한국전쟁 때 자진 월북했다는 증언도 있으니, 앞으로 그의 행적과 작품세계가 소상히 연구되어야 할 것이다. 정희준이 『관서시인집』에 실은 작품은 '거중車中'이라는 제목에 딸린 두 편의 연작이다. 먼저 「귀환동포歸還同胞」는 마치 허준의 단편 「잔등殘燈」에 나오는 귀환 행렬을 묘사한 듯한 내용에다 그들의 역사적 위치를 "멀잖아 새 세기世紀의 태양太陽들"이라고 추켜세우는 장면을 얹고 있다. 그들의 신원이 '노동자勞動者 / 지원병志願兵 / 학병學兵 / 적년병適年兵' 가운데 어느 것이었든 굴욕의 이름을 버리고 고향을 찾아 귀환하는 모습을 감격적으로 노래하고 있다. 「소련군蘇聯軍」 말미에는 '1945.9.22 평양 오면서'라고 적혀 있는데, 이 시편은 당시 북한 사회의 소련군에 대한 긍정적 공감을 담고 있다 할 것이다.

심삼문沈三文은 이력이나 행적을 아직까지 알 수 없는데 이른바 평화적 민주 건설 시기에도 창작 활동을 계속 보여주는 시인이다. 그의 두 편 「곰」과 「해방解放의 도시都市」는 모두 들뜬 목소리로 해방의 기쁨을 노래하고 있다. 「곰」에서는 희열에 날뛰는 '백웅白熊'을 자임하면서 착취와 압박과 주림과 노역에서 벗어나 제국과 식민과 계급의 과거를 멀리 보내고 "새로 백년대계百年大計"를 세워가는 주체로서의 위상을 감격적으로 노래하였다.

여정旅程을 내린 내 거인트人은
지팡이를 벗하여 해방解放의 거리로 나설 때
이 도시都市에 대한 기대期待는 얼마나 큰지 모른다.


상점商店과 상점商店을 새에 두고 뻗어간 아스팔트길 위에
노랑머리와 파란 눈을 가진 사람만이 어깨를 겨누고
다닌대서가 아니오
낮 연기가 고양이 닮은 게으름을 편대서가 아니라
서문통西門通 네거리에 '인민공화국수립만세人民共和國樹立萬歲'라고
커다랗게 쓴 간판이 하나 있을 뿐이다.


'피 흘리지 않은 해방解放
피 흘리지 않은 자유自由
피 흘리지 않은 도시都市'


이렇게 내 거인트人은 수없이 부르짖었다.
이 도성都城을 들어오는 입구入口에서부터 끝나는 꼬리까지
벽과 벽은 빈틈없이 말만 새면 새로운 글바리
그림바리 소낙비 선전처럼 얼럭져야 되구
노동자勞動者 농민農民들이 요지경鏡속 들여다보듯
피맺는 지식知識을 배워야 한다.

심삼문, 「해방解放의 도시都市」

이 작품에서는 '인민공화국수립만세'라는 슬로건을 바라보면서 해방의 기쁨을 노동자 농민의 시선으로 노래하고 있다. "여정旅程을 내린 내 거인巨人"이 해방의 거리로 나서 "이 도시都市에 대한 기대期待"를 주고 있는데, "서문통西門通 네거리"에 '인민공화국수립만세人民共和國樹立萬歲'라는 간판이 의외롭게 서 있는 풍경은 이러한 기대를 촉진하는 상징적 기표이다. 피 흘리지 않은 해방과 자유와 도시의 배경 속에서 시인은 "노동자勞動者 농민農民들이 요지경鏡속 들여다보듯 / 피맺는 지식知識을 배워야 한다"고 외치고 있다. 여기서 "내 거인巨人"은 해방이 되기까지 고단한 여정을 걸어온 우리 민족의 은유이자, 해방 후에 당연히 도래해야 할 인민공화국에 대한 문화적 비전을 실천할 주체의 뜻까지 포괄하고 있다.

한덕선韓德宣은 1931년 숭실전문학교에 입학하였고, 동경으로 건너가 3·1극단의 해산 이후 1934년 6월 황순원·이해랑 등과 함께 동경학생예술좌를 결성하는 데 참여한다. 1939년 9월 임호권·주영섭·유치진·함세덕·이해랑·서항석 등과 함께 동경학생예술좌 회원으로 검거된 이력을 가지고 있다. 「삶의 기쁨」은 '단기 4278.11.5'라고 창작 시기가 말미에 적혀 있다. 해방 후 3개월 남짓 지난 후 쓴 이 시편에서 시인은 "떳떳한 독립국獨立國의 국민國民"으로서 자유를 찾은 기쁨을 노래하면서 "아름다운 우리 조선朝鮮"을 건설해가자는 권유를 담고 있다. 우렁찬 만세 소리 속에서 휘날리는 "우리 국기國旗"를 감격적으로 바라보고 있는 전형적인 해방 송가이다.

최창섭崔昌燮은 1930년 「나는 피리 부는 사람」이라는 작품으로 중외일보를 통해 등단하였다. 식민지시대에는 평양에서 창립된 천도교예술동지회에서 문예부장을 맡아보기도 하였다. 하지만 해방 후의 행적은 알 수 없는

데 1960년대 북한문학의 논객으로 등장하는 것으로 보아 북한문단에 일찍 참여하여 비교적 오랫동안 문학 활동을 한 듯하다. 북한의 조선민주주의인민공화국 문예출판사가 펴낸 '조선고전문학선집'을 새롭게 펴내는데도 임호권, 신진순과 함께 참여한다. 그의 시편 「실제失題」는 신동엽의 「향아」에서처럼 '향香아'라는 호격으로 시작하는 점이 매우 흥미롭다. 두 작품의 지향점 역시 새로운 공동체를 향한 소망이라는 점에서 재미있는 상호텍스트성이 엿보인다. "문명文明의 무덤"과 "지성知性의 묘표墓標"를 감싸고 있는 "세기世紀의 만가挽歌"를 넘어 "역사歷史의 창조創造"로 나아가자는 역동적 권면을 담고 있다. 탄탄하고 잘 짜여진 목소리와 '역사廢墟 / 창조創造'를 동시에 사유하는 시인의 상상력이 빛나는 작품이다.

신진순申辰淳은 경기 이천에서 태어나 이화여전을 졸업하였다.[7] 1937년 2월 조선공산당재건설경성준비그룹사건으로 검거된 이력이 있고, 1945년에 결성된 여성 정치 단체 건국부녀동맹에 참여하기도 하였다. 이 단체는 신탁통치와 좌우합작문제 등 해방 직후 군정 기간 동안의 정치 현안 문제에 민족 자주독립 노선을 견지하였으며 훗날 대한민국 정계에 여성들이 진출하는 산실의 구실을 하였는데, 신진순은 여전 재학 당시 따랐던 이태준을 따라 월북했다는 증언이 남아 있을 뿐이다. 북한에서 그녀는 북문예총 부위원장을 역임하는 등 성공적인 문인 생활을 한다. 그녀 시편 「딸리아」는 여성 특유의 섬세한 감각으로 "피안彼岸의 조국祖國"이 파랗게 소생하기를 기원하고 있다. 그녀는 『관서시인집』 유일의 여성 시인인 셈이다.

안용만安龍灣은 1916년 평북 신의주에서 출생하였다. 1930년 초에 일본

---

7  이명재 교수가 편찬한 『북한문학사전』(국학자료원, 1995)에 의하면, 신진순은 "1945년 경성제국대학 졸업"으로 되어 있는데, 이화여전에서 수학하고 졸업한 것이 맞다.

에서 활동하다가 1934년에 귀국하여 카프 2차 검거 때 연루되어 옥고를 치렀다. 1935년『조선일보』와『조선중앙일보』신춘문예에「저녁의 지구」와「강동의 품」이 각각 당선되어 등단하였다. 이때 임화로부터 새로운 가능성을 보여주는 시인으로서 극찬을 얻게 된다. 그는 이 시편들을 통해 일본 유이민 체험을 격정적으로 노래하였던 것이다. 그는 해방 후 북한에서 북문예총 평북 위원장을 역임하였다. 전쟁기 때 쓴 그의「나의 따발총」은 큰 이목을 끌었던 전쟁 시편이다. 그가『관서시인집』에 실은「벗에의 엽신葉信」은 동경 무사시노武藏野에서 같이 생활하던 친구에게 띄우는 편지 형식의 시편이다. 두 사람은 귀국하여 그 친구는 정주성에서 시인은 오리 강반에서 살고 있는데, 새로운 희망의 앞날을 위해 결의를 함께 세우자고 권면하는 내용을 담고 있다.

김현주金賢舟는 신원과 이력과 행적을 전혀 알 수 없는 시인이다. 따라서 성별도 알 수 없다. 그의 시편「뚝백이」는 할머니와 함께 늙어온 '뚝배기'를 대상으로 하여 가난한 할머니의 삶을 부조하고 있다. 뚝배기에 "우거지 국이라도 설설 끓어 넘친다면 오죽이 좋으랴"라는 진술이 텅 빈 뚝배기를 물끄러미 바라만보는 할머니의 가난을 선명하게 해준다. 제재를 '뚝배기'로 삼은 점에서 여성 시인일 개연성도 제기된다. 그 점에서 신진순이 유일한 여성 시인이라는 판단도 유보되어야 할 것 같다.

김우철金友哲은 1915년 평북 신의주에서 태어나 1929년에 신의주고보를 중퇴하고 일본으로 건너갔다. 1931년 귀국하여 아동잡지『별나라』등에 관여하면서 문단 활동을 시작하였다. 후반기 카프 맹원으로 활동하면서 아동문학을 계급적 관점에서 논의한 평론을 발표하였고, 신의주에서 안용만·이원우 등과 함께 '프롤레타리아 아동문학연구회'를 조직하기도 하였다. 1934년 신건설사사건에 연루되어 1년여의 옥고를 치렀다. 해방 직후 북문예총 평북위원회 위원장으로 활동하면서 첫 시집 『나의 조국』1947 펴냈다. 그의 「祝祭」는 성스러운 종소리와 태극기의 물결 속에서 "복福받은 민족民族"이 "가나안 복지福地"로 들어가는 형상을 노래하였다. 제단에 향을 올리고 "독립獨立의 축문祝文"을 올리는 문자 그대로 '축제祝祭'의 모습을 잘 보여준다. '태극기太極旗 / 가나안 복지福地' 같은 기표가 아무리 해방 직후라지만 북한 지역에서 나타난 것이 퍽 이색적이다.

이원우李園友는 북한문단에 진출하여 활발한 시작 활동을 편 시인으로서 시집으로 『무성茂盛하는 노래』1947를 펴냈다. 훗날 북한 아동문학분과위원장으로서 백석과 아동문학 논쟁을 벌였던 논객이기도 하다. 그의 시집 『행복의 집』은 소련에 번역되어 소개되기도 하였다. 그는 『관서시인집』에 세 편의 시를 싣고 있는데 먼저 「석양夕陽」은 석양이 지는 때 다가오는 여러 감각적 풍경들을 묘사하면서 그 안에서 "아름다움만을 쫓을 수 없는 프롤레타리아인 것"을 깨달아가는 시적 화자의 내면을 읊조리고 있다.

나의 노래는 때를 따라 달라질지라도
어머니와 같은 조선말을 떠나서는 살 수가 없다

일찍이 고국故國을 떠나 표박漂泊의 슬픈 노래에 잠긴 적도 있건만
아득한 천리千里길에 몸이 피곤한 날 ―
돌아와 마음 편히 쉬일 곳은
역시 조선朝鮮말 뒹굴어다니는 내 나라였다

조선어朝鮮語는 마침내 멸망滅亡한다고 근심하던 시절!
생각만 하여도 눈동자瞳子가 젖어드는고나


모든 문화文化는 외국어外國語로 번역翻譯이 되고
모든 노래는 외국어外國語로 물들어갔다


주포酒舖에 울던 시인詩人의 마음과 조선朝鮮말의 비극悲劇은
오직 시대時代만이 알아주었거니
태양太陽처럼 솟아오른 조선朝鮮말의 자유自由여!


인제는 모든 문화文化가 조선朝鮮말을 불러주리라
인제는 모든 청년靑年이 조선朝鮮말로 노래 불러주리라


조선朝鮮말 조선朝鮮말 나의 어머니 조선말
너는 결코 옛날의 외국어外國語처럼 죄罪없는 민중民衆을 괄시해서는 안 된다
너는 결코 옛날의 외국어外國語처럼 노동자勞動者와 농민農民을 괄시해서는
안 된다

이원우, 「조선어朝鮮語」


　이 시편은 제목에서 시사되는 것처럼 "어머니와 같은 조선말을 떠나서
는" 살 수 없는 시인이 비로소 해방과 함께 얻은 "태양太陽처럼 솟아오른
조선朝鮮말의 자유自由"를 기꺼워하는 순간을 담고 있다. '1945년 8월 20
일'이라는 창작 시점이 선연하게 적혀 있다. 시인은 "나의 노래"는 비록

때를 따라 가변적이지만 "어머니와 같은 조선말"은 오히려 불변의 것이어서 자신은 조선말을 떠나 살 수 없다고 고백한다. 자신의 생애에서 고국을 떠나 있거나 "표박漂泊의 슬픈 노래"를 부른 일이 비록 있었지만, 돌아와 깃들일 곳은 "조선朝鮮말 뒹굴어다니는 내 나라"였던 것이다. 여기서 시인은 '고국故國 = 조선朝鮮말'의 등식을 통해 "조선어朝鮮語"가 멸망한다고 근심하고 "외국어外國語"가 지배하던 시절을 지나 다시 모국어를 찾은 지금 이 시대를 감격적으로 맞이한다. "주포酒舖에 울던 시인詩人의 마음과 조선朝鮮말의 비극悲劇"이 지나고 "태양太陽처럼 솟아오른 조선朝鮮말의 자유自由"를 되찾았기 때문이다. 모든 문화와 청년이 이제는 "나의 어머니 조선말"로 노래를 부르고 "노동자勞動者와 농민農民"의 언어로 거듭나기를 희원한 시인 이원우는 『관서시인집』의 마지막 수록작이기도 한 「밤 다음에 오는 이」에서는 "돌팔매처럼 윙 윙 날아오는 새 조선朝鮮의 만세萬歲소리 하나"를 듣고 있다. 말미에 '1945년 8월 15일, 자유의 하늘 아래'라고 그 작의作意를 드러내고 있다. 모두 해방 송가라는 예의 성격을 충족하고 있다.

이처럼 해방의 기쁨을 주로 노래한 『관서시인집』은, 그 행간에 여러 시인의 다양하기 그지없는 내용들을 병치함으로써 북한문단 초기의 시적 형상이 비교적 중층적이고 다양한 속성으로 구성되어 있었음을 알려준다. 물론 직접적이고 노골적인 해방 송가도 다수 있지만, 개인적이고 서정적이고 심지어는 퇴영적인 예외적 원심력도 선명하게 개입하고 있는 것이다. 이러한 다양성과 중층성이 초기 북한문단의 재편 과정에서 첨예한 비판의 실마리를 주게 된 것이다.

## 4. 역사적 맥락과 의의

이처럼 『관서시인집』은 황순원, 김조규, 양명문 등이 주축이 되어 출간
하게 되었다. 식민지시대에 『단층』이나 『삼사문학』 동인으로 활약했던 이
들은 한결같이 일종의 모더니즘 충동을 가졌던 이들이었다. 시집의 내용
적 다양성은 이러한 그들의 발생론적 속성에 기인한 것일 터이다. 그러한
자유롭고 다양한 배경을 가진 이들이 해방 직후 북쪽에서 활동한 첫 결실
이 바로 『관서시인집』이었던 셈이다. 여기서 이 시집을 둘러싼 북한의 문
단 사정을 한번 살펴보자.

1945년 9월, 북한 지역 최초의 문화단체인 평양예술문화협회가 결성회
장 최명익된다. 오영진·김조규·유항림·양명문·황순원 등이 그 구성원들
이었다. 이들은 특정 이념을 표방하지 않고 대체로 조만식의 민족주의 우
파 노선에 가까운 편이었는데 1946년 단체를 자진 해산한다. 이즈음 평
남지구 프롤레타리아 예술동맹이라는 단체가 결성되었는데, 김사량·이
원우·김우철·안용만·한설야·이찬·이기영 등이 그 주요 구성원들이
었다. 이 두 단체의 연합 성격을 띠면서 1946년 4월 25일에 출범한 것이
바로 북문예총이다. 최명익은 북문예총에 참여하여 1947년 『응향凝香』사
건 조사위원으로 파견되기도 한다. 북한 비평가들의 『관서시인집』 비판
의 맥락은 바로 여기에 숨겨져 있다. 이들은 『관서시인집』을 주도했던 평
양예술문화협회를 와해하고, 새로운 중심의 북문예총을 결성하는 데 필
요한 인적 구성을 원했던 것이다. 안막을 비롯한 정치적 비평가들이 이러
한 과제를 수행하였다. 이러한 과정 후 황순원·박남수·양명문 등은 남
쪽을 향하게 되고, 김조규·안용만·이원우·김우철 등은 분단된 북쪽의

문단에 참여하게 된다.

해방과 더불어 1948년 9월 조선민주주의인민공화국 수립 때까지의 이른바 평화적 민주 건설 시기에 북한은 친일파와 제국주의적 요소 제거, 토지개혁과 제반 민주개혁을 통한 혁명적 민주기지 건설을 추구한다. 특별히 해방 후 북한문학의 성격은 1947년 3월 당 중앙상무위원회이 결정서인 「북조선에 있어서의 민주주의 민족문화 건설에 관하여」에 집약된 '고상한 사실주의'에 담기게 된다. 이는 긍정적 주인공과 혁명적 낭만주의에 기초한 교조적 사회주의 리얼리즘이었는데, 그러니 이러한 관점에서『응향』이나『관서시인집』은 자연스럽게 필화사건을 겪게 된 것이다. 그만큼 『관서시인집』은 당시 북한문단에서 충격적 파격 가운데 하나였던 것이고, 다음과 같은 정치적 비평을 자연스럽게 불러오게 된다.

> 『관서시인집關西詩人集』이 해방 기념 특집호라는데 불구하고 민주건설의
> 우렁찬 행진을 도피하여 홀로 경제리鏡濟里 뒷골목 뒷골방 낡은 여인을 찾아
> 가는 「푸른 하늘이」라는 시의 작자 황순원黃順元이란 시인은 이 시에서 암흑
> 한 기분과 색정적인 기분을 읊었던 것이며 그러다가 이 시인은 해방된 북조
> 선의 위대한 현실에 대하여 악의와 노골적인 비방으로밖에 볼 수 없는 광시狂
> 詩를 방송을 통하여 발표하였던 것이다.[8]

식민지시대에 '무산자사'를 설립하고 이른바 '제3전선파'로 활동했던 안막의 이러한 매서운 비판은『관서시인집』출간 후에 제기된 가장 거센

---

8  안막, 「민족문학과 민족예술 건설의 고상한 수준을 위하여」, 『문화전선』 1947.8. (전승주 편, 『안막 선집』, 현대문학, 2010, 280쪽에서 인용)

것이었다. 글 말미에 안막은 북문예총 창립 1주년 기념대회에서의 보고와 북문예총 주최 문예강연회에서 발표한 것을 단축한 것이라고 적고 있는데, 이때 그는 북문예총의 상무위원으로 있었다. 이러한 그의 날선 비판은 향후 북한문단의 구도와 이후 다가올 분화 과정을 선명하게 암시해준다.[9] 안막의 목표대로 비판의 대상들은 급속하게 월남을 택하게 되었고, 다른 이들은 초기 북한문단의 건설자로 남아 북한문단의 주역이 된다. 이처럼 『관서시인집』은 초기 북한문단의 인적 구도와 시적 형상의 형성 과정을 선명하게 알려주는 중요한 자료이자, 해방 직후 북한문단에서 펴낸 가장 문제적인 사화집이 아닐 수 없다.

---

9  이런 사정은 『관서시인집』에 실린 양명문 시를 비판한 안함광의 글 「시의 사상성과 진실성」
   (1949.9)에서도 엿볼 수 있다. 안함광은 양명문 시의 사상적 낙후성과 빈혈성을 지적하고
   심지어는 사상적 과오까지 범하고 있다는 사실을 비판하면서도 민주주의적 현실을 노래하
   려는 태도의 진실성만은 높이 평가할 수 있다고 하였다. 오성호, 『북한 시의 사적 전개과정』,
   경진, 2010, 33쪽 참조.

# 참고문헌

**기본 자료**

이명재 편, 『북한문학사전』, 국학자료원, 1995.

전승주 편, 『안막 선집』, 현대문학, 2010.

황순원 외, 『관서시인집』, 인민문화사, 1946.

**단행본**

김용성, 『한국현대문학사탐방』, 현암사, 1984.

김윤식, 『한국현대시론비판』, 일지사, 1986.

김재홍, 『한국현대시인연구』, 일지사, 1986.

신동욱, 『우리 시의 역사적 연구』, 새문사, 1984.

오성호, 『북한 시의 사적 전개과정』, 경진, 2010.

유성호, 『한국 현대시의 형상과 논리』, 국학자료원, 1997.

_____, 『근대시의 모더니티와 종교적 상상력』, 소명출판, 2008.

유종호, 『동시대의 시와 진실』, 민음사, 1995.

유진 런, 김병익 역, 『마르크시즘과 모더니즘』, 문학과지성사, 1989.

**논문**

안막, 「민족문학과 민족예술 건설의 고상한 수준을 위하여」, 『문화전선』, 1947.8.

# 『신시론』1집과 박인환

『신시론』 초기 동인이 추구한 모더니즘의 실체

박성준

## 1. 들어가며

그간 박인환에 대한 재조명은 김수영이 그를 '경박한 모더니스트'라고 폄훼한 맥락[1]에서 시작된다. 주지하듯 김수영은 박인환을 "신문기사만큼도 못한 것을 시"로 쓴다거나 "값싼 유행의 숭배자"로 폄훼했다. 이 폄훼는 박인환이 '명동'을 주 무대로 활보하며 낭만의 아이콘 행세를 해왔던 것, 술자리에서 즉흥으로 쓴 시 「세월이 가면」에 샹송 풍으로 곡을 붙여 대중적 인지도를 축적했던 이력에서 비롯된다. 1990년대까지만 하더라도, 박인환은 대중 시인으로 취급되어 문학사에서 소외된 측면이 있었을 뿐만 아니라 그의 시가 구사해내고 있는 모더니즘의 특징까지도 세계와 대결하는 투철한 현실 인식이 결여된 상태의 것으로 취급되며, '감상성'

---

1  "그처럼 재주가 없고 그처럼 시인으로서의 소양이 없고 그처럼 경박하고 그처럼 값싼 유행의 숭배자가 없었다." 김수영, 「박인환」, 『김수영전집』 2, 민음사, 1981, 98쪽.

이 짙은 '센티멘탈리스트' 쯤으로 격하되었다.

그러나 2000년대 이후 박인환의 시가 재조명[2]되면서 그가 한국 현대시에 미친 영향 또한 재평가되고 있다. 특히 근래에 출간된 엄동섭·염철·김낙현의 『박인환 문학 전집 1-시』2015와 『박인환 문학 전집 2-산문·번역』2020은 그간 박인환 문학 연구에서, 잘못 알려진 고증과 문헌에 대한 오류 등을 정정하고, 정본과 이본을 검토하여 박인환 문학 연구의 정본적 토대를 마련했다는 점에서 의의가 있다. 아울러 새로 발굴된 자료들을 통해 연구대상과 그 폭을 더욱 풍성하게 했다는 점 또한 유의미한 성과라고 할 수 있을 것이다.

이와 같은 보유 가운데 본 연구가 주목하는 점은 박인환이 주도한 것으로 알려진 『신시론』1집에 나타난 모더니즘에 관한 문제이다. 박인환의 모더니즘이 경박한 감상성에 경도된 모더니즘이라고 전제한다면, 그가 주도했던 동인지 『신시론』1집과 동인 시집 『새로운 도시와 시민들의 합창』이하 『새시민』에 수록된 시와 시론 역시 그와 같은 맥락에서 이해될 가능성이 있을 것이다. 그러나 그의 시와 시론은 '현실 인식'의 내재라는 관점[3]에서도 매우 적극적인 참여의 맥락에서 선행 연구사들은 검토하고 있다.

---

2  정영진은 "박인환 시를 감상주의와 허무주의로 평가하는 것은 잘못된 것이 아니다. 중요한 것은 감상주의와 허무주의를 부정적인 것으로 자리 잡게 하는 문학사적 시각이다. 그리고 그 문학사적 시각이라는 것은 연구자들의 시대와 그들의 정치성과 밀접한 관계가 있다"(정영진, 「연구사를 통해 본 문학연구(자)의 정치성-박인환 연구사를 중심으로」, 『상허학보』 제37집, 상허학회, 2013, 137쪽)고 진단한다. 그에 따르면, 박인환에 대한 재평가는 2000년대 이후 '정치성'을 다루는 연구자의 관점은 달라진 것이다.

3  박성준은 이 시기 박인환의 모더니즘을 형식주의 시운동으로 판명하지 않는다. 박인환이 내재한 "'새로움'이란 좌우를 넘어선 지적 고민이자, 거시적 차원에서 수행"(박성준, 「해방기 박인환 시의 현실 인식 변모 양상-「仁川港」, 「植民港의 밤」의 창작 배경 중심으로」, 『한국문학이론과 비평』 제86집, 한국문학이론과 비평학회, 2020, 67쪽)된 것으로 취급한다.

가령, 박민규는 "『신시론』간행 때부터 내적 동요를 겪고 있었던 것"[4]으로 파악하고, 향후 『새시민』이 발행될 무렵에는 「인천항」, 「남풍」, 「인도네시아 인민에게 주는 시」 등 탈식민주의적 관점이 드러난 저항 시편들로 전이되어 갔던 맥락이 있었다고 평가한다. 전병준 또한 유사한 관점에서 "『새로운 도시』를 간행할 무렵 박인환은 다른 어떤 시인보다도 현실과 사회 문제에 예민하게 반응하였을 뿐 아니라 제국주의의 압제라는 국제적 정세에 대해서도 큰 관심을 표명"[5]했다고 평가하며, 신시론 동인 구성원 간의 시론의 층위와 지향점의 차이를 분석한다. 그에 반해 맹문재는 『신시론』 초기 동인 중 김경린을 제외하고 박인환·김경희·김병욱·임호권 등이 모두 "현실 참여적인 모더니즘 시세계"[6]를 지향했다고 판단한다. 다시 말해, 작품에 내재된 현실지향의 깊이와 밀도에 따라 박인환 문학세계의 지향점은 각각 다른 좌표에서 평가하고 있는 셈이다.

물론 이와 같은 논의가 본격화될 수 있었던 동인은 엄동섭이 발굴한 『신시론』 1집이 공개[7]되고 나서부터이다. 이전까지는 『신시론』에 대한 실체가 없는 가운데, "『新詩論』시기에 대한 증언이 미비하거나 부정확하다는 문제점"[8] 등이 산재해 있었기 때문에, 그간 『새시민』에 대한 논의가

---

4 박민규, 「신시론과 후반기 동인의 모더니즘 시 이념 형성 과정과 그 성격」, 『어문학』 제124집, 한국어문학회, 2014, 334쪽.
5 전병준, 「신시론 동인의 시와 시론 연구」, 『Journal of Korean Culture』 제31권, 한국언어문화학술확산연구소, 2015, 195쪽.
6 맹문재, 「『신시론』의 작품들에 나타난 모더니즘 성격 연구」, 『우리문학연구』 제35집, 우리문학회, 2012, 225쪽.
7 현재 『신시론』 1집은 엄동섭의 『新詩論 동인연구』(태영출판사, 2007) 부록을 통해 영인본 확인이 가능하다.
8 엄동섭, 「『新詩論』 1집의 해제와 新詩論에 대한 새로운 이해」, 『근대서지』 제1호, 근대서지학회, 2010, 293쪽.

박성준 | 『신시론』 1집과 박인환   57

주를 이루었을 뿐만 아니라 『신시론』 1집에서 후반기에 이르는 동인들의 정치적 견해차조차도 명확하게 해명되는 것이 어려운 상황이었다. 다만 『신시론』부터 '후반기'까지 동인들이 느슨하게나마 해방 전후 모더니즘 운동을 전개했다는 점에서, 그 문학적 지향이 유사하다고 판단할 만하다. 즉 "문예운동적 결사체의 외형을 띠었지만, 실질적으로는 다소 느슨한 이념적 결집성"[9]을 띠고 있었던 동인이 '신시론'이었던 것이다.

그렇다면, 신시론 1기부터 3기를 주도한 박인환의 문학적 지향은 박인환 개인의 미적 추구 지점이기도 하지만, 이 시기 좌우의 갈등 사이에서 새로운 헤게모니를 형성해 나갔던 젊은 시인 일군들의 인정 투쟁의 또 다른 역사일 수 있다. 그러므로 본 연구는 『신시론』에서 '신시新詩'와 당대 대안으로 작용될 수 있었던 '시론詩論'의 의미망을 박인환이 논고를 경유하여 점검하고, 당시 모더니즘운동의 실체를 비교 고찰함으로써 박인환이 지향하고자 했던 궁극적인 모더니즘의 의미를 해명한다.


## 2. 『신시론』 1집에서 박인환의 역할

주지하듯, 해방기 문단은 개인의 개성적인 미적 전망보다는 집단적 문학 활동을 통한 시대정신이 우선시 되는 문학적 풍토를 지니고 있었다. 정치적 격변기를 횡단하는 시기에 개별성보다는 전체성, 개인성보다는 집단의 정치성을 투사해서 개별의 문학적 전망을 그룹으로 한데 모아 드러

---

9  박민규, 앞의 글, 309쪽.

내는 것이 더 효과적인 의사 표식이었기 때문이다. 그뿐만 아니라 문학적 지형도 또한 좌익계의 조선문학건설본부, 조선프롤레타리아문학동맹, 조선문학가동맹 등과 우익계의 전조선문필가협회, 청년문학가협회 등으로 양분화되고 있었다. 그 중간지대에서 양비론을 강조한 백철·홍효민·염상섭 등의 논의들[10]을 찾아볼 수는 있겠으나 당대 '중간파'라는 것은 정치적 모험을 감수하는 자리였으며, 좌우 문단 양측을 설득할 만한 인적 규모가 있었던 것도 아니었을 뿐만 아니라, 그 논리의 질적 강화에도 이르지 못하는 형국이었다.

　이러한 시기 젊은 시인들은 또한 한 양상으로 문학·정치적 노선을 구축하기에 이른다. 김경린의 회고[11]에 따르면, 좌익계의 전위신인들과 우익계의 청록파 시인들, 정치적 중립 지대에 '신시론'으로, 이 시기 신세대의 문학운동을 구분할 수 있다고 기술한다. 그러나 여기서 '정치적 중립'이란 기성의 '중간파'를 지칭하는 것이 아니라, 좌익도 우익도 중간파도 아닌 자리에서 '모더니즘'이라는 사조적 관점을 공유하며, 새로운 시대의 시운동을 기획했던 일군들이었다. 물론 『신시론』 1집1948.4의 그 시작은 "견고한 문학 이념이나 합의가 있어 결속한 집단이라기보다 다소 느슨한 형태의 모임"[12]이었던 것으로 보인다.

---

10　예컨대, 백철이 「정치와 문학의 우정에 대하여」(『대조』, 1946.7)에서 정치적 노선보다는 문학 스스로가 방향성을 찾는 문제에 대하여 논하고, 홍효민이 「문학의 역사적 실천」(『백민』, 1948.7) 등에서 조선적 리얼리즘을 제창하며 좌우를 초월하는 문학적 논리의 필요성을 강조한 바 있다. 이와 더불어 남북협상을 소재로 삼고 있는 염상섭의 장편소설 『효풍』(1948.1.1~11.3) 또한 이 시기 중간파의 자리를 강화하기 위한 작품이라 할 수 있다.

11　김경린, 「기억 속에 남기고 싶은 그 사람 그 이야기 (14)」, 『시문학』 272호, 1993, 13~14쪽; 유성호는 해방기 신세대론을 종전 김경린의 분류에 따라 『청록집』, 『전위시인집』, 『신시론』에 대해, 각각 세대론으로 구분하여 논하고 있다(유성호, 「해방기 시의 세대론」, 『한국시학연구』 제33호, 한국시학회, 2012, 69~92쪽 참고).

장 씨는 곧 당신네들이 새로운 시운동을 끝끝내 하신다면 넉넉지 못한 재정이나마 힘자라는 데까지 협력을 하여 주겠다 (…중략…)『신시론』은 절대로 상업 잡지가 아니다. 시와 문화의 새로운 발전을 위해서 상기上記의 시인들이 먼저 동인이 되고 거기에 새로운 시와 시론의 기고를 기재할 뿐이다. 그러므로 동인이 되고 싶으신 분은 이러한 점을 이해하시고 극력 참가하기 바란다. 그러나 그 전에 작품을 산호장珊瑚莊 내『신시론』편집부로 보내주면 고맙겠다.

날이 갈수록 우리들의 문학적 운동의 중량은 증대하여 하나의 가속도로서 새로운 시의 바다로 진행할 줄 믿는다. 나는『신시론』을 일종의 선입감으로서 보든가, 전연 이해하지 못하고 있는 사람을 문제하지 않는다.

시의 청춘은 항시 그러한 사람들을 무시하고 앞으로 나가는 것이다.

박인환, 「후기」 부분[13]

인용에서도 알 수 있듯,『신시론』에 후기를 작성한 박인환은『신시론』이 결성되는 과정에 관해 기술한다. 여기서 "장 씨"는 출판사 산호장을 운영했던 시인 장만영이고, "상기 시인들"이란 김경린・김경희・김병욱・임호권・박인환을 지칭한다. 박인환이 "책임 편집자로서의 어투가 강하게 느껴"[14]지는 이 글에서도 알 수 있듯이, 박인환이 "잘 아는 C씨"나 김경린을 통해 동인 구성원을 알음알음 모았고, 이를 조력한 사람은 장만

---

**12** 공현진・이경수, 「해방기 박인환 시의 모더니즘 특성 연구─『新詩論』제1집과『새로운 都市와 市民들의 合唱』을 중심으로」, 『우리문학연구』 제52집, 우리문학회, 2016, 313쪽.

**13** 박인환, 엄동섭・염철・김낙현 편, 『박인환 문학전집 2─산문・번역』, 소명출판, 2020, 20~21쪽; 박인환, 「후기」, 『신시론』1집, 산호장, 1948, 16쪽. 이하『전집』1, 『전집』2로 표기하고, 『신시론』1집 자료 또한 전집 체제를 고려하여 현대어 규정에 맞춰 인용한다.

**14** 엄동섭, 앞의 글, 304쪽.

영이다. 즉 "새로운 시운동"이라는 대연합 아래 개인적 친분을 통해 동인 결성이 이루어졌고 "새로운 시와 시론의 기고"를 희망하는 누구나"동인이 되고 싶으신 분"『신시론』에 문을 두드릴 수 있다고 개방까지 해놓은 모습이었다. 게다가 기존의 시적 질서에 대한 "선입관"이나 '이해심'을 요구하기보다는 "시의 청춘은 항시 그러한 사람들을 무시하고 앞으로 나가는 것"이라고 선언하며, 상업성을 버린 오로지 새로운 시에 대한 강한 열망만 드러낸다. 하지만, 박인환의 「후기」에서는 '새로움'에 대한 어떤 틀을 명확하게 재단하지 않는다. 그리고 그 색채 또한 드러내지 않고 있는 모습을 보인다. 다시 말해 모색이나 전망에 대의는 있되, 그에 대한 방법론은 제시하기에는 역부족인 글이라고 볼 수 있다.

반면에 『신시론』의 색채를 본격적으로 드러내는 수록 평문은 서문의 역할을 하는 작자 미상의 「ESSAY」와 김경린의 「현대시의 구상성」, 박인환의 「시단시평」이다. 먼저 박인환의 「시단시평」부터 검토해보자.

지난날의 레토릭과 스타일의 세계에서 벗어나지 못하는 시인들이 있다는 것은 그들이 암만 새로운 의욕과 정치성에 몸소 겪고 있다 할지라도 그들은 현대의 시인으로서는 완전한 의미의 퇴보를 하고 있는 것 밖에는 아무 것도 아닌 것이다. (…중략…)

엄밀한 의미에서 요즘의 시인들은 자기가 무엇을 하는 길이 옳으냐는 것을 해득치 못하고 있다. 시대 조류만을 감수하고 시의 전진해 온 역사를 망각하고 있다. 오늘의 시가 갈망하고 있는 것은 가장 현실적이면서도 그 시대를 극복한다는 것이다. 그런데 요즘의 시인은 이러한 시 입문의 정리定理도 파악 못하고 사회적 명성과 자기도취에서 의식만으로의 편견으로 태만의 단계를 걷고 있다. (…중략…)

창조정신이란 곧 인민의 것이요, 여러 가지의 우리의 소유임에 틀림없다. 물론 오늘같이 압제 밑에서 살고 있는 시인들이므로 완전한 시의 기능을 보일 수는 없으나 시의 자유정신의 유동은 이와는 반대되는 것이다. 우리는 형상적 생명에 현실적 정신을 부합시키지 못하고서는 처음부터 시를 쓸 자격이 없는 것이다.

박인환, 「시단 시평」 부분[15]

인용한 부분을 포함하여, 이 글에서 박인환은 크게 6가지를 논구하는데, 그 내용을 정리해보면 다음과 같다. ① 시단을 엄정하게 비판한다면, 우리 시단은 결코, 진보하지 않았으며 그 비판마저도 빈곤한 상태에 놓여있다. ② 너무 지나치게 많은 시인이 있는 현 상태에 대해 재고해야 할 것이며, '자연 발생적 시인'과 '필연적 시인'의 정신적 거리에 관해서도 사유해보아야 한다. ③ 순수문학계의 시인을 제외하고 대다수 시인이 커다란 사회 혼란 속에서 헤매고 있으며, 아름다움을 노래하기보다는 "험악한 현실의 반항"을 노래하는 경우가 많다. ④ 이 때문에 "지난날의 레토릭과 스타일의 세계에서 벗어나지 못하는 시인들"이 새로움을 추구한다고 한들 그 또한 현대 시인으로서 퇴보의 행태일 수밖에 없다. 즉 모든 시인이 현대성에서 쇠퇴하고 있으며 "사회적 명성과 자기도취"에 빠져 있다. ⑤ 이러한 시기에 우리에게는 "창조적 정신", "자유정신"이 필요하며, 더 나아가 "형상적 생명에 현실적 정신"을 부합하는 것을 요청한다. ⑥ 비록 재

---

15 박인환, 앞의 책, 18~19쪽.

래적인 시인의 나열이나 작품을 두고 논구하지는 않고 있지만, 시대 조류를 읽고 올바른 세계관과 참다운 시정신을 망각해서는 안 된다. 그것은 박인환에 의하면, 현대시의 필수 조건이기 때문이다.

이렇게, 글 말미 ⑥에서 밝힌 대로, 박인환의 「시단 시평」은 정확히 어떤 시인의 특정 작품을 지칭하고 있는 평론의 성격을 띤다고 볼 수는 없다. 다만 막연하기보다는, 박인환 개인이 당대 시단에서 느끼고 있는 감회를 밝히는 차원으로 이해될 수 있는 글이다. 이 글에 핵심은 레토릭을 반복해서 현대시의 가치를 떨어뜨리는 수많은 시인이 있으나, 진정한 현대성에 대한 추구는 "가장 현실적이면서도 그 시대를 극복한다는 것"에 있다는 전망이다. 다시 말해, 새로워야 하는 필수 조건과 현실에 반영에 치우쳐 시류에 휩쓸리는 것이 아니라 형식적 새로움을 통해 현실을 드러내면서, 시대를 극복해야 한다는 것이다.

이 논의에서 '현실 반영'내용과 '새로움'형식 중 어느 쪽이 중핵인지 판단하는 것은 무의미할 수 있다. 박인환은 "창조정신이란 곧 인민의 것"이라고 지칭하면서도, 형식 차원의 스타일이 동시에 강조되어야 한다고 논변하고 있기 때문이다. 그에게 있어 내용과 형식, 사상과 방법론은 서로 별개의 관념이 아니다. 양자는 함께 진보해야 할 대상이며, 그것을 이어주는 통로가 "자유정신"에 있을 뿐이다. 물론 여기서 "자유정신"이란, 한 해 뒤 창작될 시편 「자유정신의 행방을 찾아」『민성』 5권 4호 1949.3에서 구축[16]했던

---

16 가령 박민규는 박인환이 "근대의 실현을 위해 그가 모색한 이념은 바로 "自由 精神"이며, 그 같은 자유주의의 위치에 서서 그는 전근대의 봉건주의뿐 아니라 사회주의 및 자본주의와도 비판적 거리를 설정하게 된 것"(박민규, 「문화, 교양, 자본 그리고 자유─초기 박인환의 이념적 모색과 시적 향방」, 『한민족문화연구』 제61호, 한민족문화학회, 2018, 121쪽)이라 논한다.

'자유적 근대'에 대한 강한 성찰과 열망에 초석이 되는 '자유'일 것이다. 즉 이 글 문면에는 구체화해서 드러나고 있지는 않지만, 박인환이 제창했던 "자유정신"은 반봉건, 자본주의, 사회주의 등 재래와 좌우를 통째로 비판한 맥락으로 발전되었다. 박인환은 '자유'만이 봉건 질서를 철폐할 수 있고, 자유 방종이 착복하는 근대 황금만능주의 악습과 사회주의 체제 선전 도구로 전락하는 예술 작품의 추미 문제를 동시에 비판할 수 있는 정신이라 믿었기 때문이다. 그러므로 "형상적 생명에 현실적 정신을 부합"하는 일의 주체가 『신시론』 1집에서는 "인민"이었다가, 2집 격인 『새시민』에 이르러서는 주체성이 강조된 "시민"으로 거듭나기도 했던 것이다. 이러한 관점에서 서문 역할을 하는 「ESSAY」를 다시 검토해볼 필요가 있다.

> 에스프리 · 누-보, 아방가르드, 모더니스트, 그 명사는 아무래도 좋았다. 그들은 앞을 내다보려고 했다. 낡은 탈을 벗으려고만 했다. 그들은 부정과 반역과-지성과 불안을 해부도로 하였다. 증오와 애가와-풍자와 포름으로서 현실을 요리하였다. 도회의 잡음, 문명의 갈등은 그 자체의 법칙으로서 파악되지 못하고 그와 함께 전전하지 못하고선 자아의 좁은 소극적인 나라 속에서 재단되고 메카나이즈되었을 뿐이었다. (…중략…)
>
> 현실에의 환귀는, 유리에서의 청산은, 더불어 전진하는 인민 속에 자기들을 발견시켰다.
>
> 그들은 청록이 되어 동양식 화원에서 꽃과 나비와 함께 놀 수는 없었다. 그들이 육체적으로 부정해 왔든 낡은 아름다움이었기에. 거기에 전정한 과학과 생명이 없기 때문에.
>
> 작자 미상, 「ESSAY」 부분[17]

다수의 선행 논자는 「ESSAY」의 필자는 박인환이 아닐 것으로 판단한다.[18] 아니 더 나아가 이 글은 김경린의 글이라는 주장[19] 또한 존재한다. 물론 이러한 주장의 근거는 "내용과 사유가 있다 하더라도 형식과 방법이 없으면 제대로 창작될 수 없는 것이 시"[20]라는 맹점에서 박인환의 지향점과 다소 차이를 보인다는 것이다. 물론 이는 「ESSAY」의 필자는 형식을 선행하고 있고, 박인환의 「시단 시평」에서처럼 '내용-형식' 중요성을 동시에 강조하고 있는 맥락에서 비롯된 오인이다.

그러나 두 글에서 내용과 형식의 관점을 다루는 층위가 크게 다르다고만은 볼 수 없다. 가령 「ESSAY」에서 "에스프리·누-보, 아방가르드, 모던니스트"과 같은 기존 사조의 부흥과 쇠퇴는 "낡은 탈을 벗을랴고만 했"던 것에서 비롯된다고 문제화한다. "증오와 애가와-풍자와 포름으로서 현실을 요리"했기 때문에 '새로운 시형사조'과 '현실'이 함께 하지 못하고 있었다는 것이다. 이렇게 진단된 당대 시의 빈곤성은 모더니즘은 스타일로 받아들인 풍토뿐만이 아니라 모더니즘의 기교적 측면만을 수혈하여 현실을 등한시했던 문단 풍토까지 함께 비판하고 있는 진단이다. 즉 새로운 시형

---

17 작자 미상, 「후기」, 『신시론』 1집, 산호장, 1948, 2~3쪽.
18 가령 박민규는 「ESSAY」를 "김병욱 계의 누군가가 썼으리라 판단"(박민규, 「신시론과 후반기 동인의 모더니즘 시 이념 형성 과정과 그 성격」, 311쪽)하고 있으며, 여기서 박인환을 제외한다. 그리고 공현진·이경수 역시, "사회성과 역사성을 포함한 모더니즘의 세계"(공현진·이경수, 앞의 글, 318쪽)를 지향하고 있다고 판단하면서 정체된 모더니즘이 호수의 기표라면, 그것은 바다로 흘러가야 한다는 '형식적 지향성'으로 「ESSAY」를 독해하고 있다. 즉 문면에서는 언급하지는 않았지만, 박인환과의 지향점 차이를 논구하고 있는 셈이다.
19 홍승진은 「ESSAY」에서 "모더니즘을 포함한 당대까지의 서구 현대시 전체가 위기를 맞았다고 비판하며 그 위기의 원인이 역사적 현실을 제대로 파악하지 못한 데 있다고 지적하는 것"(홍승진, 「김경린이 모색한 메타언어로서의 신시」, 『한국시학연구』 제58호, 한국시학회, 2019, 102쪽)으로 판단하고, 이는 김경린의 「현대시의 구상성」과 논지 유사성이 있다는 것으로 같은 필자일 것으로 예단한다.
20 전병준, 앞의 글, 184쪽.

을 내재화시켜 새로움을 하나의 스타일로 받아들이고, 세대론적 양식으로 정착시켜, 반복하는 시형이 가진 작금의 문제를 지적하고 있는 셈이다. 아울러 그런 새로움 없는 스타일의 반복은 정작 시인이 발 딛고 있는 현실과는 멀어지고, 대결을 위한 대결만을 양산하는 형태로 쇠퇴하고 있다고 비판된다.

그러므로 「ESSAY」에서 궁극적으로 강조하는 것은 "현실에의 환귀"이다. "낡은 아름다움"에서 도약하는 "과학과 생명"의 융화 지점을 찾아 그곳을 기사화하고, 스타일에 안주하지 않고 전진하는 '동적 지향'을 무한화하는 것, 그것이 「ESSAY」에서 논하는 새로움의 형태인 것이다. 이는 기존의 모더니즘에 대한 탈피를 의미하는 것이자, '현실'을 담보하는 모더니즘의 필요성을 요청하는 맥락이라 할 수 있다. 이에 비해 박인환의 경우는, 일진보하여 '현실 추구'와 '(모더니즘의) 새로움 추구'를 잇는 "자유 정신"의 필요성까지 요청한 것으로 판단할 수 있겠다.

그러므로 신시론 동인이 『새시민』과 '후반기'로 진행되는 과정에서 동인들 간의 노선 차이로 인해, 탈퇴와 영입을 거듭하는 과정이 있었지만 그러한 향후 결과에 따른 단정적인 실증을 근거해서 『신시론』 1집을 구성하는 과정에서도 노선 차이가 분명할 것이라는 전제는 지양해야 한다. 그리고 박인환을 주축으로 결성된 신시론 동인의 첫 동인집에서 박인환과 사상적 결을 달리하는 서문을 내걸었을 것이라는 가설 자체가 이미 논증적이지 못할 수 있다. 물론 이런 오해가 지속된 이유 중 하나는 동인에서 김경린의 존재감 때문일 수도 있다. 김경린은 「현대시의 구상성」에서 다른 동인보다 독자적이고, 적극적인 모더니즘 지향을 드러냈기 때문이다.

현대시는 언어에 관한 모든 약속을 파괴함으로써 출발하였다. 과거에 있어서 언어는 사상을 보편화하려는 재료에 불과하였음으로 관념을 위한 기구인 동시에 표현의 재료에 지나지 않았던 것이다. 그러나 현대시에 이르러 기호를 위한 언어로부터 사고를 위한 언어에로 발전하여 옴에 따라 언어는 새로운 기능을 발휘할 수 있는 기회를 가질 수 있었다. (…중략…) 우리들의 새로운 시적 사고를 표현하기 위하여 하나의 현실은 과학적인 면에서 정확한 속도로 채택되어야 하며, 그 현실은 현실과 현실과의 새로운 결합에서 신선한 회화적인 이미지네이션으로서 구상되어야 한다. 이러한 새로운 결합을 규정하는 것은 시적사고이며, 다시금 이 새로운 사고에 속도를 가하는 것은 기술의 종합적 액션인 것이다.

김경린, 「현대시의 구상성」 부분[21]


주지하듯, 김경린은 와세다대학에서 수학하던 중 모더니즘 계열 문예동인 'VOU'에 가입하여 조선인 최초로 활동했으며, 구시대의 시운동을 청산하고 새로운 시어나 이미지로 나아가는 세계관을 줄곧 유지해왔다. 논자에 따라 '신시론'의 동인 명칭 또한 "1926년부터 낡은 운율을 부정하고 주지주의적이며 감성적, 감각적 발상으로, 한때 일본 시단을 휩쓸던 키타소노 가즈예北園克衛가 이끌던 모더니즘 시운동 단체였던 '新詩論'의 명칭을 그대로 사용한 것"[22]이라는 견해가 있을 정도로 박인환만큼이나 '신시론' 동인에서 김경린의 영향은 막대했다.

21 김경린, 「현대시의 구상성」, 『신시론』 1집, 산호장, 1948, 12~13쪽.
22 채형석, 「후기 모더니즘 시운동 고찰−'신시론'의 형성과 그 시적 특성을 중심으로」, 『한국언어문학』 제40집, 한국언어문학회, 1998, 607쪽.

그러나 인용문에서도 알 수 있듯이, 김경린이 현실의 문제를 모두 부정하거나 간과하고 논지를 전개하고 있지는 않다. 먼저 이 글에서 김경린은 "언어에 관한 모든 약속을 파괴"하는 데에서 시작하는 것이 현대시의 출발이라고 전제한다. 그리고 "기호를 위한 언어로부터 사고를 위한 언어에로 발전"을 독려하며, "언어는 새로운 기능"이나 "회화적인 이메이지네이슌"을 강조하는 영미 모더니즘의 특장점이 서술한다. 그러나 여기서 주목해서 볼 점은 "현실은 과학적인 면에서 정확한 속도로 채택"해야 한다든가, "현실과 현실과의 새로운 결합"에서 인지되어야 한다는 문맥이다. 다시 말해, 이미지즘이나 보티시즘vorticism으로 나가야 하는 시형의 모색을 전제하고 있기는 하지만, 현실-읽기 / 인지의 맥락을 함께 추동하며, 기존 모더니즘 탈피의 가능성을 개방하고 있다. 이는 해방기라는 시대의 특수 조건이 이 시기 김경린에게도 작용한 것으로 유추될 수 있으며, 새로운 언어와 새로운 모더니즘의 모색은 현실을 과학적으로 인지하고 주어진 현실과 과학적으로 인지한 현실 사이의 새로운 결합을 종합했을 때 비로소 '새로운 시적 사고'를 비전화할 수 있다고 믿었던 것이다. 이같이 김경린은 작금의 위기를 맞는 현대시가 '사고를 위한 언어'로 나아갈 수 있는 방향성을 제시한 셈이다.

그렇다면, 이 또한 박인환의 논지와 강한 거리감을 가지고 있는 논의라고만은 볼 수 없다. 김경린의 신시론 동인 결성 이전 이력과 이후의 시적 지향점이 모더니즘 기수의 면모가 강하다고 하더라도, 『신시론』 1집에서 드러난 공통적인 맥락은 '현실'과 그에 따른 역사성, 인민성시민성에 대한 견지 태도[23]들이다. 정리하자면, 비록 신시론 초기 동인들이 가진 정치적 노선이 제각각이었고, 누구나 동인에 들어올 수 있다는 단서를 다는 등 그 형태가 느슨한 결합성을 갖고 있었던 것은 분명하지만, 해방 공간의 특수한 정치적 조건이 그들에게는 모두 작용하고 있던 것으로 보인다. 그 때문에 '새로운 모더니즘운동'의 깃발 아래, 신시론 동인은 출범했으며 그들이 전망하려 했던 모더니즘의 형태는 '(모더니즘의) 새로움 추구'를 통해 인습화된 현실을 보다 명확히 자각하려는 것이었다.

〈그림1〉『신시론』 1집 표지. Halsman의 사진 'Lauren Bacall was named "The Look"'

## 3. 박인환이 추구한 모더니즘과『신시론』의 관계

그렇다면, 신시론의 '새로움'에서 기성의 대척점으로 두는 지점은 어디인가 질문하지 않을 수 없다. 앞선 서문과 평론 두 편에서도 드러나듯 재래의 서정시가 지니는 관습성과 감상성으로 치우치거나 사조를 유행화된 스타일로 계승하는 종래 모더니즘의 문제점을 지적한 바 있다. 그러면서 새로운 모더니즘으로 나아가자고 재맥락화한 점은 김기림의 과학주의와 이미지즘과도 크게 차이를 보이지 않는 것처럼 보인다.[24] 주지하듯, 『신

---

23 물론 김경린의 「현대시의 구상성」에서는 인민에 대한 직접적 언급은 없다. 역사적 맥락에 관해서도, 현대시가 전진해온 역사성에 국한해서 논리 전개를 하려는 태도가 엿보이기는 하지만, 그가 지향했던 '새로운 현실'이란 지금-여기의 현실-읽기를 통하지 않고는 "기술의 종합적 액숀"도 불가능한 일이다.

시론』 1집의 지향점이 김기림의 1930년대 모더니즘운동을 계승하는 점이 누차 엿보인다는 것이다. 그렇다면, 박인환에게서는 김기림의 전사가 어떻게 드러나고 있는지는 점검해볼 필요가 있다.

그보다 먼저 논의의 확장을 위해, 『신시론』 1집의 표지와 박인환의 상관성을 논해야겠다. 박인환이 『신시론』 1집에서 지향했던 모더니즘을 '현실 추구'와 '(모더니즘의) 새로움 추구'로 전제한다면, 박인환이 표지 선택에 관여한 맥락도 『신시론』과 박인환의 모더니즘의 성격을 해명하는 데에 유의미한 사료가 될 수 있을 것이다.

〈그림 1〉은 『신시론』 1집의 표지로, 필립 할스먼Philippe Halsman의 사진 작품으로 모델 여성은 영화배우 로렌 바콜Lauren Bacall이다. 이 무렵 『신시론』 1집 표지를 만드는 과정에 관해 박인환은 다음과 같이 약술하고 있다.

> 나는 그 무렵 우리들의 비상업적인 동인시지 『신시론』이 표지 구성에 부심하였을 때인 만큼 동인들과 당신의 포트레이트(이는 할스먼 작품이라는 데 더욱 의의가 있었다)를 우리 잡지 겉장으로 하자고 주장하였는데 이들의 대부분은 영화 잡지가 아닌 순수한 시지의 표지를 여배우의 얼굴로 조화시킨다는 것은 저속한 일이라고 거부했으나 수일 후 당신의 얼굴이 발산하는 페시미스틱한 어떤 영감이 우리의 시정신과 흡사하며 우리의 문명 비판적 시각이 당신의 근대적인 눈의 모색과 복합이 빚어내는 환상의 감정과 공통된다는 데 의견의 일치

---

24 "'신시론' 동인은 동시대의 우익 계열의 시와 좌익 계열의 시를 극복하려고 1930년대의 모더니즘시를 주도한 김기림의 시론을 거울로 삼았다. (⋯중략⋯) 1920년대 초기에 등장한 낭만주의시의 감상성과 1920년 중반에 등장한 프롤레타리아시의 관념성을 극복하려는 것이었는데, 특히 김기림이 주도했다"(맹문재, 앞의 글, 212~213쪽)는 맥락은 익히 잘 알려진 사실이지만, 해방 공간에서는 김기림 또한 시대적 혼란과 급류를 그대로 내재화했던 것으로 보인다. 이에 관한 논의는 제3장 말미에서 구체화한다.

를 보고 우리 잡지는 바콜의 얼굴과 함께 인습의 거리에 났다. 일반은 물론 여러 문화인의 비난의 소리는 높았고 표지에 대한 공격은 전개되었습니다.

박인환, 「로렌 바콜에게」 부분[25]

위의 인용문은 여배우 로렌 바콜에게 보내는 박인환의 서간 형식의 산문이다. "일반은 물론 여러 문화인의 비난의 소리는 높았"다는 회고에서도 볼 수 있듯이, 당시 순수 시 동인지에 인물 사진Portrait을 표지로 삼고자 했다는 것은 파격이었다. 박인환은 로렌 바콜 표정의 "페시미스틱한 어떤 영감"이 신시론이 지향하는 "문명 비판적 시각"과 맞닿아 있다고 기술하고 있지만, 실상은 그런 실험과 파격을 통해 '신시론' 동인의 정체성을 세우고, 동인의 홍보·인지 효과에도 일정 부분 기여할 것이 있을 것이라는 계산이 섰던 것으로 보인다. 그러니 로렌 바콜의 인물 사진을 표지로 삼는 것은 단순히 박인환의 문화적 기호를 드러낸 것이라고만은 판단할 수 없다. 그렇다면 "근대적인 눈의 모색과 복합이 빚어내는 환상의 감정"을 로렌 바콜의 표정에서 추출하고, 동인 구성원을 설득할 수 있었던 이유는 무엇이었을까. 그러나 여기서 주목할 점은 표지가 로렌 바콜이었다는 것만큼이나 이 표지를 찍은 사진작가가 할스먼이었다는 데에 있다.[26]

주지하듯 할스먼의 출세작은 『달리의 콧수염Dali's Mustache』1954이었다. 초현실주의 화가 달리와 할스먼은 1940년대 후반부터 협업을 시작했으며, 달리의 콧수염을 36가지의 다른 시각으로 담아낸 것을 비롯해, 「달리의 누드 해골In Voluptas Mors」, 「달리 원자론Dali Atomus」 등을 촬영[27]하면서

---

25 박인환, 「인기 여우에게 보내는 편지−로렌 바콜에게」, 『전집』 2, 143쪽.
26 위의 글에서 박인환은 "현대 아메리카 사진 예술가로서는 제1인자"로 할스먼을 소개한다.

이미지의 찰나와 구상의 입체성을 담아낸 그림이다. 「Dali Atomus」에서 엿보이는 찰나의 포착은 '점프 행위'를 담아내는 할스먼의 독특한 사진 예술 양식으로 잘 알려져 있다. 여기서 할스먼은 "점프하는 사람은 갑작스레 분출하는 에너지의 힘으로 중력을 거스르게 되면서, 표정과 얼굴 근육, 팔과 다리를 제어할 수 없게 되"면서 일상에서의 "가면이 벗겨지고 진정한 자아가 표면에 떠오른다"고 주장한다. "인물사진에서 비언어적 소통의 요소가 되는 포즈"[28]를 통해 인물 기저에 있는 성격유형의 파악까지 가능하다는 '점프이론Jumpology'은 이후 할스먼의 작업 방식에 주요한 모태가 된다. 장 콕도, 히치콕과 같은 영화 거장뿐만 아니라 마릴린 먼로, 오드리 헵번 등의 여배우들과 닉슨 미국 대통령까지 '점폴로지' 형식의 인물사진으로 제작하며 20세기 사진 문화사에 큰 획을 긋는다.

박인환이 할스먼 사진을 자신이 운영하던 마리서사에 걸어 놓았다는 김수영은 증언[29]은 단순히 '마리서사'라는 공간이 초현실주의나 전위 문화인들의 집합소로 당대 기능했다는 것 이상의 의미가 있었던 것으로 보인다. 김수영의 산문 「마리서사」에서만 할스먼과 같이 작업을 했던 예술가들인 살바도르 달리, 장 콕토가 기술되고 있을 뿐만 아니라 브르통의 「초현실주의 선언」이 등장하기도 하고, 일명 '복쌍'일본식 호칭이라고 불리는 당

---

**27** 〈In Voluptas Mors〉은 일곱 구의 나체로 구성된 해골을 양장에 중절모 쓴 달리가 감상하고 있는 사진이며, 〈Dali Atomus〉는 달리의 초현실주의 그림 〈원자의 레다(Leda atomica)〉를 배경으로 두고, 고양이 세 마리와 달리가 점프를 하고 있고 물줄기가 허공을 가로지르고 있는 찰나의 현상을 담은 사진 작품이다.

**28** 김문정, 「인물사진의 포즈에 나타난 성격유형에 관한 연구 – 할스만의 점프이론을 중심으로」, 『AURA』 제40호, 한국사진학회, 2018, 17쪽.

**29** "가게 안에 놓인 커다란 유리장 속에 든 멜류알, 니시와키 준사부로의 시집들이며, 용수철 같은 수염이 뻗힌 달리의 사진이 2, 3년 전의 일처럼 눈에 선하다." 김수영, 「마리서사」, 앞의 책, 1981, 105쪽.

대 초현실주의 화가 박일영이 등장하기도 한다. 다시 말해, 박인환은 당대 젊은 그룹에서 그 누구보다 서구 문화에 밝았던 인물이었고, 그에 따라 문화적 우위를 점유하고 있었다. 물론 이런 박인환의 외향과 '마리서사'의 의미를 김수영은 코스튬Costume으로 격하하여 평가하고 있지만, 박인환의 모더니즘은 유행만을 뒤쫓아가는 당위를 위한 모더니즘도 아니었고, 현실을 부정하고 출세만을 위한 한 양식으로 선택된 모더니즘도 아니었다. 즉, 시 전문 동인지에 굳이 '비상업지'라고 누차 언급하며, 가장 상업적인 코드의 표지 사진을 구성했던 허례허식만으로 격하할 수는 없는 맥락이 있다는 것이다.

할스먼이 '점폴로지'를 통해 인물 기저의 진실성을 끌어올리려고 했듯이, 박인환과 '신시론' 초기 동인들은 주어진 현실에서 가려진 내연의 진실을 찾으려고 형식 / 의식적 차원에서 모더니즘의 새로움을 제창한 것이다. 그리고 그 방법론으로 문명 비판의 태도를 견지하고 있으며, 앞선 고찰에서처럼 박인환은 형식과 내용의 양자 사이를 잇는 사상적 경로로 "자유정신"까지 제시해 놓았다. 즉 현실 추구의 참여형 모더니즘을 통해 새로운 시정신을 개방하려고 한 셈이다. 이에 대한 구체적인 논의를 위해서는 박인환이 당시 모더니즘의 기수 김기림을 어떻게 전유해나갔는지 검토해보아야 한다.


침체한 시대에서 성장해온 김기림金起林, 씨는 시집 『새노래』를 우리에게 던지었다. (…중략…) 지난날 조선의 시의 기사騎士였던 씨는 아직도 무수한 무기를 가지고 있으니 그것은 사회학적, 정치학적, 과학적 인식에 있어서의 시적 구성의 위력威力이다. 시정신의 퇴각에 이반하여 『새노래』는 건축에서 보는 몽타주적인 표현을 모든 시의 요소로 하고 있다. (…중략…)

씨는 어느새 풍토화되어 버렸다. 지적 정서를 아직도 상실하지 않은 시인 김기림 씨는 시사時事 문제를 정리 못하고 있는데 이것이야말로 가장 위기한 내일을 초래할지도 모른다.

박인환, 「김기림 시집 『새노래』」 평」 부분[30]

『기상도』는 조선의 시적 활동이 처음으로 전통(완전히 전통이 없는지도 모른다)의 중압에서 이탈한 말하자면 문명 비판적인 인식의 세계관 위에 형성되어 있다. 김기림 씨는 에즈라 파운드 그리고 T. S. 엘리엇의 복합작용으로서 반작용을 일으켜 놓고 어떠한 새로운 전통을 발견하기로 노력하였다. (…중략…) 김기림 씨는 그때 사회주의 경향에 흐르기 시작한 S. 스펜더, 데이루이스, 조-지 파-카들과 정신적 교류를 주고 받았다. (…중략…) 『기상도』는 시대 현실에 대한 에르네적 정신의 반응으로 볼 수 있는 것이다. 이것은 사회 관심이 지니는 필연적 결과이다. (…중략…) 시의 새로운 정신이 구성과 기교의 정신에 있었던 시대에 있어 그는 청춘의 타협으로 『기상도』를 공개하고 (…중략…) 보고報告와 이매지네이션을 조화한 김기림 씨의 사랑의 일기였던 것이다.

박인환, 「김기림 장시 『기상도』 전망」 부분[31]

인용문은 박인환이 김기림의 신간과 복간 시집에 대해 서평으로 제출된 글이다. 박인환은 『새노래』에 관해서는 "회학적, 정치학적, 과학적 인식

---

30 박인환, 『전집』 2, 22~23쪽; 『조선일보』, 1948.7.22.
31 박인환, 『전집』 2, 35~37쪽; 『신세대』 4-1호, 1949.1.25.

에 있어서의 시적 구성의 위력"를 가졌다거나 "건축에서 보는 몽타주적인 표현을 모든 시의 요소로" 반영하고 있다는 등 모더니즘의 기수라는 관점에서 극찬을 아끼지 않고 있다. 복간된『기상도』역시, "에즈라 파운드 그리고 T. S. 엘리엇의 복합작용으로서 반작용을 일으켜 놓고 어떠한 새로운 전통을 발견하기로 노력"한 결과물로 보면서, 조선시의 새로운 역사를 구축한 시집으로 찬사를 보낸다. 그런데 여기서 주목할 점이 두 가지가 있다. 하나는 김기림의 모더니즘을 사사받은 것이 박인환 저 자신이라는 의식이 깔려있는 것이고, 다른 하나는 김기림을 경유해서 논하고 있는 당대 현실에 대한 응전 방식이다.

가령 전자의 경우, 두 서평 모두 박인환이 지칭하고 있는 '우리'는 단순히 대명사 '우리'로 대면보다는 박인환 자신과 자신이 속한 세대신시론 동인을 아우르며 기능하고 있다. 예컨대 "지적 정서를 아직도 상실"에 대한 문제라든가, 김기림의 시가 어느새 "풍토화"되어 버렸다는 진단은『신시론』1집에서 논구한 현대시의 위기를 개진하는 태도와 다르지 않다. 그리고 사회주의 경향을 수혈받아 "사회 관심이 지니는 필연적 결과"를 강조하는 것 또한 그러하다. "시의 새로운 정신이 구성과 기교의 정신"을 강조하면서, 동시에 현실 참여적 모더니즘의 필요를 요청하는 것으로 독해할 수 있다.

이러한 박인환의 태도는 "김기림의 장시를 현대에의 비판으로 강렬하게 의식하며 그 자신을 이상과 김기림의 현대비판으로서의 현대시를 계승한 사람 인식"[32]하는 것과 더불어, "T. S. 엘리엇의 현대시의 전위적 방

---

32 방민호,「박인환과 아메리카 영화」,『한국현대문학연구』제68집, 한국현대문학회, 2022, 101~102쪽.

식과 관련하을 지니면서 공통된 사회이념을 지향한 작품을 창작"[33]한 바 있었던 스펜더를 박인환과 김기림이 동시에 전유했던 흔적과도 관련이 깊다. 주지하듯 『새시민』에서 박인환은 「열차」에서 제국주의, 파시즘에 저항했던 스펜더를 직접적으로 호명하며 작시하기도 했으며, 이 시기 김기림은 『시의 원리』을유문화사, 1950를 간행하면서 I. A. 리처즈가 논의하지도 않았던 스펜더를 끌어들여 자기만의 방식대로 향유하기도 한다.

이는 김기림이 "일종의 좌를 급선회"[34]로 평가할 수 있다. 그리고 같은 시기 조선문학가동맹 시 부위원장직을 맡으면서 인민전선 논의의 적극적으로 지지하는 문학 강연 활동을 벌이기도 했다는 점 또한 해방기 김기림의 변모 양상이었다. 박인환 또한 그러하다. 두 번째 인용문에서 "시대 현실에 대한 에르네적 정신의 반응"이라 『기상도』를 평하고 있지만, 이러한 시기적 특성을 종합적으로 고려해볼 때, 여기서 논한 "시대 현실"이란 『기상도』 초판을 상재했을 때의 현실만을 지칭하지는 않았을 것이다. 해방 공간에서 다시 유통되는 『기상도』의 가치를 참작해볼 때, 박인환이 겪고 있는 지금-여기의 '현실'이 반영되어 『기상도』의 현재적 가치가 새로운 전망으로 녹아들어 있었을 것이다. 그러니 "시대 현실"은 김기림이 겪어 왔던 현실이자 동시에 박인환과 김기림이 함께 겪고 있는 작금의 현실일 수 있다.

그리고 "시사時事 문제를 정리 못하고 있"다는 구문마저도 김기림의 정치적 노선과 문학적 지향을 타협하는 문제들을 박인환이 재평가한 맥락

---

33 최라영, 「박인환과 오장환과 S. 스펜더에 관한 비교문학적 연구」, 『한국현대문학연구』 제64집, 한국현대문학회, 2021, 194쪽.
34 김용직, 『김기림』, 건국대 출판부, 1997, 114쪽.

으로 읽어볼 수 있다. 엄밀히 말하면, 실상은 평가라기보다는 박인환 스스로도 어느 편에서 쉽사리 설 수 없는 유예 상태에 있으면서도, '김기림 키드'로서 김기림에게 공을 넘기는 염려를 하고 있는 것이다. 박인환이 인지하기에는 김기림은 모더니즘의 기수이자 자유주의자였으나, 시대의 조류에 따라 전혀 다른 노선을 선택하고 있는 것처럼 보였을 가능성이 깊다. 그러니 이 구문은 김기림에게 질문이자, 자신에게 던진 질문이었을 것이다. 주지하듯 박인환 역시, 향후 「성명서」 『자유신문』, 1949.12.4에서 밝혔듯이, 비록 적극적인 가담은 아니었으나 문학가동맹에 가입한 이력이 있었고, 좌익계와 교류한 점이 없지 않았다. 그러나 궁극적으로 그는 좌도 우도 아닌 김기림과 같은 자유주의자였다. 다만 한 시기, 현실을 딛고 출발하는 모더니즘을 지향[35]했을 뿐이다.

기복起伏하던
청춘의 산맥은
파도 소리처럼 멀어졌다

바다를 헤쳐 나온 북서풍
죽음의 거리에서 헤매는
내 성격을 또다시 차디차게 한다

---

[35] 박민규는 해방기 모더니즘의 노선을 '참여적 모더니즘'과 '기교적 모더니즘'으로 구분하지만, 이러한 구분에서의 모더니즘 또한 그 중간지대가 존재했던 것으로 필자는 파악한다. 그리고 그 중간지대에 이 시기 박인환의 시와 시론이 있었을 것이다.

이러한 시간이라도
산간에서 남모르게 솟아 나온
샘물은
왼쪽 바다
황해로만 기울어진다

소낙비가 음향처럼 흘러간 다음
지금은 조용한
고리키의 달밤

오막살이를 뛰어나온
파벨들의 해머는
눈을 가로막은 안개를 부순다

새벽이 가까웠을 때
해변에는
발자국만이 남어있었다

정박한 기선은 군대를 끌고
포탄처럼
내 가슴을 뚫고 떠났다

「고리키의 달밤」 전문[36]

---

**36** 박인환, 『전집』 1, 72~73쪽.

인용 시는 박인환이 『신시론』 1집에 발표한 「고리키의 달밤」이다. 원문에서의 원제는 「골키 — 의 달밤」으로 전집을 간행했던 편자들마다 각각 '막심 고리키Maxim Gorky'와 "모스크바에서 35km 떨어진 마을인 '고르키'"[37]로 해석을 달리하고 있다. 전자의 경우는 6연의 "파벨"이라는 시어를 "고리키의 소설 『어머니』에 등장하는 '파벨 블라소프'를 지칭하는 것"[38]으로 보고, 이 시를 고리키의 영향 관계로 해명한다. 후자의 경우는 레닌의 차용으로 레닌 사후, '고르키 레닌스키예Gorki Leninskiye로 바뀐 지명'과 관련이 깊다고 논의하면서, 볼셰비키 혁명을 통해 사회주의 국가를 건설하려고 했던 레닌 삶의 철학과 정치적 행동이 투사된 작품으로 연관 짓고 있다. 일단 전자든 후자든, 고리키가 '사회주의 리얼리즘 창작법'을 완성한 인물이라는 점에서, 그리고 레닌의 정신 기저에서 문화의 근원성이 노동 주체들이 삶과 깊이 연동하고 있다는 점에서, 유사한 해석이라 볼 수 있겠다. 게다가 고리키와 레닌의 군건한 우정은 이미 우리에게 알려진 내용이기도 하다.

다만 전자의 관점을 경유해볼 때, 이 시의 볼륨감이 더 커지는 효과가 있다. 후자처럼 '레닌이 휴식을 취하고 삶을 마무리한 곳'으로, 「고리키의 밤」을 해석하면 상대적으로 동원된 이미지들이 모두 정적으로 하강되고 있기 때문이다. 그에 비해 장편 『어머니』 속 '바벨'은 평범하고 가난하고 누추한 삶을 영위하던 현실의 노동자에서 투쟁 목표를 지닌 인물로 성장하는 과정에서 형상화된 인물이기 때문에, 상대적으로 이 시를 읽는 풍부한 요소들을 제공하는 점이 없지 않다. 이와 더불어 고리키의 소설 중에

---

37 맹문재, 앞의 글, 218쪽.
38 『전집』 1, 73쪽.

유일하게 러시아 혁명의 생생한 현장을 배경으로 삼고 있다는 점 또한 박인환이 고리키를 전유한 유의미한 의미가 될 것이다. 그러나 이 소설은 현실의 억압과 참다운 자유, 이상적 가치 추구와 주어진 현실, 역사적 책무와 혁명기를 횡단하는 개별 주체들의 군상의 문제 등을 총체적으로 다루고 있는 까닭에, 박인환이 명확히 어떤 노선에서 이 시를 썼는지 해명하기란 쉽지 않다.

다만 "청춘은 산맥", "죽음의 거리", "포탄", "군대"와 같은 전쟁을 암시하는 듯한 시어들과 "오막살이", "안개", "발자국", "정박한 기선"과 같은 정체된 정동이 부딪히면서, 혁명 전야 속 고요와 불안의 정서를 충동적으로 그려내고 있는 것은 분명해 보인다. 그리고 서술어의 차원에서 '멀어지다', '차게 하다', '솟아 나오다', "기울어진다", "부순다", '남아 있다', '떠났다'와 같은 용언이 가지고 있는 역동과 지체를 오가는 운동태들이 동원되면서, 박인환이 당시 가지고 있었던 시적 고민이 드러나고 있다는 점 또한 주목할 수 있다.

다시 말해, 박인환이 '신시론' 동인을 주도하면서 박인환 스스로도 결정할 수 없는 문제에 당면했던 것으로 보인다. 문단에 출세를 위해 좌든 우든 택해야 할 일이었지만, 박인환을 비롯한 동인들은 한쪽 노선을 정할 수 없었다. 엄밀히 말하면, 어떤 노선을 택하기보다는 제3의 노선인 모더니즘의 새로움에 대한 충동을 지지하고 있는 그룹이었으며, 그렇다고 급변하는 문학과 정치의 상호 관계 속에서 '현실' 문제에 대한 회피도 어려운 것이었다. 그러니 제3지대를 택해 인정 투쟁을 진행하면서도 본인들의 지향성에 반하는 현실 문제에 관한 당면 과제를 (무)의식적으로 끌어 들어오는 형태를 보여온 것이다. 그러므로 「고리키의 달밤」의 전유 양상이 막심 고리키이든 레닌이든, 그 어디에서 비롯되었다고 하더라도, 이들이 모두 참여적 현실과 좌측 노선과 관계된 상호텍스트성이라는 데에서, 이 시기 박인환의 시적 / 시론적 모색이 엿보이는 것이라고 할 수 있다.

그리고 상대적으로 초기 동인 구성원 중 모더니즘의 깃발을 끝까지 붙잡고 있었다고 보이는 김경린이나, 박인환과 동인들이 전범으로 삼았었던 김기림조차도 사상적으로든, 정치적으로든 우왕좌왕한 모습이 노출된 것도 사실이었다. 그러므로 이 시기 박인환의 모더니즘은 형식과 내용도 양자를 선택한 모더니즘이라기보다는 양자를 선택할 수밖에 없었던 모더니즘이었던 것이다. 또한 동인의 정치 / 사상적 노선이 느슨할 수밖에 없었던 이유도 이 같은 맥락과 크게 상이하지 않으며, 이러한 느슨함은 결합과 와해, 동경과 실패, 다시 또 동경을 내재화하는 낭만을 밀어 올리며 '후반기'로 전진해갈 수밖에 없었을 것이다.


## 4. 나가며

『신시론』 1집에서 동인들이 저마다 추구했던 모더니즘의 지향점은 상이했다. 그러니 신시론 초기 동인은 '느슨함'이라는 기표를 떼고 말할 수는 없다. 물론 이는 『신시론』과 『새시민』, 후반기로 진행되는 과정에서, 소속 동인 간의 불화가 저마다의 회고담을 통해 제출되었기 때문에 가시화된 사실이지만, 이 시기 이러한 '느슨한 결합'은 『신시론』만의 특수한 상황이었다고 말할 수는 없을 것이다. 해방기문학 담론의 헤게모니 투쟁은 개인보다 공동체를 통해 이루어졌기 때문이다. 그러니 제3지대를 선택한 '모더니즘 키드'들의 결합과 와해는 특이할 것도 새로울 것도 없는 사건이었다. 다만 문학적 지향점들이 다른 동인들이 느슨하게 '모더니즘'이라는 큰 깃발 아래 모였다는 그 사실만으로도 우리 시사에서는 유의미한 가치를 지닌다. 아울러 해방기라는 혼란 상황이 동인 구성원들의 명확한 문학적 비전을 내장할 수 없도록 만든 형세이기도 했다는 점 또한 고려되어야 한다.

이러한 가운데, '신시론' 초기 동인으로써 박인환의 역할은 주도적으로 동인들을 모집했을 뿐만 아니라, 순수 시 동인지 『신시론』에 여배우 로렌 바콜을 내세울 만큼, 동인의 정체성과 상품성에 새로운 기획을 주도해나갔다는 점에서 주목을 끌만 하다. 특히 '할스먼의 점폴로지'나 '김기림과 S. 스펜더'의 전유 과정에서 드러나는 현실과 모더니즘의 양자 모두를 지향했던 미적 특징은 이 시기 박인환 시와 시론이 지니고 있었던 독특한 지점이라 평가할 수 있을 것이다. 가령 박인환이 『신시론』 1집에 수록한 시편 「고리키의 달밤」이 그렇다. 이 작품은 '막심 고리키'나 '레닌'을 차용한 작품으로 알려져 있다. 다시 말해 '사회주의 리얼리즘'과의 간접적 영향 관계에 놓여 있었던 작품이었다는 것이다. 그러나 이 시편의 구문들에서도 드러나듯이, 역동성과 정적 상태를 병치해놓는 형태가 자주 노출된다. 즉 좌도 우도 아닌 형식 미학 차원에서의 중간지대를 택한 박인환의 고민이 직투사되었던 흔적인 것이다.

아울러 선행 논의에서는 『신시론』 1집에 수록된 서문과 평문 「ESSAY」, 「현대시의 구상성」, 「시단시평」이 다른 지향점을 보인다는 것 때문에, 동인 간의 불화 시발점을 고찰하고 있는데, 이는 박인환이 『신시론』 1집 간행을 전후해서 발표한 평문들을 간과해서 읽은 탓이다. 그리고 박인환을 주축으로 결성된 신시론 동인의 첫 동인집에서 박인환과 사상적 결을 달리하는 서문과 평문을 내걸었을 것이라는 가설 자체가 이미 논증적이지 못할 수 있다. 세 편의 문면에서는 현실의 문제와 함께 역사 인식의 중요성을 모두 강조하고 하고 있으면서 '새로운 현대시의 가치'를 견인하는 문학의 형식의 필요성을 요청한다. 이는 박인환의 당대 관점과도 상동한다고 볼 수 있다. 즉 이 시기 박인환은 『신시론』 1집을 통해, "자유정신"을 기반으로 '현실 추구'와 '(모더니즘의) 새로움 추구'의 가능성을 내재했던 것으로 판단된다.

# 참고문헌

**기본 자료**

박인환, 엄동섭·염철 편, 『박인환 문학전집 1 – 시』, 소명출판, 2015.

＿＿＿＿, 엄동섭·염철·김낙현 편, 『박인환 문학전집 2 – 산문·번역』, 소명출판, 2020.

박인환 외, 『신시론』 1집, 산호장, 1948.


**단행본**

김수영, 「박인환」, 『김수영전집』 2, 민음사, 1981.

김용직, 『김기림』, 건국대 출판부, 1997.

엄동섭, 『新詩論 동인연구』, 태영출판사, 2007.


**논문**

공현진·이경수, 「해방기 박인환 시의 모더니즘 특성 연구 – 『新詩論』 제1집과 『새로운 都市와 市民들의 合唱』을 중심으로」, 『우리문학연구』 제52집, 우리문학회, 2016.

김경린, 「기억 속에 남기고 싶은 그 사람 그 이야기 (14)」, 『시문학』 272호, 1993.

김문정, 「인물사진의 포즈에 나타난 성격유형에 관한 연구 – 할스만의 점프이론을 중심으로」, 『AURA』 제40호, 한국사진학회, 2018.

박민규, 「문화, 교양, 자본 그리고 자유 – 초기 박인환의 이념적 모색과 시적 향방」, 『한민족문화연구』 제61호, 한민족문화학회, 2018.

＿＿＿＿, 「신시론과 후반기 동인의 모더니즘 시 이념 형성 과정과 그 성격」, 『어문학』 제124집, 한국어문학회, 2014.

박성준, 「해방기 박인환 시의 현실 인식 변모 양상 – 「仁川港」, 「植民港의 밤」의 창작 배경 중심으로」, 『한국문학이론과 비평』 제86집, 한국문학이론과 비평학회. 2020.

방민호, 「박인환과 아메리카 영화」, 『한국현대문학연구』 제68집, 한국현대문학회, 2022.

엄동섭, 「『新詩論』 1집의 해제와 新詩論에 대한 새로운 이해」, 『근대서지』 제1호, 근대서지학회, 2010.

유성호, 「해방기 시의 세대론」, 『한국시학연구』 제33호, 한국시학회, 2012.

전병준, 「신시론 동인의 시와 시론 연구」, 『Journal of Korean Culture』 제31권, 한국언어문화학술화산연구소, 2015.

정영진, 「연구사를 통해 본 문학연구(자)의 정치성-박인환 연구사를 중심으로」, 『상허학
　　보』 제37집, 상허학회, 2013.

채형석, 「후기 모더니즘 시운동 고찰-'신시론'의 형성과 그 시적 특성을 중심으로」, 『한국
　　언어문학』 제40집, 한국언어문학회, 1998.

최라영, 「박인환과 오장환과 S. 스펜더에 관한 비교문학적 연구」, 『한국현대문학연구』 제
　　64집, 한국현대문학회, 2021.

홍승진, 「김경린이 모색한 메타언어로서의 신시」, 『한국시학연구』 제58호, 한국시학회,
　　2019.

# '후반기' 시의
# 메트로–코스모폴리탄 감각과 사회시학

이형권

## 1. 들어가며  문학사회학을 위하여

　문학사회학의 목적은 작가, 작품, 독자가 작품이 생산된 사회와 어떤 연관 관계를 맺고 있는지를 밝히는 데 있다.[1] 문학 작품은 그것이 생산된 사회의 독특한 역사적, 시대적 현실과 불가분의 관계에 놓인다는 입장을 취하는 것이다. 문학사회학은 자연히 문학을 자율적 구조로 보는 형식주의나 심미주의의 관점과 상충되는 이론일 수밖에 없다. 문학사회학의 범주는 매우 넓어서 그것을 어떻게 정의하느냐에 따라서는 극단적인 형식주의를 제외하고는 대부분의 문학 이론이 포함될 수 있다. 그러나 일반적으로 문학사회학을 말할 때 테느의 환경 결정론이나 마르크스주의, 루카치

---

[1] 김현, 『문학사회학』, 민음사, 1983, 132~138쪽. 문학사회학의 구조는 작가의 경제적 측면, 직업적 측면, 사회계층, 문학세대를, 작품의 사회학은 통사적 차원(문체, 기술, 장르)과 의미론적 차원(주제, 검열, 세계관)을, 독자의 사회학은 판매, 대상, 가치관, 비평가(이론) 등을 포함한다.

의 반영 이론, 골드만의 발생 구조론, 아도르노의 부정의 변증법, 바흐친의 대화주의 등을 그 대표적인 것으로 꼽는다. 한때 루카치의 미적 반영 이론은 개별자의 일상적 반영과 보편자의 과학적 반영을 아우르는 총체성을 추구하는 것으로서 많은 문학 연구자들의 호응을 받았었다. 또한 루카치를 비판적으로 계승한 바흐친은 작품과 사회와의 관계를 대화주의라는 개념으로 정리하면서 문학사회학을 한 단계 더 체계적인 이론으로 끌어 올렸다.

바흐친은 어떠한 발화일지라도 한 사람의 발화자에게만 종속될 수 없고, 여러 발화자들 사이에 상호작용의 산물이며, 더 광범위하게는 발화에 발생된 복합적인 모든 사회적 상황의 산물[2]이라고 주장한다. 이때 '발화'라는 용어를 '문학'으로 대체해 놓으면 바흐친의 문학 이론이 지향점이 잘 드러난다. 바흐친의 대화주의는 크리스테바가 상호텍스트성이라는 개념으로 재정립하면서 문학 연구에 더 적극적으로 수용하는 계기를 마련해 주었다. 즉 문학 연구는 한 작품 내의 여러 목소리들의 상관성이나 작품과 작품, 작품과 작가, 작품과 독자, 작품과 사회, 혹은 그들 사이의 시간과 공간 등의 상호 관계성을 탐구하는 작업이 된 것이다. 바흐친의 이러한 생각은 문학의 심미적, 자율적 특성을 과도하게 강조하는 연구자들에게 균형 감각을 제공해 준다. 마르크스주의 기호학자인 롤랑 바르트가 텍스트는 수많은 문화의 온상에서 온 인용들의 짜임[3]이라고 정의한 것도 바흐친의 대화주의와 크게 다르지 않다.

바흐친의 이론은 주로 소설 장르에 초점을 두고 있지만, 그 영역을 확대

---

2  츠베탕 토도로프, 최현무 역, 『바흐친—문학사회학과 대화이론』, 까치글방, 1987, 267~268쪽.
3  롤랑 바르트, 김희영 역, 『텍스트의 즐거움』, 동문선, 1997, 32쪽.

하면 시 분석에서도 유용하게 적용할 수 있다. 바흐친의 문학사회학적 관점을 시 연구에서 응용한 앞선 사례로는 (부분적이지만) 박민수의 『현대시의 사회시학적 연구』[4]가 있는데, 이 저서는 개별 텍스트, 텍스트 상호관계, 사회문화적 총체성 등의 세 가지 차원에서 시를 분석하고 있다. 그러나 이 연구는 대상 시인이 김소월부터 임화에 이르기까지 이념적 스펙트럼이 너무 넓고, 연구 내용도 내용사회학의 범주에 제한된 것이라는 아쉬움을 지닌다. 특히, 시에서의 시행 하나, 산문에서의 문장 하나는 여러 가지 기호체계, 즉 사회적 교제와 예의를 갖춘 대화, 문학적 장르와 문체적 관습, 사회적·경제적 계급 구별과 사회적 개별 언어, 사적이거나 적대적인 언어 등이 대화적 관계로 구성된 사회적 다중 언어[5]라는 관점을 충실히 수용하지 못하고 있다. 그러나 이 저서는 현대시에 바흐친의 문학사회학 이론을 선구적으로 도입하고자 했다는 데 의의가 있다.

요즈음 학계에서 문학사회학을 지향하는 글을 만나기가 쉽지 않다. 이런 현상은 20세기 후반에 등장한 미시 담론의 유행 이후 더 도드라져서 문학사회학은 1920~1930년대나 1970~1980년대와 같은 전성기를 맞이하지 못하고 있다. 그러나 문학사회학이 그 시대나 대상의 변화에 따라 성쇠를 달리 할 이유는 없다. 다시 말해 문학사회학이 미시 담론의 시대에도 여전히 리얼리즘 작품뿐만 아니라 모더니즘 작품에까지 적용될 수 있는 연구방법론임을 인식할 필요가 있다. 아도르노가 모더니즘적 전위문학을 통해 이데올로기적 작위성과 상업주의적 교환가치에서 벗어날 수

---

4  박민수, 『현대시의 사회시학적 연구』, 느티나무, 1989.
5  미셸 데이비슨, 유명숙 역, 「시적 담론의 대화성」, 여홍상 편, 『바흐친과 문학 이론』, 문학과 지성사, 1997, 225쪽.

있는 가능성[6]을 발견했다는 점을 주목할 필요가 있다. 이 글의 목적은 '후반기' 시[7]에서도 그러한 가능성을 발견해 보려는 것이다. '후반기' 시는 비록 기관지도 없을 정도로 집단적인 활동을 하지는 않았지만, 대부분의 동인들이 공통점을 보여주었다[8]는 점에서 상호간의 대화적 관계를 유지했다. 그 관계의 끈을 이 글에서는 모더니즘 시학을 기반으로 하는 메트로폴리탄 감각과 코스모폴리탄 감각으로 보고 그 특징을 고찰해 보려고 한다. 이러한 감각은 1930년대의 일반적인 도시 감각과는 다른 것이며, 1950년대 모더니즘 시의 일반적인 특징으로 거론되는 허무주의나 센티멘탈리즘, 온건한 실험주의 등과도 변별되는 것이다.


## 2. 1950년대의 문학장과 '후반기' 시의 위치

'후반기'의 토대가 된 '신시론' 동인은 김경린·박인환·김수영·양병식·임호권·김병욱 등이 결성했다. 이들은 1948년 『신시론』이라는 동인지[9]를 만들면서 활동을 시작했는데, 표면적으로는 구시대 시와의 절연이라는 단일 목표를 앞세웠지만, 실질적으로는 리얼리즘과 모더니즘의 복합적인 특성을 모두 보여주었다. 즉 일차적으로는 새로운 도시 문명과 관

---

6 피에르 지마, 정수철 역, 『문학의 사회비평론』, 태학사, 1996, 49쪽.
7 '후반기' 동인은 공식적으로 1949년 결성되어 1953년 해산되지만, 동인들은 해산 이후에도 모더니즘을 지향하는 특성을 그대로 견지했다. 따라서 이 글에서 '후반기' 시는 이른바 후반기 동인 시절 이후까지도 포함하되 주로 1950년대의 작품들을 지시하고자 한다.
8 이승훈, 『한국 모더니즘 시사』, 문예출판사, 2000, 190쪽.
9 박인환 외, 『신시론』, 산호장, 1948. 이 책은 16페이지 분량의 작은 사화집으로서 동인들의 시와 평론을 싣고 있다.

련된 모더니즘을 지향하면서 현실 비판을 기조로 하는 리얼리즘의 성향도 동시에 간직하고 있었다. 이런 사정은 『신시론』의 "에스프리·누-보, 아방가르드, 모더니스트 / 그 명사는 아무래도 좋았다 / 그들은 앞을 내다 볼려고 했다"면서도, "그러나 현실은 냉정하였고 / 역사의 발길은 엄숙하고 첨예화하였다"[10]는 부분에 잘 나타나 있다. 다만 한국전쟁을 전후로 하여 임호권과 김병욱이 월북함으로써 '신시론' 동인들은 모더니즘 차원의 문명 비판과 세련된 표현에만 관심을 기울이는 결과를 가져왔다.

'신시론' 동인의 작품 경향은 『새로운 도시와 시민들의 합창』에 어느 정도 드러난다. 이 사화집은 1949년 간행되었는데, 김경린, 임호권, 박인환, 김수영, 양병식 등 5인의 시 20편이 수록되어 있다. 여섯 명의 '신시론' 동인 가운데 김병욱을 제외한 나머지 사람들이 작품을 싣고 있다. 이 사화집의 지향점은 「서문」에서 김경린이 말한 "저속한 '리얼이즘'에 대항하기 위하여 출발한 현대시는 또한 우연하게도 놀라운 속도를 가지고 온 지구에 전파되었다"는 구절이나, 임호권이 말한 "바야흐로 전환하는 역사의 움직임을 모더니즘을 통해 사고해 보자는 신시론동인들의 의도와는 내 시는 표현방식에 있어 거리가 멀다"[11]는 구절에 적실히 드러난다. 이 사화집에서 대부분의 동인들은 모더니즘 시를 지향했지만, 임호권의 경우에는 삶의 비애와 현실 비판을 주제로 한 리얼리즘 시를 보여주기도 했다. 이런 점에서 『신시론』과 『새로운 도시와 시민들의 합창』은 유사한 문학적 지향성을 보여주었다.

---

10 『신시론』의 서문에 해당하는 「ESSAY」라는 글의 일부이다. 필자가 누구인지 명기되어 있지 않지만, 동인들의 문학적 지향점을 어느 정도 엿볼 수 있는 글이다.
11 김경린 외, 『새로운 도시와 시민들의 합창』, 도시문화사, 1949.

이후 '후반기' 동인이 결성된 것은 6·25전쟁 시기의 피난지 부산에서였다. '후반기'는 전란을 피해 부산에 온 박인환·김경린·양병식 등이 부산의 시인 조향과 어울리면서 모더니즘 시운동을 전개하자고 뜻을 모았고, 곧바로 김차영도 가담하여 곧바로 이루어졌다. 이후 양병식이 빠지고 이봉래·김규동이 참여하면서 '후반기'의 멤버는 박인환·김경린·김규동·이봉래·조향·김차영 등 6명으로 고정되었다. 이들은 동인지를 발간하지는 않았지만 『주간 국제』, 『시와 비평』, 『신시학新詩學』 등에 작품을 함께 발표했다. '후반기後半期'라는 이름은 1950년대 이후가 20세기의 후반기라는 말에서 따온 것이지만, 전반기의 시 혹은 전후의 시를 일신하여 새로운 시를 쓰겠다는 의지를 포함하고 있는 용어이다. 그들은 전쟁으로 인한 불안과 공포, 파괴와 살육 등으로 얼룩진 현실을 극복하기 위한 시적 방법을 찾으려고 노력했다. 그 노력은 당시 한국 시단의 헤게모니를 잡고 있었던 '청록파'류의 전통 서정시에 대한 비판으로부터 시작되었다. 그들은 '청록파'가 전후의 현실과는 무관한 시의 음악성이나, 시어의 단순성, 개인적 정서에만 빠져 있다고 비판하였다. 당시의 시대 현실에 대한 감각이 없다고 본 것이다.

'후반기' 동인들이 활동한 1950년대 초의 문학장[12]은 전쟁문학과 모더니즘문학, 실존주의문학, 그리고 리리시즘문학 등이 주류를 형성하고 있었다. 주목할 것은 전쟁문학이 모더니즘문학이나 실존주의문학과 결합되

---

**12** 홍성호, 「'예술의 규칙'을 통해 본 피에르 부르디외의 사회학적 문학비평」, 『불어불문학연구』 36집, 1996, 324~325쪽 참조. 문학장은 문학의 장르나 형식, 문체, 주제 등의 텍스트 구조와 일종의 세력의 장이자 투쟁의 장 사이의 상동성을 의미한다. 그것의 분석은 ① 권력(정치권력이 아니라 자본이나 기관 등의 주도권)의 장 속에서 문학장이 차지하는 위치, ② 자율적인 세계로서의 문학장의 내적 구조, ③ 위치 점유자들의 성향체계인 아비투스의 발생 등의 절차를 따른다.

어 있었다는 사실이다. 모더니즘 작가들은 전쟁을 일종의 엇나간 문명으로 보고 전쟁이 가져온 비인간화의 극한을 비판적하거나, 실존주의 작가들은 집단적 역사를 거부하고 개체적 실존의 차원을 추구해 나간 것이다. 시의 경우 1950년대 시단은 광복 직후 형성된 삼각 구도, 즉 청록파의 리리시즘 경향, 전위시인파카프 계열의 리얼리즘 경향, 신시론 동인의 모더니즘 경향 등[13] 가운데 리얼리즘 경향이 소거된 상태였다. 그 대신 종군작가단의 전쟁시 계열이 리얼리즘 시의 자리를 대신했으나, 그것은 당시 시대적 현실 감각보다는 전쟁의 비인간성과 전후의 폐허를 단발마적으로 그려내는 데 급급했다. 전위파 시인들의 현실에 대한 비판정신은 '후반기' 동인이 결성되는 시점에 수면 아래로 내려가 버렸다. 더구나 '후반기'이 '신시론'을 계승했다고는 하지만 그 과정에서 김병욱·임호권·김수영 등이 빠져 나가면서 리얼리즘적 현실 감각은 거의 소거되고 말았던 것이다.

그러나 '후반기' 시의 메트로폴리탄 감각과 코스모폴리탄 감각은 1950년대의 시대정신을 충실히 반영한다. 도시 문화에 대한 비판운동으로서의 모더니즘에서 메트로폴리탄 감각은 아주 중요한 역할을 담당한다. 도시 연구가인 벤야민이 보들레르를 주목했던 이유도 그의 시에 19세기 불안, 역겨움, 우울 등과 관련된 파리의 도시 감각이 주조를 이루고 있기 때문이었다.[14] 거리의 산책자 혹은 군중 속의 개인으로서의 보들레르의 눈에 비친 메트로폴리탄 파리는 기만과 허위로 가득 찬 현대성 발견의 통로[15]로서, 그곳에서 펼쳐지는 우울한 삶에 대한 비판적 인식이 바로 모더

---

13 유성호, 「해방기 시의 세대론」, 『한국시학연구』 33집, 한국시학회, 2012, 69쪽.
14 발터 벤야민, 반성완 역, 『발터 벤야민의 문예이론』, 민음사, 1983, 139쪽.
15 윤영애, 『파리의 시인 보들레르』, 문학과지성사, 1998, 26쪽.

니즘 시의 원점이었다. 보들레르가 추구한 미적 모더니티는 과학과 기술의 진보, 산업혁명, 자본주의 등으로 야기된 사회, 경제적 변화로서의 모더니티가 인간성을 파괴한다고 보는 관점이다. 하여 미적 모더니티는 모더니티에 대한 역반응[16]인 것이다. 그것은 모더니즘이 리얼리즘 수법으로는 파악할 수 없는 새로운 사회적 현실을 기술할 수 있는 새로운 방법이나 형식의 가능성[17]을 추구한 것이기 때문이다. 이와 연관되는 '후반기' 시의 비판정신은 물론 리얼리즘적 세계관에 입각한 것은 아니지만, 당대 현실에 대한 문학사회학적 인식으로서는 상당한 적극성을 띤 것이었다. 한국의 1950년대는 1930년대보다 더욱 본격화된 메트로폴리탄시대를 맞이하게 되었고, 그에 따른 미적 반역[18]으로서의 모더니즘 시학을 펼친 '후반기' 시는 문학사회학적으로 유의미한 생산물인 것이다.

'후반기' 시는 1930년대 모더니즘 시에서 한 걸음 더 나아간 도시 감각을 보여주었다. 그것이 가능했던 것은 아이러니컬하게도 6·25전쟁이었다. 1950년대 벽두에 시작된 6·25전쟁은 민족사적으로는 동족상잔의 비극이었지만, 문명사적으로는 이 땅에 서구의 도시 문화가 직접적, 본격적으로 유입되는 계기가 되었다. 한국전쟁은 또한 일종의 세계전쟁의 성격을 지닌 국제적 사건이었기 때문에, 이를 통해 한국은 세계사에 편입함으로써 한국인은 세계의 보편적 인간으로서의 코스모폴리탄 정체성을 확보할 수 있었다.[19] 이러한 시대에 창작된 '후반기' 시에서 1950년대의 시

16 마테이 칼리니스쿠, 이영옥 역, 『모더니티의 다섯 얼굴』, 시각과 언어, 1993, 53쪽.
17 존 홀, 최상규 역, 『문학사회학』, 혜진서관, 1987, 134쪽 참조.
18 이승훈, 앞의 책, 188쪽.
19 임지연, 「50년대 시의 코스모폴리탄적 감각과 세계사적 개인 주체」, 『한국시학연구』 34호, 2012, 189쪽.

대정신과 결합된 메트로폴리탄 감각은 다양한 형상으로 나타난다. 그 가운데 각별히 주목해 볼 것은 메트로폴리탄 서울의 음울한 초상과 코스모폴리탄 감각[20]의 보편화 현상이다.


## 3. 메트로폴리탄 서울의 음울한 초상

'후반기' 시에는 서울을 공간적 배경으로 삼는 경우가 많다. '후반기' 동인들이 활동하던 1950년대 초에 서울은 인구 160여만 명이 살아가는 대도시로서 메트로폴리탄 문화가 급속도로 발달하고 있었다. 당시 서울은 전쟁 실향민, 고아, 미망인 등이 몰려들고, 젊은이들이 대거 찾아드는 과잉 도시화[21]의 몸살을 앓고 있었다. 우리나라 최고의 대도시인 서울의 문명과 문화는 모더니즘문학운동의 토포스로서 취택되곤 했다. 특히 김경린의 시에는 빈도 높게 서울이 등장하는데, 이런 특성은 아마도 그가 서울이라는 메트로폴리탄에서 태어난 토박이 시인이라는 점과 무관하지 않다. 그가 체험한 서울이라는 공간은 한국의 근대화 과정 혹은 도시화 과정을 고스란히 담고 있다. 특히 1950년대 서울은 6·25전쟁으로 인한 음울한 분위기 속에서 근대화의 성급함과 혼란스러움이 집중되어 있는 곳이었다. 특히 6·25전쟁은 이 땅에서 한민족 스스로가 주체적으로 겪은 최초의 전

---

20 '후반기' 시에서 코스모폴리탄 감각은 메트로폴리탄 감각과 밀접한 관계에 놓인다. '후반기' 시에 나타나는 국제적 감각은 대부분이 도시적 생활 감각과 상관되는 것이기 때문이다. 이는 1950년대 '후반기' 시인들이 지향하는 모더니즘 감각의 특징을 함의하는데, 이러한 감각은 1930년대 모더니즘시에서는 빈도 높게 나타나지 않는 속성이다.
21 오유석, 「서울의 과잉 도시화 과정─성격과 특징」, 『1950년대 남북한의 선택과 굴절』, 역사비평사, 1998 참조.

쟁이자, 한민족이 일본을 거치지 않고 직접적으로 서구의 문물을 직접 수용한 최초의 사건이었지만, 전후의 폐허 때문에 그것을 온전하게 수용하는 데는 많은 한계가 있었다. 하여 '후반기' 시인들은 절망감 속에서 시대에 대한 반발로서 음울한 정서에 빠져들지 않을 수 없었던 것이다.

태양이
직각으로 떨어지는
서울의 거리는
프라타너스가 하도 푸르러서
나의 심장마저 염색될까 두려운데

(…중략…)

한때 몹시도 나를 괴롭히던
화려한 영상들이
결코 새로울 수 없는
모멘트에 서서

대학교수와의
대담마저
몹시도 권태로워지는 오후
하나의 로지크는
바람처럼

나의 피부를 스치고 지나간다

철도위에
부서지는 얼굴의 파편들이
슬픈 마음을 알아 줄 리 없어

손수건처럼
표백된 사고를 날리며
황혼이
전신주처럼 부풀어 오르는
가각을 돌아
프라타나스처럼
푸름을 마시어 본다

김경린, 「태양이 직각으로 떨어지는 서울」<sup>22</sup> 부분

이 시의 배경은 오후의 시간을 맞아 "태양"이 서쪽으로 지고 있는 도시의 풍경이다. 시의 모두에 등장하는 "태양이 / 직각으로 떨어지는 / 서울의 거리"에서 "거리"는 비가시적 상상의 영역에서 만나는 도시의 본체[23]를 표상한다. "직각"이라는 시어에는 김경린 시가 견지하는 직선적 시간인식[24]을 함의하는데, 이런 인식은 도시 문명을 삭막하고 경직된 것으로

---

22  김경린, 『태양이 직각으로 떨어지는 서울』, 청담문화사, 1986. 이하 김경린 시는 이 시집에서 인용함.
23  이와사부로 코소, 서울리다리티 역, 『유체도시를 구축하라』, 갈무리, 2012, 45쪽.
24  권경아, 「김경린 시에 나타나는 현대성 연구」, 『아시아문화연구』 17집, 경원대 아시아문화

바라보는 태도와 관계 깊다. 즉 시인은 서녘 하늘을 향해 가는 "태양"이 서서히 지는 것이 아니라 마치 무거운 폭탄처럼 급전직하한다고 느끼고 있다. 그 이유는 물론 6·25전쟁이 빚어낸 메트로폴리탄 서울의 황량한 분위기와 거기서 비롯되는 절망적인 마음 때문일 것이다. 그런 마음 탓에 새로운 문명, 즉 "한때 몹시도 나를 괴롭히던 화려한 영상들"마저도 "결코 새로울 수 없는" 것이라고 진술하고 있다. 모더니스트에게 새로움이 없다는 것은 절망적이다. 또한 전쟁이라는 극한 상황으로 인해 세상은 논리성이나 합리성을 결여"로직크는 / 바람처럼 / 나의 피부를 스치고 지나간다"했기에, 지성인의 표상인 "대학교수와의 대담마저 / 몹시 권태로워지는 오후"이다. 다른 시구를 빌리면 서울은 "도시의 스카이라인이 아무리 아름답다 해도 / 대화의 법칙은 / 좀처럼 이루어지지 않는 오후"「오늘의 연쇄속에」 부분에서처럼, 사람과 사람의 소통이 이루어지지 않는 절연의 공간이다. 또한 "서울"에서는 그 누구도 "슬픈 마음을 알아 줄 리 없"으니 "손수건처럼 / 표백된 사고"만이 존재할 뿐이다. 이처럼 절망적인 상황"황혼이 전신주처럼 부풀어 오르는"을 벗어나기 위해 시인은 "푸라타나스처럼 / 푸름을 마시어 본다"고 하지만, 그렇다고 절망적인 상황이 사라지는 것은 아니다.

대도시가 절망의 공간인 것은 모더니즘이 견지하는 불연속적 세계관[25]과 관계 깊다. 흄T. E. Hume은 가치의 세계종교, 윤리, 유기적 세계생물, 심리, 역사, 무기적 세계수학, 물리 등의 세계가 불연속적으로 존재한다고 보았다. 이는 낭만주의에서 추구하는 연속적 세계관을 부정하는 것으로서, 인간이 현대 문명을 발달시키면서 신과 자연과의 유기체적 연속성을 상실하게 되

　연구소, 2009, 196쪽.
25 최유찬, 『문예사조의 이해』, 실천문학사, 1996, 367~368쪽 참조.

면서 소외와 불안을 겪게 되었다는 모더니즘적 세계관의 근간이 되었다. 인간이 느끼는 소외와 불안의 으뜸 되는 원인은 인간과 인간의 사이뿐만 아니라 인간과 사회와의 관계망 속에도 광범위하게 존재하는 단절감 때문이다.

계절을 잃은 남루를 걸치고
숫한 사람들속 사람에 부대끼며
수많은 시선에 사살되면서
하늘이 그리운 것이 아니라
인제 저 푸른 하늘이 마시고 싶어
이렇게 가슴 태우며
오늘도 이 거리에서
나는 어데로 가는 것이냐

간판이 커서 슬픈 거리여
빛깔이 짙어서 서글픈 도시여

츄잉감을 씹어
철사처럼
가느다란 허리들이
색깔 검은 아이를 배었다는 이야기는
차라리 아무것도 아닌 것이고

방금—

회색의 지평을 넘어

달려온


그 하이야—가

초록빛 커—텐이 흘러나오는 이층집

여인들의 허리춤에

보석훈장을 채워줬담도

아무것도 아닌

그저 흘러버릴 수 있는 소문이란다.

「하늘과 태양만이 남아있는 도시」<sup>26</sup> 부분


이 시는 "나는 어데로 가는 것이냐"는 시구에 단적으로 드러나듯이 도
시 문명 속에서 방황하는 인간의 모습을 그리고 있다. 이는 김광균의 「와
사등」에서 "내 홀로 어딜 가라는 슬픈 신호냐"라는 시구를 연상케 한다.
"사람들속"에서 시의 화자가 느끼는 것은 "수많은 시선에 사살"되고 있다
는 표현에 나타나듯이, 도시에서 군중 속의 고독감과 소외감을 느끼는 존
재이다. 그 이유는 "간판이 커서 슬픈 거리"와 "빛깔이 짙어서 서글픈 도
시" 때문인데, 이는 실속 없이 외형만을 중시하는 대도시의 분위기를 비
판적으로 묘사한 것이다. 또한 "츄잉감"이나 "철사처럼 / 가느다란 허리",
"하이야hired taxi"는 도시 문명의 천박한 일면으로서 콘크리트로 둘러싸인

---

26 김규동, 『김규동 시전집』, 창비, 2011. 이하 김규동 시는 이 전집에서 인용함.

도시의 "회색의 지평"을 구성한다. 전후의 거리에서 매춘하는 "여인들"의 이미지도 겹친다. 이런 것들이 결국 "아무것도 아닌 것"이라는 표현은 도시 문명의 삭막함에 대한 비판의식을 드러낸 것인데, 이러한 비판의식은 도시에서의 인간의 삶이 "그저 흘러버릴 수 있는 소문"에 불과하다는 데서 더욱 강조된다. 시의 제목처럼 도시는 인간과 서정과 자연이 사라지고, 삭막한 인공물과 같은 "하늘과 태양만이 남아있는" 것일 뿐이다. 인간이 인간답지 못하고 자연이 자연답지 못하니, 남는 것은 불화와 불통뿐이다. 이는 다른 시에서도 "창백한 문명의 위기에 / 서글픈 진단서를 쓴 / D. H. 로렌스의 얼굴을 그리며 / 오늘도 살벌한 귀로의 전차에 오른다 / 갈수록 괴로워지는 현실 때문에 / 말이 없는 청년과 / 숱한 피곤한 얼굴을 붙안은 그림자"<sub>김규동, 「위기를 담은 전차」</sub> 부분로 형상화된다.

메트로폴리탄 서울의 뒷면은 더욱 음울하다. 세상에 존재하는 모든 메트로폴리탄 지역은 그 화려한 거리의 배후에 음울한 뒷골목을 간직하고 있다. 도시 사회학자 리페브르는 대도시 형성 과정에서 생기는 모순에 주목하여 대도시 공간의 특징을 동질화, 파편화, 서열화 등으로 요약한다.[27] 근대화와 도시 계획에 의해 일어나는 공간의 구성과 배치는 권력과 자본 또는 다른 요구들에 의해 동질성을 추구하면서 시민의 삶을 비인간화한다는 것이다. 김차영은 대도시의 이러한 부정적 측면을 안개의 이미지로 형상화한다.

　　머뭇거릴 이유는 없었다.

---

27 앙리 르페브르, 양영란 역, 『공간의 생산』, 에코리브르, 2011.

그림자 하나씩을 데리고

도시의 밑창 그 층계를 내려간다.

갱과 같은

탄상의 무명을 내려간다.

되도록 아무렇지도 않다는

그렇게 태평스런 얼굴로

비겁한 현재의

미로를 내려간다.

지하철의 아크릴 전등불

촉수 낮은 어스름 반경속의

오늘과 내일의 일부

군중덩어리는 폐기되었다.

그것은 아미노산 결핍증

그렇게 곁들여진

실어의 암흑

허약한 삶의 골짜기

짙게 아주 짙게 재어드는

내일에의 망실

그것은 가시 20미터의

경보가 내려진

안개의 강.

김차영, 「안개의 강」[28] 전문

---

**28** 김차영, 『얼굴, 그 얼굴들의 여울－김차영 시집선』, 명문당, 1989.

도시는 안개처럼 혼란스런 공간이다. 시인이 주목하는 "도시의 밑창"은 도시가 간직한 화려한 문명의 배후에 존재하는 뒷모습이다. 대도시의 공간은 중심지와 주변부, 거리와 뒷골목으로 서열화된다. 서열 관계에서 헤게모니를 빼앗긴 주변부나 뒷골목에서 살아가는 사람들의 삶은 거욱 파편화되고 자동화된다. 그들이 사라가는 공간은 "탄상의 무명"처럼 어두운 공간이며, "비겁한 현재의 / 미로"와도 같이 희망이 부재하는 공간이다. "지하철"은 그러한 공간을 상징한다. 그곳의 희미한 "촉수 낮은" "아크릴 전등불" 아래서 "오늘과 내일의 일부 / 군중덩어리는 폐기되"고 마는 것이다. 이것은 에즈라 파운드가 "군중속에서 유령처럼 나타나는 이 얼굴들 / 까맣게 젖은 나뭇가지 위의 꽃잎들"「지하철 정거장에서」이라고 노래했을 때의 이미지와는 다르다. 즉 '후반기' 동인들이 추구한 모더니즘 시학이 에즈라 파운드 류의 건조한 이미지즘과는 다르게, 시대의 암울에 대한 비판적인 인식이 강하게 드러난다. 그래서 건강한 언어마저 상실한 시대를 "실어의 암흑"이자 "삶의 골짜기"라고 표현한다. 그런 시대는 "내일에의 망실"이 표상하듯이 미래가 없기에 "경보가 내려진 / 안개의 강"처럼 비정한 상황에 놓인다.

　'후반기' 시인들에게 도시의 어두움은 외적 현실의 문제만은 아니었다. 메트로폴리탄의 급작스러운 등장은 시민들의 일상생활뿐만 아니라 내면세계와 예술작품의 스타일에도 많은 영향을 끼치게 된다. '후반기' 시인들의 내면세계를 지배하는 요소는 우울이나 암울이었는데, 그것은 현대문명이 배태하고 있는 불연속적인 세계관 때문이다. 도시의 산책자인 시인들에게 문명의 풍경이 부과하는 비정한 풍경은 내면세계까지 어두운 그림자를 드리웠던 것이다.

밤이면
피부 속에 매몰되어 가는 풍경


어느 날
풍경은
군중들의 눈앞에서 용해되자
아득한 기억 속에
빙하처럼 흘러들어
이윽고
그것은 하나하나
화석으로 굳어져 갔다


밤이면 밤마다
기억의 사막위에
첩첩히 쌓여가는 화석의 피라밋


그날 밤
풍경은
거울 속에
못 박힌
자화상같이 보였다


나는 서반아의 투우처럼

거울 속에 뛰어 들어갔다

그러나 실상
거울은
벽이었다
밤새도록 나는
풍경을
찾아 벽과 벽으로 싸여진
거리를 헤매었다

(…중략…)

풍경은
다시 오후의 태양을 받으며
나의 피부 속에 스며든다.

이봉래, 「단애 2-풍경」<sup>29</sup> 부분

이 시의 "풍경"은 구체적인 모습이 드러나지는 않지만 인간답고 아름다운 삶의 광경을 표상한다. 시의 모두는 그러한 "풍경"이 "밤이면 / 피부 속에 매몰되어 가는" 상황을 제시한다. 또한 그 "풍경"이 "군중 속에 용해"되었다고 하는 것은 도시에서 살아가는 사람들에 의해 그러한 "풍경"이 사

---

29 이봉래, 『이봉래시선』, 서문당, 1973.

라지는 현실에 대한 안타까움과 관계 깊다. 그 안타까움은 "풍경"이 "빙하처럼 흘러" 끝내는 "화석으로 굳어져 갔다"는 데서 더욱 강조된다. 이 일그러진 "풍경"은 앞서 등장했던 아름다운 "풍경"과는 전연 다른 것이므로, 그것은 "거울 속에 / 못 박힌 / 자화상"과도 같이 문명에 의해 일방적으로 희생된 세계이다. 이처럼 일그러진 "풍경"에서 탈출하고픈 "나"는 그래서 "서반아의 투우처럼 / 거울 속에 뛰어 들어갔다"고 한다. 이때 "거울"은 자신의 내면세계와 다르지 않을 터, 문제는 그 "거울"이 자아를 성찰케 하는 공간이 아니라 "벽"처럼 아름다운 "풍경"과 단절된 세계에 불과하다는 점이다. 외부의 일그러진 "풍경"을 탈출하여 내면의 아름다운 "풍경"을 찾아 갔으나, 내면세계마저 이미 일그러진 불통의 세계로 변모해 있었던 것이다. 메트로폴리탄 문명이 결국 세상의 "풍경"뿐만 아니라 인간의 내면세계까지 일그러지게 하고 말았던 셈이다. 따라서 이미 내면화되어 버린 문명의 황량한 메커니즘이 "하늘에 뜨고 / 벽 위에 반사되는 / 비정의 태양" 처럼 삶의 내부와 외부에 편재되어 있는 것이다. 마지막 연에서 "풍경"이 "다시" "나의 피부 속에 스며든다"는 것은 그러한 일반화 현상이 반복적으로 지속되고 있는 비정한 도시 문명을 표상한다.


## 4. 코스모폴리탄 감각의 보편화 현상

'후반기' 시가 문학적 공헌 가운데 하나는 한국 시의 도시 감각을 세계 문화 혹은 세계 역사의 맥락 속에 편입시키고자 코스모폴리탄 감각을 개발하기 위해 부단히 노력했다는 점이다. 코스모폴리탄 감각은 메트로폴리탄 감각과 연계되지만 글로벌리즘 감각과는 이질적이다. 글로벌리즘이 정치경제적인 차원의 국제화를 추구하는 것인데 비해, 코스모폴리타니즘은 국민국가나 글로벌리즘 위험사회에 대한 지구적 위기의식을 비판적으로 극복하기 위한 것이다. 즉 세계시민적 시각과 비전 및 전 지구적 거버넌스 체계의 필요성을 자각하면서 서로 다른 인간의 삶을 이해하고 인류의 보편성을 추구하는 세계 시민사회의 정체성을 추구한다.[30] 한국 사회에서 이러한 코스모폴리탄 감각은 특히 6·25전쟁을 계기로 밀려들어오기 시작한 서구의 문명을 세계사적인 차원에서 비판적으로 재해석하면서 수용된다. 구체적으로 국제적인 도시와 문화가 시의 소재로 빈도 높게 차용되고 있을 뿐만 아니라, 프랑스의 아방가르드 예술이나 영화와 관련된 상상력을 동원하고 있다. 당시 사회에서 메트로폴리탄 감각이 코스모폴리탄 감각으로 일상화되고 있었으며 '후반기' 시는 그것을 적극적으로 수용하고 있었던 것이다. 이를테면 "파리, 런던, 몬테카를로 / 도시의 상공마다 / 연기처럼 어리는 / 1953년의 비행운은 / 불안한 세대의 기류위에 떨어지는 불행한 저음"김규동, 「화하의 밤」 부분과 같은 시구들이 빈도 높게 나타난다.

> 녹슬은
> 은행과 영화관과 전기세탁기
> 럭키 스트라이크
> VANCE 호텔 BINGO 게임

---

30 송재룡, 「울리히 백의 코스모폴리탄 비전과 그 한계」, 『현상과 인식』 겨울호, 94~95쪽, 2010.

영사관 로비에서
눈부신 백화점에서
부활제 카아드가
RAINIER 맥주가.

나는 옛날을 생각하면서
텔레비전의 LATE NIGHT NEWS를 본다
카나다 CBC 방송국의
광란한 음악
입맞추는 신사와 창부.
조준은 젖가슴
아메리카 워싱톤주

비에 젖은
소년과 담배
고절된 도서관
오늘 올드미스는 월경이다.

희극여우처럼 눈살을 펴면서
최현배 박사의 〈우리 말본〉을
핸드백 옆에 놓는다.

타이프라이터의 신경질

기계 속에서 나무는 자라고

엔진으로부터 탄생된 사람들

박인환, 「투명한 버라이어티」[31] 부분

이 시는 미국 "텔레비전"의 뉴스 프로그램을 따라서 시상을 전개하고
있다. 영상 속의 배경은 미국의 메트로폴리탄 가운데 하나이자 수도인
"워싱턴"이다. 워싱턴은 뉴욕 메트로폴리탄이나 로스엔젤레스 메트로폴
리탄에 비하면 규모는 작지만, 미국의 수도로서 서구의 첨단 문명이 집약
된 장소이다. 영상을 통해서 그곳에 있는 문명의 이기인 "녹슬은 / 은행과
영화관과 전기세탁기"뿐만 아니라 "눈부신 백화점"을 주목한다. "백화점"
은 정처 없이 어슬렁거리는 것조차 상품 판매에 이용하며, 거리의 산책자
가 마지막 도달하는 곳이다.[32] 그리고 채널을 돌려서 "캐나다 CBS 방송
국"의 프로그램을 보면서 서구의 도시 문화를 관찰한다. 그곳은 "광란한
음악"이나 "조준은 젖가슴"이나 "고절된 도서관" 등의 시구에 암시되어
있듯이 건전한 정신문화가 살아 있지 못한 상태에서 물질적, 육체적 문화
만이 살아 있는 장소이다. 서구 문명의 키치적 문화 현상[33]을 해체적으로
풍자하고 있다. 그러나 이러한 미국의 문명이나 문화 현상을 바라보는 화
자의 마음은 한국의 문화를 향하고 있다. "최현배 박사의 『우리 말본』"이
등장하는 것은 바로 그러한 이유 때문이다. 한국의 문화 또한 "워싱턴"에
서 발견한 말초적 현상이 그대로 반복되고 있다는 점을 인식한 것이다. 즉

---

31 박인환, 『박인환전집』, 문학세계사, 1989. 이하 박인환 시는 이 전집에서 인용함.
32 발터 벤야민, 조형준 역, 『아케이드 프로젝트』 1, 새물결, 2013, 105쪽.
33 박몽구, 「박인환의 도시시와 1950년대 모더니즘」, 『한중인문학연구』 제22호, 한중인문학
  연구회, 2007, 153쪽.

미국이든 한국이든 메트로폴리탄의 문명은 "기계 속에서 나무는 자라"는 것과 같은 물질주의 속에서 "엔진으로부터 탄생된 사람들"과 같은 기계화된 인간을 삶의 주인공으로 내세운다. 코스모폴리탄 감각을 매개로 도시 문명을 비판하고 있는 것이다.

　박인환 시의 문명 비판적 특성이 국제적 감각과 결합된 양상은 미국 여행을 전후한 시편들뿐만 아니라 그 이전의 시편들에서도 빈도 높게 드러난다. 지구적 상상력은 그의 데뷔작의 시구에서부터 드러난다. 이를테면 "따뜻한 풀잎은 젊은 너의 탄력같이 / 밤을 지구의 밖으로 끌고 간다 / 지금 그곳에는 코코아의 시장이 있고 / 과실처럼 기억만을 아는 너의 음향이 들린다 / 소년들은 뒷골목을 지나 교회에 몸을 감춘다 / 아세틸렌 냄새는 내가 가는 곳마다 / 음영陰影같이 따른다"「거리」고 한다. 당시 문명세계의 어두운 음영 그늘"陰影"이 "지구의 밖"으로까지 확산될 정도라고 보는 것이다. 또한 "육전대의 연주회를 듣고 오던 주민은 / 적개심으로 식민지의 애가를 불렀다"「식민항의 밤」, "제국주의의 야만적 제재는 / 너희뿐만 아니라 우리의 모욕 / 임 있는 대로 영웅 되어 싸워라"「인도네시아 인민에게 주는 시」, "잃어버린 일월日月의 선명한 표정들 / 인간이 죽은 토지에서 / 타산치 말라 / 문명의 모습이 숨어버린 황량한 밤"「자본가에게」 등의 시구를 리얼리즘 시를 연상케 한다.[34] 그러나 박인환 시의 기조는 정치적 현실보다는 메트로폴리탄 차원의 도시 문명을 비판하고 있기에 본격적인 리얼리즘 시인이라고 보기는 어려울 듯하다. 그는 "아무 잡음도 없이 멸망하는 / 도시의 그림자"「최후의 회화」과 "허물어지는 / 정적과 초연의 도시 그 암흑 속"「살아 있는 것이

---

**34** 김영철, 「박인환의 현실주의 시 연구」, 『관악어문연구』 21집, 1996; 공광규, 「전후 사실 인식과 사실주의 창작방법 연구」, 『박인환 깊이 읽기』, 서정시학, 2006.

있다면」을 인식한 것이다.

김경린의 시에도 미적 모더니티로서의 코스모폴리탄 감각이 드러난다. 그에게 서울이라는 공간은 국지적 차원의 메트로폴리탄을 넘어선 코스모폴리탄 차원의 대도시이다. 그것은 이를테면 "수평선 / 너머로 / 구름이 타원형을 그으며 / 지구 위에 떨어져 올 때 / 거리는 어린 새들이 / 푸른 늘골을 흔들고 있었습니다"김경린,「구름은 지구 위에」에서처럼 코스모폴리탄 차원의 감각과 상상력의 확장으로 나타난다. 그런데 이러한 "지구"의 상상력이 더 구체화되면 국제적 감각의 차원으로 나아간다.

> 오늘도
> 성난 타자기처럼
> 질주하는 국제열차에
> 나의 젊음은 실려가고
>
> 보랏빛
> 애정을 날리며
> 경사진 가로에서
> 또다시
> 태양에 젖어 돌아오는 벗들을 본다
>
> 옛날
> 나의 조상들이
> 뿌리고 간 설화가

아직도 남은 거리와 거리에서

불안과
애절과 그리고
공포만이 거품 일고
꽃과 태양을 등지고
가는 나에게
어둠은 깃발처럼 내려온다

김경린, 「국제열차는 타자기처럼」 부분

이 시는 도시 문명이 왜소화되어 가는 것에 대한 비판적 인식을 드러낸다. 도시 문명은 대자연을 편집하고 조작함으로써 그것을 인간의 영역 속에 우겨 넣으려는 속성을 지닌다. 문명 자체가 왜소화되는 것인데, 그러한 문명 속에서 살아가는 인간은 더더욱 왜소화의 길을 걸을 수밖에 없다. 이 시에서 "질주하는 국제열차"는 코스모폴리탄 문명의 속도감을 내포하고 있다. 그 속도감은 마치 "전신처럼 가벼웁고 재빠른 / 불안한 속력"(박인환, 「기적인 현대」)과 유사하다. 문제는 그러한 "국제 열차"에 "나의 젊음이 실려 가"는 상황은 불안하다는 점이다. 속도는 현대 문명의 삶을 패턴을 전적으로 지배하는 요소인데, 그 과잉 속도로 말미암아 현대인들은 늘상 불안하다. 아직은 "나의 조상들이 뿌리고 간 설화가 / 아직도 남은 거리와 거리에서"도 사람들은 "불안과 애절과 그리고 / 공포만"을 느끼며 산다. "꽃과 태양"의 희망은 사라지고 "어둠의 깃발"같은 절망만이 찾아드는 것이다. 그것은 1930년대 이상의 「오감도」에서 보여주었던 질주와 유사하지만 그 스케일 면에서는 다르다. 내면 심리 속 "막다른 골목" 너머 국가와 국가 사이를 넘나드는 코스모폴리탄 감각에 의지한 질주인 것이다.

'후반기' 동인들의 코스모폴리탄 감각은 영상시의 범주 속에 속에서도 빈도 높게 드러난다. 아놀드 하우저가 20세기를 가리켜 영화의 시대[35]라고 명명한 것만 보아도 20세기 문명과 영화의 관계는 밀접하다. '후반기' 동인들은 영화에 대한 많은 관심을 보였는데, 당시 영화 장르의 유행은 다른 어떤 예술보다도 코스모로폴리탄 문화 현상의 성격이 강했다. 김규동이 "이십세기는 그 영상화의 거대한 수확(으)로써 영화예술을 창조하였다. 「영상」이야말로 오늘의 시인의 신념이요, 방법인 것이다"[36]라고 주장한 것이나, 조향이 "가장 베리에이션이 풍부한 이마쥬의 세계가 슈르레알리즘이다. '촌색시'같은 영화 수법으로 현대시를 다루면 그렇게 된다"[37]고 주장한 것은 그러한 시대 상황을 설명해 준다. 또한 조향은 "영화 작품의 시나리오가 시문학의 영향에서 '글자'를 재료로 한 시네포엠Cine-poeme을 낳게 되었다. 곧 전위영화Avant-Garde film는 시나리오 형식에다가 끌어들인 산문시散文詩였다. 이것도 시네포엠이라고 한다"[38]라고 하여 영화의 표현 방식을 시의 창작 방법으로 수용한다.


   1. (C · U)

   유리창엔 시꺼먼 손바닥.

---

35 아르놀트 하우저, 백낙청·염무웅 역, 『문학과 예술의 사회사-현대편』, 창작과비평사, 1993, 229쪽.
36 김규동, 『새로운 시론』, 산호장, 1962, 16쪽.
37 조향, 『조향전집 2-산문』, 열음사, 1994, 57쪽.
38 조향, 위의 책, 282~283쪽.

따악 붙어 있다.

지문엔 나비의 눈들이……

(M · S)

쇠사슬을 끌고.

수많은 다리의 행진.

(O · S)

M「아카시아 꽃의 계절이었는데……」

W「굴러 내리는 푸른 휘파람도……」

　─**밝은 목금소리의 행렬**


2. (M · S).

윤전기에서 쏟아지는 지폐의 더미

그 더미 속으로 도오는 지구

(C · U)

지구엔 잠시 정전이

─**권총 소리**

(O · S)

W「검은 태양을 굴리는 아폴로처럼……」

M「흑장미의 장례식은 로비에서……」


3. (L · S)

사막의 누우드

거기 한쌍의 벌거숭이 실루에트

사뭇 내닫는다

기일게 그리메가 따라간다

W「옌 어디메예요!」

M「저기 언덕에 불끼 쓴 죽음이 뵈잖어!

―흑인령가


(…중략…)


7. (L·S)

아무 것도 없는 회색 하늘

한없이 펼쳐진 하늘

하늘은 회생으로 가늘게 떨고 있다

고추잠자리

한 마

리

(O·S)

(산울림처럼 울리는 소리로)

「인간, 너희는 잘못 길을 들었느니라!

―그레고리아 성가·그 사이로 처량히 프류트 소리 꿰뚫고 나간다

조향, 「검은 SERIES-Cine Poeme」<sup>39</sup> 부분

**39** 조향, 『조향전집 1-시』, 열음사, 1994.

이 시는 아방가르드 영화의 기법을 활용하고 있다. 1연의 클로즈업C·U 된 영상은 "시꺼먼 손바닥" "지문"에 있는 "나비의 눈들"이다. 이어서 미디엄쇼트M·S에 의해 "쇠사슬을 끌고" 가는 "수많은 다리들의 행징"이 제시된다. 상식적으로 두 영상 사이의 논리적 연관성을 찾기는 어렵다. 다만 "검은 태양"이나 "흑장미의 장례식"이 등장하는 것으로 보아서 그 영상들이 뭔가 불길한 것임을 암시한다는 것을 유추해 볼 수는 있다. 2연에서 다시 미디엄쇼트로 잡은 "지폐의 더미" 속에서 "도오는 지구"나 "정전" "권총소리", 3연에서 롱쇼트L·S로 잡은 "사막"의 전경과 "죽음"의 "그리메" 이미지는 그러한 부정적인 정서를 뒷받침해 준다. 현대 문명에 대한 불안감을 드러낸 것이라 할 수 있다. 그리고 그러한 문명을 일군 존재가 바로 인간이니, 7연에서 "아무 것도 없는 회색 하늘"을 배경으로 하여 "인간, 너희는 잘못 길을 들었느니라!"는 점을 강조하며 시상을 마무리하고 있다. 결국 이 시는 자동기술법의 일종인 데뻬이즈망 기법[40], 즉 이미지들의 병치와 충돌을 통해 사물들 사이의 새로운 창조적 관계를 맺어줌으로써 합리주의문명사회를 비판하고 있는 것이다. 이 시가 보여준 비판정신의 영상 미학적 표현법은 코스모폴리탄 문화로서의 영화가 크게 유행하던 당대 사회 현상을 적극적으로 반영한 것이다.

---

**40** 조향, 「데뻬이즈망의 미학」, 『한국전후문제시집』, 신구문화사, 1961, 415쪽.

## 5. 나가며 포스트-코스모폴리탄 시학을 위하여

'후반기' 시인들의 시에서 메트로폴리탄 감각의 전경화는 1950년대의 현대 문명을 시적으로 전유하는 방식이었다. 1930년대 30여만 명의 인구가 살던 서울은 1950년 6·25전쟁 직전에는 160여만 명의 인구가 사는 메트로폴리탄 지역으로 변모한다. 물론 그때까지도 전국적인 인구 분포는 농촌 지역에 절대적으로 치우쳐 있었지만, 100만을 훨씬 상회하는 인구가 모여 살면서 본격적인 메트로폴리탄 문화가 형성되고 있었던 것이다. 특히 6·25전쟁 시기에 미국의 문화가 직접 수입되면서 메트로폴리탄 문화는 가속적으로 비인간화의 길로 진입하게 된다. '후반기' 동인은 이러한 메트로폴리탄 서울을 배경으로 한 도시 문명과, 국지적 체험을 넘어서는 코스모폴리탄 감각을 시적으로 전유했다. 이러한 메트로폴리탄 시학과 코스모폴리탄 시학은 당시의 사회상과 상동성을 견지하는 것이라 할 수 있다. 당시 서울은 '후반기' 시에 나타난 대로 음울한 초상들로 가득했고, 서구 문화의 급작스러운 유입으로 국제화의 몸살을 앓고 있었다. 당시는 이런 시대에 대한 시적 비판이 절실했으나, 반공주의와 반리얼리즘의 강고한 기세 때문에 무갈등의 시들만이 보편화되었다. '후반기' 시는 그런 시절에 비판적 모더니즘을 통해 당대 사회에 대한 적극적인 문제 제기를 했다는 이유만으로도 매우 유의미했다고 할 수 있다.

메트로폴리탄 서울에 대한 '후반기' 시인들의 정서는 불안, 고독, 슬픔 등과 같은 매우 부정적인 것들이 주류를 이룬다. 김경린은 「태양이 직각으로 떨어지는 서울」 등을 통해 전후의 서울에서 무력감과 권태감을 표현한다. 김차영은 「안개의 강」 등을 통해 대도시의 뒷면에 드리운 어두운 부면을 성찰적으로 묘사한다. 화려한 대도시의 뒷면에는 안개처럼 모호하고 어두운 세계가 펼쳐진다는 사실을 들추어낸 것이다. 또한 김규동의 「하늘과 태양太陽만이 남아있는 도시都市」 등은 삭막한 인공 도시에서의 방황하는 인간의 모습을 형상화하고, 이봉래의 「단애 2 – 풍경」 등은 대도시의 음울하고 어두운 면모는 인간의 내면세계에까지 이어진다는 사실을 강조한다. '후반기' 시인들은 또한 이러한 메트로폴리탄 감각에 코스모폴리탄 감각을 결합하여 시를 창작하기도 한다. 박인환은 「투명한 버라이어티」 등을 통해 주체성을 상실하고 물질적인 저급 문화에 매몰된 도시인의 자화상을 그려낸다. 김경린의 「국제열차는 타자기처럼」 등을 통해 성찰 없이 국제적 범주로 확산되어 나가는 도시 문화의 문제적 국면을 묘파한다. 국제적 차원에서 질주하는 문명의 속도와 시간은 인간을 불안하게 한다는 점에 주목한 것이다. 조향은 「검은 SERIES」 등을 통해 코스모폴리탄 문화 현상으로 보편화되었던 영화의 표현 방식을 시의 창작방법으로 수용한다. 이는 박인환이나 이봉래가 영화를 시의 소재 차원에서 수용하는 것과 함께 대도시 문화의 한 부면을 시 창작에 활용한 흥미로운 사례이다.

'후반기' 시의 이러한 성과는 우리나라에서 메트로폴리탄 감각과, 그것의 국제적 현상인 코스모폴리탄 감각의 차원을 선구적으로 개척했다는 점에서 의의가 있다. 이는 1930년대 모더니즘 시와 변별되는 특성이다. '후반기' 시는 1930년대 모더니즘 시와 마찬가지로 도시 문명에 대한 비판적 인식을 전경화 했지만, 메트로폴리탄 서울이 단순한 도시가 아니라 거대 도시이자 국제적 문화 감각의 도시라는 점을 적극적으로 인식했던 것이다. 당시 서울에서 펼쳐졌던 문화 현상은 1930년대 문화 현상과는 비교가 안 될 정도로 다양하고 화려했다. 6·25전쟁을 전후하여 미국 문화를 중심으로 한 서구 문화가 비판적 거리를 유지할 수 없을 정도로 대대적으로 수입되었던 것이다. 그래서 시인들은 미적 거리를 유지하지 못한 채 다소 감상적이고 직설적인 태도로 도시 문명을 비판했다고 할 수 있다. '후반기' 시의 한계로 지적되는 센티멘탈리즘이나 허무주의는 이처럼 당시 사회의 문화 현상과의 상동성 차원에서 이해하는 것이 바람직할 것이다.

마지막으로, 아쉬운 것은 지면 관계상 1950년대 사회 현실과 문화 현실에 대한 더 정치하고 폭넓은 탐구를 하지 못했다는 점, '후반기' 시인들의 시 텍스트들을 더 다양하게 논의의 대상으로 취택하지 못한 점, 내용 중심의 문학사회학적 접근에 그친 감이 없지 않다는 점, 그리고 '후반기' 동인의 영향권에 있는 김춘수 · 김수영 · 김종문 · 박태진 · 전봉건 · 이활 등의 시를 함께 살피지 못한 점 등이다. 나아가 '후반기' 시의 메트로폴리탄 시학이 요즈음의 시와 어떠한 양상으로 연관되어 있는가를 살피지 못한 점도 아쉬운 점이다. 이제 서울 메트로폴리탄은 인구 1,000만을 상회하는 거대한 도시가 되었다. 메트로폴리탄 서울은 명실공이 세계적인 도시가 되었으나, 요즈음 그곳에서 살아가는 시인들의 시에서 '후반기' 시인들이 보여주었던 대도시 문화에 대한 비판이나 그것의 상업적 글로벌리즘 차원에 대한 비판적 인식은 턱없이 부족하다. 이제 우리 시대의 시인이나 비평가들은 '후반기' 동인들의 코스모폴리탄 시학을 비판적으로 계승하여 포스트-코스모폴리탄 시학을 정교하게 탐구해야 하지 않을까 싶다.

# 참고문헌

**기본 자료**
김경린 외, 『새로운 도시와 시민들의 합창』, 도시문화사. 1949.

**단행본**
공광규, 「전후 사실 인식과 사실주의 창작방법 연구」, 『박인환 깊이 읽기』, 서정시학, 2006.
김현, 『문학사회학』, 민음사, 1983.
김경린, 『태양이 직각으로 떨어지는 서울』, 청담문화사, 1986.
김규동, 『김규동 시전집』, 창비, 2011.
_____, 『새로운 시론』, 산호장, 1962.
김차영, 『얼굴, 그 얼굴들의 여울－김차영 시집선』, 명문당, 1989.
박민수, 『현대시의 사회시학적 연구』, 느티나무, 1989.
박인환 외, 『신시론』, 산호장, 1948.
박인환, 『박인환전집』, 문학세계사, 1989.
오유석, 「서울의 과잉 도시화 과정－성격과 특징」, 『1950년대 남북한의 선택과 굴절』, 역사비평사, 1998.
윤영애, 『파리의 시인 보들레르』, 문학과지성사, 1998.
이봉래, 『이봉래시선』, 서문당, 1973.
이승훈, 『한국 모더니즘 시사』, 문예출판사, 2000.
이와사부로 코소, 서울리다리티 역, 『유체도시를 구축하라』, 갈무리, 2012.
조향, 「데뻬이즈망의 미학」, 『한국전후문제시집』, 신구문화사, 1961.
____, 『조향전집 1－시』, 열음사, 1994.
____, 『조향전집 2－산문』, 열음사, 1994.
최유찬, 『문예사조의 이해』, 실천문학사, 1996.
아르놀트 하우저, 백낙청·염무웅 역, 『문학과 예술의 사회사－현대편』, 창작과비평사, 1993.
앙리 르페브르, 양영란 역, 『공간의 생산』, 에코리브르, 2011.
존 홀, 최상규 역, 『문학사회학』, 혜진서관, 1987.

마테이 칼리니스쿠, 이영옥 역, 『모더니티의 다섯 얼굴』, 시각과 언어, 1993.

미셸 데이비슨, 유명숙 역, 「시적 담론의 대화성」, 여홍상 편, 『바흐친과 문학 이론』, 문학과
　　　　지성사, 1997.

피에르 지마, 정수철 역, 『문학의 사회비평론』, 태학사, 1996.

롤랑 바르트, 김희영 역, 『텍스트의 즐거움』, 동문선, 1997.

츠베탕 토도로프, 최현무 역, 『바흐친 – 문학사회학과 대화이론』, 까치글방, 1987.

발터 벤야민, 반성완 역, 『발터 벤야민의 문예이론』, 민음사, 1983.

　　　　　　, 조형준 역, 『아케이드 프로젝트』 1, 새물결, 2013.

**논문**

권경아, 「김경린 시에 나타나는 현대성 연구」, 『아시아문화연구』 17집, 경원대 아시아문화
　　　　연구소, 2009.

김영철, 「박인환의 현실주의 시 연구」, 『관악어문연구』 21집, 1996.

박몽구, 「박인환의 도시시와 1950년대 모더니즘」, 한중인문학연구회, 『한중인문학연구』
　　　　제22호, 2007.

유성호, 「해방기 시의 세대론」, 한국시학회, 『한국시학연구』 33집, 2012.

임지연, 「50년대 시의 코스모폴리탄적 감각과 세계사적 개인 주체」, 『한국시학연구』 34호,
　　　　2012.

홍성호, 「'예술의 규칙'을 통해 본 피에르 부르디외의 사회학적 문학비평」, 『불어불문학연
　　　　구』 36집, 1996.

# '후반기' 동인과 전위의 의미

송기한

## 1. 들어가며

1950년대 시의 출발과 그 정신사적 궤적은 한국전쟁과 분리하여 논의할 수 없다. 한국전쟁은 정치, 경제, 문화뿐만 아니라 한국인의 전반적인 삶과 의식구조를 송두리째 바꾸어 놓았다. 전화로 기성의 모든 것이 부정되었으니 관행대로 내려온 문학이나 이념들 또한 변화의 대세로부터 자유로울 수 없었다. 특히 문학에는 객관적 현실에 조응하는 세계관보다는 추상을 넘나드는 관념의 세계관들이 넘쳐나게 되었다. 따라서 1950년대의 시문학은 전쟁이라는 현실이 가져온 관념과 추상의 굴레로부터 벗어날 수 없는 운명을 태생적으로 안고 있었다고 하겠다. 다변화된 전후의 현실이 가져온 이러한 상황적 요건들은 기존의 일체의 것을 딛고 나아가는 전위前衛의 이념과 맥락을 자연스럽게 받아들이게 하는 계기가 된다.

흔히 전위avant-garde란 앞에 나서서 호위한다는 군대식 용어로서 기성의 예술 형식과 관념·유파를 부정하고 새로운 것을 만들려 했던, 입체파, 표현주의, 다다이즘, 초현실주의 등을 가리키는데 쓰이는 용어이다.[1] 그러나 통상적으로는 기존의 예술과 이념을 부정하는 모더니즘문학 전반을 지칭한다고 보는 편이 옳을 듯하다. 모더니즘이 있는 곳에 전위가 있고, 전위가 있는 곳에 부정이 있는 것이다. 따라서 한 시대를 특징짓는 모더니즘을 문제 삼을 경우, 무엇을 부정하고 있는가 하는 그 '무엇'이야말로 전위의 핵심일 뿐만 아니라 시대정신의 요체라 하지 않을 수 없을 것이다.

1950년대는 민족 분단, 전쟁으로 특징 지워진다. 전쟁은 한국 사회를 어느 하나의 잣대로 규정지울 수 없게 하는 복잡다기한 문제점들을 야기했다. 특히 그것은 한국만의 특수한 이데올로기적인 성격을 강하게 띠기도 했지만 근대의 제반 특징을 읽어낼 수 있는 징후 역시 가지고 있었다. 따라서 1950년대를 문제 삼을 경우 이 두 가지 요인이 고려되지 않는다면, 1930년대가 그러했듯이 모더니즘문학을 설명해내는 데 있어서 또 다른 관념을 만들어 내는 과오를 범하는 일이 될 것이다.

1950년대의 문학은 일단 표면적인 드러남, 곧 현상에서 찾아진다. 그러한 1950년대를, 본질의 상실로 파악하여 1950년대의 시가 모더니즘 위주로 전개될 수밖에 없었던 정신적 근거를 여기서 찾아내기도 한다. 그러나 이러한 견해는 매우 일면적인 것이고 현실의 역동적인 상황을 전혀 고려되지 않는 기계론적 사관에 따른 것이라 하지 않을 수 없다. 본질이 고려되지 않는 현상이란 초월적 관념에 불과하기 때문이다. 모더니즘은 발생론적인 것이다. 자본주의적 생산관계가 염두에 두어지지 않는 모더니

---

1 좀 더 자세한 전위의 의미에 대해서는 뷔르거(Burger, P.), 김경연 역, 『미학이론과 문예학 방법론』, 문학과지성사, 1991 참조.

티야말로 가장 불구적인 것이다. 1930년대의 모더니티가 그러하지 않았는가. 생산관계가 고려되지 않은, 가공의 허구 속에서 헤맨 자의식의 결과가 1930년대에 펼쳐진 모더니즘이기 때문이다. 반면 1950년대의 모더니즘은 지금 여기의 현실이 반영된 결과태들이다. 이러한 차질은 모더니즘의 본질과 특수성을 설명해내는 데 매우 중요한 것이다.

1950년대의 모더니즘은 지금 여기의 현실에서 출발했다. 과거의 경우처럼, 관념 속에서 가공되고 표현되던 모더니즘이 아니다. 1930년대의 모더니즘이 도시화에 따른 근대의 제반 문화들을 표피적으로 반영했던 까닭도 여기에 있다. 이때의 모더니즘문학은 모더니즘의 본질과 그 부정정신이 없었기에 도회적 감수성이나, 엑조티시즘 등과 같은 밝고 명랑한 요소들, 곧 긍정적인 부분들을 표현하는 데 머무를 수밖에 없었다. 즉 모더니즘의 발생론적 근거와 그 비판적 정신작용에 대해서는 둔감했던 것이다. 반면 1950년대의 모더니즘은 근대화가 초래한 부정적 현상들, 특히 전쟁이 초래한 문명적, 정신적 폐해와 그에 따른 위기의식의 소산이었다.[2] 있을지도 모를, 혹은 가능할지도 모를 현실에 기반을 두고 있는 것이 1930년대의 모더니즘이라면, 있는 현실, 당위의 현실에 기반을 두고 있는 것이 1950년대의 모더니즘이었던 것이다.

1950년대의 모더니즘은 이렇듯 현실과 그 현실 속에서 길러지는 제반 모순이 문제가 된다. 본질이 떨어져나간 현상의 결과가 1950년대 모더니즘의 특징이라고 해도 현실과 분리된 모더니즘적 특성을 이 시기에 탐색해 들어가는 것은 거의 불가능하다. 지금 여기의 현실에 대한 올바른 응시

---

2  박윤우, 『한국 현대시와 비판정신』, 국학자료원, 1999, 24쪽.

와 비판적 시각이야말로 전후 모더니즘의 특성을 밝히는 기본 잣대가 될 것이다.

## 2. 이미지즘의 기능과 전후 모더니즘에서의 그 의미

전후라는 극단의 현실은 모더니즘을 배양케 하는 좋은 토양을 마련해주었다. 도구화된 이성의 산물인 전쟁과 그 반성적 사유인 모더니즘, 분단에서 빚어진 본질의 상실과 그에 따른 현상세계로의 경사 등이 바로 그러하다. 뿐만 아니라 전쟁에 의한 부정정신과 반문명적 사유태도 역시 모더니즘의 생성과 불가분의 관계를 맺고 있다. 그런데 전후 모더니즘을 생성케한 이러한 토양들은 아이러니컬하게도 모두 현실에 그 뿌리를 두고 있다. 흔히 발전론적 시각에서 비판되고 운위되던 모더니즘과는 거리를 두고 있는 것이다.

그렇다면, 관념 속에 재구성되던 1930년대의 모더니즘과 구별되는 전후의 모더니즘이란 무엇일까. 관념이나 추상과 구별되는 사유는 현실이다. 아니 현실에서 길어 올려지는 사유가 더 정확한 표현일지 모른다. 1950년대의 모더니즘의 특징을 현실 속에서 구성되는 모더니즘이라고 했다. 1930년대의 모더니즘이 관념 속에서 가공되는, 곧 추상이 만들어낸 것이었다면 전후의 모더니즘은 현실 속에서 만들어지는 모더니즘이라할 수 있다. 이러한 특징이 이 시기 모더니즘을 탐색해 들어가는 틀이 되어야 한다. 그 연장선에서 1950년대 모더니즘을 규명하는데 있어서 현실은 특별히 강조되어야 할 것이다. 현실을 어떻게 볼 것인가, 그리고 그러한 현실이 주는 부정정신은 무엇이고, 그에 바탕을 두고 있는 기성의 것을 어떻게 부정할 것인가야말로 이 시대 모더니즘의 최대 과제라 할 수 있다. 그러한 현실 바로보기가 어떤 형태의 모더니즘을 낳았는가 하는 것이 전후 모더니즘의 핵심이 된다고 하겠다.

이미 많은 연구자들이 언급한 것처럼, 1950년대 모더니즘은 주로 이미지즘적인 경향을 보였다. 그런데 이미지즘의 생성과 전개에 대한 미학적, 역사적 고찰 없이 1950년대의 이미지즘은 1930년대의 그것으로부터 한 걸음도 앞으로 나아가지 못했고, 그 정신적 사유도 매우 허약한 것으로 비판받아 왔다. 다만 시대정신의 차이에 의한 발생론적 차별성만을 부각시켰을 뿐이다. 1950년대의 모더니즘은 1930년대의 그것과 불가분의 연장선에 있는 것이 사실이긴 하지만, 문학사적으로나 사조적으로 동궤에 놓이지는 않는다. 따라서 1930년대의 틀로 1950년대의 모더니즘을 조망하거나 1950년대의 잣대로 1930년대의 모더니즘을 재단하는 것은 불가능한 일이 아닐 수 없다.

1950년대의 모더니즘은 분명 이미지즘적인 편향을 보이고 있는 것이 사실이다. 왜 그러한가에 대해서는 지금까지 어떤 연구자도 명쾌한 해답을 내어놓지 못했다. 이에 대한 답이야말로 1950년대 모더니즘을 규명하는 핵심이 될 것인데, 나는 그것을 '현실에 대한 올바른 응시'에서 찾고자 한다. '현실'이야말로 1950년대 모더니즘의 인식축이며, 근대적 사유의 틀을 좌우하는 매개이다. 그리고 그것은 이미지즘의 전개와 그 정신적 구조를 떠받치는 동인이라 할 수 있다.

이미지즘이 현실에 기반을 두고, 현실 속에서 사유된다는 사실을 잘 알려진 일이다. 게다가 이미지즘은 모더니즘의 갈래 가운데 가장 앞서 나온

사조이다. 실상 모더니즘이란 이미지즘에서 시작되어 신고전주의, 그리고 다다와 초현실주의와 같은 아방가르드에까지 그 역사적 순서를 밟아서 진행되어 왔다. 그만큼 이미지즘은 모더니즘의 뿌리에 해당된다고 해도 무방할 만큼 오랜 역사적 깊이를 갖고 있는 것이다.

잘 알려진 것처럼, 이미지즘은 낭만주의에 대한 반동에서 시작되었다. 이미지즘의 발생은 낭만주의자들의 전일적 세계관이 아니라 불연속적인 세계관에 그 뿌리들 두고 있는데, 이 세계관에 주목한 사람은 흄T. E. Hulme이다.[3] 그는 낭만주의자들의 전일적 세계관이, 중세의 신처럼 무한한 능력을 갖고자 한 르네상스의 인문주의적 세계관에 그 토대를 두고 있는 것으로 파악한다. 르네상스가 촉발시킨 인간 중심의 세계관은 인간으로 하여금 원죄의식을 말소케 하여 인간을 신과 같은 위치에 오르게 했다고 보는 것이다. 이러한 세계관에 젖어들게 되면, 이 세상에 존재하는 모든 대상은 신의 능력을 부여받은 인식 주관에 의해 전유할 수 있게 된다. 그리하여 대상에 대한 감정의 자유로운 분출이나 몽환스러운 이미지 같은 것들이 만들어진다. 이 이미지들은 바로 신비주의의 늪에 잠긴 낭만적 주체가 만들어낸 결과들이다. 흄의 불연속적 세계관은 그러한 전일성에 대한 반동이었고, 르네상스가 말소한 인간의 원죄의식의 복구에 있었다.

인간이 기본적으로 불완전하다는 인식은 인간의 유한성에 대한 사유이며, 그것은 인간을 어떤 절대자에 기투하는 몸부림으로 나아가게 했다. 그 노력의 일환이 어떤 모범적 대상에 대한 모델링화에 대한 작업으로 나타난다. 그런데 흄의 고전주의는 어떤 대상을 그대로 모방하거나 답습하지

---

3  흄의 이러한 이론들은 「휴머니즘과 종교적 태도」에 잘 나타나 있다. 자세한 것은 T. E. Hulme, *Speculations*, London : Routledge & Kegan Ltd., 1960에 잘 나타나 있다.

않고, 있는 대상을 좀 더 새롭게 그리고 인식하려 한다. 흄의 이러한 태도는 고전주의에 가까운 것이긴 하지만, 단순한 모방이 아니라 창조가 내재되어 있는 까닭에 이전의 고전주의와 구분하여 신고전주의로 부른다.

흄의 고전적 태도는 사실과 대상을 매우 중요시 한다. 그것은 일상의 현실에 대한 꼼꼼한 관찰과 새로운 인식태도에서 극명하게 드러난다. 낭만주의가 대상을 지극히 주관화하거나 몽환적 형상을 그리는 것, 혹은 심지어 그로테스크한 심연으로 빠지게 한다면 고전적 태도는 대상을 혹은 일상의 현실을 지극히 객관화시킨다. 그런데 후자에서 길러지는 일상의 현실은 기존의 것을 그대로 모방하거나 답습하는 것이 아니라 전혀 새로운 방식으로 사유하고 인식한다. 일상의 사물을 이전의 것과 다르게 전혀 새롭게 보는 것이다. 지금까지 어떤 시적 주체나 인식 주체도 보지 못한 새로움, 그것이 시의 근본 목적이 되는데, 이에 부합하려면 시는 이미지가 되어야 한다는 것이다. 따라서 일상어를 사용한 언어의 농축과 압축이야말로 이미지즘의 최대 목표가 된다.

이미지즘은 시어와 일상의 견고한 결합을 근간으로 하고 있다. 따라서 이미지즘을 추구한다는 것 자체가 일상이나 현실과 분리되는 사유가 아니다. 이러한 인식에 서게 되면 본질과 분리된 현상에의 유희가 모더니즘으로 나아갈 수밖에 없었다는 것은 재론의 여지가 있다. 1950년대의 시인들은 모더니즘 가운데 이미지즘을 적극적으로 받아들이고, 그 방법적 자각과 정신을 매우 충실히 수행해나갔다. 이들이 이미지즘을 적극적으로 받아들인 데에는 전후의 현실, 특히 근대가 파생한 문명적 위기와 그 정신적 폐해를 타개하기 위한 방법의 소산이었다.

그러나 나는 여전히 우리 시단을 지배해 온 낡은 센티멘탈 로맨티시즘의 분류와 상징주의의 완고한 잔재적 요소에 저항하여 전력을 다한 싸움을 감행할 수밖에 없는 비통한 운명 속에 있었던 지난날을 추억하여 기쁨과 그리움의 미소를 금치 못하는 심정 속에 있음을 솔직히 고백하였다. (…중략…) 이러한 기류 속에서 우리들은 세계와 역사 또는 현실과 생활과의 관련에 항상 바른 통찰과 통일을 뜻하며 나아가서는 자신의 인생 태도를 결정짓는 일에 노력을 바침으로써 현대문명의 정황에 대한 정당한 비판을 계획했어야만 옳았을 것이다. 청품명월만을 노래하는 너무나 주관적인 태도와 동양적인 정적에의 귀의는 그러므로 혼란, 격동의 새 세대에 대한 예의가 아니었으며, 새 시대가 던지는 문명의 인상과 끊임없이 변모해 가는 사회 현상의 옳은 파악이야말로 시인의 카메라에 부여된 고귀한 소재가 아닐 수 없다.

김규동, 「시집 『나비와 광장』에 부치는 시론」 부분

이 글은 김규동이 '후반기' 동인으로 활동하던 시절에 펴낸, 『나비와 광장』의 서문에서 발췌한 것이다. 김규동은 이 글에서 한국 시단 전반에 대해 비판하면서 기존의 한국시가 보여주었던 문제점을 다음 세 가지로 제시하고 있다. 첫째는 낡은 센티멘탈리즘, 둘째는 상징주의의 완고한 잔재, 셋째는 청풍명월에 기반한 주관적인 태도와 정적에의 귀의 등이 바로 그러하다. 그리고 우리 시의 가능성을 '현대문명의 정황에 대한 정당한 비판'에서 찾음으로써 모더니즘적인 사유태도를 뚜렷이 드러내고 있다. 그런데 김규동이 진단한 우리 시의 문제점 가운데 주목해 보아야 할 것이 첫번째 항목과 마지막 항목이다.

센티멘탈과 주관성이야말로 낭만주의적 사유태도를 가장 잘 보여주는 것이면서 이미지즘의 방법과는 가장 먼 거리에 있는 사유들이다. 흄이 현상적인 이 세계를, 세 가지 층위로 나누고 이 층위들이 단절되어 있다고 표나게 강조한 것도 모호한 주관성 때문에 그러한 것이었고, 일상의 현실을 정확히 응시하자고 한 것도 감상적 태도에 대한 부정 때문이었다. 객관적 일상에 대한 올바른 인식과 그것의 새로운 이미지화야말로 이미지즘이 추구한 최고의 시적 의장이다. 김규동이 인용문의 마지막에서 "새 시대가 던지는 문명의 인상과 끊임없이 변모해 가는 사회 현상의 옳은 파악이야말로 시인의 카메라에 부여된 고귀한 소재"라고 한 것 역시 그러한 맥락의 일환이다.

전후 시인들에게 주어진 모더니즘은 당위이자 필연이었다. 또 다른 방법이나 정신적 사유구조가 침투해 들어오거나 선택될 수 있을 만큼 전후의 현실은 넉넉하지 못했다. "새 시대가 던지는 문명의 인상과 변모해 가는 현상의 옳은 파악"이라는 그 필연의 임무가 시인들로 하여금 일상에 대한 올바른 응시로 내몬 것으로 판단된다. 전후 모더니즘에 주어진, 현실에 대한 정확한 응시라는 당위의 의무는 흔히 초현실주의자로 알려진 조향의 시론에서도 그대로 반영되어 나타난다.

현대시, 아니, 넓게는 현대예술의 혁명기에 있어서 제일 먼저 실천된 것이 19세기적 합리주의, 객관주의에 대한 화려한 반란이었다. 시에 있어서는 합리주의적<sup>현실주의적</sup>으로 때문은 말<sup>언어</sup>에 먼저 불을 질렀다. 그리하여 말을 '순수언어'로 환원시켰다. 미래파의 '자유어', 다다이즘에 있어서의 '다다어', 이러한 방화사건은 드디어 언어에 있어서의 일상성을 파괴해 버리고 시에다가 하나의 불연속선, 다시 말하면 연속된 단층의 행렬을 구성해 놓는다. 그 단층마다에서 이마아쥬의 섬광은 생리된다. (…중략…) 이리하여 시는 '의미'가 아니고 '이마아쥬', '현실'이 아니고 '신화'라는 설이 일단 확립되었다.[4]

조향은 동인의 주요 멤버이면서 1950년대의 대표적 초현실주의자이다. 이상 이후 아방가르드의 방법과 정신을 조향만큼 모범적으로 실천해온 시인도 없을 것이다. 그만큼 조향은 전후의 시단에서 예외적인 존재로 비춰지고 있다. 조향이 인용 글에서 현대시의 시어를 합리주의에 물든 언어에 대한 반란으로 진단한 것, 그리고 그 말은 '순수의 언어'로 환원되어야 한다는 것은 아방가르드적인 사유태도에서 온 것이다. 초현실주의가 도구적 이성에 대한 안티와 그 대항 담론으로서의 절대 순수 언어를 주장하고 있기 때문인데, 이때의 순수 언어란 사물성을 삭제한 언어, 곧 사물이 부재하는 언어이다. 통상적으로 사물의 부재란 의미의 부재이며, 그 현실적 의미내용은 언어의 불순성이고 언어의 저차원성이다.[5] 곧 의미가 제거된 언어의 해방상태인 것이다.

조향은 도구적 이성의 때가 묻은 기존의 언어를 새롭게 하기 위하여 의미와 의미의 연속성을 제거하려 든다. 논리에서 파급되는 인과율이 정신과 자아를 억압하기에 어떠한 의미적 결합도 있어서는 안 된다는 것이다. 그런데 조향의 인용글을 꼼꼼히 읽어보면, 초현실주의에서 추구한 해방의 논리와는 다른 어떤 차이점이 발견된다. 조향은 의미나 인과율을 부정하기 위한 시적 방법으로 언어의 순수성을 찾긴 하지만 궁극에 있어서는 언어를 공간화시키는, 곧 또 다른 차원의 이미지를 구해오고 있기 때문이

---

4　조향, 「현대시론(초)」, 『조향전집』 2, 열음사, 1994, 143쪽.
5　정귀영, 『초현실주의문학론』, 의식, 1987, 110쪽.

다. 초현실주의의 시적 의장이 현실定立 → 전도反定立 → 초현실綜合이라는 세 가지 인식단계를 거치면서 어떠한 가상도 만들지 않음에 비하여 조향은 '이미지의 섬광'을 만들어낸다. 조향이 이렇게 초현실주의의 방법과 정신을 부분적으로 도입하고 있음은 다음의 글에서도 쉽게 확인할 수 있다.

> 말은 비유로 돼 있다. 그 말을 써서 창조를 하는 시도 비유로 돼 있다. 비유는 말의 본질이자, 시의 본질이다. 훌륭한 시인이란 새로운 말을 만들어 내는 neologist를 말하는 게 아니고, 새로운 비유를 창조해내는 사람을 말하는 것이다. 언어결부방식을 새롭게·놀랍게 하는 사람이 곧 시인인 것이다. (…중략…) 게다가 이 양지원관념과 보조관념 – 인용자, 유사성·상이성의 작용하는 힘이 강하면 강할수록, 곧 상이성이 원거리이면 원거리일수록, 비유표현의 효과는 높아만 가는 것이다.[6]

말이 비유로 되어 있고, 그 말을 이용하여 창조를 하는 시도 비유로 되어 있다는 인식은 시학에서 흔히 원용되는 시적 의장이다. 초현실주의가 지향하는 궁극적 지향점은 의미의 추방에 있다. 이성에 물든 의미야말로 정신을 구속하고 억압하는 가장 강력한 기제이기 때문이다. 따라서 아방가르드적인 측면에서 비유란 원칙적으로 불가능하다. 게다가 의미를 생산해내는 비유는 아방가르드적인 정신과 방법에 비춰볼 때, 더더욱 모순이 된다. 그런데 인용글에서 보이는 조향의 논리는 다분히 신비평적인 논리에 가까운 인식을 보여준다. 신비평에서 말하는 직유나 은유와 같은 비

---

6  조향, 「시어론」, 앞의 책, 312쪽.

유들을 만들어내는 방식은 원관념과 보조관념의 역동성과 시적 의장에서 이루어진다. 조향이 언급한 비유의 논리도 이와 유사한데, "원관념과 보조관념 사이에 작용하는 힘이 강하면 강할수록, 곧 상이성이 원거리이면 원거리일수록, 비유표현의 효과는 높아만 가는 것"이라는 것이 바로 그것이다. 이 같은 견해는 두 관념 사이의 시적 긴장poetic tention의 효과는 거리화distance에 좌우된다는 신비평의 논리와 매우 흡사한 것이다.

그러나 주지와 매체 사이에 이루어지는 상이성이 원거리이면 원거리일수록 비유의 효과가 높아만 간다는 조향의 논리는 초현실주의에서 말하는 '우연한 사물의 결합'이라는 비유의 논리와 상당한 거리가 있는 것이다. 신비평에서 원관념과 보조관념의 긴장 관계는 인접한 유사성의 관계에 의한 거리화라면, 초현실주의에서의 비유란 원관념과 보조관념의 관계가 유사성, 인접성, 상이성 등 어떤 연결고리도 없는, 말 그대로 우연한 결합의 산물들이기 때문이다.[7] 이렇듯 조향은 초현실주의를 전면적으로 받아들인 것이 아니라 그 방법과 정신의 일부만을 차용하고 있음을 알 수 있다. 그는 오히려 의미를 만들어가고 새로운 이미지를 창출해내는 이미지즘에 가까운 사유태도를 보이기까지 한다.[8]

기성 시단을 전면적으로 부정하고 등장한 전후 시단의 전위적 그룹들이 이미지즘에 경도된 데에는 앞서 언급처럼 그 나름의 이유가 있다. 근대의 제반 모순과 그 폐해 속에서 새로운 인식 사유에 대해 고민하던 그들에게

7 김윤정, 『한국 모더니즘문학의 지형도』, 푸른사상, 2005, 244쪽.
8 이기철은 조향이 모더니즘의 한 가운데에서 초현실주의를 부분적으로 도입한 절충적 모더니스트로 보고 있다. 그는 조향의 그러한 아방가르드적 특징을 '주지적 초현실주의'로 부르고 있는 것이다. 이기철, 「한국 초현실주의 시의 전개과정 고찰」, 『한국시학연구』 3, 한국시학회, 2000, 218쪽. 그러나 주지적이라는 말 자체가 일본식이고, 그 용어의 애매성 때문에, 이미지즘적 초현실주의라고 하는 편이 더 적당하다고 생각된다.

일상을 기저로 현실 속으로 천착해 들어가는 이미지즘의 시적 방법과 사유야말로 가장 적절한 시대인식의 수단이었기 때문이다. 게다가 이미지즘에 내재된 질서로 대표되는, 신고전주의의 구조체 지향 모형들은 이들에게 그러한 인식구조를 더 단단히 쌓아가게 하는 디딤돌 역할을 했을 것이다. 이미지즘에의 경도와 초현실적 오브제를 자신의 시적 방법으로 삼았던 조향에게서조차 조형적 이미지들의 생산을 시의 궁극적 목표로 제시했다는 점들이 그 단적인 증거가 된다.


## 3. 시 창작상의 이미지즘

"새 시대가 던지는 문명의 인상과 끊임없이 변모해 가는 사회 현상의 옳은 파악이야말로 시인의 카메라에 부여된 고귀한 소재"라는 김규동의 말처럼, 전후 시단의 당면 임무는 새 시대가 던지는 문명의 인상을 어떻게 붙잡아낼 것인가에 있었다. 시인은 문명사의 여러 현상들을 카메라적 시선으로 시의 소재를 찾아내고, 그것을 시화해서 문명이 던지는 진정한 의미들을 시사적으로 자리매김해야 했다. 일상의 사물에 대한 정확한 관찰과 그 새로운 의미부여를 통해 근대화가 초래한 여러 문명적, 정신적 폐해와 위기의식들에 대한 통찰과 탐색, 그리고 그 대안모색을 시도해야 했던 것이다.

여기서 새 시대란 물론 전후의 현실을 말한다. 그런데 새 시대라고 해서 문명의 신선한 감각이나 이전 시대에 대비와는 질적인 근대성의 문제들을 굳이 이야기할 필요는 없다고 본다. 전후의 현실은 이미 있는 현실이고 존재하는 현실이며, 이전의 현실이란 가공의 현실, 허구의 현실이다. 이전의 모더니티가 이렇게 관념 속에서 이루어지는 사유구조였던 까닭에, 그것을 불구화된 모더니티라든가 기형의 모더니티로 지칭했다면, 전후의 모더니티는 일제강점기만큼 파행화된 모더니티란 말을 굳이 듣지 않아도 될 것이다. 게다가 전후의 모더니티를 흔히 과학의 명랑성에서가 아니라 과학의 비극성에서 찾으려 한 것도 이와 무관하지 않다. 비극이란 말 자체에 이미 근대성의 안티테제로서의 모더니즘의 존립근거가 충분히 성립되고 있기 때문이다.

현기증 나는 활주로의
최후의 절정에서 흰 나비는
돌진의 방향을 잊어버리고
피 묻은 육체의 파편들을 굽어본다.

기계처럼 작열한 심장을 축일
한 모금 샘물도 없는 허망한 광장에서
어린 나비의 안막을 차단하는 건
투명한 광선의 바다뿐이었기에 —

진공의 해안에서처럼 과묵한 묘지 사이사이
숨가쁜 Z기의 백선과 이동하는 계절 속
불길처럼 일어나는 인광의 조수에 밀려
흰 나비는 말없이 이즈러진 날개를 파닥거린다.

하얀 미래의 어느 지점에

아름다운 영토는 기다리고 있는 것인가

푸르른 활주로의 어느 지표에

화려한 희망은 피고 있는 것일까


신도 기적도 이미

승천하여버린 지 오랜 유역—

그 어느 마지막 종점을 향하여 흰 나비는

또 한 번 스스로의 신화와 더불어 대결하여본다.

김규동, 「나비와 광장」


　전쟁 중에 씌어진 것으로 되어 있는 이 시는 흔히 김기림의 「바다와 나비」등과 비교하여 많은 논의의 대상이 된 작품이다. 나비라는 소재도 그러하고, 그것이 근대로 표상되는 대상김기림의 경우에는 그것이 매우 소략된 형태로 나타나지만과 대결하고 있다는 구조도 그러하다. 뿐만 아니라 사물의 선명한 대조를 통해서 재생되는 이미지의 조형성 역시 비슷한 요소를 많이 갖고 있다. 그러나 그 상상력을 어디서 이끌어왔던 이 작품은 김기림의 그것과 대비하여 몇 가지 나아간 면 또한 보여주는 것이 사실이다. 우선, 김기림의 작품과 비교해 볼 때, 이 작품은 근대의 제반 모순과 그 문명사적, 정신사적 폐해에 대해 적극적으로 대처하고 있다는 점을 들 수 있다. 김기림의 '나비'가 바다를 청무밭으로 착각하고 내려갔다가 다시 되돌아오는데, 나비의 그러한 행동은 근대에 대한 일종의 패배의식으로 비쳐진다. 반면 김규동의 나비는 근대문명에 대해 큰 상처를 입었어도 좌절하지 않고 끝끝

내 대결하고자 하는 적극성을 보인다. 그리고 무엇보다 중요한 것은 이 작품이 다음 사례에서 보듯 근대와 거기서 파생되는 여러 모순들을 전후의 현실에 맞게 아주 정확히 읽어내고 있다는 점일 것이다.

50년대의 모더니즘 시에서 근대를 상징하는 가장 일반화된 말 가운데 하나가 '속도'이다. 이 속도는 박인환의 시에서도, 김경린의 시에서도 쉽게 발견할 수 있는데, 가령, "전신처럼 가벼웁고 재빠른 / 불안한 속력은 어디서 오나"박인환, 「기적인 현대」나, "오늘도 성난 타자기처럼 질주하는 국제열차"김경린, 「국제열차는 타자기처럼」가 그러하다. 이들 시에서 '속도'란 근대 문명의 상징이면서 그 정신사적 위기감의 표현이라는 이중적 의미를 갖는다. 거침없이 달리는 기차가 근대 문명의 팽창을 상징하는 것이라면, 빠른 속력이 주는 공포감이야말로 그것을 감내해야하는 근대인의 정신사적 불안이기 때문이다.

「나비와 광장」은 그러한 근대의 불안을 '피묻은 육체의 파편', '숨가쁜 Z기의 백선', '푸르른 활주로'와 같은 시각적 이미지의 조응 속에 매우 탁월한 그려내고 있다. 곧 청靑, 홍紅, 백白의 이미지의 선명한 대조 속에서 파괴자로서의 근대와 이를 담당해나가는 주체, 그리고 그 대항 담론을 밀도 있게 묘사하고 있는 것이다.

> 태양이
> 직각으로 떨어지는
> 서울의 거리는
> 푸라타나스가 하도 푸르러서
> 나의 심장마저 염색될가 두려운데

외로운

나의 투영을 깔고

질주하는 군용추럭은

과연 나에게 무엇을 갖어 왔나.


그리고


한때

몹시도 나를 괴롭히던

화려한 영상들이

결코 새로울 수는 없는

에 서서


대학교수와의

대담마저가

몹시도 권태로워지는 오후이면

하나의 〈로지크〉는

바람처럼

나의 피부를 스치고 지나 간다.

김경린, 「태양이 직각으로 떨어지는 서울」 부분


김경린의 대표작인 이 작품 역시 이미지즘의 기법으로 쓰인 것이다. 그
런데 여기서 구사된 이미지들은 시의 유기적 질서를 무너뜨릴 정도로 이

미지즘의 시적 의장들이 현란하게 구사되어 있기까지 하다. 이러한 요인들이 이 작품이 함의하고 있는 정신상의 진정성까지 흔들어 놓을 정도인데, 가령 "푸라타나스가 하도 푸르러서 / 나의 심장마저 염색될가 두려운데"라는 표현 등이 그렇다. 김경린은 전후 문단에서 이미지즘의 시적 방법과 정신을 다른 어느 작가보다도 충실히 수행해 내었다. 시론뿐만 아니라 창작상의 측면에서 김경린만큼 이미지즘에 대한 이해와 실천을 일구어낸 모더니스트를 찾는 것은 쉬운 일이 아니다.

인용시에서 김경린이 탐색해 들어간 것은 근대성의 제반 모순과 거기서 사유되는 자의식의 양태이다. 근대적 인식체계에서 사유되는 시인의 그러한 자의식은 "질주하는 군용추럭"에 잘 나타나 있다. '질주'는 거침없이 나아가는 근대의 문명이며, '군용추럭'은 그것이 야기한 정신사적 폐해와 문명사의 위기를 표상한다. 조화될 수 없는 불가역적인 역설 속에서 시인이 느끼는 자의식은 '두려움'과 '외로움'이다. 그는 진행과 좌절이라는 근대의 이중성 속에서, 곧 그러한 감수성들이 착종된 의식의 극점인 '모멘트'에 올라서서 어떤 자의식적인 해방감에 젖어든다. 그러나 그 상승과 하강이 교차하는 순간의 극점들은 이내 현실의 냉혹한 논리 속에 묻혀버린다. 이성의 상징인 '대학교수와 대담'이 '권태로워지면서', 로지크논리는 '바람처럼 나의 피부를' 비껴가기 때문이다.

김규동이나 김경린의 시작에서 볼 수 있는 이미지즘들은 현실에 대한 정확한 응시와 사물에 대한 새로운 묘사에 그 방법적 특징이 있다. 여기에다가 근대가 주는 문명사적 폐해와 정신의 위기라는 역사철학적 맥락 또한 담아내고 있다. 그 연장선에서 이들은 미래에 대한 희망내지 기대를 '소망'이나 '기원', '바램'의 차원에서 갈망하고 있다. 예를 들어, 김규동의 "하얀 미래의 어느 지점에 / 아름다운 영토는 기다리고 있는 것인가 / 푸르른 활주로의 어느 지표에 / 화려한 희망은 피고 있는 것일까"「나비와 광장」나 김경린의 "거울처럼 / 그리운 사람아 / 흐르는 기류를 안고 / 투명한 아침을 가져 오리"「국제열차는 타자기처럼」 등이 그 본보기이다. 이미지즘의 궁극적인 목표는 감상에 대한 배제와 객관의 성립, 그리고 사물에 대한 새로운 관찰 등으로 요약된다. 그런데 초기에 가졌던 이들의 이러한 방법적 탐색들은 철학의 부재라는 약점과 더불어 몇 가지 정신적 의장들이 추가되는데, 그 하나가 전통이나 역사성 혹은 질서관의 도입과 같은 문제들이다. 이는 이미지즘이 사물의 해체와 새로운 조합이라는 형식논리를 벗어나서 전범적인 구조체 지향이라는 철학적 틀을 내재하는 계기가 된다. 이를 대표하는 이가 영미모더니스트를 대표하는 엘리어트이다. 이미지즘을 아방가드르드와 구분하여 구조체를 지향하는 신고전주의와 동일한 맥락에 놓는 것도 이 때문이다. 그리하여 영미 이미지스트들이 받아들인 질서의 사유들은 그들이 과거로부터 전해 받은, 그들만이 보지하고 있는 다양한 전통들이다. 가령, 신화나 자연, 중세의 종교 등과 같은 형이상학적인 관념들이 여기에 해당된다.[9]

그러나 김규동 등이 펼쳐 보인 이미지즘에는 영미 이미지스트들이 자신들의 시적 의장에 받아들인 견고한 자기확신의 구조가 없다. 가령 영국정교라든가 성서의 신화, 혹은 목가적 낙원인 자연의 통합된 세계와 같은 전일적 감수성을 발견하거나 받아들이지 못한 것이다. 그들은 막연한 기대 차원에 머물렀을 뿐, 엘리어트 등이 보여주었던, 어떤 견고한 영원주의 같

---

9  오세영, 『문학과 그 이해』, 「모더니즘, 아방가르드, 포스트모더니즘」, 국학자료원, 2003, 21~60쪽 참조.

은 사유들을 받아들이는 데 실패한 것으로 보인다. 이들의 그러한 역사철학적 허약성들은 다른 '후반기' 동인들인 박인환, 조향 등의 시적 의장이나 정신사적 맥락과 불가분의 관계에 놓여 있는 것이기도 하다.

'후반기' 동인의 중심 멤버였던 박인환의 문학에 대한 공과는 아주 상반된다. 해방공간과 전후의 현실에서 점증하는 근대의 산물들을 아무런 여과 없이 유행병적으로 받아들였다는 평가가 있는가 하면, 근대의 제반 모순을 온몸으로 고민하며 이에 부과된 자의식을 과감하게 노출했다는 평가도 있다.[10] 박인환의 문단활동은 1949년 『새로운 도시와 시민들의 합창』이라는 사화집을 펴낸 것을 계기로 이루어진다. 제목의 단어인 '도시'와 '시민'에서 알 수 있듯이 이 사화집은 모더니즘의 정신과 지향성을 뚜렷이 드러내었다. 그럼에도 박인환의 작품들은 그러한 모더니즘의 세계와 정신과는 어느 정도 거리가 있는 것이었다. 오히려 모더니즘과 상반되는 리얼리즘적 경향을 내재시키고 있었다. 그럼에도 해방공간에 펼쳐진 박인환의 산문시들은 산문이라는 장르상의 특징에서 그 의미를 찾을 수 있을 것이다.

산문정신이란 열린 정신이고, 분산된 정신이며, 원심적인 정신이다. 이는 율문정신이 구심적이고 폐쇄된 정신이라는 사실과 비견된다. 따라서 산문정신은 현실에 대한 밀착된 응시나 반응, 분석이 없이는 불가능한 의식이다. 그런데 박인환의 그러한 정신들이 전후 시단에서 그가 보여주었던 시의 의장이나 방법과 일정 정도 상관관계에 놓여 있다는 점일 것이다. 박인환도 김규동 등의 경우처럼, 이미지즘에 가까운 시작 태도를 보여주

---

10 박인환에 대해 부정적 평가를 내린 사람 가운데 대표자가 이동하이다. 그러나 대부분의 경우는 긍정적인 평가를 내리고 있다. 이동하 편저, 『박인환』, 문학세계사, 1993 참조.

었다는 점에서 공통점을 갖고 있다. 물론 박인환이 지향한 시정신은 상이한 것이었지만, 시의 방법적 모색은 이들과 일견 상관된 면을 가지고 있었던 것이다. 산문정신이란 현실에 대한 이해와 상세한 분석에서 출발한다. 이미지즘은 또 어떠한가. 이런 맥락에서 보면 전후 박인환의 시가 해방공간 시절 그가 수행해내었던 산문시의 정신이나 방법과 무관하지 않음을 알게 된다.

불이 보이지 않아도

그저 간직한 페시미즘의 미래를 위하여

우리는 처량한 목마 소리를 기억하여야 한다

모던 것이 떠나든 죽든

그저 가슴에 남은 희미한 의식을 붙잡고

우리는 버지니아 울프의 서러운 이야기를 들어야 한다

두 개의 바위 틈을 지나 청춘을 찾은 뱀과 같이

눈을 뜨고 한잔의 술을 마셔야 한다

인생은 외롭지도 않고

그저 잡지의 표지처럼 통속하거늘

한탄할 그 무엇이 무서워서 우리는 떠나는 것일까

목마는 하늘에 있고

방울 소리는 귓전에 철렁거리는데

가을바람 소리는

내 쓰러진 술병 속에서 목메어 우는데

박인환, 「목마와 숙녀」 부분

박인환의 출세작인 「목마와 숙녀」이다. 이 작품에서 우리는 모더니스트로서의 박인환의 면모와 그 지향점을 충분히 엿볼 수 있다. "두 개의 바위틈을 지나 청춘을 찾은 뱀과 같이"나 "내 쓰러진 술병 속에서 목메어 우는"이라는 표현은 박인환에게 주어졌던, 엑조티시즘이나 유행병적인 멋이라는 비아냥으로부터 멀리 비껴서 있게 한다. 그럼에도 불구하고 박인환의 시들이 모더니스트로서의 정신과 방법을 올바르게 수행했다고는 생각되지 않는다. 많은 사람들이 지적한 것처럼, 이 작품은 센티멘탈한 감수성으로부터 자유롭지 못하고, 의미론적으로도 연속적이지가 않기 때문이다. 뿐만 아니라 이미지즘 등의 시가 지향하는 유토피아 사상과도 거리가 멀다. 이 작품은 미래에의 전망이 닫혀 있을 뿐만 아니라 그러한 미래로 틈입하기 위한 어떤 정신적 사유도 발견할 수가 없다. 자포자기한 듯한 감수성을 담고 있는 '그저'의 남발, '가슴에 남은 희미한 의식', '서러운 이야기', '목적지 없는 공간으로의, 미래로의 막연한 떠남' 등이 이 시를 감싸고 있는 우울한 감수성들이다. 박인환의 그러한 비극적, 센티멘탈한 정신세계들은 후기에 올수록 더욱 염세적으로 굳어진다. 특히 '절대적인 신'의 부정과 다가올 미래에 대한 부정은 그러한 세계관의 정점에 해당된다.

오늘 나는 모든 욕망과
사물에 작별하였습니다.
그래서 더욱 친한 죽음과 가까워집니다.
과거는 무수한 내일에
잠이 들었습니다.
불행한 신

어디서나 나와 함께 사는

불행한 신

당신은 나와 단둘이서

얼굴을 비벼대고 비밀을 터놓고

오해나

인간의 체험이나

고절된 의식에

후회하지 않을 것입니다.

박인환, 「불행한 신」 부분

'욕망'은 현재적 감정이긴 하지만, '미래'와 연결되지 않으면 성립될 수 없는 감수성이다. 따라서 '욕망'과 그 외화인 '사물'에의 작별이야말로 미래라는 시간과 필연적으로 단절될 수밖에 없다. '과거'가 '무수한 내일' 속에서 현재 시간 속에 '잠'이 든다는 것은 욕망의 거세에 따른 미래의식의 소멸이다. 박인환은 여기서 더 나아가 신의 부재를 선언한다. 신은 구원의 표상이고 영원성의 상징이다. 그런데 그러한 신의 부재는 현재의 아포리아를 타개할 만한 의지, 곧 미래의 유토피아를 만들거나 갈구 할 수 없는 시인의 처지를 보여주는 단적인 예가 된다. 이렇듯 박인환에게 남겨진 것은 오직 지금 여기의 현재 뿐이다. 박인환의 현재라는 의식으로의 이러한 몰입은, 김규동 등이 보여주었던 미래에 대한 막연한 예기조차 없는 닫힌 전망일 뿐만 아니라 근대의 인식 체계를 뛰어넘는 어떤 것이기도 하다.

미래에로의 폐쇄적 전망과 의미의 불연속적 세계관은 '후반기' 동인이었던 조향의 작품에서도 찾아볼 수 있다. 조향은 전후시단에서 일체의 것을 부정하는 전위적 사유와 방법을 적극적으로 실천해나간 대표적 모더니스트이다. 그런데 조향의 작품들은 시론에서 펼쳐보였던 그의 사유구조와 무관하지 않은 게 특징이다. 이를 이미지즘적 초현실주의라고 불렀거니와 작품에서도 시인의 그러한 착종된 시의식들은 쉽게 발견된다.

> 낡은 아코오딩은 대화를 관뒀습니다.
> ― 여보세요?
> 폰폰따리아
> 마주르카
> 디이젤-엔진에 피는 들국화
> ― 왜 그러십니까?
>   모래밭에서
> 수화기
>   여인의 허벅지
>     낙지 까아만 그림자
> 비둘기와 소녀드의 랑데-부우
> 그 위에
> 손을 흔드는 파아란 깃폭들
> 나비는
> 기중기의 허리에 붙어서
> 푸른 바다의 층계를 헤아린다.
>
> 조향, 「바다의 층계」

앞서 언급처럼, 조향 시론은 크게 두 가지로 요약된다. 하나가 단어와 단어의 논리적 결합을 방해해서 의미를 추방시키는 초현실주의 이론을 충실히 수행하는 것이고, 다른 하나는 원관념과 보조관념의 충격적인 결합을 통해서 시의 긴장을 높이는 것이다. 물론 후자의 경우, 그러한 결합의 과정을 통해서 논리의 세계를 지향하거나 어떤 의미를 도출해낸다는 뜻은 아니다. 조향이 초지일관 관심을 가졌던 것은 이미지이다. 조향이 시작과정상의 필요에 의해 만든 오브제의 역시 이미지의 구현과 밀접한 상관관계가 있다. 실상 초현실주의 맥락에서 오브제란 거의 의미가 없는 것이다. 순수 주관에 의해 구성되는 것이 초현실주의의 오브제인 까닭에 그것이 따로 존재하거나 개념화된다는 것 자체가 모순이기 때문이다. 그 의미가 어떠하든 조향에게 오브제는 이미지를 만들어내는 매개이며, 시작상의 중요한 대상이 되기도 한다.

「바다의 층계」는 제목에서부터 조향의 시적 방법이 잘 들러나 있는 작품이다. 실상 '바다'와 '층계'는 전연 연관성이 없는 사물들의 결합이다. 이는 "원관념과 보조관념 사이에 작용하는 힘이 강하면 강할수록, 곧 상이성이 원거리이면 원거리일수록, 비유표현의 효과는 높아만 가는 것"이라는 그의 시론과 매우 부합되는 요소이다. 또한 1행의 '낡은 아코오딩'과 '대화' 역시 마찬가지로 서로 다른 층위의 사물들의 결합이다. 이 작품은 이 두 대상에서부터 각각의 독자적인 이미지의 층위들이 만들어지면서 전개된다. 가령, '대화'에서부터 시작된 연상의 층위들은 '여보세요'로, '왜 그러십니까'에까지 이르고 결국은 '수화기'로 연결되고 있는 것이다. 또한 '낡은 아코오딩'의 경우도 마찬가지이다. 여기서 시작된 연상의 층위들은 '폰폰따리아', '마주르카', '디이젤-엔진에 피는 들국화'까지 이어지며 계속 진행된다. 물론 이러한 연상적인 층위들에서 어떤 특별한 의미를 읽어내는 것은 불가능하고 또 그럴 필요도 없다. 이 이미지들은 어떤 의미를 생산하는 것이 아니라 수직적 연결고리로만 매개된 채 나열되고 흩어져 있을 뿐이고 또 그것이 목적이기 때문이다. 게다가 이 이미지들은 연상적인 층위들에서 '모래밭'이나 '여인의 허벅지', 혹은 '낙지 까아만 그림자' 등의 이미지와 아무런 연결고리를 갖지 못한 채 분산되어 그곳에 빨려 들어가기도 한다. 작품의 의미작용을 추출해내거나 읽어내는 것을 더 어렵게 만들고 있는 것이다. 조향은 이미지를 만들되, 그것으로부터 어떤 의미를 추출해내고 있지는 않다. 조향은 단지 '의미 없는 이미지 만들기'에만 주력하고 있을 뿐이다.


## 4. 전후 이미지즘 시의 시사적 의미

시에서 사회적 맥락을 읽어내기가 쉽지 않은 전후의 시단에서 이미지즘의 등장과 전개는 시사적으로 매우 의미가 있는 것이다. 이는 1930년대의 모더니즘과 1950년대의 모더니즘을 분기하는 중요한 매개이면서 차별점이 되기 때문이다. 가령 이전의 모더니즘이 가공의 현실을 관념 속에서 직조한 반면, 1950년대의 모더니즘은 지금 여기의 현실을 실제 속에서 재구성해내고 있다. 그러한 상황인식이 모더니즘의 여러 지류 가운데 이미지즘을 적극적으로 수용하게 된 계기이자 발판이 되었다.

전후 시단에서 모더니즘을 이끌었던 그룹은 '후반기' 동인이었다. 이들 이외에도 다른 모더니스트들이 있긴 했으나, 하나의 유파를 만들고 이를 이념화한 것은 '후반기' 동인뿐이었다. 이들에게 공통적으로 보이는 모더니즘의 시적 방법과 정신은 앞서 언급처럼 이미지즘으로 현저하게 기울어져 있었다. 이들은 방법으로서의 이미지즘 뿐 아니라 근대의 제반 모순 또한 예각적 시선으로 받아들이고 비판하는 내용으로서도 충실한 면을 보여주었다. 그것은 근대의 빛과 그림자라는, 근대에 내재되어 있는 이중성의 문제였다. 뿐만 아니라 이들은 전후라는 특수한 상황에 대해서도 적극적으로 그 의미를 해석해내고, 이를 의미화시켰다. 새로운 질서에 대한 희망이나 기대, 곧 전범적인 구조체 모형에 대한 지향이 바로 그것이다.

특히 그러한 질서에 대한 가열찬 욕망들은 미래에 대한 끊임없는 전취의식과 분리되어 논의될 수 없는데, 가령, 조향이 표방한 초현실주의문학론이 그 단적인 사례가 된다. 조향의 시론과 시들은 초현실주의의 기반 위에서 씌어진 것이긴 하지만, 초현실주의의 기본 이념이나 방법과는 다소 거리가 있는 것이었다. 그는 초현실주의에다가 이미지즘적 요소를 가미하여, 이미지즘적 초현실주의라는 독특한 문학론을 선보이게 된다. 그의 이러한 착종된 아방가르드는 전후라는 특수한 현실을 대변하고 있는 매우 예외적인 것이라 하지 않을 수 없다. 그만큼 한국의 전후는 근대의 보편성과 특수성이 내재된 독특한 것이었다. 현실을 냉철하게 응시할 수밖에 없는 현실, 그것이 이미지즘을 만들어냈다면, 전후라는 혼돈의 현실은 질서라는 또 다른 패러다임을 만들어낸 것이다. 그것이 전후 한국 시단에서 특수하고도 예외적인 모더니즘이 생성되고 펼쳐지게 된 결과이다.

# 참고문헌

**기본 자료**

김규동, 『나비와 광장』, 산호장, 1955.

박인환, 『목마와 숙녀』, 미래사, 1991.

조향, 『조향전집』 1·2, 열음사, 1994.

**단행본**

김윤정, 『한국 모더니즘문학의 지형도』, 푸른사상, 2005.

박윤우, 『한국 현대시와 비판정신』, 국학자료원, 1999.

박인환 외, 『새로운 도시와 시민들의 합창』, 도시문화사, 1949.

박현수, 『한국 모더니즘 시학』, 신구문화사, 2007.

오세영, 『문학과 그 이해』, 국학자료원, 2003.

이동하 편저, 『박인환』, 문학세계사, 1993.

정귀영, 『초현실주의문학론』, 의식, 1987.

페터 뷔르거, 김경연 역, 『미학이론과 문예학방법론』, 문학과지성사, 1991.

T. E. Hulme, *Speculations*, London : Routledge & Kegan Ltd., 1960.

**논문**

이기철, 「한국 초현실주의 시의 전개과정 고찰」, 『한국시학연구』 3, 한국시학회, 2000.

# 전후 모더니즘 시의 음악성과 시의식

『전쟁과 음악과 희망과』[1957]를 중심으로

오형엽

## 1. 들어가며

이 글의 목적은 전후 모더니즘 시의 미학을 규명하는 노력의 일환으로서 그 음악적 특성과 시의식을 고찰하는 것이다. 일반적으로 한국 현대시에 있어서 전후시는 1950년 6·25전쟁을 기점으로 이후 1960년 4·19까지의 기간에 생산된 시를 지칭하며, 특성상 전쟁의 참상과 비인간성과 폐허를 고발하는 동시에 그 극복의 의지를 시적 상상의 세계로 형상화하는 경향을 보여준다. 1950년 6·25전쟁은 우리 민족에게 엄청난 재난과 깊은 상처를 안겨 주었고, 전후시는 이를 치유하여 재생을 도모하는 시적 지향의 길을 모색하게 된다. 1950년대 한국의 시인들은 전통적 서정시를 지향하든 모더니즘 시를 지향하든 예외 없이 전쟁의 참상과 폐허의 현실로부터 자유로울 수 없었고, 따라서 제각기 다양한 방식으로 전쟁의 폐허를 극복하는 시적 저항을 추구하게 된다.

지금까지 전후시, 혹은 1950년대 시의 전개와 특성에 대한 전반적인 고찰[1]이 지속적으로 진행되어 왔고, 이를 크게 유형화하여 전통적 서정시 계열이나 모더니즘 시 계열에 대한 본격적인 논의[2]도 활발히 진행되어 왔다. 이 글은 선행 연구의 성과를 토대로 전후 모더니즘 시의 미학을 규명하는 일환으로서 그 음악적 특징과 이와 연관된 시의식에 주목하고자 한다. 전후 모더니즘 시를 고찰하는 데 있어 이 글이 우선 관심을 갖는 것은 당시의 동인 활동과 이들이 발간한 사화집이다. 1950년대 모더니즘 시는 '후반기 동인'으로 대표되는 동인 활동과 이를 둘러싸고 새롭게 등장한 신진 시인들이 뜻을 모아 발간한 사화집을 통해 발아되고 성장하며 시사적 맥락을 형성해 나가기 때문이다.

　1949년 4월에 김경린·임호권·박인환·김수영·양병식 등의 '신시론 동인'이 주축이 되어 사화집 『새로운 도시와 시민들의 합창』을 발간한다. 이 사화집은 전후 모더니즘 시의 싹을 틔운 토대의 역할을 담당했는데, 구

---

1　전후시 혹은 1950년대 시의 전개와 특성에 대한 전반적인 고찰로서 중요한 성과는 다음과 같다. 김재홍, 「6·25와 한국문학」, 『시와 진실』, 이우출판사, 1981; 최동호, 「1950년대의 시적 흐름과 정신사적 의의」, 『한국현대문학사』, 현대문학사, 1989; 권영민, 『한국현대문학사』, 민음사, 1993; 한형구, 「1950년대의 한국시」, 『1950년대 문학연구』, 예하, 1991; 윤여탁, 「한국전쟁 후 남북한 시단의 형성과 시세계」, 『한국현대시사의 쟁점』, 시와시학사, 1991; 박윤우, 「전후 한국시에 나타난 현실인식의 정신사적 연구」, 『문학 한글』 제7집, 1993; 이남호, 「1950년대와 전후세대 시인들의 성격」, 『1950년대의 시인들』, 나남, 1994; 이승원, 「한국 전후시 연구」, 『인문논총』 제1집, 서울여대 인문과학연구소, 1995; 오세영, 「6·25와 한국전쟁시」, 『한국근대문학론과 근대사』, 민음사, 1996; 이지엽, 『한국전후시 연구』, 태학사, 1997; 김현자, 「전쟁기와 전후의 시」, 『한국현대시사』, 민음사, 2007.
2　유형이나 계열별 연구는 상대적으로 전후 모더니즘시에 대한 논의에 집중되었는데, 중요한 성과는 다음과 같다. 한계전, 「전후시의 모더니즘적 특성과 그 가능성」, 『시와 시학』 봄·여름호, 1991; 윤정룡, 「1950년대 한국 모더니즘 시 연구」, 서울대 박사논문, 1992; 이광수, 「190년대 모더니즘 시 연구」, 고려대 박사논문, 1995; 문혜원, 「전후시의 실존의식 연구」, 『한국 현대시와 모더니즘』, 신구문화사, 1996; 송기한, 『한국 전후시와 시간의식』, 태학사, 1996; 남기혁, 「웃음의 시학과 탈근대성」, 『한국현대문학연구』 제17집, 2005.

성원 중 김경린과 박인환은 부산 피난 시절인 1951년 조향·김규동·이봉래·김차영 등과 함께 '후반기 동인'을 결성하게 된다. 그러나 이 동인은 특별한 성과물을 보여주지 못하고 서울 수복 이후인 1953년 12월경에 해산한 것으로 추정된다. '후반기 동인'이 해체된 이후 전후 모더니즘 시 운동은 1957년에 잇달아 발간된 3권의 사화집인 『현대의 온도』1957.2, 『전쟁과 음악과 희망과』1957.5, 『평화에의 증언』1957.12를 통해 한 단계 진전된 성과를 보여주게 된다. 『현대의 온도』는 김경린·김원태·김정옥·김차영·김호·박태진·이영일·이철범·이활 등, 『평화에의 증언』은 김경린·김규동·김수영·김춘수·김종문·임진수·이홍우·이인석·이상노 등 각각 9명의 시인이 참여하였고, 호화판으로 나온 점이나 표지 장점이 비슷한 점에서 유사성을 발견할 수 있다.[3] 이 점은 '신시론 동인'의 『새로운 도시와 시민들의 합창』에서 '후반기 동인'을 거쳐 『현대의 온도』와 『평화에의 증언』에 이르기까지 시종일관 참여한 김경린이 주도적 역할을 담당하였으리라는 짐작을 가능케 한다.

이 글이 주로 관심을 갖는 사화집은 김종삼·김광림·전봉건 등 3인의 연대시집인 『전쟁과 음악과 희망과』이다. 앞서 서술한 '신시론 동인' '후반기 동인'의 활동과 『새로운 도시와 시민들의 합창』, 『현대의 온도』, 『평화에의 증언』 등의 사화집은 참여한 시인들의 시적 경향과 입장과 지향점에서 다양한 편차와 굴곡 및 단절이 있음에도 불구하고, 동인이라는 구심점으로 인해 연구자들의 지속적인 관심의 대상이 되어 왔다. 반면 김종삼

---

3  '후반기' 동인과 『현대의 온도』를 중심으로 한 전후 모더니즘시의 동인 활동과 그 시적 특성에 대해서는 한계전, 「전후시의 모더니즘적 특성과 그 가능성」, 『시와 시학』 봄·여름 호, 1991 참고.

과 전봉건의 시가 개별 연구의 중요한 대상이 되어 왔지만, 3인의 연대시집인 『전쟁과 음악과 희망과』는 거의 주목받지 못하거나 연구의 대상에서 제외되어 온 듯하다. 그 중요한 이유 중의 하나로서 '전통적 서정시'와 '모더니즘 시'로 대별되어온 1950년대 시의 유형별 분류 속에서, 이들이 보여준 '주지적 서정시',[4] 즉 서정성과 실험성을 조화하고 결합한 작품 경향이 상대적으로 소외된 측면도 간과할 수 없을 것이다. 그러나 1957년 5월에 발간된 이 연대시집은 전후 모더니즘 시의 중요한 특성인 '전쟁의 폐허'와 이에 맞서는 '시적 극복과 저항'의 관점이 '미학적'으로 응축된, 일종의 상징성을 지닌 산물이라고 판단된다. 참여한 3명이 각각 10편의 작품을 수록하고 있는 이 연대시집은 자유세계사에서 500부 한정판으로 발간된다. 이 시집의 「후기」에서 김종삼·김광림·전봉건은 '동인'의 체계가 아니라 '연대'의 형식을 통해 소박하지만 진지한 시대적 존재로서의 시인의 사명을 표명하고 있다. "우리는 지금 '전쟁'과 '음악'과 '희망'을 동시에 지나고 있음을 자각하는 일에만 충실할 뿐이다"[5]라는 언급이 바로 그것이다.

여기서 이 글은 '음악'에 특히 주목하고자 한다. 왜 이들은 연대시집의 제목으로 '전쟁'과 '희망'을 말하면서 유독 '음악'을 표명하고 있을까? 이들에게 '음악'은 어떤 의미를 가지는 것일까? '전쟁'이 1950년대의 시대적 현실을 대변하고, '희망'이 그 상처와 죽음과 폐허를 극복하고 나아가는 지향적 태도를 대변한다면, '음악'은 그 지향의 형식적 방법에 해당된

---

4  김광림은 스스로 자신의 시적 경향을 '주지적 서정시'라고 지칭한 바 있다. 김광림, 「주지적 서정시를 생각한다」, 『한국전후문제시집』, 신구문화사, 1961, 346~348쪽 참고.
5  김종삼·김광림·전봉건, 『전쟁과 음악과 희망과』, 자유세계사, 1957.5, 110쪽.

다고 볼 수 있을지 모른다. 음악은 이 세 시인에게 공통적으로 전쟁의 폐허와 상실을 견디고 이겨내는 중요한 시적 특성으로 작용하는 것으로 보인다. 그런데 연대시집의 「후기」에는 "이 시집의 이름 '전쟁과 음악과 희망과'가 세 사람의 모든 작품의 내용을 종합적으로 표현하고 있는 것이지만 독자를 위해서 그 상관相關을 일일이 설명할 마당의 이 자리가 아니기 때문에 생략한다"라는 말이 덧붙여져 있다. 이 생략된 부분을 해명하기 위해, 이 글은 세 시인의 '음악적 특성'과 그 속에 내재된 '시의식'을 비교하여 이들 사이의 연대의식과 상관성을 고찰하는 관점에 초점을 맞추고자 한다. 결국 이 글은 『전쟁과 음악과 희망과』를 중심으로 김종삼·김광림·전봉건 시의 음악성과 시의식을 고찰하여 그 사이의 '연대성'과 '상관성'을 살펴보려는 것이다. 이 작업은 시의 형식적·미학적 특질에 대한 고찰을 통해 전쟁과 폐허의 시대적 현실 속에서 희망의 미래를 지향하는 전후 모더니즘 시의 의미구조, 즉 시의식에 접근하는 과정이 될 것이다.


## 2. 김종삼 묘연한 음악, 하강, 신의 임재 / 부재

김종삼1921~1984은 1953년 『신세계』에 「원정園丁」을 발표하면서 작품활동을 시작한다.[6] 이후 시인은 1957년에 이르기까지 『전쟁과 음악과 희

---

6  이후 김종삼은 『십이음계』(삼애사, 1969), 『시인학교』(신현실사, 1977), 『누군가 나에게 물었다』(민음사, 1982) 등의 시집을 상재한다. 시선집 『북치는 소년』(민음사, 1979), 『평화롭게』(고려원, 1984)가 출간되고 『김종삼전집』(청하, 1988), 『김종삼전집』(나남, 2005)이 간행된다. 김종삼 시에 대한 연구로 중요한 성과에 해당하는 것은 다음과 같다. 김현, 「김종삼을 찾아서」, 『시인을 찾아서』, 민음사, 1975; 황동규, 해설 「잔상의 미학」, 『북치는 소년』, 민음사, 1979; 이승훈, 해설 「평화의 시학」, 『평화롭게』, 고려원, 1984; 장석주, 「한

망과』에 수록된 10여 편의 작품만을 창작하고 발표한 것으로 보인다. 전형적인 과작寡作의 시인인 셈인데, 연대시집의 「후기」에 의하면 "이와 같은 과작은 음악가 '세잘 후랑크'와 그의 작품의 몇 안 되는 수를 연상케" 하는 것이다. 연대시집에 수록된 다음 작품은 김종삼 시의 음악적 면모를 가장 선명히 보여준다.

물
닿은 곳

神羔신고의
구름밑

그늘이 앉고
杳然묘연한
옛
G · 마이나

「G · 마이나」[7]

이 시는 제목에서 본문까지 음악적 요소로 가득 차 있다. 일반적으로 음악에서 마이나minor는 메이저major, 長調(장조)와 비교하여 단조短調와 단음계短

미학주의자의 상상세계)」, 『김종삼전집』, 청하, 1988; 졸고, 「풍경의 배음과 존재의 감춤」, 『1950년대의 시인들』, 나남, 1994; 남진우, 『미적 근대성과 순간의 시학』, 소명출판, 2001.
7  김종삼·김광림·전봉건, 앞의 책, 15쪽. 이후 김종삼 시의 인용은 이 책에 근거한다.

音階[8]를 지칭한다. 간결한 단어와 풍부한 여백으로 이루어진 시의 형태는 침묵 속에서 은밀히 스며 나오는 음악인 "G·마이나"를 그대로 체현하고 있다. 따라서 이 시는 그 자체가 하나의 음악이다.

우선 음악적 리듬을 살펴보자. 이 시는 음절수를 조절하고 행과 연을 교묘히 배치함으로써 호흡상 단조의 흐름을 만들어 낸다. 1연의 "물(1) / 닿은 곳(3)"에서 1음절로 된 1행은 호흡이 느리고, 3음절로 된 2행은 다소 호흡이 빨라진다. 2연의 "神羔신고의(3) / 구름밑(3)"은 이 호흡을 나란히 이어가면서 평온한 보폭을 유지한다. 1연과 2연 사이의 여백은 이 호흡을 끊어주어 간격을 만드는 동시에 다시 이어주면서 다리를 건너가는 느낌을 준다. 3연의 "그늘이 앉고(5) / 杳然묘연한(3) / 옛(1) / G·마이나(4)"에서는 1행의 5음절로 인해 갑자기 리듬이 빨라지는데, 2연과 3연 사이의 여백은 이 사이에 시간적·공간적 이동이 진행되고 있음을 느끼게 하여 균형을 유지한다. 2행에서 3음절로 다시 돌아간 호흡은 "옛"이라는 1음절의 긴 호흡과 'ㅅ'음이 주는 단호함이 불협화음을 이루어 일종의 엇박자를 형성하고, 이어지는 3행의 "G·마이나"로 마무리된다.

이 시는 순수시의 극단적인 양상인 무의미의 음악 자체를 들려주는 것처럼 보인다. 그렇다면 이 음악은 전쟁이 남긴 죽음과 폐허의 현실과 무관한 순수 예술의 경지를 보여주는 것이 된다. 김종삼은 이처럼 깊고 그윽한 음악을 통해 무엇을 전달하려는 것일까? 우리는 음악적 리듬 속에 담긴 시적 의미를 살펴봄으로써 이 의문에 대답해 보려 한다. 이 시에서 가장

---

8　단음계는 온음계의 하나로서, 둘째와 셋째 사이, 다섯째와 여섯째 사이의 음정은 반음이고, 그 외 다른 음 사이의 음정은 온음을 이루는 음계이다. 계명으로 '라' 음을 주음(主音)으로 한다. 국립국어원, 『표준국어대사전』 참고.

먼저 주목되는 부분은 호흡상 강조점이 주어지는, 1음절로 된 1연의 "물"
과 3연의 "옛"이다. 이를 해석하는 관건은 2연을 중심으로 제시된 공간적
인 시의 구도를 파악하는 데 있는 듯하다. 1연의 "물"이 "닿은 곳"과 3연
의 "그늘이 앉"는 곳은 모두 "神羔신고의 / 구름밑"이다. "구름"을 중심으로
'위'와 "밑"을 구분한다면, "물"과 "그늘"은 공통적으로 "구름"에서 "밑"으
로 내려오는 '하강'의 움직임을 보여준다. 이것은 이 시의 공간이 '하늘'
과 '땅'이라는 이원적 구도를 가지고 있음을 의미한다. 그렇다면 "물"도
"그늘"도 '하늘'의 "구름"에서 '땅'으로 내려온다. '신의 어린 양'이라고
번역될 수 있는 "신고神羔"는 이 구름의 속성을 알려주는 결정적 역할을 한
다. "구름"과 "신고"는 흰 색과 형태적 유사성에 근거하여 은유를 형성하
는데, 이 은유에는 물과 그늘을 내려주는 구름을 신의 어린 양으로 보는
내용적 유사성도 함축되어 있다. 즉 김종삼은 삭막한 지상의 현실에 "물"
과 "그늘"을 내려주는 것은 신의 은총이라고 생각하는 일종의 기독교적
시의식을 가지고 있는 것이다.

 이때 "물"은 종교적 의미의 생수生水, 즉 생명의 물이라는 의미를 가지게
되고, "그늘"은 죽음과 폐허로 가득 찬 지상적 현실에 위로와 평화를 가져
다준다. 이로부터 우리는 "G·마이나"가 지닌 "杳然묘연"함과 "옛"의 의미
를 유추할 수 있다. 그윽하고 아득한 "G·마이나"의 선율은 "물"이나 "그
늘"과 마찬가지로 "구름밑"으로 내려앉는다. '하늘'에서 '땅'으로 하강하
는 이 음악은 '신의 어린 양'과 같은 '구름'으로부터 내려오는 은총이므로
"옛"부터 전해 내려오는 "杳然묘연"한 것이다. '신의 어린 양'神羔(신고)이 예
수를 의미한다고 간주한다면, 이 선율은 2000년 전부터 구름 밑으로 내
려오고 있기 때문이다. 결국 순수음악에 가까운 듯한 김종삼의 시 내부에

지상적 현실의 폐허를 극복하는 천상의 은총이라는 의미구조가 숨어 있는 것이다. 이 시를 기독교적 시의식의 관점으로 해석하는 관점은 김종삼 시 전체의 의미구조에 의해서도 뒷받침될 수 있지만, 다음과 같은 시에서 보다 선명히 표면화되고 있다.

> 主日<sup>주일</sup>가 옵니다. 오늘만은
> 그리로 도라 가렵니다.
>
> (…중략…)
>
> 모-든 이들이 안식날이랍니다.
> 저 어린 날 主日<sup>주일</sup> 때 본
>
> 그림
> 카-드에서 본
> 나사로 무덤 앞이였다는
> 그리스도의 눈물이 있어 보이었던
> 그날이 랍니다.
>
> 「받기 어려운 선물처럼」 부분

"主日<sup>주일</sup>"과 "안식날"은 어린 시절 카드에서 "나사로 무덤"과 "그리스도의 눈물"을 보았던 바로 그 날이다. "모-든 이들이 안식날"이라는 것은 안식의 은총이 한 개인이 아니라 모든 사람에게 골고루 주어진다는 의미로서, 김종삼의 인간에 대한 관심과 연민을 잘 보여준다. 제목인 "받기 어려운 선물처럼"과 "오늘만은 / 그리로 도라 가렵니다"라는 구절은 김종삼을 포함한 인간들에게 안식의 은총이 매양 주어지는 것이 아니라는 사실을 암시해 준다. 즉 '물'과 '그늘'을 동반한 묘연한 '음악'이 김종삼의 시에 등장하는 것은 흔한 일이 아니다. 김종삼 시의 대부분은 오히려 이러한 신의 은총과 손길이 만져지지 않고 느껴지지 않는 삭막하고 고통스런 지상의 현실을 보여준다. 김종삼의 대표작 중 하나인 「돌각담」을 살펴보자.

廣漠<sup>광막</sup>한지대이다기울기
시작했다잠시꺼밋했다
十<sup></sup>辛型<sup>십행형</sup>의칼이바르꼽혔
다堅固<sup>견고</sup>하고자그마했다
힌옷포기가포겨놓였다
돌담이무너졌다다시쌓
았다쌓았다쌓았다돌각
담이쌓이고바람이자고
틈을타凍昏<sup>동혼</sup>이잦아들었
다포겨놓이든세번째가
비었다

「돌각담 – 하나의 전정<sup>前程</sup> 비치<sup>備置</sup>」

이 시는 일종의 형태시로서 전체적 외양을 하나의 돌각담으로 형상화한다. 마지막 행의 여백을 통해 돌각담의 세 번째가 비어있음을 보여주기

도 한다. 그러나 이 시는 시각적 형태뿐만 아니라 호흡상의 리듬감도 교묘히 활용하고 있다. 의도적으로 선택한 대상들을 조합하고 재구성한 이 시는, 행 갈음 부분에서 의미의 연속과 호흡의 단절이 상충하는 데서 오는 리듬의 효과를 얻고 있다. 즉 1행의 "기울기"는 2행의 "시작했다"와 의미상 연속적으로 읽혀져야 하지만, 행 갈음으로 인해 호흡상의 정지가 생긴다. 이 사이의 휴지(休止)는 "기울기" "시작"하는 동작성을 독자들에게 연상시키는 효과를 가져온다. 3행의 "꼽혔"과 4행의 "다"도 그러하며, 이후도 마찬가지 효과를 얻는다. 반면에 2행의 "꺼밋했다", 4행의 "자그마했다", 5행의 "포겨놓였다"는 의미와 호흡이 일치하여 그 자체로 완결된 구문을 이룬다.

이런 형태와 리듬의 배치 속에 숨은 의미를 살펴보자. "廣漠광막한지대"는 지상적 삶의 공간으로서 죄와 고통과 환멸이 가득 찬 세계이다. "기울기 / 시작했다"는 이 세계의 유한성과 불완전성을 암시한다. 여기에 바로 꼽히는 "堅固견고하고자그마"한 "十幸型십행형의칼"[9]은 절대적 완전성의 세계를 의미한다. 하늘에서 지상으로 내려오는 '하강'의 운동인 점에서, 이 이미지는 「G · 마이나」의 "물" "그늘" "G · 마이나"가 지닌 신의 은총이라는 의미와 상통하는 것이다. "十字型십자형의칼"은 예수의 죽음을 상징한다고 볼 수 있는데, 다음 구절인 "흰옷포기가포겨놓였다"를 관련시켜 해석할 때, 이 두 구절에는 예수의 죽음과 부활이라는 성경의 가장 핵심적인 사건이 응축되어 있다. 십자가에 의해 예수가 죽었으나 부활하여 영적 실재가

---

9  "十幸型(십행형)의칼"은 "十字型(십자형)의칼"의 오식으로 판단되므로 이후 고쳐서 인용한다. 첫 시집 『십이음계』(삼애사, 1969)에는 "十字型(십자형)의칼"로, 『김종삼전집』(청하, 1988)에는 "十字架(십자가)의칼"로 표기되어 있다. "십자형의 칼"은 '십자가'의 형태를 암시하는 것으로 해석될 수 있다.

되고, 빈 무덤에는 흰 옷만 포겨 놓이게 되는 것이다. 한편 "돌담"은 "十字型의칼"과 대비되는 '상승'의 운동으로서, 인간적 노력을 통해 지상에서 하늘에 도달하려는 시도를 상징한다. "돌담이무너졌다"는 이러한 인간적 수고가 허사가 됨을, "다시쌓 / 았다쌓았다"는 그럼에도 불구하고 인간적 노력이 반복적으로 시도되고 있음을, "포겨놓이든세번째가 / 비었다"는 결국 그것이 절대적 완전성의 세계에 도달하지 못하는 한계를 보여준다.

지금까지의 분석을 요약하면, 「돌각담」은 전반부에서 "十字型십자형의칼"과 "흰옷포기"로 대변되는 예수의 죽음과 부활이 신의 은총으로 내려왔음을 보여주고, 후반부에서는 그럼에도 불구하고 신의 임재를 경험하지 못하는 지상의 인간이 완전성의 세계에 도달하기 위해 불가능한 시도를 반복하고 있음을 보여준다. 이것은 곧 김종삼의 전체적 시세계와 시적 추구를 요약하는 것이 된다. 김종삼은 신의 존재를 인정하고 그 임재를 경험하기도 하지만, 신이 부재하는 지상에서 은총과도 같이 하늘에서 내려오는 "물"과 "그늘"과 "음악"을 인간들에게 전달해주는 전령사이다. 이 "물"과 "그늘"과 "음악"은 김종삼 시의 중핵을 이루는 '의미'와 '회화적 특성'과 '음악적 특성'을 함축하며, '돌담 쌓기'로 대변되는 시적 건축술은 김종삼 시의 중요한 형상화 방식을 암시하고 있다.

## 3. 김광림 관념적 음악, 정지, 신의 상실

김광림1929~은 1948년 『연합신문』에 「문풍지」, 「벽」등의 시를 발표하면서 등단한다.[10] 연대시집 『전쟁과 음악과 희망과』1957.5에 수록된 10편의 작품이 1953년부터 1957년까지 창작한 여러 편의 작품 중에서 자선한 것으로 기술되어 있는 점이나, 첫 시집 『상심하는 접목』백자사, 1959 이후의 시집 간행 주기를 볼 때, 상당한 다작多作의 시인으로 간주할 수 있다. 『전쟁과 음악과 희망과』에 수록된 김광림의 시에는 전쟁의 흔적이 도처에 전경화前景化되어 있다.

薔薇장미의 눈시울이
가시를 배알은 가장
慘酷참혹 했던 달.


六유월은


砲彈포탄의 姿勢자세들로 터져 간
나 또래이. 젊음들은
'바리케이트'로 넘어져 갔다.


匍匐포복처럼 느릿한 155마일
休戰線휴전선의

---

10 이후 김광림은 『상심하는 접목』(백자사, 1959), 『심상의 밝은 그림자』(중앙문화사, 1962)에서 『앓는 사내』(한누리미디어, 1998), 『놓친 굴렁쇠』(풀잎문학, 2001)에 이르기까지 14권의 시집을 상재한다. 시선집으로 『소용돌이』(고려원, 1985), 『들창코에 꽃향기가』(미래사, 1991) 등이 있으며, 연대시집 『전쟁과 음악과 희망과』(자유세계사, 1957) 이외에도 문덕수·김종삼과 함께 합동시집 『본적지』(성문각, 1968)를 출간한다. 김광림 시에 대한 연구로 중요한 성과에 해당하는 것은 이건청, 「김광림의 시 연구」, 『한국언어문화』 제24집(한국언어문화학회, 2003)을 들 수 있다.

겨드랑. 쑥밭길……


지금

꽃과 果實<sup>과실</sup>과 새의 털 그리고

노래를 장만하며 있을 너와 나와의

사랑찬 季節<sup>계절</sup>을 짓밟고


1950년.


戰車<sup>전차</sup>가 밀리던 해의

가슴팍

무너진 六<sup>유</sup>월은

'캬다베라'의 두 줄기 자욱만 남기고 갔다.

「다리목」 부분[11]


이 시는 '전후시'를 넓은 의미로 규정할 때 포함시킬 수 있는 '전쟁시'에
가까운 특성을 보여준다. 즉 이 시는 "넘어져 갔다"와 "남기고 갔다"라는
과거형 서술어가 보여주듯 전쟁의 현장에서 창작된 것은 아니지만, 전쟁
의 참상과 폐허를 생생한 현장감으로 진술하고 있다. 1950년 한국전쟁이
일어나자 군에 징집되어 복무한 시인의 경험이 이러한 특징을 낳은 것으
로 보인다. 그러나 우리가 주목할 부분은 참혹한 전쟁의 현실을 어떤 시적

---

11 김종삼·김광림·전봉건, 앞의 책, 38~40쪽 이후 김광림 시의 인용은 이 책에 근거한다.

형상화의 방식으로 그려내는가에 있다.

1950년 6월에 발생한 한국전쟁의 참상을 "薔薇장미의 눈시울이 / 가시를 배알"았다고 표현하는 대목은 신선한 이미지의 구사로 간주할 수 있지만, "慘酷참혹 했던 달"은 관념의 노출을 그대로 보여준다. "砲彈포탄의 姿勢자세들로 터져 간 / 나 또래이. 젊음들"이나 "匍匐포복처럼 느릿한 155마일 / 休戰線휴전선의 / 겨드랑"이라는 표현도 참신한 이미지를 시도했지만, 원관념과 보조관념의 충돌이 주는 섬광 같은 시적 비유의 효과를 얻는 데에는 미치지 못한 감이 있다. 이미지의 구사가 현상에 대한 표면적 형상화에 그치거나 관념을 실어 나르는 매개적 장치로 사용될 때 암시와 상징의 효과가 반감될 수 있기 때문이다. 김광림의 시적 방법은 투명한 이미지의 사용을 통해 사물에 대한 명료한 인식에 도달하며, 사물로부터 반사된 이미지를 통해 의식의 내면을 들여다봄으로써 기존 이미지에 대한 갱신을 추구하는 것이다. 그러나 이러한 노력은 때로 명징하지 못한 이미지들의 병치로 인해 관념적이고 애매한 표현에 머물고 마는 경우를 보여준다.[12]

여기서 우리의 관심은 전쟁의 참상과 폐허를 견디고 이겨내는 '음악적 특성'을 고찰하는 데 있다. 인용 시에서 "노래"는 "꽃과 果實과실과 새"와 대등한 의미와 위상을 가지고 병치되고 있다. 앞서 제시된 "장미"와 함께 "꽃과 果實과실과 새"는 김광림에게 있어 훼손되기 이전의 순수한 자연의 생명을 상징한다고 볼 수 있다. 그렇다면 "노래"는 이러한 자연의 본래적 생명을 간직한 인간의 가장 소중한 가치라고 해석될 수 있으며, 따라서 시인은 이 "노래"를 "너와 나와의 / 사랑찬 季節계절"과 결부시킨다. 그런데

---

12 김광림 시의 특성과 한계에 대해서는 최동호, 「한국현대시사」, 『한국 현대문학 50년』, 민음사, 1995, 54쪽을 참고.

시적 기법의 관점에서 이 "노래" 역시 관념적 언어 구사에 해당한다고 볼 수 있다. 김광림 시에서 '노래' 즉 '음악'은 운율이나 호흡상의 효과를 살려내는 시적 형상화의 방식으로 작용하기보다는 의미를 구현하는 개념적 언어로 등장하기 때문이다. 한편 여기서 순수한 자연의 생명과 노래는 과거에 속한 것이며, 현재는 전쟁의 비극에 의해 훼손되고 미래의 희망과 비전이 제시되지 않는다는 점도 지적할 수 있다. 이 시기의 김광림에게 전쟁이 남긴 상처와 환멸이 그만큼 큰 중압감으로 작용했으리라 짐작된다.

아름다움은 버얼써 우리의 것이
아니다.

착한 것과
– 그 앞에
굴복을 모르는 사람들은

오늘…….

희망과 절망에 얽히며
피어 나는 것이다.
그것은 진작 아름다워야 하는
내일과
또 없는 내일에

꽃을 가꾸는 사실 앞에서

눈이 먼

인간들에 의하여


꽃과

잃어버린 神신과

꽃이 팔리는 경우랄까.

「꽃과 잃어버린 신神」

　이 시는 "꽃"과 "인간들"을 대비시키며 "희망"과 "절망"이 교차하는 상
황을 냉소적으로 표현한다. "꽃이 팔리는 경우랄까"라는 결구는 냉소적
어조를 통해 상황적 아이러니의 효과를 얻는다. 이처럼 김광림은 아이러
니를 비롯한 다양한 수사적 기법을 통해 시적 의미를 표현하는 방식을 종
종 구사한다. "꽃"은 "아름다움"과 "착한 것"으로 표현되지만, "인간들"은
"굴복을 모르"고 "눈이 먼" 존재로 표현되고 있다. 전쟁을 겪은 시인에게
인간들은 투쟁적 공격성과 맹목적 욕망을 추구하는 존재로 비쳐진다. 따
라서 "꽃"과 "인간들"이 공존하는 현실은 "희망과 절망에 얽히며 / 피어
나는 것"이다. 여기서 화자는 "진작 아름다워야 하는 / 내일과 / 또 없는
내일"이라는 표현을 통해 미래에 대한 전망과 비전을 찾을 수 없는 허무
와 공허감을 표현한다. "꽃"과 "노래"로 대변되는 자연적 본래적 생명을
훼손당한 현실에서, 시인의 상실감은 "잃어버린 神신"이라는 표현으로 응
축되어 나타난다. 시인에게 있어 전쟁의 참상과 폐허의 현실은 절대적 가
치를 상징하는 '신'의 상실과 부재로 간주되는 것이다.

戰爭전쟁은

나비가 날던 머리위 바로

밑까지 스쳐 갔는데


(…중략…)


못은 아모데나 박혀져 있다.

크리스도가

손바닥을 내민 탓이다.


내 옆구리가

채인 것은

못이 닳아 빠진 까닭인지 모르겠다.


크리스도의 손바닥에서

나의

日蝕일식을 위하여.

「못은 박혔는데」 부분


　이 시는 전쟁의 상처와 폐허와 환멸을 "크리스도의 손바닥"에 박힌 "못"
과 "내 옆구리가 / 채인 것"을 나란히 제시하는 병치 은유의 방식으로 표
현한다. "못"은 일종의 고난이나 희생을 상징하는데, "못은 아모데나 박혀
져 있다"라는 구절은 전쟁의 참상이 어떤 인과율로도 설명되지 않는 맹목

적 폭력성에 기인한다는 의미로 해석된다. "크리스도가 / 손바닥을 내민 탓"은 인간의 죄를 대속하기 위해 희생양이 된 예수의 태도를 암시하지만, "못이 닳아 빠진" 것은 그 숭고한 희생이 지금 현실에서 어떤 실효성도 가지지 못한다는 냉소적 표현으로 이해될 수 있다. 마지막 구절인 "크리스도의 손바닥에서 / 나의 / 日蝕일식을 위하여"는 다소 불투명 하지만, 병치 은유로 제시했던 그리스도의 희생과 화자 자신의 자괴감을 하나의 지점에 오버랩시키는 비유의 적절한 효과를 얻고 있다. 그리스도의 희생과 화자 자신의 자괴감을 하나의 지점에 중첩시킴으로써 일종 희생 제의를 추구하는 것이다.

## 4. 전봉건 생명의 음악, 순환, 범신론

전봉건1928~1988은 1950년 『문예』에 서정주와 김영랑의 추천을 받아 등단한다.[13] 『전쟁과 음악과 희망과』의 '후기'에 의하면, 그는 스스로 자신의 시작 과정을 4기로 나누는데, 『문예』 시기, 현역 전투원 시기, 이것과

---

13 이후 전봉건은 『사랑을 위한 되풀이』(춘조사, 1959), 『춘향연가』(성문각, 1967), 『속의 바다』(문원사, 1970), 『피리』(문학예술사, 1979), 『북의 고향』(명지사, 1982), 『돌』(현대문학사, 1984) 등 6권의 시집을 상재한다. 시선집으로 『꿈속의 뼈』(근역서재, 1980), 『새들에게』(고려원, 1983) 등이 있으며, 『전봉건 시전집』(문학동네, 2008)이 간행된다. 전봉건 시에 대한 연구로 중요한 성과에 해당하는 것은 다음과 같다. 김현, 「전봉건에 대한 두 개의 글」, 『책읽기의 괴로움』, 민음사, 1984; 김훈, 「전후시의 한 모델」, 『한국현대시연구』, 민음사, 1989; 최동호, 「실존하는 삶의 역사성」, 『평정의 시학을 위하여』, 민음사, 1991; 이광호, 「폐허의 세계와 관능의 형식」, 『1950년대의 시인들』, 나남, 1994; 오세영, 「장시의 개념과 가능성」, 『20세기 한국시이론』, 월인, 2005; 남진우, 「에로스의 시학」, 『전봉건시전집』, 문학동네, 2008.

현재 시기 사이의 하나의 시기, 그리고 1957년 당시의 현재 시기가 그것이다. 전봉건은『전쟁과 음악과 희망과』에 4기에 해당하는 1955~1956년 사이에 창작한 작품 중에 10편을 수록한다. 이 시편들에서 발견되는 것은 전쟁의 상처에도 아랑곳하지 않고 피어나는 자연의 생명체들이며, 그것이 발산하는 역동적인 노래이다.

二月<sup>이월</sup>은 오고 三月<sup>삼월</sup>은 오고
무너진 다리에 四月<sup>사월</sup>은 오고
江<sup>강</sup>물은 흐르고

그리고
그것은
나의 눈시울에 따시한 그것은
눈물이었다

잃어진것은 없었다

나무와
나뭇가지마다 서리인 戰死者<sup>전사자</sup>의
아직도 검은 외마디 소리들을 위하여
樹液<sup>수액</sup>은 푸른 上昇<sup>상승</sup>을 시작하고
無人地帶<sup>무인지대</sup>의
一五五155 '마일'의 鐵條網<sup>철조망</sup>속에서도

새들의 노래와 꽃송이의 中心<sup>중심</sup>이

바라는 하늘과

푸름은 변함이 없었다

하늘과 푸름은


잃어진것은 없었다


그것은

눈물이었다 나의 눈시울에 따시한

그것은

「강<sup>江</sup>물이 흐르는 너의 곁에서」 부분[14]


이 시는 "무너진 다리" "戰死者<sup>전사자</sup>의 / 아직도 검은 외마디 소리" "無人
地帶<sup>무인지대</sup>"의 "鐵條網<sup>철조망</sup>" 등에서 전쟁이 남긴 폐허와 상처의 흔적을 보
여주지만, 반복적으로 진술되는 "잃어진것은 없었다"에서 보듯, 허무와
절망의 느낌을 주지 않고 건강한 생명의 에너지를 발산한다. "樹液<sup>수액</sup>은
푸른 上昇<sup>상승</sup>을 시작하고" "새들의 노래와 꽃송이의 中心<sup>중심</sup>이 / 바라는
하늘과 / 푸름은 변함이 없"다. 무엇이 이러한 낙관과 희망적 비전을 가능
케 하는 것일까? 일차적으로 그것은 "따시한" "눈물"이다. 일반적으로 "눈
물"은 상처에서 오는 슬픔과 좌절의 의미로 이해되기 쉽지만, 여기서의
"눈물"은 화자의 몸 내부에서 흘러나오는 생명력의 의미로 이해될 수 있

---

14 김종삼·김광림·전봉건, 앞의 책, 72~73쪽. 이후 전봉건 시의 인용은 이 책에 근거한다.

다. "따시한" "눈물"이 "樹液수액"의 "上昇상승"과 "새들의 노래"와 "꽃송이의 中心중심"과 "하늘과 / 푸름"을 가져다주기 때문이다. 그러면 이 "따시한" "눈물"을 가능케 한 것은 무엇일까? 그것은 "二月이월은 오고 三月삼월은 오고" "四月사월은 오고" "江강물은 흐르고"에 나타난 계절의 순환과 강물의 흐름일 것이다. 결국 이 시는 전쟁의 상처를 "따시한" "눈물"과 계절의 순환 및 강물의 흐름을 통해 극복하고, "새들의 노래"와 "꽃송이의 中心중심"과 "하늘과 / 푸름"을 희망적으로 제시하고 있다.

"눈물"과 "계절"과 "강물"을 공통적으로 묶어주는 것은 유동성과 순환성이다. 전봉건 시를 지배하는 '생명의 노래'는 인간과 자연과 우주가 공통적으로 가진 유동성과 순환성의 원리를 시인이 자각할 뿐만 아니라 체득하는 데서 산출되는 듯이 보인다. 이럴 때 전봉건의 시는 에로스적 음악성을 체현하게 된다. 1연의 "二月이월은 / 오고 / 三月삼월은 / 오고 // 무너진 / 다리에 / 四月사월은 오고 // 江강물은 / 흐르고"에서 2~3음절이 4음보의 율격으로 전개되는 리듬감은 "~은 오고"나 "~은 흐르고"의 음위율과 결합되어 유동적이고 순환적인 음악적 율동을 구현한다. 또한 2연의 한 문장 안에서 반복되는 지시대명사 "그것은"은 6연에서도 되풀이되면서 독자들의 관심을 환기하는 동시에 박진감 있는 호흡을 만들어 낸다. 시 전체에서 후렴처럼 반복되는 "잃어진것은 없었다"의 율격도 이와 유사한 효과를 얻고 있다. 결국 전봉건 시에서 전쟁의 폐허를 극복하는 인간과 자연과 우주의 유동적·순환적 생명력은 시의 음악적 기법에도 개입되어 시 자체에 체현되고 있는 것이다. 전봉건의 시에서 '생명의 음악'은 현란하고 강렬한 이미지들의 연쇄를 통해 제시된다.

薔薇<sup>장미</sup>는 나에게도

피었느냐고 당신의

편지가 왔을때

五月<sup>오월</sup>에…… 나는 보았다. 彈痕<sup>탄흔</sup>에 이슬이 아롱지었다.


그리고

빛나는 太陽<sup>태양</sup>

흙은 헤치었다.


무수한 자욱 무수한 자욱 무수한

軍靴<sup>군화</sup>자욱을 헤치며 흙은

綠色<sup>녹색</sup>을

새 樹木<sup>수목</sup>과 꽃과 새들의 綠色<sup>녹색</sup>을 키우고

그

가장자리엔 구름이 있었다.

구름이……


구름에서

들려 온 소리.

나는 들었다.

그것은 푸른 나의 발자욱 소리.

「장미薔薇의 의미意味」 부분

1연에 구사되는 이중의 도치 구문과 교묘한 행갈이는 생명의 박동감을 리듬에 실어 전달하며, 3연에 반복되는 "무수한"과 "자욱"과 "綠色녹색"과 "구름"도 급박한 호흡으로 긴장감을 고조시킨다. 이 시에도 "彈痕탄흔"과 "軍靴군화자욱" 등에서 전쟁의 상처가 등장하지만, 그것을 "이슬"과 "흙"과 "樹木수목과 꽃과 새들의 綠色녹색"과 "구름"이 "헤치"고 감싸며 극복하는 모습을 보여준다. 이 시에 등장하는 자연의 이미지들은 붉은 색과 녹색과 흰색 등의 색채들이 조화를 이루어 화려하고 다채로운 협주곡을 들려준다. 그리하여 "구름에서 / 들려 온" "푸른 나의 발자욱 소리"는 자연의 생명력이 화자에게 전달되어 회복과 재생의 노래로 전이된다. 여기서 자연과 인간을 하나로 이어주는 생명의 원천은 무엇일까? 이 시기의 전봉건 시에 등장하는 수많은 생명적 심상들의 구심체는 "빛나는 太陽태양"이라고 볼 수 있다. 이 시의 중심 소재인 "薔薇장미"와 후반부에 등장하는 "피"도 "太陽태양"으로부터 생명력을 전수받고 있는 듯하다. 태양의 에로스적 힘은 자연과 인간의 생명을 우주의 그것과 연결시키는 중요한 연결 고리가 된다.

> 이러한 地坪지평을
>
> 넘어
>
> 풀잎처럼 나의 눈시울이
>
> 太陽태양을 느끼면
>
> 가슴 속에 彈痕탄흔을 밟고
>
> 砲煙포연을 헤치는
>
> 움직이는

개미들을 위하여

神신의 七日칠일째,

찬란한 果樹園과수원에서

벌거숭이 두 사람의 아름다운 눈

길을

두개의 觸手촉수와

여섯 개의 발로 걸어 간

개미와 같은

나의

그것들을 위하여.


푸른

사랑의 손길은

어느듯

하늘에 빛나는 果實과실과 함께……

「개미를 소재素材로 한 하나의 시詩가 쓰여지는 이유理由」 부분


　화자가 "개미"를 관찰하면서 "가슴 속에 彈痕탄흔을 밟고 / 砲煙포연을 헤"
치는 힘을 얻는 것은 "太陽태양"을 "눈시울"로 느끼기 때문이다. "풀잎처럼"
이라는 비유는 자연과 인간이 모두 태양의 생명력을 수혈 받는다는 의미
로 이해될 수 있다. 화자는 "두개의 觸手촉수와 / 여섯 개의 발로 걸어 간 /
개미"와 같이 자신의 손과 발로 걸어가고자 한다. 이럴 때 "개미"가 지닌

'까만 색'의 이미지는 "푸른 / 사랑의 손길"로 전환되며 새로운 생명의 길을 여는 것으로 보인다.

그런데 여기서 재생과 회복의 힘을 전수하는 원천인 "太陽태양"이 성경적 모티프와 결부되어 있음에 주목할 수 있다. "神신의 七日칠일째"는 기독교의 안식일을, "찬란한 果樹園과수원"은 에덴동산을, "벌거숭이 두 사람"은 아담과 이브를 의미한다고 해석할 수 있다. 따라서 "하늘에 빛나는 果實과실"은 에덴동산의 생명나무를 의미한다고 볼 수 있을지 모른다. 그러나 전봉건 시의 성경적 모티프를 기독교적 시의식과 직접 연결시키기보다는 일종의 우주적 에로스의 차원으로 이해하는 것이 더 적절할 것이다. 전봉건의 시의식 속에서 성경적 모티프는 인간과 자연과 우주가 하나의 생명공동체라는 일종의 범신론적 사유의 한 부분으로서 포함되는 것이다. 그래서 인용 시의 성경적 모티프는 일종의 신화적 상상력으로서 충일한 생명력의 원초적이고 본래적인 모습을 상징하는 심상 체계로 이해하는 것이 타당하다. 이런 관점에서 장시의 가능성을 보여주는 「은하銀河를 주제主題로 한 '봐리아시옹'」에서 "나의 / 後悔후회와 祈禱기도와 希望희망이 목욕하는 / 오 太陽태양이 結婚결혼하는 아지랑이가……. // 아지랑이가 피어 오르고 꽃은 / 江강 물에 피고 江강 물에 피고 // 꽃 피는 漢江한강 / 臨津江임진강 / 錦江금강"은 "太陽태양"의 생명력을 수혈 받은 "꽃"이 화자의 "後悔후회와 祈禱기도와 希望희망"을 치유하며 "江강 물에 피"어나는 광경을 특유의 가쁜 호흡과 박진감 있는 리듬으로 들려주고 있다.

## 5. 나가며

이 글은 전후 모더니즘 시의 미학을 규명하는 노력의 일환으로서 그 음악적 특성과 시의식을 주목하였다. 주로 김종삼·김광림·전봉건 등 3인이 참여한 연대시집인 『전쟁과 음악과 희망과』를 분석의 대상으로 삼아, 특히 '음악'에 주목하고, 이들에게 '음악'이 어떤 의미를 가지며 작품 속에서 어떤 형식과 내용으로 구현되는지 고찰하였다. 그래서 이 글은 세 시인의 '음악적 특성'을 비교하여 그것이 지닌 '시의식'의 연대성과 상관성을 고찰하는 관점으로 진행되었다.

김종삼의 시에서 '음악'은 전경화된 회화적 풍경 속의 배경음악처럼 그윽하고 아득하게 묻어나온다. 「G·마이나」는 간결한 단어와 풍부한 여백으로 침묵 속에서 은밀히 스며 나오는 음악을 그대로 체현하고, 음절수를 조절하여 행과 연을 교묘히 배치함으로써 호흡상 단조의 흐름을 만들어낸다. 김종삼은 이처럼 '묘연한 음악'을 통해 삭막한 지상의 현실에 "물"과 "그늘"을 내려주는 신의 은총을 시적으로 형상화한다. 「돌각담」은 "十字型의칼"과 "힌옷포기"로 대변되는 예수의 죽음과 부활이 진행되었음에도 불구하고, 신의 임재를 경험하지 못하는 지상의 인간이 완전성에 도달하기 위해 불가능한 시도를 반복하고 있음을 보여준다. 김종삼은 신의 존재를 인정하고 그 임재를 경험하기도 하지만, 신이 부재하는 지상에서 은총처럼 하늘에서 내려오는 "물"과 "그늘"과 "음악"을 인간들에게 전달해 주는 전령사이다.

김광림의 시에서 '음악'은 자연의 본래적 생명을 담은 인간의 가장 소중한 가치로 제시된다. 「다리목」에서 '노래'는 훼손되기 이전의 순수한 자연의 생명을 상징하는 "꽃과 果實과실과 새"와 대등한 의미와 위상을 가지고 병치된다. 김광림 시에서 '노래' 즉 '음악'은 운율이나 호흡상의 효과를 살려내는 시적 형상화의 기법으로 작용하기보다는 의미를 구현하는 개념적 언어로 등장한다. 「꽃과 잃어버린 신神」은 "꽃"과 "인간들"을 대비시키며 "희망"과 "절망"이 교차하는 상황을 냉소적으로 표현함으로써 상황적 아이러니의 효과를 만든다. 미래에 대한 전망과 비전을 찾을 수 없는 허무와 공허와 상실감은 "잃어버린 神신"이라는 표현으로 응축되어 나타난다. 시인에게 있어 전쟁의 참상과 폐허의 현실은 절대적 가치를 상징하는 '신'의 상실과 부재로 간주되는 것이다.

전봉건의 시에서 '음악'은 인간과 자연과 우주가 공통적으로 가진 유동성과 순환성의 원리를 체득함으로써 산출되는 생명의 음악이다. 「강江물이 흐르는 너의 곁에서」에서 2~3음절이 4음보의 율격으로 전개되는 리듬감은 음위율과 결합되어 유동적이고 순환적인 음악적 율동을 구현하고, 반복되는 지시대명사나 단어나 문장의 율격도 이와 유사한 효과를 얻는다. 또한 「장미薔薇의 의미意味」에 구사되는 이중의 도치 구문과 교묘한 행갈이는 생명의 박동감을 리듬에 실어 전달하며, 단어의 반복도 급박한 호흡으로 긴장감을 고조시키며 힘찬 리듬감을 형성한다. 전봉건의 시에서 "太陽태양"의 에로스적 힘은 자연과 인간의 생명을 우주의 그것과 연결시키는 중요한 연결 고리가 된다. 「개미를 소재素材로 한 하나의 시詩가 쓰여지는 이유理由」에서 "太陽태양"은 성경적 모티프와 결부되어 나타나지만, 전봉건의 시의식 속에서 성경적 모티프는 인간과 자연과 우주가 하나의 생명 공동체라는 일종의 범신론적 사유의 한 부분으로 포함된다고 볼 수 있다.

결국 세 시인이 보여주는 음악의 세 가지 존재방식은 다음과 같은 시의
식의 연대성과 상관성을 가진다. 김종삼 시의 '묘연한 음악'은 신의 은총
처럼 하늘에서 지상으로 내려오는 '하강'의 움직임을 보여주며, 그의 시
는 신의 '임재'와 '부재' 사이에서 다양한 스펙트럼을 가지고 '물'과 '그
늘'회화적 이미지과 '소리'음악적 이미지를 개입시킨다. 김광림 시의 '관념적 음악'
은 자연의 본래적 생명을 담은 인간의 가장 소중한 가치라는 의미를 담는
개념적 언어로서 '정지'의 양상으로 나타나며, 미래에 대한 전망과 비전
을 찾을 수 없는 허무와 공허로 인해 '신의 상실'이라는 세계인식을 함축
한다. 전봉건 시의 '생명의 음악'은 유동성과 순환성의 원리를 체현하는
에로스의 노래이며, 이 '순환'의 움직임은 인간과 자연과 우주가 하나의
생명 공동체라는 일종의 '범신론'적 사유 속에서 박진감 있는 시적 율동
으로 구현된다. 우리는 세 시인의 음악적 존재방식 속에 신에 대한 태도가
숨어 있음을 엿보게 된다. 실존주의의 세례를 받은 것으로 알려진 전후
1950년대 시인들이 정도의 차이가 있지만, 신의 임재와 부재 사이의 다
양한 스펙트럼 속에서 전쟁의 고통과 환멸을 견디고 이겨내는 어떤 힘의
원천을 기대한다는 사실을 발견하게 되는 것이다.

# 참고문헌

**기본 자료**

김종삼·김광림·전봉건, 『전쟁과 음악과 희망과』, 자유세계사, 1957.5.

**단행본**

권영민, 『한국현대문학사』, 민음사, 1993.

김광림, 「주지적 서정시를 생각한다」, 『한국전후문제시집』, 신구문화사, 1961.

김재홍, 「6·25와 한국문학」, 『시와 진실』, 이우출판사, 1981.

김현, 「김종삼을 찾아서」, 『시인을 찾아서』, 민음사, 1975.

____, 「전봉건에 대한 두 개의 글」, 『책읽기의 괴로움』, 민음사, 1984.

김현자, 「전쟁기와 전후의 시」, 『한국현대시사』, 민음사, 2007.

김훈, 「전후시의 한 모델」, 『한국현대시 연구』, 민음사, 1989.

남진우, 『미적 근대성과 순간의 시학』, 소명출판, 2001.

_____, 「에로스의 시학」, 『전봉건시전집』, 문학동네, 2008.

문혜원, 「전후시의 실존의식 연구」, 『한국 현대시와 모더니즘』, 신구문화사, 1996.

송기한, 『한국 전후시와 시간의식』, 태학사, 1996.

오세영, 「6·25와 한국전쟁시」, 『한국 근대문학론과 근대사』, 민음사, 1996.

_____, 「장시의 개념과 가능성」, 『20세기 한국시인론』, 월인, 2005.

오형엽, 「풍경의 배음과 존재의 감춤」, 『1950년대의 시인들』, 나남, 1994.

윤여탁, 「한국전쟁후 남북한 시단의 형성과 시세계」, 『한국현대시사의 쟁점』, 시와 시학사, 1991.

이광호, 「폐허의 세계와 관능의 형식」, 『1950년대의 시인들』, 나남, 1994.

이남호, 「1950년대와 전후세대 시인들의 성격」, 『1950년대의 시인들』, 나남, 1994.

이승훈, 해설 「평화의 시학」, 『평화롭게』, 고려원, 1984.

이지엽, 『한국전후시연구』, 태학사, 1997.

장석주, 해설 「한 미학주의 자의 상상세계」, 『김종삼전집』, 청하, 1988.

최동호, 「1950년대의 시적 흐름과 정신사적 의의」, 『한국현대문학사』, 현대문학사, 1989.

_____, 「실존하는 삶의 역사성」, 『평정의 시학을 위하여』, 민음사, 1991.

최동호, 「한국현대시사」, 『한국 현대문학 50년』, 민음사, 1995.

한계전, 「전후시의 모더니즘적 특성과 그 가능성」, 『시와 시학』, 1991 봄·여름.

한형구, 「1950년대의 한국시」, 『1950년대 문학연구』, 예하, 1991.

황동규, 해설「잔상의 미학」, 『북치는 소년』, 민음사, 1979.

**논문**

남기혁, 「웃음의 시학과 탈근대성」, 『한국현대문학연구』 제17집, 2005.

박윤우, 「전후 한국시에 나타난 현실인식의 정신사적 연구」, 『문학 한글』 제7집, 1993.

윤정룡, 「1950년대 한국 모더니즘 시 연구」, 서울대 박사논문, 1992.

이건청, 「김광림의 시 연구」, 『한국언어문화』 제24집, 한국언어문화학회, 2003.

이광수, 「190년대 모더니즘 시 연구」, 고려대 박사논문, 1995.

이숭원, 「한국 전후시 연구」, 『인문논총』 제1집, 서울여대 인문과학연구소, 1995.

# 1960년대 한국시의
# 이미지-사유와 정동(情動)의 정치학

### 『한국전후문제시집』1961의 이미지-체제를 중심으로

조강석

## 1. 『한국전후문제시집』의 문제성

1961년 10월에 신구문화사에서 발간한 『한국전후문제시집』이하『전후』은 해방 이후부터 1960년대 초반에 이르기까지의 한국 시문학의 면모를 집대성하여 보여주는 '앤솔로지'로서의 위상을 지니고 있다. 이 책의 편집은 백철·유치환·조지훈·이어령 등이 담당했는데 이들은 책의 앞머리에 서문 격으로 실은 「이 책을 읽는 분에게」에서 "어쨌든 '앤솔로지'로서는 이것이 최대 규모의 것이 아닌가 생각되며 전후시인들이 공동의 광장 속에 이렇게 한 자리에 모이게 된 것도 이번이 처음이라고 믿는다"[1]라고 말하고 있다. 편집위원들이 밝힌 원칙에 따르면 이 책에 수록된 시인의 범위

---

[1] 백철 외편, 「이 책을 읽는 분에게」, 『한국전후문제시집』, 신구문화사, 1961, 3쪽(이하『전후』).

는 "1945년부터 1960년 12월 말까지 십오 년 동안 시단에 데뷔하여 시작 활동을 해온 사람"[2] 중에서 엄정한 검토를 거쳐 선정된, "한 세대의 흐름을 대표할 수 있는 문제작가"[3] 30여 명이다. 또한, 수록 작품의 선정과 관련해서는 "자천自薦을 원칙으로 하고 시편 가운데 편집위원들이 재선택하는 절충적折衷的 편집을 택하기로 했다. 시인마다 초기·중기·현재로 시작기詩作期를 삼구분三區分해서 각기各期에 십 편씩 도합 삼십 편을 자천自薦케 하고 거기에서 십오 편 정도를 선選하여 싣게 된 것이다. 그러나 어디까지나 필자의 의견을 존중하는 방향으로 했다"[4]고 밝히고 있다. 아울러 책의 후반부에는 김춘수, 박태진, 이어령 등 3인이 해방 이후부터 1960년대 초반까지의 시단의 흐름을 개괄하고 이 선집에 수록된 작품들의 의의에 대해 비평적으로 접근하는 총론 형식의 글을 각기 싣고 있으며 그 뒤쪽으로는 작품을 수록한 시인들이 자신의 시학을 설명하는 「시작노트」가 실려 있다. 그야말로 '앤쏠로지'로서의 기능을 충실히 수행할 수 있는 편집이라고 할 만하다.

실제로 『전후』는 여러 가지 측면에서 '앤쏠로지'로서의 의의를 지닌다. 우선 『전후』가 특정한 시적 경향에 치우치거나 문단 안팎의 헤게모니를 고려하는 것과는 거리가 멀다는 점을 주목할 수 있다.[5] 예컨대 이 선집에

---

2 백철 외편, 앞의 글, 3쪽.
3 위의 글, 2쪽.
4 위의 글, 3쪽.
5 이와 관련하여 이명찬은 『전후』를 '한국문인협회'가 1971년에 간행한 『해방문학 20년』과 비교하며 이 선집이 문단 헤게모니로부터 비교적 자유로운 것이었으며 오늘날 우리가 1950~1960년대 떠올릴 때 언급하지 않을 수 없는 시인들을 망라하여 문학사의 다양성을 확보한 측면이 있다고 평가하고 있다. 그리고 그 연장선상에서 『전후』가 1960년대 시문학사의 복잡성을 묵묵히 증언하는 책으로서 주목에 값한다고 평가하고 있다. 이명찬, 「1960년대 시단과 『한국전후문제시집』」, 『독서연구』 제26호, 2011.12.

는 서정주를 위시한 소위 전통서정시 계열의 시인들과 「후반기」 동인들이 주축이 된 모더니즘 계열 시인들의 작품 중 특정한 경향에 치중하지 않고 당대 한국 시단의 다양한 시적 갈래를 그대로 보여주고 있다.[6]

또한, 『전후』에는 세 편의 총론 격 비평문과 시인 각자의 「시작 노트」가 실려 있는데 이를 통해 시인 각자의 현실 인식과 미학적 기투의 내용을 폭넓게 살펴볼 수 있다는 점에서 그 의의를 평가할 수 있다. 비록 시인들의 시론에서 표명된 시적 태도와 수록 작품의 경향이 완전히 일치하는 것은 아니라 할지라도 해방 이후 활발하게 활동하고 있는 시인들의 다양한 시적 지향점들을 살펴볼 수 있다는 점에서 이 역시 주목에 값하는 것이다.

그러나 이런 중요성에도 불구하고 그간 『전후』에 주목한 논의들이 많았다고는 할 수 없다. 우선 『전후』의 문제성을 잘 드러낸 것으로 이명찬의 논의를 들 수 있다. 이명찬은 『전후』가 문협 계열의 전통주의 중심으로 설명되는 문학사 서술의 관행을 타기하고 전후 주요 시인들 대부분의 대표작을 망라하여 다양성을 확보한 사화집이라고 평가한다.[7] 김양희는 『전후』에 수록된 산문에 주목하면서 시인들의 언어인식과 '포에틱 딕션'에 주목한다.[8] 한편, 송승환은 『전후』에 수록된 시인들의 작품 자체에 주목하면서 전봉건과 김종삼 시의 수사학,[9] 조향 시의 수사학[10] 등을 분석한다.

앞서 언급했듯이 『전후』는 해방 이후부터 1960년대 초반까지의 한국

---

6  예컨대 1971년에 '한국문인협회'가 펴낸 『해방문학 20년』이나 모더니즘 계열의 시인들의 작품을 모은 사화집인 『신풍토』(백자사, 1959)와 비교했을 때 『전후』의 이런 특징은 더욱 두드러진다.

7  이명찬, 「1960년대 시단과 『한국전후문제시집』」, 『독서연구』 제26호, 2011.12.

8  김양희, 「전후 신진시인들의 언어인식과 '새로운 시'의 가능성」, 『인문연구』 72호, 2014.12.

9  송승환, 「전봉건과 김종삼 시의 수사학-『한국전후문제시집을』 중심으로」, 『우리문학연구』 32, 2011.2.

10  송승환, 「조향 시의 수사학」, 『어문론집』 47, 2011.7.

시의 흐름을 광범위하게 보여주는 사화집이다. 문단 헤게모니와의 관계 속에서 이 사화집의 의의를 분석할 수도 있고 언어인식에 주목할 수도 있다. 또한, 각 시인들의 수사학에 집중하여 사화집에 수록된 작품들에 접근할 여지도 충분하다. 그러나 『전후』의 중요성에도 불구하고 아쉽게도 이 사화집에 다채롭게 전개된 현실 인식과 시학적 기투의 양상을 종합적으로 판단하는 연구는 아직 드물다. 『전후』가 해방과 한국전쟁, 4·19 혁명과 5·16 군사 쿠데타로 이어진 역사의 격변기에 시단에 등단하여 시작 활동을 한 시인들의 다양한 경향의 작품을 망라하고 있고 시인 스스로의 「시작노트」를 상당히 중요한 비중으로 함께 게재하고 있다는 것을 생각해 볼 때 단지 현실인식의 차원에서만 이 사회집의 의의를 평가하는 것도, 언어의식이나 수사학의 관점에서만 작품에 접근하는 것도 모두 일면적인 양상을 띨 수밖에 없다. 『전후』의 면모를 좀 더 다각적으로 조망하기 위해서는 현실 인식과 언어의식, 그리고 시인들 각자의 미학적 전략 등을 그 내재적 관계 속에서 종합적으로 검토할 필요가 있다. 다시 말해 현실 인식이나 미학적 전략 그 자체가 개별적으로 중요하지만 무엇보다도 양자의 내재적 관계가 시를 통해 어떻게 드러나고 있는가를 설명하는 것이 당대 시단의 다양성과 의의를 설명하는 데 있어 더욱 요긴한 문제라는 것이다. 이를 위해 이 글에서는 이미지-사유와 정동精動, affect, 그리고 그것의 종합으로서 이미지-체제에 주목하고자 한다.

　필자는 시문학 연구에서 이미지-사유와 정동의 중요성을 논해오고 있다. 이 글 역시 그런 방법론의 연장선상에서 『전후』를 살펴보고자 한다. 따라서 여기서 방법론과 관련된 논의를 다시 장황하게 전개할 수는 없을지라도 논의 전개의 맥락상 이를 간단히 요약할 필요는 있을 것이다.[11]

## 2. 이미지-사유와 정동의 중요성

우선, 정동 개념과 관련해서는 질 들뢰즈의 논의를 참조할 필요가 있다. 질 들뢰즈는 정동 개념을 스피노자로부터 취해서 이를 발전시키며 변용affection과 정동affect을 구분할 것을 제안한 바 있다.[12] 그는 스피노자의 affectio는 변용을, affect는 정동을 의미한다는 것을 여러 번 강조한다. 그는 스피노자가 의도한 것은 강도적强度的 방식으로 누군가의 본질을 규정하는 것이라고 해석하고 바로 그런 의미에서 인간은 모두 정신적인 자동기계automation라고 재정의한다. 신체변용에 따라 주어지는 관념들의 연속에 따라 존재 안의 어떤 것은 결코 변이를 멈추지 않는다는 것이다. 즉, 우리에겐 존재능력vis extendia 혹은 행동능력puissance의 연속적永續的 변이가 있기 마련이라는 것이 들뢰즈가 스피노자를 읽는 방식이다. 그는 스피노자의 전언을 "우리에게 일어나는 것을 느껴라"[13]로 번역한다. 그리고 바로 이런 맥락에서 정동은 "존재능력 혹은 행동능력의 연속적인 변이"로 규정된다. 우리가 텍스트를 형식 안에 밀봉하거나 제도를 텍스트의 배경과 토대로서만 간주할 때, 그리고 객관적 감각의 자료들과 내감의 형성을 번역 불가능하게 내외하는 두 장소로 방기할 때 텍스트에 제시된 변용의 역할은 봉인과 제약에 그칠 뿐이다. 그러나, 감성을 내부로부터 외부를 전

---

11 따라서 정동과 이미지—사유에 관한 제2장의 내용은 정동과 이미지—사유를 시문학 연구의 방법론으로 삼기 위해 필자가 제시해온 그간의 논의를 발췌, 요약한 것임을 밝힌다.
12 이하 변용(affection)와 정동(affect)의 문제에 대해서는 질 들뢰즈, 「정동이란 무엇인가?」, 『비물질 노동과 다중』(질 들뢰즈·안토니오 네그리 외, 서창현 외역, 갈무리, 2005) 참조. 그리고 affectio와 affect의 번역과 관련해서는 조강석, 「'정동'에 대한 생산적 논의를 위하여」, 『현대시학』, 2016.5 참조.
13 질 들뢰즈, 위의 글, 103쪽.

개시키는 장소로 정동을 그렇게 전개된 운동들의 이행으로 간주하고 텍스트와 제도를 교통시킬 때, 텍스트를 알리바이로 삼는 것을 피하면서 당대의 맥락에 접속시킬 수 있을 것이다. 문학 작품 속에 나타난 정동을 렌즈로 삼는다는 것은 바로 그런 의미를 지닌다.

바로 그런 맥락에서, 시문학 연구에서 이미지-사유에 주목할 필요가 대두된다. W. J. T. 미첼은 "이미지의 삶은 사적인 것 혹은 개인적인 것이 아니다. 그것은 사회적인 삶이다. 이미지는 계보학적인 혹은 유전적인 계열 속에서 살면서 시간이 흐를수록 스스로를 재생산하고 문화들 사이를 옮겨 다닌다. 이미지는 또한 다소 분명하게 구분되는 세대나 시대 속에서 집단적으로 동시 현존하면서, 우리가 '세계상world picture'이라고 부르는 몹시 거대한 이미지 형성물의 지배를 받는다. 이 때문에 이미지의 가치는 역사적으로 변화하는 것처럼 보이는 것이며, 이 때문에 시대적 양식은 늘 새로운 일련의 평가기준에 호소하면서 어떤 이미지는 강등시키고 다른 이미지는 장려하는 것으로 보이는 것이다"[14]고 설명하며 이미지 연구의 의의를 심화시켰다. 만약 이미지가 사회적 삶을 통해 기존의 가치와 새롭게 형성되는 가치 체계를 동시에 보유하면서 생성을 거듭해나가는 것이라면 우리는 최종적으로 이미지-사유를 통해 문화적 징후와 가치의 문제에까지 가닿을 수 있다. 미첼이 넬슨 굿맨의 표현을 빌려 이야기하는 것처럼 이미지는 세상에 대한 새로운 배치와 지각을 만들어내는 "세상을 만드는 방식"이기 때문이다. 또한 나아가서, 조르주 디디-위베르만이 『반딧불의 잔존』에서 강조했듯이, 우리의 상상하는 방식 속에 정치하는 조건이 놓여

---

14 W. J. T. 미첼, 김전유경 역, 『그림은 무엇을 원하는가? - 이미지의 삶과 사랑』, 그린비, 2010, 141쪽.

있기 때문이다.[15] 디디-위베르만은 이 저서에서 지평적 사유와 이미지 사유를 대비시킨다. 디디-위베르만에 의하면 지평적 사유가 역사에 대한 통찰, 정치적인 입장, 메시아적 구원 등을 의미하는 강한 빛luce과 관계가 깊은 반면, 이미지 사유는 미광lucciole과도 같은 것이다. 이미지는 반영하거나 행사하지 않는다. 이미지는 그것을 만든 사람들이 의도한 가치를 반영하지만 동시에 정치적 무의식에서 형성되는 새로운 가치를 파생시킨다. 이미지의 내적 실재를 기술하고 이미지의 사회적 삶을 분석하며 이미지-사유를 통해 문화적 징후를 읽고 기성의 것과 조화와 갈등을 거듭하며 새롭게 생성되기 시작하는 가치 체계를 해석하는 작업을 통해 시 텍스트는 내부로부터 외부로 전개시킬 수 있다.[16]

결국, 이런 맥락에서 정동과 이미지-사유에 주목하면서 『전후』를 읽는다는 것은 1960년대의 정서적 변이와 이에 대한 미적 대응 양상을 상관적으로 살펴본다는 것을 의미한다고 할 수 있다.


## 3. 전후 한국시의 현실 인식과 언어의식, 그리고 '이미쥐'

앞서 언급한 것처럼 『전후』에는 해방 이후 시단의 흐름을 개괄하고 수록 작품의 면모를 설명하는 세 편의 총론이 실려 있다. 가장 앞머리에 놓인 김춘수의 「전후 십오 년의 한국시」는 글자 그대로 총론에 해당한다. 김

---

15 조르주 디디-위베르만, 김홍기 역, 『반딧불의 잔존』, 길, 2012, 60쪽 참조.
16 이와 관련된 자세한 논의는 조강석, 「시 이미지 연구방법론」, 『한국시학연구』 42권, 2015. 4 참조.

춘수는 해방 이후의 시단을 3기로 구분하고 각각의 시기에 주목되는 시인들을 열거한 후 인상적인 작품을 인용하고 분석한다. 우선 1945년 8월부터 1950년 한국전쟁까지의 시단에서 김춘수가 우선적으로 주목하는 것은 청록파 시인들과 서정주의 시세계인데 이는 식민지 시기에 우리가 "한국어와 한국고유의 정서에 굶주려 왔"[17]기 때문이다. 덧붙여 김춘수는 이 시기의 수확으로 김윤성·한하운·조병화의 작품과 김경린·김수영이 펴낸 공동시집 『새로운 도시와 시민들의 합창』을 꼽고 있다.[18]

1950년부터 1955년 1월 『현대문학』 창간에 이르는 기간 동안에 김춘수가 우선적으로 주목하는 것은 「후반기」 동인들의 활동이다. 김춘수는 이들이 "청록파와 그 아류들"[19]을 주요 비판대상으로 삼았으며 "한국시에 대한 반성과 반발에 있어 가장 정열적이었다"[20]고 말하고 있다. 나아가 김춘수는 청록파와 「후반기」 동인에 대해 "시에 대한 아이디어에 있어 이 두 에꼴은 심한 차이점이 있으면 있는 그만큼 해방시단 십오 년의 기간에 기억할 만한 두 개의 사건이라 할 것이다"[21]라는 평가를 내리고 있다. 흥미로운 것은 김춘수가 이례적으로 높이 평가하고 있는 시인이 전봉건이라는 사실이다. 그는 전봉건의 「어느 토요일의 일부」와 같은 작품을 두고 다

---

17 김춘수, 「전후 십오 년의 한국시」, 『전후』, 300쪽.
18 김경린과 비교할 때 김수영이 소위 신시론 동인들의 사화집 발간에 적극적인 역할을 수행했다고 하기는 어렵다. 그러나 여기서 김춘수는 김경린과 더불어 김수영의 이름을 거론하고 있다. 말년에 김춘수는 자신의 생애에 시인으로서 라이벌의식을 가진 시인은 김수영뿐이라고 말하면서 자신이 지속적으로 김수영에 대해 대타의식을 지니고 있었음을 고백한 바 있다. 그런 점에서 볼 때, 이런 언급은 눈여겨볼 만하다. 김춘수의 김수영에 대한 대타의식은 이재훈, 『나는 시인이다』, 랜덤북스, 2011 참조.
19 김춘수, 「전후 십오 년의 한국시」, 『전후』, 306쪽.
20 위의 글, 306쪽.
21 위의 글.

음과 같이 말하고 있는데 이는 주목에 값한다.

> 이미쥐와 이미쥐의 연결에 있어 비범한 재질이 엿보이는 것이다. '인간적'
> 으로 '폭력적'으로 연상상聯想上 거리가 먼 것들을 결합케 한다는 이른바 초현
> 실주의적 미학이 기법으로 잘 다루어져 있다. 이러한 기법이 소재와 어울리
> 어 리얼리티를 자아내는 것이다. 훌륭한 테크니샹이다. 「후반기」 동인들과 통
> 하는 데가 있으나 전봉건 씨의 시는 현실에 보다 밀착돼 있다. 어느 쪽이냐 하
> 면 「후반기」 동인들은 심미의식이 보다 강하다고 하면 전봉건 씨는 심미의식
> 도 강하기는 하나 휴머니스틱한 인생론에 있어서도 강렬한 것 같다.[22]

요컨대, 전봉건이 이미지의 연결에 있어 초현실주의적 미학을 적실하게
구사하면서도 동시에 리얼리티를 잃지 않는 시인이라는 것인데 이는 전
봉건의 시세계에 대한 세심한 재검토를 요청하는 대목이라고 할 수 있다.
이에 대해서는 뒤에 다시 살펴볼 것이다.

1955년 1월에 『현대문학』이 창간된 것과 더불어 『문학예술』1955.8 창간,
『자유문학』1956.7 창간이 창간되고 『사상계』와 신춘문예를 통해서도 시인이
배출되는 등 문인들의 수가 대폭 증가하고 발표 지면이 확장됨에 따라 시
인들은 새로운 경지를 개척하거나 자신의 시적 경향을 더욱 심화시키게 되
었다고 평가하면서 김춘수는 송욱·신동문·김구용·김수영·성찬경 등
을 새롭게 성취를 얻은 시인으로 꼽고 있다. 이처럼 김춘수는 전통적 서정
시 계열과 모던한 경향을 해방 이후 한국시의 주된 두 흐름으로 놓고 양자

---

22 김춘수, 앞의 글, 209쪽.

와의 긴장관계 속에서 나름의 길을 개척한 시인들을 높이 평가하고 있다.

박태진은 「구미시와 한국시의 비교」에서 해방이 비로소 한국인들에게 통상의 인생경험을 가져다주었고 시인 역시 실생활을 갖추게 됨에 따라 우리 자신의 체험에 기반하고 한국어의 실정에 맞는 시들을 쓸 수 있게 되었다고 강조한다. 박태진은 이런 맥락에서 특히 모더니스트들의 시도를 높이 평가한다. 스스로 '후반기' 동인의 일원이었으며 사화집 『현대의 온도』1957에도 참여했던 박태진은 다음과 같이 해방 이후 모더니스트들의 시운동을 평가하고 있다.

> 한국시는 전통적으로 지성에 대한 시였다. 그리고 그 특성은 인생의 허무감으로 하여 앙양이 되는 것이었다. 시와 내의성內意性 역시 그 허무 내지 체관에 그치는 수가 많다. 반면 해방을 맞이하며 한국의 마음은 차츰 개인을 의식하는데 격고擊鼓를 자못 받게 되었으며 자연 인생의 내면성이 얼마나 중대한가를 알게 되었다. 말하자면 민주주의 사회에 있어서 인생의 문제성이었다.
>
> 인생의 문제내지 그 문제의 세계성을 느끼고 분석하는 데는 벌써 시적 태도가 여태와는 달라야 했고……. (…중략…)
>
> 소위 모더니스트 또는 후반기 시인이라고 지탄을 받은 시인들이 바로 그들이다. 시어가 생경하다든가 난해하다든가 하는 것이 주된 비난이었다. 실상 우리 시단에서 일찍이 보지 못한 시풍이었기 때문에 받은 비난이었고, 새로운 시도가 흔히 고식적姑息的인 사회에서 경원받는 수가 있다. 그러나 그 사회가 급변하는 이상 이 시도는 오로지 새로운 뜻에서 지속되었다. 우리의 생활이 새로운 환경을 받아들이는 한은 그리고 시인이 그 중심에 스스로 위치하는 한은 이 시도가 계속되는 법이다.[23]

여기서 박태진이 천편일률적인 자연예찬에서 벗어나되 그것에 대한 대타적 의식이 아니라 "민주주의 사회에 있어서 인생의 문제성"을 모더니스트 시학의 핵심으로 설명하는 부분은 흥미롭다. 기법이 단지 기술의 차원이 아님을 간파하고 있기 때문이다. 박태진은 모더니스트들이 "시어의 폭을 넓혔으며 한국현대시에 커다란 영향을 주었다. 말하자면 시적 에모우숀을 가누는 태도와 이리하여 가누어진 이미쥐에 대하여 시어를 택하는 데에 대담한 시도를 하게 되었다"[24]고 설명하고 있는데 이는 그가 현실 인식과 미학적 태도의 상관성을 중심에 두고 전후 한국시를 파악하고 있음을 보여준다. 그런 맥락에서 볼 때 다음과 같은 대목은 시와 생활, 언어와 기법, 그리고 시적 이미지가 별개의 것이 아님을 적실하게 지적하면서 시의 혁신을 위해 현실의 혁신을, 현실의 혁신을 위해 시적 감성과 이미지의 혁신을 요청하는 것에 다름 아니다.

한국시의 반성은 시급히 요청된다. 급변하고 어려운 그리고 핵무기의 위협하의 현대에 있어 생과 사를 한몸에 지닌 에모우숀들은 실상 강렬한 것이 있다. 어느 변두리에 서 있는 사찰에 관심을 제한할 것도 아니려니와 한편 산수적山水的 이미쥐가 현대의 인텐시티와 야합하기 어렵다. 반면 한국의 시적 유니봐스가 결국은 우리의 현실과 현실감의 역사에 세워진다는 뜻에서 1920년대의 구미시가 남긴 자취는 우리에게 세련된 과거감을 주어야 한다는 것이다.[25]

---

23 박태진, 「구미시와 한국시의 비교」, 『전후』, 317쪽.
24 위의 글.
25 위의 글, 322쪽.

이어령 역시 「전후시에 대한 노오트 2장」에서 시적 현실과 시적 딕션 개념을 중심으로 해방 이후 시단의 전개과정을 일별한다. 그는 "행동이 끝나는 데서 언어가 시작된다"와 "언어가 끝나는 데서 행동이 시작된다" 라는 두 개의 명제를 통해 현실에 대한 시인의 두 태도를 변별적으로 설명한 후 전자를 A군으로 칭하고 그 대표주자로 서정주를 꼽는다. 한편 후자를 B군으로 칭하고 그 대표주자로 전봉건을 꼽는다. 그는 당대의 시단에서 전자의 시인들이 압도적인 반면 김수영·전봉건·김종문·민재식·김춘수 등으로 대표되는 후자의 시인들은 아직 뚜렷한 뿌리를 내리지 못하고 있다고 설명한다. 그리고 이에 덧붙여 "B군의 시파가 활기를 띠울 때 비로소 우리의 시사詩史도 또한 변할 수 있다. 천편일률적인 한국의 시학엔 역사가 없다"[26]고 B군의 시인들의 분발을 촉구한다.

이어령의 글의 후반부는 시적 딕션poetic diction을 중심으로 전개된다. 그는 "정치적인 혁명은 제도의 혁명이지만 시의 혁명은 언어의 혁명이다"[27] 라고 설명하며 워즈워드가 전복시킨 것이 바스티유 감옥이 아니라 "슈도 크래시시즘"의 "포에틱·딕션"이라고 말한다. 다시 말해 워즈워드가 시에서 보통사람들의 언어를 해방시켰다는 것인데 그런 맥락에서 해방 이후 우리 시에도 시적 딕션의 혁명이 도래했다고 그는 주장한다.

전전시인戰前詩人들의 시어를 "흙"이나 "나무" 같은 것이라면 전후의 시인들의 "포에틱 딕션"은 "광석鑛石", "합성유지合成油脂" 같은 것들이라 할 수 있다. 소월의 시는 흙으로 비진 질그릇이다. 하지만 전후의 대표적인 시들은 모

---

26 이어령, 「전후시에 대한 노오트 2장」, 『전후』, 327쪽.
27 위의 글.

두가 "스테인레스" 좀 경제經濟하면 "프라스틱" 그릇이라고 할 수 있다. 전쟁 용어군사용어, 정치술어, 또는 관념적인 철학어에서 현대문명의 용어에 이르기까지 전전戰前의 그것과는 판이한 대조를 이룬다.[28]

이런 논리 속에서 이어령은 전영경이 "도라무통", "할로", "오강뚜껑" 등 하층민들의 "무학無學한 속인俗人의 언어"[29]를 선보이고 있고 전봉건, 신동문을 비롯한 일련의 시인들이 전쟁용어를 구사하고 있는 것도 시대적인 감각 위에 서 있는 "시속어時俗語에 속하는 것"[30]이라고 설명한다. 말하자면, "호머는 호머의 시대말로 시를 쓰고 현대시인은 현대의 언어로 쓴다. 이것이 조금도 이상할 것이 없고 특기할 사건도 아니다"[31]라는 것이 이어령의 결론이다.

이상의 3편의 총론을 살펴볼 때 현실과 언어, 시와 행동, 감성과 이미지의 문제가 단지 기법의 차원이 아니라 현실 인식과 시학적 전략 모두에 관계되어 있을 수밖에 없음을 3명의 논자가 공히 주목하고 있음을 눈여겨볼 필요가 있다. 이때 감수성의 변화와 이를 통한 행동의 개시에 정동과 이미지의 차원이 공히 개입되어 있음은 물론이다. 다음 장에서는 이런 논의의 양상을 가장 잘 보여주는 몇몇 시인들의 작품을 통해 이를 살펴보고자 한다.

---

28 이어령, 앞의 글, 328~329쪽.
29 위의 글, 329쪽.
30 위의 글.
31 위의 글.

# 4. 전후 한국시의 이미지 – 체제

## 1) 이미지의 단일 체제와 '전쟁이라는 아버지'

①

진주晋州 장터 생어물魚物전에는

바닷밑이 깔리는 해 다 진 어스름을,

울엄매의 장사 끝에 남은 고기 몇 마리의

빛 발發하는 눈깔들이 속절없이

은전銀錢만큼 손 안 닿는 한恨이던가

울엄매야 울엄매,

별밭은 또 그리 멀리

우리 오누이의 머리 맞댄 골방안 되어

손시리게 떨던가 손시리게 떨던가,

진주남강晋州南江 맑다 해도

오명 가명

신새벽이나 별빛에 보는 것을,

울엄매의 마음은 어떠했을꼬,

달빛 받은 옹기전의 옹기들같이

말없이 글썽이고 반짝이던 것인가.

박재삼, 「추억追憶에서」

②

오월五月의 햇살 속에서 카리에쓰를 앓는 것은 종달새입니다…… 아픈 것은 강江물 구비나 버들가지 매디나 매한가지입니다…… 아무런 미련도 없이 풀린 하늘 밑에서 몸살을 앓는 것은 시인詩人의 피부皮膚입니다…… 열熱 오른 망막網膜에서 씻어 보려는 그 소녀少女의 얼굴은 잇발자국 난 사과 알 흡사하게 다친 내 심장心臟처럼 오늘도 옆구리에 종일終日토록 맺힙니다…… 메말라붙은 눈물자국 채로 돌아다보는 얼굴에는 까닭 모르는 뉘우침의 그늘이 식은 재, 그야말로 「ASH TO DEATH」처럼 뿌려져 주름잡혔습니다…… 퍼질 길 없는 주름자국 위에도 오월五月의 햇살 가루는 눈부시게 부서지지만 마치 치차齒車 바퀴에 갈갈이 찍기어 몰려 들 듯하는 상념想念의 촉수觸手에는 언제나 회색灰色진 기旗가 펄럭이다 사그러지는 환상幻想이 어립니다…… 이제 새 풀이 돋는 땅 위에서 딩굴며 카리에쓰를 심장心臟으로 뇌장腦漿으로 앓는 입에서 새어나오는 노래는 언제나 구절句節이 토막 토막 짤려져 버리기만 합니다…… 저리는 뼈마디를 목청껏 하소타 못하여 파아란 하늘에서 운석隕石처럼 떨어져 보는 종달새의 날개짓은 찢기인 누구 그 누구 마치 나의 오월五月의 병病처럼 하픕니다.

신동문, 「오월병五月病」


③

자칫하면
젖어드는
말 못할 의미意味를 헤치고
그날

내가 전쟁戰爭을 향向하여 걸어간

다리목까지 오면

나의 앞 뒤에

수없이 흐르는 것이 있다.


다리 너머 저 쪽에

무엇이 있다고 생각하는가,

지금

개와 거러지가 비슷한 모양으로 걸어온다

넥타이를 날리며

전 날의 나와 같은 사람이 걸어온다

한때는 나와 친했던 그이가 걸어온다

그이는 나를 알아채리지 못한다

나는 내가 변했다고 생각한다.


잃어버린 나의 진주眞珠,

그것은 어느 강江물 속으로 없어진 것인지,

그것은 어느 도야지가 앗아간 것인지.

〈아쁘레〉가 나의 앞을 질르며 비웃는다

〈아방〉은 나의 뒤를 저만치 욕질한다,

몇 해 전에 먹은

〈샌드윗치〉의 추억追憶이

너무나 오늘 신선新鮮하다.

비슷한 황혼黃昏이다, 그러한 황혼黃昏이 내린다,

여기 저기 등燈불에 어서 밤은 켜져라

무거운 날개는 기다리고 있다.

어느 새 전쟁戰爭은 아버지가 되었다,

아버지의 아들은 어차피 자라나고 있다,

그들의 기억엔 어머니의 얼굴이

아버지의 고향이 없다.

그들은 제마다 이리저리 자라나고 있다.

신동집, 「샌드윗치」

위에 인용된 세 시인, 즉 박재삼·신동문·신동집의 시세계를 한 데 묶어 검토하는 것은 난망한 일일지 모른다. 왜냐하면 정서나 주제 그리고 발화방식의 측면에서 볼 때 세 시인의 경향이 확연히 다르기 때문이다. 앞서 살펴본 3편의 총론에서도 박재삼은 전통서정시의 연장선상에서 언급되고 신동문은 역사와 현실과의 관계 속에서, 그리고 신동집은 존재론적 탐색의 맥락에서 종종 검토되고 있다. 실제로 위에 인용된 시편에 담긴 주된 정서와 발화법은 상당히 다른 면모를 보인다. 박재삼이 소소한 사물들의 이미지를 통해 삶의 애환을 단정하게 풀어내고 있다면 신동문의 시는 직설적인 화법을 통해 오월 어느 날의 복잡한 심회를 토로하고 있다. 한편 신동집의 시는 김춘수의 표현을 빌리자면 "형이상학의 서정적 처리" 혹은 "서정의 형이상학적 처리"[32]를 능숙하게 해내는 면모를 보여주고 있다. 그런데 소재나 정서 그리고 발화방식의 차이에도 불구하고 세 편의 시는

---

[32] 김춘수, 앞의 글, 308쪽.

중요한 공통점을 지니고 있다. 이미지의 운용체제에 있어서 세 편의 시는 단일 체제에 편입된다고 말할 수 있다는 것이다.

조르주 디디-위베르만은 이미지가 '하나'나 '둘'이 아니며 "'세 번째 관점의 시선 아래 대립되는 두 가지 관점'이 가정하는 최소한의 복합성에 따라 전개된다"[33]고 설명하며 이를 이미지의 변증법적 체제로 명명한 바 있다. 그리고 이런 맥락에서 "이미지의 이중체제"라는 개념을 제시한 바 있다. 이미지가 순수한 환영도, 전일적인 진실도 아니며 "베일의 갈라진 틈과 함께 베일을 동시에 동요시키는 그 변증법적 왕복운동"[34]이며 이를 이미지의 이중체제로 규정할 수 있다는 것이다.[35] 그리고 이런 이중체제 속에서 "이미지는 현실을 탈구축한다"[36]라고 디디-위베르만은 말한다. 요약하자면 이미지가 현실과 가상 사이에서 왕복과 혼융을 거듭하면서 새롭게 열리는 상태로 나아간다는 것이다.

앞서 세 편의 총론을 살펴보면서 확인할 수 있듯이 해방 이후부터 1960년대까지의 시를 설명할 때 가장 일반적으로 사용되는 분류 방식은 전통 서정시 계열과 모더니즘 계열로 나누는 것이다. 물론, 여기에는 나름의 타당성이 있다. 그러나 문단의 헤게모니 정치나 미학적 의도가 아니라 구체적인 작품을 고려할 때 문제의 틀은 달라진다. 위에 인용된 작품들의 경우 통상의 분류에서라면 전통서정, 현실지향, 존재론적 탐색과 관련된 술어로 설명의 틀을 구할 수 있을 것이다. 그러나 실제로 작품 속에서 이미지가 운용되는 방식, 바로 그런 의미에서의 이미지-체제를 중심으로 보자면

---

33 조르주 디디-위베르만, 오윤성 역, 『모든 것을 무릅쓴 이미지들』, 레베카, 2017, 233쪽.
34 위의 책, 126쪽.
35 위의 책, 125~140쪽 참조.
36 위의 책, 271쪽.

동일한 단일 체제에 속하는 작품들이라고 할 수 있다. 다채롭게 전개된 이미지들이 의미의 간극을 생산하는 것이 아니라 전일적인 정서와 관념 속으로 수렴되기 때문이다.

박재삼의 「추억에서」는 단정한 회상적 어조로 발화된다. 이 작품은 눈에 띄는 구체적 이미지들을 의미나 리듬 양 측면에서 공히 일종의 시상 전개의 디딤돌로 삼고 있다. "고기 몇 마리의 / 빛 발發하는 눈깔들", "은전銀錢", "별밭", "별빛", "달빛 받은 옹지전의 옹기들" 등이 그것이다. 빛을 발하고 반사하는 이 구체적 사물들의 이미지는 시의 중심을 이루는 회상의 정서가 지나치게 평이해지는 것을 막아주는 역할을 수행하며 적재적소에 자리잡고 있다. 그렇지만 이미지들의 구체성이 이미지의 이중체제를 작동시키는 방식으로 다변화되지는 않는다. 오히려 이 모든 이미지는 시의 마지막 대목에서 "말없이 글썽이고 반짝이던" "울엄매"의 '눈물' 이미지로 수렴되며 회고의 정서를 강화하는 것으로 귀결된다. 직정적 진술에 의존하는 것보다 훨씬 효과적인, 이미지를 통한 사상事象의 전개를 보여주되 궁극적으로 하나의 이미지에 수렴되며 시의 중심정서를 강화하는 방식으로 이 시의 '이미지 — 체제'는 작동한다.

신동문은 종군체험을 다룬 「풍선기風船期」로 잘 알려져 있다. 『전후』에 실린 시작 노트 「「풍선기」를 쓰던 무렵」에서 신동문은 "지금껏 나는 그 의미시와 현상행동의 양극단의 진폭을 넓히지 못하고 의미의 쪽으로만 편착偏着된 채 불만不滿한 일과만을 점철點綴하고 있다"[37]고 말하고 있다. 이와 관련해서는 "나는 6·25라는 엄청난 변동을 감내하기에는 너무나 어리석고 약

---

**37** 신동문, 「「풍선기」를 쓰던 무렵」, 『전후』, 388쪽.

했다. 그러나 역사는 인정사정 없는 것이었다. 원컨 않건 그 거센 물결 속으로 휩쓸려들지 않을 수 없었다. 병상病林에서 밀려나와 걸명乞命의 나그네가 될 수 밖에 없었다"[38]라는 말을 참조하는 것이 좋을 듯하다. 그만큼 이 시인에게 전쟁체험은 다른 모든 것을 압도하는 것이었음을 짐작할 수 있다. 인용된 「오월병五月病」에서도 사정은 마찬가지다. 이 작품 역시 시적 주체의 시계視界를 중심으로 구성되는 시이다. 단정한 진술대신 처지를 토로하는 술회의 목소리로 이루어진 이 시에서도 눈에 띄는 것은 주된 이미지들이다. "오월의 햇살", 그속에서 "카리에쓰를 앓는" "종달새", "메말라붙은 눈물자국", "회색진 기" 등의 이미지는 병을 앓고 있는 주체의 시계에 세계가 어떻게 현상하고 있는지를 단적으로 보여준다. 이런 이미지들의 반대편에 "그 소녀의 얼굴"이 놓여 있다. 이 이미지는 그 이력이 시 안에서 구체적으로 해명될 수 없지만 그것이 사랑의 기억이건, 혹은 전쟁과 결부된 비극과 연루된 것이건, 이 발화 주체에게는 한시도 잊지 못하는 대상으로 제시된다. 전쟁의 기억과 결부된 시계視界 속에서 하늘은 마냥 푸르르지 못하고 푸른 하늘을 나는 종달새는 "카리에쓰"를 앓는 듯, 운석처럼 떨어진다. 이처럼 오월의 햇살과 위에 언급된 이미지의 대비가 선명해질수록 "오월의 병"은 깊어진다. 그렇지만 아마도 이 시에서 시계의 중심을 이루는 것은 원자탄의 이름인 "ASH TO DEATH"와 "오월의 햇살"이 중첩되는 장면일 것이다. 이 이미지의 강렬함은 시 전체를 장악한다. 그리고 시의 나머지 부분과 요소들은 모두 이 이미지의 술부述部가 된다. 그리고 불안과 두려움의 정동이 강렬한 단일 이미지의 체계에 의해 관장되고 있다.

---

38 신동문, 앞의 글, 389쪽.

신동집은 존재론적 사유를 보여주는 시인이다. 시작 노트에서 신동집은 "시인은 뮤우즈의 자락 앞에서만 무릎을 굽힌다. 왜냐하면 뮤우즈는 시인을 존재로 이끄는 중간자이기 때문에"[39]라고 쓰고 있다. 실제로 『전후』에 실린 여러 시편에서 신동집은 흥미로운 존재론적 탐구와 형이상학적 사유를 보여주고 있다. 그런데 그 존재론적 탐구의 기저에 놓여 있는 것이 한국전쟁 체험임을 주목할 필요가 있다. 인용된 「샌드윗치」는 이를 단적으로 보여준다. 박재삼의 회상조와 신동문의 직정적 태도와는 달리 신동집은 사색적 태도와 어조를 보여준다. 그에 따라 이 시는 구체적 상황의 전개로 이루어져 있는 것으로 보이지만 동시에 형이상학적 탐구를 보여주는 좋은 예가 된다. 1연에 주어진 상황 자체가 이미 그렇다. "내가 전쟁戰爭을 향向하여 걸어간 / 다리목까지 오면 / 나의 앞 뒤에 / 수없이 흐르는 것이 있다"는 대목에서 이 "다리"의 물리적 위치를 지시하는 것은 전쟁 전후의 실존적 상황의 변화와 존재론적 조건에 대한 사유에 비하면 구차하고 부수적인 것이다. 2연의 상황 역시 전쟁 전후의 변모를 구체적인 사건의 일환으로 제시하고 있다고 볼 수 있다. 무언가가 틀림없이 변한 것이다. 그것이 물리적인 것이건 혹은 심리적인 것이거나 분위기와 결부된 것이던 무엇인가가 변화한 것만은 사실이다. 3연 첫머리의 "잃어버린 나의 진주眞珠"는 이런 정동을 상징적으로 이미지화하고 있다. 그리고 이 시인이 존재론적 탐구와 형이상학적 사유의 역량을 지니고 있음을 여실히 보여주는 대목이 이어진다. '아프레'와 '아방'은 구체적인 인물을 지시할 수도 있지만 보다 넓은 의미에서, 뿌리 없이 부유하는 실존의 두 양상이라고

---

**39** 신동집, 「시인의 매스크」, 『전후』, 393쪽.

할 수 있다. '퇴폐'거나 '전위'거나 함의는 마찬가지일 것이다. 몇 해 전에 먹은 "샌드윗치"는 몸에 배지 않은 외래의 구체적 습성과 관계된다. 이는 자초하지는 않았지만 이미 손에 익은 박래품과 같은 삶을 지시한다. 그리고 좋건 싫건 이미 생활의 조건으로 자리잡은 박래의 문화 위에 전쟁의 기억이 겹친다. "어느 새 전쟁戰爭은 아버지가 되었다"라는 말은 1950년대 시인들의 정동을 가장 잘 드러내는 문장이 아닐 수 없다. 여기엔 두 가지 의미가 양가적으로 포개어진다. 해방과 전쟁이라는 "다리"를 건너 온 이들에게 전쟁은 존재론적 근원으로 자리잡는다는 것과 이미 한 세대는 그 전쟁을 뒤로 하고 고향도 부모도 없는 것처럼 살아가고 있다는 것이다. 이처럼 이 시의 이미지는 종국에는 존재론적 사유로 귀결된다. 단일 체제의 이미지 중 수일한 예가 아닐 수 없다.

## 2) 이미지의 간극과 이중체제

①
낡은 아코오뎡은 대화對話를 관뒀습니다.

— 여보세요!

〈뽄뽄다리아〉
〈마주르카〉
〈디젤·엔진이 피는 들국화〉

－왜 그러십니까?

　　모래밭에서
　수화기受話器
　　여인女人의 허벅지
　　　　낙지 까아만 그림자


비둘기와 소녀들의 〈랑데·부우〉
그 위에
손을 흔드는 파아란 기폭들.


나비는
기중기起重機의
허리에 붙어서
푸른 바다의 층계를 헤아린다.

**조향, 「바다의 층계層階」**


②
아름다운
어느 아름다운 날을 생각하는 것은.


당신의 입 가에서
꽃과 사과이고 싶은 것은

꽃바구니의.


달빛에 씻긴 이슬

이슬속에 〈캬베츠〉는 진주眞珠처럼 아롱지며

트이어 오는 아침을

바다가 어리어가는 비둘기의 눈동자를

태양太陽이 웃으며 내려오는 하늘……푸른

계단에 핀 진달래

또

신문新聞이 음악音樂처럼 흘러간 가로수街路樹를 생각하는 것은.


여기 나무는 노래를 잃고

무수히 검은 탄흔彈痕과 탄흔彈痕마다 노래가

사라져 간 나무

나무와 나무 사이에

눈이 깔린 밤

……여기에서.


두 마리

버들 강아지의 〈네크레스〉를 생각하며

꽃바구니의 꽃 그리고

사과이고 싶은 것은……당신의

입 가에서.

구름과

지구地球

인간人間이 그리운

내가

전쟁戰爭이 흩어진 나의 눈시울에

아지랑이처럼

아스라이 서

있는 까닭이다.

전봉건, 「희망希望」

조향은 『전후』에서 자신의 시학을 스스로 '데뻬이즈망'의 미학이라고
칭하며 다음과 같이 설명한다.

아무런 현실적인, 일상적인 의미면意味面의 연관성이 전연 없는, 동떨어진
사물끼리가 서슴없이 한 자리에 모여 있다. 이와 같이 사물의 존재의 현실적
인, 합리적 관계를 박탈剝奪해버리고, 새로운 창조적인 관계를 맺아 주는 것을
'데뻬이즈망depaysement'이라고 한다. 그 움직씨動詞, 動詞 '데뻬이제depayser'
는 「나라」혹은 「환경」·「습관」을 바꾼다는 뜻이다.[40]

의미의 세계를 포기한 현대시, 19세기적인 유동하는 시에 있어서의 시간
성이 산산이 끊어져 버리고, 돌발적인 신기한 '이마쥬'들이 단층을 이루고 있

40  조향, 「〈데뻬이즈망〉의 미학」, 『전후』, 417쪽.

는 현대시에서, 우리는 무엇을 찾아야 하는가? 그것은 의미도 음악도 아니고, 순수한 '이마쥬'를 읽으면 그만이다.[41]

조향의 시도는 프랑스의 초현실주의와의 관계 속에서 충분히 이해가 가능하다.[42] 이때 관건은, 인습적 인과성을 삭제한 자리에 새로운 이미지가 들어서면서 "새로운 창조적인 관계"를 맺느냐 그렇지 못하느냐가 될 것이다. 인용된 「바다의 층계」에서 우리는 충분히 "데뻬이즈망의 시학"을 확인할 수 있다.[43] 아코디온 연주가 끝이 나고 누군가 "여보세요!" 하고 부른다. 그러자 누군가 "왜 그러십니까?" 하고 대답한다. 이것이 사건의 전말이다. 연주가 끝나고 누군가[44]의 부름에 또 다른 누군가가 응답하는 것이 이 시 안에서 진행되는 사건의 전부이고 나머지는 그 사건이 진행되는 공간을 구성하는 오브제objet[45]들의 병치로 채워진다. 조향이 여기서 강조하는 것은 이질적인 것들의 결합인데 특히 "디젤 엔진"과 "들국화'의 결합과 같이 거리가 먼 것들이 병치될 때 "'이마쥬'의 효과는 크다"[46]고 스스로 강조한다. 음악이 흐르는 공간에 기계적인 현대성과 자연이 주는 애상이 공존하면서 만드는 분위기를 가장 효과적으로 제시할 수 있기 때문일 것이다. 후반 3연 역시 사실적 묘사나 진술대신 기계적인 것과 자연적인 것의 극적인 대비를 위해 요청된 이미지들을 통해 구성된 것이다.

41 조향, 앞의 글, 418쪽.
42 조향의 시학과 프랑스 초현실주의의 관계에 대해서는 송승환, 「조향시의 수사학–『한국전후문제시집』을 중심으로」, 『어문론집』 47, 2011.7 참조.
43 실제로『전후』에 실린 시작 노트에서 조향은 이 시를 데뻬이즈망의 시학에 입각해 자세히 설명하고 있다.
44 조향은 시작 노트에서 "소녀"라고 이를 지시한다.
45 이 역시 조향 자신의 표현이다.
46 조향, 앞의 글, 『전후』, 419쪽.

조향 스스로도 이를 두고 "대비에서 빚어지는 강렬한 '뽀에지'! 새로운 시적 공간 구성"[47]이라고 자찬自讚하고 있다. 물론 이 몽타쥬montage가 시를 정서의 자연스런 유출로 간주하는 태도에 균열을 가져오면서 새로운 효과를 발휘하는 것은 사실이다. 그러나 여기서의 몽타쥬가 현실을 탈구축하면서 이미지 사이의 긴장을 통해 새로운 의미로 나아가는 데에까지 이르렀다고 말하기는 무리가 있다. "돌발적인 신기한 '이마쥬'들"의 "단층"이 "순수한 '이마쥬'"를 구성하면서 효과를 발휘하고는 있지만 이중체제를 통해 의미의 간극이 드러나고 긴장을 통해 새로운 단계의 의미로 나아갔다고 말하기는 어렵기 때문이다. 그리고 "순수한 '이마쥬'"의 효과를 강조하는 조향의 의도 역시 그런 쪽에 있다고 말하기는 어렵다. 말하자면, 앞서 인용한 디디-위베르만의 표현을 다시 사용하자면, "베일의 갈라진 틈과 함께 베일을 동시에 동요시키는 그 변증법적 왕복운동"[48]에 이르는 몽타쥬라고 하기는 어렵다는 것이다. 이미지의 이중체제가 현실과 가상의 양안兩岸을 동시에 드러내며 새로운 지향점으로 이미지를 이끄는 것인 반면 조향의 것은 가상의 왕국 속에 새로운 이미지 구성물을 접안시키는 데 주력하고 있기 때문이다. 그런 면에서 보자면 이미지 자체는 「바다의 층계」보다 현란하지 않지만 오히려 이미지 사이의 간극과 긴장을 통해 이미지의 이중체제를 잘 드러내는 것이 앞에 함께 인용된 전봉건의 시라고 할 수 있다.

전봉건의 「희망」의 문면은 파악이 어렵지 않다. 조향의 「바다의 층계」에서처럼 낯선 것들의 병치로 구성된 시도 아니고 그렇다고 자연에 기대

---

47 조향, 앞의 글, 419쪽.
48 조르주 디디-위베르만, 앞의 책, 126쪽.

어 감상을 나열한 시도 아니다. 비교적 단정한 진술들로 이루어져 있지만 시에 제시된 이미지들이 마지막까지 하나의 상징으로 상승하지 않고 의미의 폭을 넓히고 있다. 이미지의 근원과 목적지라는 양안兩岸이 동시에 드러나 있으며 그것이 간단하게 통합되지 않고 의미의 긴장을 형성하고 있다는 것이다. 시의 표면에서 대비되는 것은 "진주眞珠처럼 아롱지며 / 트이어 오는", "태양太陽이 웃으며 내려오는", 그리고 어지러운 세상사를 전하는 대신 "신문新聞이 음악音樂처럼" 흐르는 "어느 아름다운 날"과 '오늘' "여기"의 현실이다. 1연에서 "어느 아름다운 날을 생각하는 것"으로 도입부터 고조된 어조는 4연의 "여기"에서 극적으로 단속된다. 시의 전반부는 3연의, "어느 아름다운 날"의 실정성들을 구체화하는 이미지의 열거에 의한 리듬과 2연의 "꽃과 사과" 이미지의 명료함에 의해 한껏 고양된다. 특히 "꽃과 사과"는 『전후』에 수록된 전체 시편들 속에서 관습화의 맥락을 부여할 수 있을 정도로 특별하게 반복되는 이미지들이다. 지면관계 상 여기서 자세히 다룰 수는 없지만 만약 전후 한국 현대시의 도상해석학을 시도할 수 있다면 그 도상의 목록에 반드시 포함될 수밖에 없는 것이 꽃과 사과이다. 다만 여기서는 이 이미지가 1차적으로는 실물의 물리적 속성으로부터 자연스럽게 도출된 것natural이고 2차적으로는 당대의 많은 시에서 관습적conventional으로 사용되던 것임을 고려할 필요가 있다.[49] 대개 그것은 훼손되지 않은 순수성이나 생명과 결부된다. 여기서도 이 이미지는

---

49 "자연적(natural)"이라는 말과 "관습적(conventional)"이라는 말은 에르빈 파노프스키의 도상해석학을 염두에 두고 사용한 것이다. 파노프스키는 도상해석의 3단계를 통해 1차적으로는 자연적 의미가, 2차적으로는 관습적 의미가, 그리고 최종적으로는 본원적(intrinsic) 의미가 드러난다고 설명한다. (이에 대해서는 에르빈 파노프스키, 임산 역, 『시각예술의 의미』, 한길사, 2013, 참조) 만약 해방 이후부터 1960년대 초반까지의 한국시에 이런 방법을 적용해볼 수 있다면 반드시 다뤄져야 할 이미지가 바로 "꽃"과 "사과" 이미지일 것이다.

"어느 아름다운 날"을 구체화하는 이미지로 기능하고 있다.

한편, 전반부의 고양된 어조는 4연의 "여기"를 기점으로 차분하게 정돈된다. "어느"와 직접 대비되는 시어인 "여기"로 시작되는 4연은 현재의 상황과 조건을 보여준다. "노래를 잃고", "무수히 검은 탄흔彈痕"마다 "노래가 / 사라져 간 나무"는 전쟁 직후의 현실을 선명한 이미지로 벼려낸 것이다. 여기서 전쟁 직후의 시간은 3연의 이미지들과 대비되며 "나무와 나무 사이에 / 눈이 깔린 밤"으로 제시된다. 그리고 이와 같은 대비 양상은 마지막 연에서 발화 주체의 실존적 상황을 극적으로 드러낸다. 자세히 들여다보면 마지막 구문에 발화 주체와 재귀적 대상이 동시에 등장한다는 것을 알 수 있다. 구문론상 '내가 나의 눈시울에 아스라이 서 있는 까닭이다'라는 문장이 되기 때문이다. 그리고 이는 상황을 조금 더 극적으로 구성해 보여준다. "구름과 / 지구地球 / 인간人間이 그리운" '나'는 시의 전반부에서처럼 "어느 아름다운 날을 생각하는" '나'일 것이다. 그러나 그런 '나'를 바라보는 "여기"의 '나'의 시계視界는 "전쟁戰爭"의 상흔으로 흐려져 있다. 마지막 연에서 새로운 날을 희망하는 '나'와 그런 '나'를 흐린 눈으로 바라보는 '나'의 이미지는 쉽게 통합되지 않고 오히려 간극을 시각화한다. 바로 그 간극의 전경화에 이 시의 비밀이 있다. 단지 초라한 현재와 밝은 미래의 대비라는 단순한 의미구조로 이 시 전체가 환원되는 것을 계속 지연시키면서 간극에서 의미의 망을 넓혀가는 일을 이 이미지의 이중체제가 수행하고 있는 것이다. 그리고 그것은 이 시에 새로운 두께를 만들어놓고 있다.

## 5. 나가며

서두에 언급했듯이 『한국전후문제시집』은 해방 이후부터 1960년대 초반까지의 한국시의 편폭과 수준을 광범위하게 보여주는 '앤쏠로지'라고 할 수 있다. 주요 시인들이 자선한 대표작이 수록되어 있고 상당수의 시인들이 「시작 노트」를 통해 자신의 시학을 직접 설명하는 글을 싣고 있다는 점에서도 그렇다. 그럼에도 불구하고 『전후』에 대한 연구는 아직 본격적으로 진행되고 있다고 말하기 어렵다. 수록된 작품이 방대해서 전체의 면모를 파악하기가 쉽지 않기 때문이다. 그럼에도 불구하고 1960년대 초반까지의 한국시를 이해하기 위해서는 『전후』에 대한 세심한 독서와 연구가 필수적으로 요청된다. 일례로, 전후 시단의 흐름을 전통서정시 계열과 모더니즘 계열의 대비로 파악하는 관점이 여전히 유효한지에 대해서도 『전후』 수록 시편에 대한 면밀한 독서를 통해 실증적 검증이 요청된다. 소재나 주제를 중심으로 시세계를 대별하거나 발화 방식에 입각해 전통과 실험을 양분하는 것과는 다른 방식의 접근이 필요한 까닭이 바로 그것이다. 이 글은 시적 정동을 이미지의 체제라는 관점에서 파악해보려는 시도의 일환이다. 이렇게 접근할 때 지금까지의 통상적 분류와는 다른 방식의 지형도가 그려질 수 있음을 단적인 예를 통해 살펴보았다. 수록 시편의 방대함 때문에 한 번에 이 문제에 대한 결론을 내릴 수는 없는 형편이다. 이에 관해서는 차후 과제로 남겨두어야 할 것이다.

# 참고문헌

**기본자료**

『한국전후문제시집』, 신구문화사, 1961.

**단행본**

에르빈 파노프스키, 임산 역, 『시각예술의 의미』, 한길사, 2013.

조르주 디디-위베르만, 김홍기 역, 『반딧불의 잔존-이미지의 정치학』, 길, 2012.

_____, 오윤성 역, 『모든 것을 무릅쓴 이미지들』, 레베카, 2017.

질 들뢰즈 외, 서창현 역, 「정동이란 무엇인가?」, 『비물질노동과 다중』, 갈무리, 2005.

W. J. T.미첼, 김전유경 역, 『그림은 무엇을 원하는가?-이미지의 삶과 사랑』, 그린비, 2010.

**논문**

김양희, 「전후 신진시인들의 언어인식과 '새로운 시'의 가능성」, 『인문연구』 72호, 2014.12.

이명찬, 「1960년대 시단과 『한국전후문제시집』」, 『독서연구』 제26호, 2011.12.

박연희, 「1950년대 후반 시단의 재편과 현대시 개념의 논리-한국시인협회(1957~1962)를 중심으로」, 『현대문학의 연구』 43, 2011.2.

송승환, 「전봉건과 김종삼 시의 수사학-『한국전후문제시집』을 중심으로」, 『우리문학연구』 32집, 2011.2.

_____, 「조향 시의 수사학」, 『어문론집』 47집, 2011.7.

조강석, 「시 이미지 연구방법론」, 『한국시학연구』 42권, 2015.4.

_____, 「'정동'에 대한 생산적 논의를 위하여」, 『현대시학』, 2016.5.

# 황동규 초기 시 내부 공간 변모에 대한 시선

1970년대 『문학과지성』의 세대 에꼴을 중심으로

김태형

## 1. 들어가며

문예지 『문학文學과지성知性』이후 『문지』가 황동규의 작품을 최초로 수록한 때는 1971년 여름[1]이었다. 같은 호에 게재된 비평에서는 그를 "새로운 헬라클레스의 출현을 기다려 마지않은 우리"[2]가 관심을 가진 시인으로 소개하였다. 이후 황동규는 『문지』가 군사정권의 압력으로 폐간되기 전까지 시 18편[4·11·14·20·31·39호], 평론 및 서평 4편[16·18·22·27호], 논문 2편[34·36호] 등을 기재하였다.

---

[1] 황동규, 「아이오와 詩篇(시편)」, 『文學과 知性(문학과 지성)』(이후 『문지』로 표기) 4, 일조각, 1971년 여름호, 369쪽. 황동규는 『문지』에 「아이오와 詩篇(시편)」(1971년 여름호. 해당 작품은 『平均率(평균율)』에 「아이오와 日記(일기)」 1, 「아이오와 日記(일기)」 2로 나뉘어 게재되었다), 「성긴 눈」 외 2편(1973년 봄호), 「들불」 외 8편(1973년 겨울호), 「서로 베기」 외 1편(1975년 여름호), 「나는 바퀴를 보면 굴리고 싶어진다」 외 3편(1978년 봄호), 「겨울의 빛」(1980년 봄호) 등 총 18편을 발표했다.

[2] 김용직, 「詩(시)의 變貌(변모)와 詩人(시인)」, 『문지』 4, 1971, 316쪽.

당대 한국 사회에 팽배했던 '반지성적 태도'를 비판하며 창간된 『문지』는 학문 전반만 아니라 문화, 사회, 정치 전반에 허무주의가 만연해 있음을 강변했다. '68문학' 동인을 주축으로 창간[3]된 『문지』는 당대를 '위기의 시대'로 규정해 기성세대가 낳은 '병폐'가 근대의 건강을 위협함을 비판했다. 이들은 "모순을 은폐하기 위한 어떠한 노력"[4]에도 협력하지 않겠다는 기조로 현 세태를 비판적으로 규명하였을 뿐 아니라, 기존 『창작과 비평』이후 『창비』과는 다른 미의식적 위상으로 구현된 대타의식을 발현[5]하였다. 그들은 기존 한국 사회의 성질을 정리하는 동시에 그 한계점을 밝히고, 대안을 제시하는 등의 방식으로 '위기의 시대' 극복을 꾀했다.

이렇듯 현시대를 향한 문제의식을 가지고 새로운 문학 자장으로서 구현된 『문지』가 "새로운 헬라클레스를 기다려 마지않"게 되는 것은 자연스러운 귀결이었다. 『문지』에 황동규에 대한 비평이 다수 존재함[6]은 황동규라

---

3　『문지』의 기성세대에 대한 투쟁은 『산문시대』-『사계』-『68』문학의 정신 실천을 위한 일종의 제도적 장치이기도 했다. 당대를 '위기의 시대'로 가정한 것은 당대인으로서 위기의식의 발로인 동시에 이전 세대에 대한 극복 의지이기도 했다(하상일, 「김현의 비평과 『문학과지성』의 형성과정」, 『비평문학』, 한국비평문학회, 2007, 247쪽 참고). 독립적인 문학 공간(『산문시대』, 『비평작업』, 『68문학』 등)들은 당시 신세대(4·19세대)가 기성세대와 구분되는 자신들의 의견 표출을 위해 필요로 했던 것이었다. 그러나 『문지』 이전의 시도들은 대다수 실패로 끝났는데, 이는 기성세대 권력장에 대한 도전이 단지 세대의식만으로는 완수되기 어려운 것임을 증명하는 사례라 할 수 있다(유창민, 「국문학―황동규 초기시에 나타난 방황하는 청년 표상」, 『새국어교육』 89, 2011, 721쪽 참고).

4　김병익·김치수·김현, 「창간호를 내면서」, 『문지』 1, 1970, 5쪽.

5　하상일은 『문지』의 창간에 대해 『창비』 진영이 대표하는 참여문학론의 억압적 태도와 주체성을 상실한 외래주의의 허무주의적 태도를 동시에 비판하는 움직임이었다고 설명한다(하상일, 앞의 글, 11쪽 참고). 이와 같은 태도는 후에 인용·분석할 『문지』 창간호 권두언에서 노골적으로 드러나고 있으므로 후에 자세히 다루기로 한다.

6　김용직, 앞의 글; 김종길, 「詩人(시인)과 現實(현실)과의 距離(거리)」, 『문지』 9, 1972; 이성부, 「個人(개인)의 克服(극복)」, 『문지』 14, 1973; 이가림, 「타락한 時代(시대)의 삶과 꿈」, 『문지』 35, 1979; 이경수, 「70년대 韓國詩(한국시)의 방향」, 『문지』 38, 1979.

는 시인이 그들의 '바람'과 부합하는 시인이었다는 증명이다. 그러나 이러한 정황에서 몇 가지의 의문점이 발생한다. 그중 하나는 그들이 기다렸던 헬라클레스, 새로운 '초인'은 왜 황동규였는가에 대한 질문이다.

위 질문에 대한 한 가지 가정은 『문지』가 황동규 시 공간의 급격한 확대와 확대 이후의 시선[7]에 주목했으리라는 것이다. 황동규는 첫 시집 『어떤 개인 날』1961에서 작품의 발원점을 "막막한 빈터"[8]로 설명했다. 『어떤 개인 날』부터 『비가』1965의 주체들은 시인 내면의 추상적 공간, 시인이 고백한 것과 같이 "막막한 빈터"에서 발견된다. 초기 황동규 작품『어떤 개인 날』, 『비가』에서는 대명사너, 친구, 우리, 자연물눈, 비, 계절 등 대상이 불명확하고 비극적인 시어가 사용되며, 추상적 공간빈집, 닫힌 창, 인적 없는 거리 속에서 방황하는 모습[9]을 보인다. 『문지』의 논자들은 『어떤 개인 날』, 『비가』에 대해 "개인의 문제를 미화"이성부한다는 등의 부정적인 반응을 보였다. 그러나 『평균율』에 이르러서 황동규가 시대적 비극을 "암호처럼" 전해 들으며 "자살도구"를 가진 주체를 그리는 등 시선이 현실로 확장되는 경향을 보이자, 평가가 일변하여 "현실의 현장"김병익으로 발걸음을 돌렸으며 보기 드문 "적

---

7  황동규와의 대담에서 하응백은 시인의 작품 활동을 「즐거운 편지」에서 「비가」 연작까지 제1기, 「태평가」부터 「계엄령 속의 눈」 등 1960년대 후반부터 1970년대까지 제2기, 「풍장」 연작을 발표한 1980년대가 제3기, 시집 『미시령 큰바람』(1993) 이후부터 제4기 등 총 네 시기로 구분했다. 이 글에서는 상술한 제1기와 제2기 사이에 유신이라는 역사적 변곡점이 있음을 확인하고, 이것을 두 시기의 전환점으로 전제하고자 한다(하응백, 「거듭남을 찾아서」, 『황동규 깊이 읽기』, 문학과지성사, 1998, 21쪽 참고).

8  황동규, 「후기」, 『어떤 개인 날』, 중앙문화사, 1961, 108쪽.

9  심재휘는 이 시기 황동규 작품 내부의 공간이 "비극적 내면을 어떻게 하면 여실히 보여줄 수 있는가에 그의 관심이 온통 기울어 있었다"고 설명한다. 이는 그의 작품 내부 공간이 공간 그 자체에 의미가 있는 것이 아니라 운명에 대한 의지를 추상적 공간으로 각색한 것에 불과했기 때문이다(심재휘, 「황동규 초기 시에 나타나는 '집'의 상상력」, 『우리어문연구』 42, 우리어문학회, 2012, 249쪽 참고).

절한 현실 인식"김현을 갖추게 되었다는 등의 평을 받았다.

황동규의 시에 당대 담론이 심도 있게 반영되었다는 것 역시 『문지』가 주목한 이유로 생각해 볼 수 있다. '문학과지성' 에꼴은 기성세대와의 격차를 줄이기 위해 그들 자신의 문학적 시선과 기성 문화에 대한 분석·비판을 무기로 삼았다. 그러나 단지 이론적 논의만으로는 완전한 '대안'을 제시할 수 없었으며, '위기의 시대'를 살아내던 작가들의 실제 작품과 분석이 필요했다. 이때 "60년대 방황하는 청년"[10] 주체로서 "개인적 차원에서 사회 역사적인 차원"[11]으로의 시 공간 범주 확대를 꾀하던 황동규는 『문지』가 논의하기에 상황적으로 알맞은 시인이었을 것으로 보인다.

또, 『문지』는 기존의 '한국적인 것'이 무엇인지 자문하고, 이러한 틀 속에 한국문학이 한정될 수 없음을 제언하였다. 또 기존 문화가 가진 선험적 패배주의와 샤머니즘을 "비지성적 태도"로 규정하고, 이를 타파하기 위한 수단으로서 "지성"이 필요함을 주장했다. 앞서 언급한 바 있듯 『문지』에 수록된 황동규의 첫 작품은 「아이오와 시편詩篇」으로, 황동규가 미국에 체류하던 1970년에 쓰인 시였다. 이는 일종의 "외국에 나간 한국 지식인의 시적 고백"[12]으로, 지식인의 비판적인 현실인식이라고 이해되었다. 즉, 지

---

10 유창민, 앞의 글, 724쪽.

11 이성천, 「한국 현대시의 존재론적 의미 고찰―황동규의 초기 시세계를 중심으로」, 『비평문화연구』 10, 2006, 88쪽; 이성천은 『태평가』, 『열하일기』, 『나는 바퀴를 보면 굴리고 싶다』 등의 발표 시기를 황동규 시세계의 제2기로 규정하고, 당시 황동규가 "풍자와 알레고리 기법을 통해 1970년대의 억압적 현실을 적극적으로 묘사"하였음을 설명했다. 이는 현실에 대한 황동규의 "사실적 삶의 해석"이며, 억압적 현실에 맞서 시인 스스로에게 "존재론적 의미"를 부여하려는 몸부림으로 해석된다. (이성천, 「황동규 초기시에 나타난 불안의 정체」, 『어문연구』 33, 한국어문교육연구회, 2005, 312쪽 참고)

12 박연희는 『문지』가 스스로에게 부여한 역사적 과제가 "1960년대 순수 / 참여문학의 대립을 지양"하는 데 있었다고 설명하는 동시에, 그들이 적대했던 '병폐'에 대처하기 위한 무기가 바로 "지성"이었음을 밝혔다. (박연희, 「신경림과 황동규, 1970년대 민중시의 시차―『창

식인이지만 한국의 "선험적 패배주의", "샤머니즘"에 물들지 않은 존재로서 황동규는 『문지』가 바라던 '지성'의 한 종류였다.

한편 매체를 갖는다는 것은 에꼴에 있어 스스로의 자장을 형성하기 위한 전제 조건이다. 문학 자장의 형성은 곧 "새로운 공간의 의미와 구조를 형성해 나가려는 노력"[13]이다. 전술하였듯 전후세대와의 구분을 통해 스스로 문학 공간을 구성[14]하려던 그들에게 비판적 시선으로 시대를 '목격'하는 황동규는 담론 형성을 위해 필요불가결한 인물이었을 것이다. '문학과지성' 에꼴이 병폐 척결을 위해 "한국 현실의 투철한 인식"을 내세운 이상, 사회적 비극을 객관적인 눈으로 관찰[15]하는 황동규를 호명한 것은 합당한 선택이었다.

이 글은 『어떤 개인 날』에서 『평균율』 2까지의 황동규 초기 시 공간의 변모와 창간 당시 『문지』의 현실 인식에 방향적·사상적 유사점이 있음을 전제한다. 이러한 전제 아래 제2장에서는 『문지』가 독립적 문학 자장을 이룩하고자 시도한 정황과 '병폐 척결'을 위해 선택한 전략 등을 분석한다. 이는 『문지』의 당대 기성세대의 "지배적 코드에 대한 전복이나 도전"[16] 시도를 밝히는 작업이 될 것이다. 나아가, 해당 작업을 밑바탕으로

---

비시선』(1975), 『문지시인선』(1978)을 중심으로」, 『현대문학의 연구』 60, 2016, 410쪽 참고)

13 김승현·이준복·김병욱, 「공간, 미디어 및 권력-새로운 이론틀을 위한 시론」, 『커뮤니케이션 이론』 3, 한국언론학회, 2007, 86쪽.

14 "각각의 계급은 자신들의 이해관계를 반영할 수 있는 공간 구조와 질서를 만들기 위해 끊임없는 투쟁과 실천을 벌여나가게 된다."(위의 글, 88쪽)

15 심재휘는 황동규의 시세계 확장을 "객관적인 눈"을 통한 세계 탐구의 욕망에서 발로하는 것으로 보았다. 자세한 내용은 제2장에서 후술하고자 한다. (심재휘, 「황동규 초기 시에 나타난 공간과 장소」, 『우리어문연구』 39, 우리어문학회, 2001, 459쪽 참고)

16 박세훈은 공간 실천을 통해 '공간의 재현'과 '재현의 공간'이라는 두 층위 사이의 관계가 형성됨을 설명했다. 이 "모순되고 긴장된 관계"는 곧 사회의 지배적 코드에 대한 전복, 혹은

'비지성적' 세태에 맞서 『문지』가 구축한 시인이자 '지성인'으로서의 황동규론을 설명하고자 한다. 제3장에서는 앞서 정리한 황동규론에 입각하여 두 시기『어떤 개인 날』~『비가』, 『평균율』1·2로 분류한 초기 황동규 시 작품의 내부 공간[17]을 분석하고자 한다. 그리하여 이 글은『문지』라는 문학 자장 내부에서 구축된 황동규론을 확인하고, 이를 바탕으로 황동규 시 공간을 이해하는 데에 목적을 둔다.

## 2. 『문학과지성』이 기획한 1970년대 문학 지형

### 1) 『문학과지성』의 대안의식

전술한 것과 같이 『문지』는 자신들이 위치한 시기를 '위기의 시대'로 규정했다. 그들은 전후 허무주의를 극복하고 독립성과 정체성을 쟁취하려 했으며, 이를 위해 세대론적 전략을 택했다. 『문지』의 창간이나 문학에꼴 형성 역시 이러한 전략에 따른 결과로 보인다.

> 정신의 샤머니즘은 심리적 패배주의와 밀접한 관련을 맺고 있다. 그것은 현실을 객관적으로 정확히 파악하여 그것의 분석을 토대로 어떠한 결론을 도출해내는 것을 방해하는 모든 것을 말한다. (…중략…) 현재를 살고 있는 한

---

도전의 시작점이 된다. (김승현·이준복·김병욱, 앞의 글, 91쪽 참고)

17 이 글의 제2장에서는 르페브르가 주장한 '사회적 공간' 개념을 바탕으로 『문지』가 기성세대에 맞서 형성한 문학 자장을 분석하기 위해 '공간'이라는 단어를 사용하고 있다. 하지만 제3장에서 사용하는 '공간' 개념은 황동규 작품에 등장하는 시적 공간을 의미하는 것으로, 앞 장의 공간과는 구분되는 의미를 지님을 미리 밝힌다.

국인으로서 우리는 이러한 병폐를 제거하여 객관적으로 세계 속의 한국을 바라볼 수 있는 여건이 형성되기를 희망한다. (…중략…) 우리는 정신을 안일하게 하는 모든 힘에 대하여 성실하게 저항해나갈 것을 밝힌다.

「창간호를 내면서」 부분[18]

인용한 글은 "심리적 패배주의"의 원인을 "한국 현실의 후진성"과 "분단"에서 비롯한 "허무주의"로 지적하고 있다. 패배주의는 한국인에게 "억압체"로 작용하고 있으며, 문화·사회·정치 전반에 걸친 "병폐"라는 것이다. 『문지』 편집자들은 "성실하게 저항"하기 위한 수단으로 ① 외국 인간 정신 확대의 여러 징후를 소개하고 ② 한국의 제반 분야에 대한 탐구의 결과를 주시하는 두 가지 방안을 제시했으며, 이것은 곧 "필자 여러분과 '함께' 다시 반성"하는 수단이었다. 권두언에서 제언된 저항의식은 곧 『문지』 구성원 자체의 에꼴 형성 의지와 기존 세대에 대한 대타의식이었다.

『문지』의 논자들은 "위기의 시대"의 원인을 기존 한국 사회에서 찾았다. 한국사회의 후진성과 전후 허무주의를 모두 그들 이전 세대가 낳은 성질로 여겼던 것이다. 그리하여 기존의 '적폐성'을 배격하기 위해 활용된 것은 "외국에서의 징후"와 "한국 제반 분야 탐구"였다. 『문지』 창간호의 권두언과 비평[19]은 전후 세대에 대한 그들의 도전 의지[20]를 분명하게 드러내고 있다.

『문지』 창간호에 게재된 비평·논문은 이전 세대 문화의 성질을 정리하고 그 한계점을 밝히려는 시도였다. 김현승·김병익·김치수·김철준·하

---

18 김병익·김치수·김현, 앞의 글, 3쪽.
19 〈표 1〉 문지 창간호의 권두언과 비평.

길종은 각각 시, 소설, 사학, 영화 등에서 문화적 창작물이나 연구 기록을 통해 기존의 지식을 분석하고 그 한계점을 지적했을 뿐 아니라 해결 방안이나 이후 전망을 제시·예견했다. 한편 「한국韓國의 지성풍토知性風土」노재봉의 경우에는 국내에서 '지성'을 바라보는 태도를 분석하며 "일상시대日常時代에 있어서의 지성知性의 성격과 풍토"가 참담한 현실을 꼬집었고, 김윤식 역시 "새로운 비평"을 설명하는 글을 수록하였다. 이러한 비평들은 단순히 새로운 시각을 제안하는 것에서 그치는 것이 아니라, 궁극적으로 전후 세대가 구축했던 기존 문학관·문화관을 부정하고자 하는 시도였다.

공간이 "어떤 측면에서, 어떤 방식으로, 누구에 의해, 누구를 위하여 전유 되어 왔는가에 따라 다른 구조를 가지게 된다"[21]는 르페브르의 주장에

〈표 1〉 문지 창간호의 권두언과 비평

| 분류 | 제목 | 필자 |
|------|------|------|
| 권두언 | 창간호를 내면서 | 김병익 외 2명 |
| 비평 | 60年代(시대) 詩(시)의 方向(방향)과 限界(한계) | 김현승 |
| | 政治(정치)와 小說(소설) | 김병익 |
| | 韓國小說(한국소설)의 可能性(가능성) | 김현 |
| | 風俗(풍속)의 변천 | 김치수 |
| | 韓國(한국)의 知性風土(지성풍토) | 노재봉 |
| | 韓國史學(한국사학)의 諸問題(제문제) | 김철준 |
| | 映畫(영화) 미디엄의 변화 | 하길종 |
| | 作家(작가)와 知識人(지식인) | 롤랑 바르트 |
| | 批評(비평)·意識(의식)의 문제·天賦(천부)·修練(수련) | 김윤식 |
| | 時代區分(시대구분)의 問題點(문제점) | 최창규 |

* 논문 내용과 무관한 시·소설 목록 생략

20 하상일은 『문지』 형성의 핵심 인물인 김현이 「한국비평의 가능성」에서 "전후세대(1955년 대) 비평가"와 "4·19세대(1965년대) 비평가"로 구분하고 있음을 지적했다. 이는 이전 세대와의 분명한 차별을 위한 "세대론적 비평전략"으로, 『문지』가 문학장을 설정함에 있어 "문학의 존재성"을 주요한 강조점으로 삼은 원인이기도 했다. (하상일, 앞의 글, 255~257 쪽 참고)

바탕을 둔다면, 『문지』의 창간 및 이후의 행보들은 기존 문화 담론에 대항하기 위한 전유 공간 형성 시도로 이해할 수 있다. 외국의 비평을 번역·소개[22]한 것 역시 표면적으로는 "인간 정신의 확대의 여러 징후"를 제시하기 위함이었다. 하지만 '공간 전유'의 시선에서 보았을 때 번역 비평 수록은 외부의 철학적·문학적 권위를 차용하여 문학의 도구화 비판 담론을 생산한 것으로 보인다.

① 한국 현실의 모순을 은폐하기 위한 어떠한 노력에도 휩쓸려 들어가지

---

21 앙리 르페브르, 양영란 역, 『공간의 생산』, 에코리브르, 2011, 259쪽.
22 총 42호를 간행하는 동안 『문지』가 번역·소개한 외국 비평은 총 14편이었다. 시기적으로 창간 초기(1970~1973)에는 번역 편수가 비교적 많고 기존 지식에 대한 변혁을 꾀하는 내용이 많았던 반면 중기·후기로 갈수록 절대량이 줄고 문학의 사회성이나 이론을 다루는 비평이 많아졌음을 확인할 수 있다.

〈표 2〉 문지에 번역·소개된 외국 비평 목록

| 제목 | 게재년 | 필자 | 역자 |
|---|---|---|---|
| 작가와 지식인 | 1970 | 롤랑 바르트 | 김현 |
| 권위의 몰락 | 1970 | 로버트 니스켓 | 김병익 |
| 일본소설과 정치 | 1971 | E. 사이덴스티커 | 유종호 |
| 리얼리즘의 개념 | 1971 | 리하르트 브링크만 | 김주연 |
| 앙가쥬망 | 1972 | T.W.아도르노 | 김주연 |
| 촘스키의 언어학 혁명 | 1972 | 존 서얼 | 김병익 |
| 역사에 대한 변명 | 1973 | 바르크 블로크 | 김치수 |
| 근대일본의 변혁의 의식 | 1973 | 하가도우루 | 정명환 |
| 육신의 눈, 영기의 눈 | 1974 | 테오도르 로자크 | 장두성 |
| 문학은 무엇을 할 수 있는가 | 1975 | 장 리까르두 | 김현 |
| 구조시학(I) | 1976 | 츠베탕 토도로브 | 곽광수 |
| 구조시학(II) | 1977 | 츠베탕 토도로브 | 곽광수 |
| 소설의 독서 | 1977 | 미셸 제라파 | 이동열 |
| 시와 사회에 대한 강연 | 1978 | T.W.아도르노 | 김주연 |

아니할 것이다.

②한국적이라고 알려져 온 것에서 벗어나려는 노력, 보편적 인식의 가능성을 추구하는 노력마저도 포함해야 한다는 것을 확신

③비평의 대상이 될 만한 모든 글을 자세히 객관적으로 조사 분석하기 위하여, 우리는 문제가 될 만한 글을 전문 재수록한다.

「창간호를 내면서」 부분[23]

①은 『문지』의 당대 인식을 나타낸다. "휩쓸려 들어가지 아니할 것"이라는 단순한 의지 표명으로 보이지만 실상 그들이 인식한 "한국 현실의 모순"과 이를 은폐하려는 노력은 누구의 혐의인가에 대한 비판으로 이해된다. ②는 은폐의 혐의자를 특정하고 있다. 즉 『문지』는 과거부터 "한국적이라고 알려져 온" 요소를 만든 존재가 기성의 문화 권력 집단임을 지적한 것이다. ③은 기존 논의를 자신들의 문학 자장 속으로 가져와 재해석하기 위한 시도라 할 것이다. 김현[24]의 당대 한국 문화 풍토를 "개방되어 있으면서 폐쇄된" 호수에 비견하여 "자칫하면 썩을 염려"가 있다는 경고, 김주연[25]의 "문학사 재집필"의 필요성 천명 등이 이러한 당위에서 발로하였다.

정리하자면, 『문지』 창간은 '문학과지성' 에꼴 자신들의 문학적 공간 형

---

23 김병익·김치수·김현, 앞의 글, 3~4쪽.
24 김현, 「한 외국 문학도의 고백」, 『상상력과 인간 / 시인을 찾아서』, 문학과지성사, 1991, 22쪽; 김현은 이전 세대의 비평가들을 비판하는 논리로 그들이 "새것 콤플렉스의 범주를 못 벗어"났다는 정황을 제시했다. 이러한 상황에서 한국의 현실은 외국의 현실에 대비하여 몇십 년 뒤떨어져 있게 된다는 것이다(김현, 「한국문학의 가능성」, 『한국문학의 가능성-문지의 논리 1975~2015』, 문학과지성사, 2015, 25쪽 참고).
25 김주연, 「문학사와 문학비평」, 『한국문학의 가능성-문지의 논리 1975~2015』, 문학과지성사, 2015, 50쪽.

성을 위함이었던 것이라 해야 할 것이다. 이들이 배격하고자 한 "병폐"는 결국 허무주의에서 비롯하였으며, 이는 곧 전후세대의 소산으로 이 같은 사상에 동조하는 논리에서 "벗어나려는 노력"이 그들 '대안의식'의 배경이었다.

『문지』의 창간 기조는 '위기의 시대' 분석·극복을 전면에 내세우고, 이를 바탕으로 새로운 문학장을 형성하고자 함이었다. 이들은 외국의 징후를 소개하고, 한국 논단 현실 비판과 대안 제시를 이른바 '저항'의 방식으로 활용하였다. 그러나 문학 공간과 문학적 시선의 제시만으로는 기존 문화 담론에 대한 완전한 '대안'이 될 수 없었다. 『문지』의 담론 생산을 위해서는 동시대를 살아가는 작가들의 실제의 작품이 필요했던 것이다.

김현승은 『문지』의 논의 대상이 될 수 있는 시인의 범주를 "등단 후登壇後 적어도 10년 내외內外를 경과한 1960년대年代 출신의 시인詩人"[26]이라 주장했다. 예를 들어 김종길의 논의는 황동규 외에도 마종기·김영태·정현종 등의 시인을 분석했으며, 이들을 새로운 전통을 개척한 "그들"로 정의하고 있다. 이 네 명의 시인이 각각 1958, 1959, 1959, 1965년에 등단했다는 사실, 그리고 1972년 당시 그들의 작품 활동이 1960년대 후반에 집중되어 있었다는 사실은 『문지』가 원했던 시인상이 무엇이었는지 알 수 있는 실마리가 된다.

창간 초기 『문지』에 수록된 시 비평을 분석하면 이러한 양상은 더욱 명확해진다. 1970년부터 1973년 동안 발간된 열두 호의 『문지』에 실린 시 비평은 총 17편이었으며, 해당 비평에서 분석한 시인은 총 32명이었다. 해당 시인들의 데뷔시기를 분석하면 해방 전부터 활동한 시인이 12명, 해

---

26 김현승, 「60年代(년대) 詩(시)의 方向(방향)과 限界(한계)—詩(시)의 生命力(생명력)」, 『문지』 1, 1970년 가을호, 9쪽.

방 이후부터 1950년대에 활동을 시작한 시인이 9명, 1960년대부터 등단해 활동한 시인이 11명으로 확인된다.[27] 세대를 균등하게 나누어 분석한

27

〈표 3〉 초창기 문지(1~14호)의 시 비평과 대상 시인 목록

| 권호 | 제목 | 대상 |
| --- | --- | --- |
| 1 | 「60年代(년대) 詩(시)의 方向(방향)과 限界(한계)」(김현승) | 김기림, 김광균, 이상, 김수영, 김춘수, 정현종, 이성부, 김준태, 조태일, 윤상규 |
| 2 | 「神話的 人物(신화적 인물)의 詩的 變容(시적 변용)」(김현) | 김춘수 |
| | 「詩(시)에 있어서의 感受性(감수성)」(정현종) | 박남수, 신동집, 박재삼, 김영태 |
| 3 | 「詩(시)의 本質(본질)과 機能(기능)」(박두진) | 한용운, 이장희, 김영랑, 이성부, 이승훈, 오규원, 김형영, 강은교 |
| 4 | 「詩(시)의 變貌(변모)와 詩人(시인)」(김용직) | 황동규 |
| 5 | 「鄕愁(향수)의 美學(미학)」(김종길) | 박목월 |
| 6 | 「詩(시)의 希望(희망)과 背叛(배반)」(정현종) | 이승훈, 이상, 박의상 |
| 7 | 「詩的 變容(시적 변용)과 그 意味(의미)」(오규원) | 송욱, 고은 |
| 8 | 「徐廷柱(서정주)의 詩的 旅程(시적 여정)」(김인환) | 서정주 |
| 9 | 「時人(시인)과 現實(현실)과의 距離(거리)」(김종길) | 마종기, 황동규, 김영태, 정현종 |
| | 「自己擴散(자기확산)과 自己集中(자기집중)」(이승훈) | 이성부 |
| 10 | 「信仰(신앙)과 現實認識(현실인식)」(박철희) | 박두진 |
| 11 | 「藝術的(예술적) 행복과 道德的(도덕적) 고통」(정현종) | 김상옥, 오규원 |
| 12 | 「宋稶(송욱)의 自然(자연)과 人間(인간)」(홍기창) | 송욱 |
| | 「리리시즘의 擴充(확충)」(송재영) | 박목월 |
| 13 | 「새로운 세계의 발견과 상투성」(김종철) | 신경림 |
| 14 | 「個人(개인)의 克服(극복)」(이성부) | 황동규, 권일송 |

것으로 보일 수 있지만 실상 세부적인 내용을 살피면 그렇지 않다는 사실
이 발견된다. 우선 김현승이 "등단 후 적어도 10년 내외"이며 "60년대 출
신"인 시인을 비평해야 할 것이라 주장[28]한 바 있으므로, 1960년대에 주
로 활동[29]한 1950년대 후반 데뷔 시인고은·김영태·권일송·마종기·황동규들을
"60年代 출신의 詩人"으로 분류해야 할 것이다.

또 「60년대年代 시詩의 방향方向과 한계限界」김현승, 「시詩의 본질本質과 기능機
能」박두진, 「예술적藝術的 행복과 도덕적道德的 고통」정현종 등의 논의는 해방 전
시인이 이룩한 시적 성취를 설명하고는 있으나 실상은 이들의 업적을 뿌
리 삼은 1960년대 활동 시인들의 성취를 중심 주제로 삼고 있다. 그러므
로 해당 논의에서 다룬 해방 전 시인 8명김기림·김광균·김상옥·김영랑·이상·이장희
·한용운은 비평의 주 대상이었다고 판단하기 어렵다. 정리하자면, 창간 초
『문지』에서 논의한 시인 중 1950년대 후반 데뷔 시인고은·김영태·권일송·마종
기·황동규을 1960년대에 주로 활동한 시인으로 분류하고 해방 전 시인 중
일부김기림·김광균·김영랑·이상·이장희·한용운를 논의의 주요 대상에서 제외해야
한다. 결국, 초기 『문지』가 비평한 시인은 32명이 아닌 24명이며, 그중
66%에 달하는 16명이 "1960년대 출신"으로 분류된다. 비평대상 24명 중
'1950년대 시인'이 불과 4명16%임을 고려한다면, 후자보다는 전자에 『문
지』의 관심이 기울었던 것은 확연한 사실이다.

『문지』가 실제 창작자를 필요로 함에 따라 '문학과지성' 에꼴은 그들의

---

28 하응백은 '60년대 시인'을 '4·19 세대'로 정의했으며, 이들을 첫 한글세대, 이성 중심의
　합리적 사고를 지녔던 첫 세대로 규정함을 밝혔다. (하응백, 앞의 글, 25쪽 참고)
29 이 글에서는 해당 시인들의 첫 시집이 발간된 년도를 기준으로 활동 기간을 분류했다. (고
　은, 『彼岸感性(피안감성)』, 경우출판사, 1960; 김영태, 『猶太人(유태인)이 사는 마을의 겨
　울』, 중앙문화사, 1965; 권일송, 『이 땅은 나를 술 마시게 한다』, 한빛사, 1966; 마종기,
　『조용한 凱旋(개선)』, 부민문화사, 1960; 황동규, 『어떤 개인 날』, 중앙문화사, 1961)

담론 형성을 위한 문학 지형을 구축하게 된 것으로 보인다. 이는 일종의 "새로운 공간 이용 행위"[30]로 공간적 실천spatial practices에 따라 발생한 것이다. 그 결과 『문지』의 문학 지형, 즉 전유 공간은 스스로의 담론을 생산하는 "공간의 시학 욕망의 공간"[31]으로 승화한 것이다.

## 3. 『문학과지성』의 '헬라클레스'

상술한 내용에서 알아볼 수 있듯 황동규에 대한 김용직의 논의는 초기 『문지』의 '실제 창작자'에 대한 필요에서 발로한 것으로 보인다. 그는 황동규를 "새로운 헬라클레스"로 명명하며 그 이유를 "우리 詩의 중흥"에 두었다.

> 작금昨今의 우리 예술藝術이 그 오랜 슬럼프에서 헤어나지 못하는 까닭을 (…중략…) 이 얼마 동안 우리 주변에서 지난날의 단원檀園, 혜원蕙園에 필적할 만한 예술가藝術家가 탄생되지 않았다는 데서 찾아져야 하지 않을까 믿는다. (…중략…) 우리 주변에서 참되게 우리 詩의 중흥을 바라는 모든 사람들이 한결같이 또 한 번 초인超人의 출현이 있기를 바라는 이유가 그런 데 있다. (…중략…) 새로운 헬라클레스의 출현을 기다려 마지않은 우리에게 적지 않게 관심의 대상이 된 이름 가운데 하나가 황동규黃東奎다.
>
> 「詩의 변모變貌와 시인詩人」 부분강조 - 인용자(이하 생략)[32]

---

30 박시영, 「공공영역의 추상 공간화에 관한 연구-앙리 르페브르의 공간 생산론을 중심으로」, 서울대 박사논문, 2014, 16쪽.
31 김승현·이준복·김병욱, 앞의 글, 98쪽.
32 김용직, 앞의 글, 316쪽.

해당 논의가 황동규를 새로운 초인으로 내세우는 데에는 한국 예술의 "그 오랜 슬럼프"가 전제되어 있었다. 김용직이 해당 텍스트에서 주요하게 다루고 있는 것은 시 공간의 변모 양상이다. 『비가』에서 보인 체험적 요소 저변의 확대는 다음 시집 『평균율(平均率)』에 확장, 계승되었다. 김용직은 시인이 『평균율』에 이르러 마침내 "관념의 구름"을 제거하였으며, "구체적인 사물을 통한 선명한 윤곽의 말"들을 활용하게 되었다고 평했다.

> 그들이 이미 이룩한 바는 종래의 한국시韓國詩의 수존水尊에 대한 도전으로 보기는 어려울지라도 상당한 정도로 한국시韓國詩에 새로운 감수성感受性, 새로운 의식意識 및 새로운 시적詩的 방법을 암시하고 새로운 전통을 개척한 것만은 의심할 여지가 없는 것 같다.
>
> 「시인詩人과 현실現實의 거리距離」 부분[33]

김종길의 분석 역시 김용직의 논의와 궤를 같이한다. 두 논자는 공통적으로 시인이 "새로운 전통"이 될 가능성이 있다고 주장하였다. 이는 『문지』에 앞서 분류한 '기존 지성에 대한 분석'과 '외부 징후의 소개' 외의 시선이 필요했다는 사실을 암시하고 있다. 그들 자신이 말했듯 "썩을 염려"가 가득한 한국문학 풍토 속에서, 1960년대 말미 "에딘버러"에서 "희극喜劇처럼 명확히 울"었다는 황동규의 고백「낙법(落法)」은 "본질적인 생의 응시"[34]로 비추어졌을 것이다. 시인이 먼 곳에서 체감 끝에 내어놓은 이 고

---

33 김종길, 앞의 글, 576쪽.
34 김현, 「한국 현대시에 대한 세 가지 질문」, 『상상력과 인간 / 시인을 찾아서』, 문학과지성사, 1991, 242쪽.

백은 갓 데뷔했던 황동규가 직면하던 "막막한 빈터"[35]가 에딘버러를 거쳐 "생살점 박힌 공간空間"[36]으로 확대되었음을 나타낸다.

① 1961년 『어떤 개인 날』 수록작

　　누가 나의 집을 가까이 한다면

　　아무것도 찾을 수 없으리

　　닫은 門문에 눈 그친 저녁 햇빛과

　　門문 밖에 긴 나무 하나 서 있을 뿐

　　　　　　　　　　　　　　　　　　「어떤 개인 날」 부분[37]

② 1971년 『문지』 수록작

　　가방에는 자살도구

　　혹은 아내의 편지

　　딸이 웃는 사진

　　아이오와江강엔

　　밤새 비가 내린다

　　커튼을 열면 보이지 않는다

　　트랜지스터에선 암호처럼

　　목소리가 들려온다

　　월남 중동 아니면 고국의 어디선가

---

**35** 황동규, 「후기」, 『어떤 개인 날』, 중앙문화사, 1961, 108쪽.
**36** 황동규, 「外地(외지)에서 · 5」, 『평균율』, 창우사, 1968, 125쪽.
**37** 황동규, 「어떤 개인 날」, 『어떤 개인 날』, 중앙문화사, 1961, 43쪽.

살아있다고

사람들이 운다

「아이오와 시편詩篇 – 일기日記 1」 부분<sup>38</sup>

초기 황동규가 형성했던 공간이 적잖이 내면적이고 폐쇄적이었음은 이전의 연구에서도 많이 다뤄졌던 바이다. "고독한 생에 대한 비극적인 긍정"<sup>39</sup>이라는 분석은 황동규 초기 시세계를 단적으로 나타낸다. ①의 "나의 집"은 어떤 발견의 공간일 수 없으며 오히려 "닫힌 門문"만을 가지고 있을 뿐이다. 이같은 폐쇄적 내면 공간 묘사는 ①만의 특질은 아니다. 첫 시집 『어떤 개인 날』 속에서 반복하여 등장하는 폐쇄적 공간, 예를 들어 "문 닫은 집"「얼음의 비밀(秘密)」, "닫힌 문 밖"「이것은 괴로움인가 기쁨인가」, "나를 떠나버릴 힘"「한밤으로」 등은 독자로 하여금 황동규 스스로 시세계의 원전을 "막막한 빈터"라 설명했던 이유를 깨닫게 한다.

반면 아이오와 강변에 "암호처럼" 들려오는 "목소리"는 곧 시인의 "고국"에 대한 소식이다. 먼 곳에 있는 고향의 '시대적 비극'은 황동규에게 있어 앎이지만 알지 못함으로 존재하고 있다. 같은 시기 황동규 작품에서 발견되는 거리감은 시대적 의미와 지정학적 의미 양측에서 외부 공간에 위치한 지식인으로서의 객관적 시선이다. 이는 시인의 가방 속에서 "자살 도구"가 발견되는 원인이며, 동시에 시인의 시선이 더 이상 내면 공간에만 기울어 있지 않다는 것을 의미한다.

---

38 황동규, 『문지』 4, 1971년 여름호, 369쪽.
39 심재휘, 앞의 글, 444쪽.

①그의 시詩를 위해 건강한 자세姿勢가 요구되었던 한 시인詩人이 그 선결
문제先決問題를 체험적 요소의 다변화多變化, 그 저변底邊 확대로 잡은 것은 아주
현명한 일이었다.

「시의 변모와 시인」[40]

②이것이 말하자면 시인詩人의 현실감각現實感覺이 방향지운 시적詩的 방법
이다. 그 결과는 W. H. 오든이 그의 한 작품의 제목題目으로 삼았던『심상풍
경心象風景』*Paysage moralisé*이다. 시어詩語도 중후하고 곱돌처럼 후끈히 달아 있
는 것과 같은 박력迫力이 있다.

「시인과 현실과의 거리」[41]

황동규 작품이 보이는 1960년대 초반과 후반의 확연한 차이는 이전 세
대 비평을 타자화하고자 했던『문지』논자들이 독자적인 비평을 전개하
는 데 있어 좋은 재제가 되었다. 초기『문지』에 수록된 황동규 비평은 시
인의 변모에 집중했으며, "체험적 요소"①, 혹은 "현실인식"②이 반영된 부
분에 대해서는 공통적으로 호평하였다. 특히 김용직은 시인의 시야가 외
부를 향하게 된 것에 대해 "아주 현명한 일", "완성의 층계를 올라서기 위"
한 일이라 평했다. 무엇보다 시선 확대에 대한 긍정적 태도가 단지 황동규
비평 내부에서만 통용되는 논리가 아니라는 사실은 당시『문지』의 다른
비평을 분석할 때에도 확인할 수 있다.

그 예시로 들 수 있는 것이 정현종의 논의[42]이다. 이 논의는 박남수·신

---

40 김용직, 앞의 글, 323쪽.
41 김종길, 앞의 글, 573쪽.

동집·박재삼·김영태 시집에 대한 서평이며 황동규에 대한 언급이 전혀 없다. 그러나 "일체의 내적, 외적 체험의 용광로"로서의 상상력, 더 나아가 이를 토양으로 삼아 피어나는 것이 시라는 것에 김용직·김종길과 의견을 같이하고 있다.

> 인간의 삶이란 곧 끊임없는 투쟁의 과정일 수밖에 없다. 자유와 진실을 은폐하려는 것들에 대하여, 인간성 옹호의 사명을 저해하는 요소들에 대하여, 모든 비생산적·퇴영적 속성들에 대하여, 쉴 사이 없이 도전하는 일, 이것이 곧 인간의 진보적 삶이며 그 삶을 증언하는 문학의 내용이 되는 것이다. (…중략…) 그들은 작품에 이 시대의 어두운 흔적을 찍고 있으며, **개인과 집단과의 거리를 좁히려는 노력**은 오히려 비장하기까지 하다.
>
> 「시인詩人의 극복克服」 부분[43]

"끊임없는 투쟁"이란 바로 황동규의 시를 가리키는 것이다. 이성부는 황동규의 초기시 「엽신(葉信)」, 「달밤」가 아름다우나 현실에 대한 저항의식 없이 안일한 작품이었으며, 「삼남三南에 내리는 눈」을 경계로 시인의 시선이 세계에 대한 것으로 확대되었음을 밝혔다. 현실적 고난을 직시한 시인은 "울고 있을 수만은 없"었으며, "울어서는 안 될 일"이었음을 깨닫고 "조그만 아우성들"「열하일기(熱河日記)·1」을 위한 "정신적 젖줄"을 발견했다. 이는 이 장 전체에서 다룬 『문지』의 '인정투쟁'과 직결되는 내용으로 볼 수 있다. 『문지』는 "한국 문화 전반에 대한 비평"을 그들 자신의 기조로 삼았다.

---

42 정현종, 「詩(시)에 있어서의 感受性(감수성)」, 『문지』 2, 1970년 겨울호, 373~384쪽.
43 이성부, 앞의 글, 820쪽.

이러한 비평적 자세를 견지하기 위해서 '문학과지성' 에꼴은 자신들 이전의 문학 집단이 한국 문화의 "병폐"에 대한 책임이 있다는 사실을 전제해야만 했다. 그로 인해 『문지』 창간호에서의 "정신을 안일하게 하는 모든 힘"에 대해 저항하겠다는 선언이 이후 한국 문화 전반의 부패 우려김현, 문학사 재편에 대한 의지 표명김주연, 1960년대를 주 활동 무대로 삼았던 젊은 시인에 대한 주시김현승, 새로운 전통 개척 기대김종길 등으로 이어진 것이다. 결국 황동규의 시 공간 확대가 문단의 초인으로서 "헬라클레스의 그림자"를 드리울 것이라는 김용직의 기대는 논자 개인의 시선이 아닌 『문지』의 인정투쟁에서 비롯된 것임을 이해해야 할 것이다.

## 4. 황동규 초기 시 공간 변모 분석

앞서 『문지』 창간을 '위기의 시대'에 대항하기 위한 '문학과지성' 에꼴 자장 형성 노력 중 하나로 규정하고, '심리적 패배주의'와 한국 사회의 '병폐'를 배격하기 위해 선택한 방안이 문학 공간 형성과 문학적 시선의 제시였음을 설명했다. 그러나 공간 형성과 이론적 시선만으로는 '위기의 시대'를 극복하기 위한 완전한 대안이 될 수 없었으므로, 『문지』 담론 생산을 위한 실제 작품 분석이 필요했다. 특히 시 부문에서 논의의 적용 대상은 주로 김현승이 언급한 '60년대 출신' 시인으로, 실제 초기 『문지』1970~1973의 시 비평을 분석한 결과 논의의 대상인 24명 중 반수 이상16명, 66%이 '60년대 출신 시인'으로 구성되었음을 확인했다. 황동규에 대한 "새로운 헬라클레스"라는 평이 위와 같은 노선의 연장에서 등장했음은 명확하다.

황동규의 시 공간 변모 분석에 앞서, 이 글에서는 『문지』[44]와의 관계성을 황동규의 시세계 확장에 영향을 끼친 배경 중 하나로 제시하고자 한다. 시인이 『문지』의 전신 중 하나인 『사계』에서 활동하였던 것은 서론에서 밝힌 바 있는 사실이다. 『문지』 형성과정 당시의 시론 정립에 『사계』의 비평이 상당한 영향을 끼쳤다는 사실[45]과 『사계』 활동이 『비가』와 『평균율』 발간 사이의 시기에 이루어졌다는 사실[46], 그리고 『문지』 창간 이전부터 『문지』의 주요 인물들김현, 김주연, 김치수 등과 친밀하게 지냈다는 사실[47] 등은 황동규 시세계의 변모와 『문지』『사계』의 시론 사이에 관계성이 있을 것이라고 추측하게 한다.

황동규는 『어떤 개인 날』의 후기에서 자신의 시를 "나와 닮은" 감정을 느끼는 사람에 대해 바치는 "눈물의 흔적"이라고 설명했다. 여기서 언급된 '사람'은 곧 위의 글에서 시의 근간이라 설명한 "막막한 빈터"가 무엇인지 공감하는 사람이기도 할 것이다. 그들은 황동규 연구에서 일반적으로 "비극적 인생관悲劇的 人生觀"[48]에 공감하는 인물, 혹은 기성세대 담론에서 배제된 청년 표상[49]으로 이해된다.

---

**44** 이 글의 제3장에서는 황동규와 『문지』의 관계성에 집중하기 위하여 『문지』 개별 논자(김용직·김종길·이성부 등)의 의견을 서술할 때 『문지』라는 이름으로 통칭하고자 한다. 인용된 논자들의 의견이 『문지』의 전체 의견일 수는 없으나, 그들이 『문지』의 지면을 통해 황동규를 유통하였음에 시선을 두고자 함이다.

**45** 하상일, 앞의 글, 252쪽.

**46** 하응백, 「시인 연보」, 『황동규 깊이읽기』, 문학과지성사, 1998, 324쪽.

**47** 황동규는 영국 유학 당시 김현에게 "나 자신을 지키려 혹은 내새우려 애썼던 동아줄이 끊어진 생각"이라는 편지를 보냈다. 김현은 시인의 시사상이 "동아줄이 끊어진 상태"에서 발현된 것이라고 분석하였다. (김현, 「황동규를 찾아서」, 『황동규 깊이읽기』, 문학과지성사, 1998, 72쪽 참고)

**48** 김용직, 앞의 글, 317쪽.

**49** 유창민, 앞의 글, 724쪽.

① 우리 헤어질 땐

　서로 가는 곳을 말하지 말자

　너에게는 나를 떠나버릴 힘만을

　나에게는 그것을 노래부를 힘만을


　(…중략…)


　아무것도 말할 수 없으리

　가만히 떠나갈 뿐이리

　너에게는 나를 떠나버릴 힘만을

　나에게는 그것을 노래부를 힘만을.

「한밤으로」부분


② 나에게는 지금 엎어진 컵

　빈 물주전자

　이런 것이 남아 있습니다

　그리고는 닫혀진 窓창

　며칠내 끊임없이 흐린 날씨

　이런 것이 남아 있습니다

「기도祈禱」부분


③ 그리하여 내 가만히 門문을 열며는

　멀리 가는 친구의 등을 보게 되리

그러면 내 손을 흔들며 木質<sup>목질</sup>의 웃음을 웃고

나무 켜는 소리 나무 켜는 소리를 가슴에 받게 되리

나무들이 날리는 눈을 쓰며 걸어가는 친구여

**나는 요새 눕기보담 쓰러지는 법을 배웠다.**

「어떤 개인 날」 부분

위의 ①, ②, ③는 『어떤 개인 날』에서 주로 그려지는 정황이 이별이거나, 혹은 재회의 실패임을 확인케 한다. 세 작품에 등장하는 주체는 자기 자신이 가진 능력에 대해 아주 낮은 기대를 걸고 있다. ①의 "우리"는 이별 속에서 단지 떠날 힘과 떠나보낼 힘만을 가지고 있으며, 그 외에는 어떠한 힘도 가지고 있지 않다. 이러한 무력감은 ②에서 비유적으로 형상화된다. 작품의 주체에게 남은 것은 단지 "엎어진 컵 / 빈 물주전자", "닫혀진 窓<sup>창</sup> / 며칠내 끊임없이 흐린 날씨"뿐이다. ①, ②의 주체는 스스로의 능력에 대해 회의감을 표명하고 있다.

표제작인 ③에 이르러서는 ①에서 예감했던 이별이 실제로 이루어지는 광경이 등장한다. "나"는 단지 떠나가고 있는 "친구의 등"만 바라볼 뿐, 실질적으로는 이별을 막기 위한 어떠한 노력도 할 수 없다. ①에서 예언하였듯 단지 그 이별의 순간을 "노래"하고 있을 뿐이다. "나"는 "눕기보담 쓰러지는 법을 배웠"다며 다시금 스스로의 무력을 고백한다.<sup>50</sup>

---

50 이성천은 황동규의 제 1기 시세계 연구사를 '겨울의식 혹은 동토의식'(김재홍), '낭만적 우울과 예감'(유종호), '비극과 대결하려는 지적 의지'(김병익), '비극적인 세계 인식'(장석주) 등으로 정리하였다(이성천, 앞의 글, 91쪽 참고); 이러한 선행 연구에 비추어 보았을 때, 황동규의 무력감은 차가운 현실 속에서 낭만적 자아가 비극을 예감하는 데에서 비롯하는 것이라 생각해 볼 수 있다.

시詩 한편 한편에 있어서도 그렇다. 처음에 들끓던 계획計劃과 열망熱望과 감격感激은 시詩가 자리 잡힘에 따라 갑자기 사라지고 마는 것이다. 큰물이 지 듯이. 그리고 마음속에 한 막막한 빈터를 남겨 놓는 것이다. (…중략…) 나는 이 빈터의 늘어감이 결국 내 시詩의 발전發展이라 믿게 되었다. 그것은 내가 나와 닮은 슬픔과 기쁨을 가진 사람에게 바친 눈물의 흔적이며, 내가 스스로 언어言語의 한계限界에 뛰어든 적막寂寞이며, 쓸쓸하나 어쩔 수 없는 나의 바라 봄이기 때문이다.

「후기後記」 부분[51]

인용한 글은 ①, ②, ③에 걸쳐 공통적으로 나타나는 무력감에 대한 설 명이다. 시인은 "나와 닮은 슬픔과 기쁨"을 가진 자를 독자로 설정한다. '슬픔과 기쁨'이 닮은 사람들은 서로 비슷한 처지에 놓여 있을 확률이 높 을 것이다. 비슷한 처지라는 것이 세대를 공유하고, 신분을 공유하며, 사 상을 공유하는 상태를 칭할 때, 1961년 당시 황동규에게 있어 '비슷한 처 지'란 연배20대 초반, 신분학생, 사상모더니즘을 공유하는 인물일 것이다.

그렇다면 황동규를 위시한 청년들은 왜 "막막한 빈터"에 서 있어야만 했는가에 대한 의문이 발생한다. 황동규는 시를 쓰면 쓸수록 막막한 빈터 가 늘어가며, 빈터의 확장 끝에 낳은 시를 "나와 닮은" 사람에게 바친다고 주장했다. "닮은 사람"이라는 것이 위의 '비슷한 처지'와 같다면, 「후기」 에서의 발언은 황동규의 시가 주로 내면적 공간을 그렸음에도 불구하고 일종의 청년 현실을 투영하고 있음을 암시하고 있다.

---

51 황동규, 『어떤 개인 날』, 108쪽.

1960년대 한국의 청년들은 가혹한 '현실'을 직면해야만 했다. 능력이 있음에도 취업난에 시달렸고, 기성세대의 견제에 따른 좌절로 심각한 '불안'을 겪었다. ①, ②, ③가 각각 담고 있는 무력과 좌절, 부정적 미래 예언 등은 이러한 현실에서 비롯된 것이었다. 그러나 '불안한 청년 표상'은 청년들 스스로가 만들고 규정화한 것이라고 할 수는 없다. 이 "지극히 감상적"이고 "나약한 젊은이"[52]의 이미지는 그들이 아닌 기성세대가 설계하고, 타의에 의해 부여되어진 것이라 할 수 있었다.

위와 같은 정황은 『문지』가 황동규의 첫 시집에 혹평을 내린 것과도 관련이 있어 보인다. 기성에 대한 스스로의 자장 확보를 목적으로 일어섰던 『문지』가 기성세대의 무력한 청년 표상을 그대로 재연한 황동규의 첫 시집을 긍정적으로 바라보긴 어려웠을 것으로 보인다. 말하자면 일종의 "반지성적 태도"로 읽힐 가능성을 내포했던 것이다.

> 시인詩人의 감정은 객관화客觀化라는 풀무를 거치지 못했다. 그의 의도意圖가 구체적인 사물을 통해 제시되지 못하고 직접 표출되어 있는 것이다. (…중략…) 그 자체가 완미품完美品을 담은 그릇이 되지는 못하고 말았다.
>
> 「시의 변모와 시인」 부분[53]

『어떤 개인 날』과 『비가』가 그려낸 다분히 내면적이고 '불안한', 그리고 '막막한' 공간은 "완미품을 담은 그릇"이 될 수 없었다. 이는 시의 형식과 언

---

52 당대 기성세대 지식인들은 4·19 혁명을 겪었음에도 정치적 좌절, 사회적 실패를 맛본 청년들을 바라보며 '피값, 눈물' 등과 같은 어휘로 표상하는 등 그들의 정치적 행위를 감상적 슬픔으로 전이시키는 모습을 보였다. (유창민, 앞의 글, 728쪽 참고)
53 김용직, 앞의 글, 324쪽.

어에 대한 지적일 것이지만 주체의 시선에 대한 지적으로도 해석된다. 작품이 전개되는 공간이 당대 20대 청년이 바라보는 현실이 아닌 기성세대가 재단한 방식 속에서 바라보는 현실에서 기인되었음을 꼬집었다는 것이다.

> 어디에나 쳐진 철조망, 어디에나 있는 검문소, 그걸 바라보는 화자話者는 오한을 느낀다. (…중략…) 한마디로 「태평가太平歌」는 이 무렵 우리 민족民族이 직면한 상황狀況에 대해 상당히 비감해한 나머지 씌어진 작품作品임이 명백하다. (…중략…) 그런 의미에서 『평균율平均律』에 나타나는 객관적 눈과 독특한 언어의 질서화 수법은 확실히 한 시인詩人의 시적 성장詩的 成長을 말해주는 것이라고 볼 수 있다.
>
> 「시詩의 변모變貌와 시인詩人」 부분

1960년대 중반 이후 벌어지는 사회적 변모와 이를 먼 곳에서 바라볼 수밖에 없었던 지식인으로서 황동규의 시선은 자연스럽게 외부의 구체적 사건을 향하게 되었다. 친구와의 이별을 예견하면서도 단지 '노래 부를 힘' 뿐이었던 소극적 주체「한밤으로」는 어느새 누군가의 "우리는 약소민족"이라는 말을 들었다며 현실을 직시하는 적극적 주체로 변모「외지(外地)에서」했다. 작품 내부의 공간 역시 아이오와 강, 금해, 런던 등으로 구체화된 모습을 보인다.

초기 『문지』는 황동규의 시 공간 확장·변모를 '시적 성장'이라 설명했다. 논자마다 세부적인 논점은 다르지만 그의 변모가 '성장'이라는 것에는 이견이 없는 것으로 보인다. 에든버러 유학 이후[54] 황동규의 시는 자신의 경험,

---

**54** 1967년 영국 유학 당시 황동규는 김현에게 "전에 나 자신을 지키려 혹은 내세우려 애썼던 동아줄이 끊어진 생각"이라는 편지를 보낸 바 있다. 김현은 "동아줄이 끊어진 상태"에서

삶에서 촉발된 시적 지점부터 외부로 더듬어 올라가는 형식을 취하고 있다.

琫準봉준이가 운다, 무식하게 무식하게

일자 무식하게, 아 한문만 알았던들

부드럽게 우는 법만 알았던들

왕 뒤에 큰 왕이 있고

큰 왕의 채찍!

마패없이 거듭 국경을 넘는

저 步馬보마의 겨울 안개 아래

부챗살로 갈라지는 땅들

砲포들이 땅의 테크닉처럼 울어

찬 눈에 홀로 볼 비빌 것을 알았던들

계룡산에 들어 조용히 밭에 목매었으련만

목매었으련만, 대국낫도 왜낫도 잘 들었으련만,

눈이 내린다, 우리가 무심히 건너는 돌다리에

형제의 아버지가 남몰래 앓는 초가 그늘에

귀 기울여 보아라, 눈이 내린다, 무심히,

갑갑하게 내려앉은 하늘 아래

무식하게 무식하게.

「삼남三南에 내리는 눈」[55]

---

황동규의 시 사상이 발현한 것이라 주장하였다. (김현, 「황동규를 찾아서」, 『황동규 깊이읽기』, 문학과지성사, 1998, 72쪽)

[55] 마종기·김영태·황동규, 「三南(삼남)에 내리는 눈」, 『平均率(평균율)』, 창우사, 1968, 134쪽.

인용한 시는 황동규가 외부세계를 관찰한 대표적인 예라 할 수 있다. 실패한 혁명 앞에서 좌절한 '봉준이'는 삼남을 대변하는 인물이다. '봉준'이 "찬 눈에 홀로 볼 비빌" 정도로 우는 원인은 역설적으로 황동규가 지식인임에 있다. 작품 속의 시선은 시의 주체가 '알았다면' 비극이 벌어지지 않았을 것임을 여러 번 한탄하지만, 현실에서의 황동규는 '알았기에' 지금 자신이 겪는 역사가 비극이고 죄책감의 대상임을 깨닫고 있다.[56]

이러한 시적 객관화는 곧 시인이 작품 속에서 새로운 공간을 구성하도록 한다. '막막한 빈터', 즉 자신과 같은 처지에 놓인 독자들과의 상호 소통에 기반하고 있던 황동규의 시는 『평균율』에서의 외부세계의 반영 이후 역사적 시류[57]에 휩쓸리는 모든 사람을 아우르게 된 것이다.

『문지』는 『평균율』에 이르러 황동규의 시적 저변이 "역사나 민족, 혹은 세계에 대한 이해와 통찰력"[58]으로 확대되고 있었음을 감지한 것으로 보인다. 「개인의 극복」이라는 이성부의 논제에서도 알 수 있듯, 1973년의 『문지』는 황동규의 초기 시작품을 개인의식 등의 이유로 『평균율』이후의 작품보다 평가절하한 정황이 발견된다.[59]

---

56 하응백은 이 시기 황동규의 시적 경향을 "당대의 지배 이데올로기"가 내면을 향해 가하는 폭력에 대응하는 "굴절된 드러냄", 즉 하나의 "문학적 저항"임을 주장했다. (하응백, 「황동규 시의 변화」, 『한국문학논총』 28, 한국문학회, 2001, 6쪽 참고)

57 이연승은 「태평가」를 분석하며 황동규가 "현실적인 삶을 회피하거나 외면할 수 없는 것임을 독자에게 전달"하고 있음을 밝혔다. 즉, 당시 황동규의 작품은 유신이나 군사정권의 폭거 등 역사적 사건 앞에서 자유로울 수 없는 우리의 모습을 그려내고 있다는 것이다. (이연승, 「지식인의 현실 지향성과 실존적 자아인식 – 1970년대 황동규 시를 중심으로」, 『비평문학』 23, 한국비평문학회, 2006, 205쪽 참고)

58 이성부, 앞의 글, 825쪽.

59 "「개인의 극복」이라는 제목에서 짐작할 수 있듯 이성부는 1960년대 초반까지의 황동규 시를 지나친 개인의식 및 난해성 등으로 평가절하하는 반면, 다른 시들은 민중적 성격을 지닌 것으로서 고평했다." (박연희, 앞의 글, 404쪽)

결과적으로 『문지』에서의 황동규는 일종의 '지성'으로서, 이전까지의 '비지성적 행위'들에 맞서기 위해 『문지』가 구축한 인물이었다. 『어떤 개인 날』에서의 황동규가 기성세대의 청년 표상을 투영하고 있었다면, 에딘버러 유학 이후 "아이오와" 강변에서 "암호처럼" 들려오는 울음을 듣고 부끄러움을 참지 못하는 「아이오와 시편詩篇」의 황동규는 선험적인 패배주의, 야만스러운 샤머니즘에 맞서는 비판적 지식인이었던 것이다.


## 5. 나가며

창간 당시 『문지』는 당대를 '위기의 시대'로 인식했다. 『문지』의 편집자 김병익·김치수·김현들은 창간호의 권두언에서부터 '한국적인 것'에 얽매이기를 거부했으며, 기성세대의 패배주의와 샤머니즘 등 '비지성적 태도' 배격을 제언하였다. 한국 사회의 "정신을 안일하게 하는 모든 힘에 저항"하기 위해 그들이 택한 방법은 한국 논단 현실 분석·비판과 외국의 '문화적 징후'를 번역하여 소개하는 것이었다. 그러나 비판과 비평만으로는 완전한 대안이 될 수 없었으며, 이들에게 실제적인 창작자와 작품이 필요했음을 확인하였다.

『문지』가 비평의 대상으로 택한 실제적인 창작자는 "1960년대 출신"의 시인들이었다. 이들은 4·19를 겪은 세대이며, 하응백의 표현을 빌리자면 이들은 "첫 한글세대", "합리적 사고의 첫 세대"이기도 하다. 이 중에서도 황동규가 "헬라클레스의 그림자"를 드리울 것으로 기대된 이유는 그가 기성세대가 부여한 불안하고 비참한 청년의 표상에서 스스로 현실을 인식하는 지식인으로의 방향으로 변모하였기 때문이었다.

상기한 이유로 인해 황동규의 첫 시집『어떤 개인 날』, 두 번째 시집『비가』에서의 내면공간, 무력한 자아에 대한『문지』논자들의 평은 긍정적이라 보기 어려웠다. 심지어 '개인을 너무 아름답게 꾸미려 한다',이성부 '완미품을 담은 그릇이 될 수 없다'김용직 등『평균율』1 · 2에 비해 크게 평가 절하되는 부분이 없지 않았다.

1968년『평균율』에 이르러 황동규의 시 작품은 이전 시집들과는 큰 차이점을 갖는다. 이전 시에서 무기력하고 불안한 소극적 주체들이 추상적 공간에서 이별을 겪고, 창 안에 갇히고, 흐린 날씨에 시달렸다면『평균율』의 주체들은 구체적 공간에 형상화되어 현실세계의 사건을 직면하고, 고민하고, 죄책감을 느끼는 동시에 갈등의 해결을 꿈꾸기도 한다.

이 글은『문지』의 시대 인식을 바탕으로 구축된 황동규론을 정리하여 기성세대에 맞서는 '지성'으로서의 황동규를 알아보았다. 전후세대 이후의 신세대, 즉 4 · 19세대의 문학적 자장으로서 창간된『문지』는 선험적 패배주의와 샤머니즘이라는 비지성적 태도에 맞서 기성 문화를 비판하고 외국의 징후를 번역하는 등 문학적 위치를 인정받기 위한 투쟁을 지속했다.『문지』의 기성세대에 대한 대안의식은 그들 스스로의 문학공간을 전유하게 하는 결과를 낳았고, 결국『문지』담론을 생산할 수 있는 문학 지형을 구축하였다. "새로운 헬라클레스" 황동규라는 개념 역시 이러한 투쟁의 하나일 것이며, "1960년대 출신 시인"이라는 김현승의 규정과도 일맥상통하는 바가 있다.

특정 문학 자장 안에서의 개별 시인을 규명하는 것은 시인에 대한 이해를 넘어 당대의 사회, 문학사적 흐름을 이해하기 위한 연구의 일환이다.

특히 1970년대 초 『문지』와 관련 시인을 분석하는 것은 전후세대, 기성 담론에 대한 신세대의 담론 생산 능력 확보 투쟁 이해를 위해서 필요 불가결한 작업이라 할 것이다.

# 참고문헌

**기본 자료**

김병익 편, 『문학과지성』 1~40, 문학과지성사, 1970~1980.

황동규, 『황동규 시전집』 1, 문학과지성사, 1998.

_____, 『어떤 개인 날』, 중앙문화사, 1961.

_____, 『悲歌(비가)』, 창우사, 1965.

_____, 『平均率(평균율)』, 창우사, 1968.


**단행본**

김현, 『상상력과 인간 / 시인을 찾아서』, 문학과지성사, 1991.

김형중·우찬제·이광호 편, 『한국문학의 가능성—문지의 논리 1975~2015』, 문학과지성
사, 2015.

하응백, 『황동규 깊이읽기』, 문학과지성사, 1998.

앙리 르페브르, 양영란 역, 『공간의 생산』, 에코리브르, 2011.


**논문**

김승현·이준복·김병욱, 「공간, 미디어 및 권력—새로운 이론틀을 위한 시론」, 『커뮤니케
이션 이론』 3, 한국언론학회, 2007. 12.

박시영, 「공공영역의 추상 공간화에 관한 연구—앙리 르페브르의 공간 생산론을 중심으로」,
서울대 박사논문, 2014.

박연희, 「신경림과 황동규, 1970년대 민중시의 시차—『창비시선』(1975), 『문지시인
선』(1978)을 중심으로」, 『현대문학의 연구』 60, 한국문학연구학회, 2016.10.

심재휘, 「황동규 초기 시에 나타난 공간과 장소」, 『우리어문연구』 39, 우리어문학회,
2011.1.

_____, 「황동규 초기 시에 나타나는 집의 상상력」, 『우리어문연구』 42, 우리어문학회,
2012.12.

이성천, 「한국 현대시의 존재론적 의미 고찰—황동규의 초기 시세계를 중심으로」, 비평문
화연구 10, 2006.6.

이연승, 「지식인의 현실 지향성과 실존적 자아인식 - 1970년대 황동규 시를 중심으로」, 『비평문학』 23, 한국비평문학회, 2006.8.

유성호, 「황동규 시에 나타난 실존적 고독과 신성한 것의 지향」, 『현대문학이론연구』 73, 2018.6.

유창민, 「국문학 - 황동규 초기시에 나타난 방황하는 청년 표상」, 『새국어교육』 89, 2011.12.

하상일, 「전후비평의 타자화와 폐쇄적 권력지향성 - 1960~70년대 '문학과지성' 에꼴을 중심으로」, 『한국문학논총』 36, 한국문학회, 2004.4.

_____, 「김현의 비평과 『문학과지성』의 형성과정」, 『비평문학』, 한국비평문학회, 2007.12.

하응백, 「황동규 시의 변화」, 『한국문학논총』 28, 한국문학회, 2001.6.

# 1980년대 『문학과지성』의 공간과 아우라

**『우리 세대의 문학』에서 『입 속의 검은 잎』까지**

최민지

## 1. 들어가며 '무크지시대'의 『문학과지성』

1980년대 문학을 '무크지시대'라고 규정한 여러 진술처럼, 해당 시기는 『실천문학』1980.3~을 시작으로 하여 30여 가량의 무크지가 등장했다는 특징이 존재한다. 이는 '새로운 문학 주체'의 등장이라는 의미를 함축하고 있다는 점에서 의의를 갖는다. 앞선 시기 진행된 문학운동의 궤적을 따라 그 혁명적 성격을 계승하면서도, '민중의 주체는 누구인가'라는 보다 근원적 질문으로의 접근을 보여주었기 때문이다. 그것은 앞선 '양대 계간지시대'에 대한 반동으로도 해석할 수 있는데, 계간지라는 특성상 시대적 요구에 부응할 수 없었던 한계를 극복하고자 했던 대응 양상으로 짐작되기 때문이다. 요컨대 1970년대 후반부터 대두되기 시작한 '민중론'을 적극적으로 수용할 수 있는 시사적 지면정치·경제이나 심층 취재와 같은 저널리즘적 성격을 모두 아우르기에는 대중문화 표상으로의 계간지는 한계를 지닐 수밖에 없다는 것이다. 더불어 전문 문인과 지식인 중심의 동인지적 성격으로 인해 폐쇄적 구조를 가질 수밖에 없었다는 점 역시 그 원인으로 작용했을 것으로 파악된다. 실제, 두 계간지의 강제 폐간 이후 '무크지시대' 혹은 '무크지운동'이 본격화되었다는 점[1]을 상기한다면 이러한 영향 관계를 추측하는 것은 그리 어렵지 않을 것이다.

이 같은 흐름은 한 시대의 종언으로 새로운 국면을 보이게 된다. 독재정권의 몰락과 함께 무크지의 존재 역시 소멸의 형태로 접어든 것인데, 그 형태가 이후 세대에 발전적으로 흡수되기 위한 해체의 과정이었다기보다 신기루와도 같은 증발 형태를 보였다는 점에서 이 같은 양상은 문제적으로 여겨진다. 그 논의 전개 방향은 조금씩 다르지만, 당대 문학평론가들이 "우울증적 제스처"[2]와도 같은 모종의 허무와 공허를 내비치기도 했다는 점 역시 1980년대와 90년대 사이 가로놓인 간극을 '현실 / 문학'이라는 오래된 딜레마로만 치부할 수 없다는 점을 시사한다. 무엇보다 이러한 간극에서 비롯된 '단절론'이 해당 연구를 저어하는 요인이 될 수 있다는 점에서 더욱 그러하다.

가령, '민중 / 개인', '혁명 / 일상', '연대 / 내면' 등으로 대변되는 단절론의 이분법적 사고가 과연 문학사적 작업에 얼마나 유효할 수 있는가에

---

1  김문주는 『실천문학』이 1979년부터 창간을 기획하고 있었으므로 두 계간지의 폐간이 무크지 등장의 직접적 원인으로는 기인할 수 없다고 지적한다. 그러나 시기적으로 보았을 때, 두 계간지의 강제 폐간 이후 다양한 종류의 무크지가 발행된 것 또한 사실이므로 원인 중 하나로 구분되어야 함을 주장한다. 김문주, 「무크지 출현의 배경과 맥락－『마산문화』를 중심으로」, 『현대문학의연구』 43, 현대문학연구학회, 2011, 75쪽.
2  강동호는 정반대 진영의 김명인과 정과리의 글을 인용하며, 그들이 기억하는 1980년대에는 "우울증적 제스처" 혹은 "살아남은 자의 우울"이 공통적으로 발견되고 있다고 지적하고 있다. 강동호, 「반시대적 고찰－1980년대 '문학과지성'과 『우리 세대의 문학』」, 『상허학보』 52, 상허학회, 2018, 11~14쪽.

대한 의문을 발생시키는 것이다. 그리고 한 토론회에서는 그에 대한 자성적 목소리가 나오기도 했다.

> 단절의 경험 뒤에 1980년대 문학의 정치적 열정은 급속히 우리의 유전자에서 지워져버렸고, 그에 따라 1980년대 문학에 대한 본격적인 연구도 이제까지 거의 방기되어온 것이 아닐까 합니다. 물론 개별 작가나 작품에 대한 연구는 단속적으로 이루어져 왔지만, 1980년대 문학을 전체적으로 조명해보고자 하는 학문적 관심은 아직 보이지 않고 있습니다. 물론 문학사적인 연구가 가능할 만한 '시간적 거리'가 확보되지 않은 것도 사실입니다만, 그보다는 연구를 저어하게 만드는 '심리적 거리'가 그동안 더 크지 않았나 생각됩니다.[3]

해당 토론회 이후 약 십 년이 지난 현시점에서는 일정 부분 "시간적 거리"가 확보됨에 따라 관련 연구가 활기를 띠고 있는 듯하다.[4] 결과적으로 "심리적 거리"의 소거에 대한 선행 여부가 검토돼야 할 단계에 놓여있다고 볼 수 있는데, 그것이 해결되지 못할 경우 '해방 이후 현대문학사에서 정치적 열정으로 가장 뜨거웠던 시기'[5]에 대한 지나친 향수로 1980년대

---

3  신두원(필명 신승엽), 「1980년대 문학의 문제성」, 『민족문학사연구』 50, 민족문학사연구소, 2012, 163쪽.

4  토론회 이후로는 전승주의 「1980년대 문학(운동)론에 대한 반성적 고찰」(『민족문학사연구』 53, 민족문학연구소, 2013), 김문주의 「1980년대 무크지운동과 문학장의 변화」(『한국시학연구』 37, 한국시학회, 2013), 한영인의 「글 쓰는 노동자들의 시대−1980년대 노동자 "생활글" 다시 읽기」(『대동문화연구원』 86, 성균관대 대동문화연구원, 2014), 천정환의 「1980년대 문학·문화사 연구를 위한 시론(1)−시대와 문학론의 '토픽'과 인식론을 중심으로」(『민족문학사연구』 56, 민족문학사연구소, 2014) 등 최근까지도 해당 시기를 전체적으로 조망하고자 하는 시도가 계속되고 있다.

가 '신화적 공간'[6]으로 매몰될 위험성을 내재할 수밖에 없기 때문이다. 그러므로 해당 시기를 단절된 공간으로 설정하게 되는 태도에서 벗어나 연대기적 흐름으로 파악하는 시도가 필요해 보인다. 즉, 단절론의 기저에 놓여있는 모종의 공허와 허무를 해소한 연계성으로의 작업이 요구되는 것이다.

이 글은 그러한 지점을 위한 기초 작업으로, 해당 시기 강제 폐간을 경험하면서도 다양한 문학적 대응으로 그 이후까지 영향력을 미쳤던 양대 계간지 그룹 중 하나인 『문학과지성』의 활동을 우선적으로 검토해볼 것이다.[7]

10·26사건 이후 새로운 세상에 대한 나름의 대비 중이던 그들은 '포스트-유신체제'[8]에 의해 강제 폐간이라는 위기를 겪으면서도 그 맥을 이어나가며 우리 문학의 제도화 과정에 주요 역할을 수행하고자 했는데, 표면적으로만 보더라도 『우리 세대의 문학』으로 『문지』 1세대김현·김병익·김주연·김치수의 정신을 발전적으로 계승한 형태를 보여주었을 뿐만 아니라 『문학과사회』1988.2 창간까지 나아간 점을 생각해 볼 수 있을 것이다. 그리고 이 같은 성과들을 1970년대부터 이어진 역사적 사건들과의 영향 관

---

5  신두원, 앞의 글, 162쪽.
6  천정환은 그 원인으로 "지나치게 많은 '의미'를 거느린 듯한 '특별한' 시대를 회고하는 방법과 정서 자체"를 문제로 지적하고 있다. 천정환, 앞의 글, 390~391쪽.
7  이후 『문학과지성』은 『문지』로, 『창작과 비평』은 『창비』로 약술한다.
8  고봉준은 10년 단위로 분절해서 기술하는 문학사의 관습에 따르기 위해서는 1970년대와 1980년대를 유신체제의 연관 아래에서 설명해야 하지만, 결과적으로 10·26부터 5·18까지를 공백으로 만들뿐 아니라 5·18 이후부터 1989년까지를 한 사건의 영향으로 이해하게 되는 환원주의적 태도를 발생시킨다고 지적한다. 이에 1980년대 문학을 세 시기로 구별하자는 기준을 제시하며 그 첫 번째 시기인 10·26부터 1983년까지를 '포스트-유신체제'로 명명할 것을 제안했다. 고봉준, 「'80년대 문학의 전사, 포스트-유신체제 문학의 의미—1979.12.12부터 1983년까지의 비평 담론」, 『한민족문화연구』 50, 한민족문화학회, 2015,417쪽.

계 아래에서 파악했을 때, '순수 / 참여' 대립이나 '모더니즘 / 리얼리즘' 논쟁 역시 연대기적 흐름으로 파악하는 것 또한 가능해질 것이다. 더불어 출판으로는 해당 시기의 마지막 무렵 발간한 '문학과지성 시인선'[9] 『입 속의 검은 잎』1989.5으로 90년대까지도 그 영향을 미쳤다는 점을 상기한 다면, 그들의 활동에 어떤 기획성이 내재했을 것이라는 가설 역시 가능할 것이다.

이에 이 글에서는 『문지』가 기획한 문학 공간을 파악해보고자 한다. 장場은 대립 관계에 놓여있는 개인이나 집단들 간의 지배적 위치를 점유하기 위한 행위로 그 공간이 구성된다는 사회학자 피에르 부르디외의 지적처럼[10] 당시 문단 내에서 『문지』가 보여준 문학적 움직임 모두가 그들의 공간 기획으로 이해될 수 있기 때문이다. 또한, 그러한 관점은 『문지』를 모더니즘의 범주로 포함할 때 발생하는 한계를 극복할 수 있는 단서를 제공해줄 수도 있다. 흔히들 『문지』를 모더니즘으로 이해할 때 주목하는 것은 언어의 기교적 측면, 즉 미학성에 관한 문제일 것이다. 그것이 '참여문학' 혹은 '리얼리즘'의 대타항으로 설정하게 되는 주요 원인이지만, 그것에 '사유'로서의 의미가 포함된다면 현실인식을 바탕으로 한 문학적 정체성

---

9  황동규의 『나는 바퀴를 보면 굴리고 싶어진다』(1978)로 시작되어 500호 중반을 넘어서고 있는(2021년 5월 기준) '문학과지성 시인선'은 『문지』 측의 미학적 기준을 간접적으로 파악할 수 있게 해주는데, 이는 『창비』 측의 '창비시선' 역시 마찬가지다. 그들은 단순편집인, 발행인의 의미를 넘어 스스로를 '편집동인'이라 명하며 문학 담론의 생산 주체에 근접하는 모습을 보여주었고, 그것을 더욱 공고히 하기 위한 기획의 일환으로 신인을 발굴하거나 작품을 재수록하기도 했다. 뿐만 아니라 출판부 및 출판사를 설립하여 자신들의 지면을 통해 알려진 작가·비평가의 책을 출간하여 문학적 지향점을 공개적으로 제시하기도 했다. 김성환, 「1960~1970년대 계간지의 형성과정과 특성 연구」, 『한국현대문학연구』 30, 한국현대문학회, 2010, 420~430쪽.
10  하태환 역, 피에르 부르디외, 『예술의 규칙―문학 장의 기원과 구조』, 동문선, 1999, 284~287쪽.

의 구현이라는 측면에 닿을 수 있을 것이다. 즉 '무엇을' 구현할 것인가가 아니라 '어떻게' 구현할 것인가에 대한 문제로의 접근이 가능해진다. 따라서 그들이 추구했던 언어의 측면을 확대하여 문학 공간 기획으로 이해하고 이에 대한 구체적 고찰을 시도해보고자 한다.

## 2. 계승적 의미로의『우리 세대의 문학』

한 사람의 죽음이 독재정권의 전체적 몰락을 가져올 것이라는 예측에 쉽게 동의하는 지식인은 없었을 것이다. 그러나 분명 일정 부분의 기대와 나름의 대비 과정은 존재했던 것으로 보인다. 뒤를 이은 전두환 정권의 대대적인 언론 탄압으로 해당 시기를 면밀히 파악하기에 한계가 따르는 것은 사실이지만, '새 시대'에 대한 명확한 언급이 존재했던 1980년『문지』의 봄호와 여름호 사이 그러한 지점들이 발견되고 있기 때문이다.

> 작년 말의 돌연한 정치적 상황의 변화가 사실상에 있어서는 돌연한 것이 아니라 합리적인 문화를 이룩하려는 수많은 사람들의 문화적 역량의 축적에 의해서 가능했다고 믿고 있다. 한국의 문화계는 어두웠던 1970년대에도 그 지적 응전력을 잃지 않고 새로운 시대의 민주적인 문화를 준비하고 있었던 것이다.[11]

---

11 「이번 호를 내면서」,『문학과지성』39, 문학과지성사, 1980, 12쪽.

가장 진보적인 (것이라고 생각되는) 의견에서부터 가장 반동적인 (것이라고 생각되는) 의견에 이르기까지 어떠한 형태의 의견도 의견으로 충분히 개진되어 그 유효성이 진지하게 토론될 수 있어야 한다. 우리는 우리 잡지가 계속해서 그 토론의 자리가 될 수 있기를 희망하며 그렇게 되도록 노력할 것을 약속한다.[12]

위의 인용문에서 중요한 부분은 지난 시기에 대한 회고만이 아니라 이후의 문학 전개 과정에 대한 계획 역시 존재했다는 점이다. 이는 앞선 시기를 양분한 『창비』 그룹과는 다소 대조되는 움직임으로,[13] 향후 방향성에 대한 제시까지 이뤄지고 있다는 점에서 차별성을 획득하게 된다. 특히 그들은 "돌연한 정치적 상황의 변화"를 외부적 사건으로만 인식하는 것에 그치지 않고 "수많은 사람들의 문화적 역량의 축적에 의해서 가능했다"며 그 동력을 내부에서 찾고자 했는데, 그것은 앞서 주요 편집인이 4·19를 한국문학사의 중요 전환점으로 인식하고자 했던 자의식[14]과도 연관을 맺게 되는 지점이기도 하다.

문제가 되는 것은 "지적 응전력"이라는 표현이다. 당시 무크지운동의

---

12 「이번 호를 내면서」, 앞의 글.
13 백낙청은 10·26 이후 한 사람의 장기집권이 불가능하다는 사실을 확인함으로써 민주회복·민족통일의 지향이 흔들렸다고 고백한 바 있다. 백낙청, 「1980년대를 맞이하며」, 백낙청 회고록 간행위원회 편, 『백낙청 회고록』1, 창작과비평, 2007, 554쪽. 해당 글은 『창작과비평』 1980년 봄호에 수록될 예정이었으나 검열로 인해 당시 지면상에는 발표되지 못했다.
14 1972년부터 1973년까지 『문지』에 연재된 김윤식·김현의 『한국문학사』에는 '영정조에서 4·19에 이르는'이라는 부제가 붙었는데, 이는 4·19가 문학사에서 중요 전환기로 취급되어야 한다는 인식을 보여준다. 실제 한 좌담회에서 두 저자는 4·19를 해방이나 한국전쟁과 다르게 인식해야 하는 이유로 내부에서 동력을 찾은 운동이라는 점을 주장하였다. 배하은, 「'시민'적 주체와 이념의 문학사적 재구성 – 김윤식·김현의 『한국문학사』 연구」, 『한국현대문학연구』 48, 한국현대문학회, 2016 참조.

첫 출현이었던 『실천문학』의 창간호에는 이에 대한 부정적 인식이 발견되기도 했다. 해당 호에 실린 「민중시대와 실천문학」[15]에서 박태순은 "역사를 실천하는 것으로서의 문학이 아니면 안 된다"며 실천적 의미를 강조하면서 당시 정기간행물이 이를 실천하기에는 역부족이었음을 지적했다. 또한 고은 역시 그에 동의하며 "시민문학론·농민문학론·민중문학론 등의 여러 이론적 심화작업들마저도 이 실천이라는 요청을 떠나서는 존재할 수 없다"는 주장을 펼쳤다. 즉, 기존 문학이 지니고 있던 현실적 괴리감을 언급한 것이다. 그 밖에도 다수의 무크지 또한 창간사를 통해 양대 계간지시대의 이 같은 한계를 지적하며 자신들의 정체성이 그것을 극복하기 위함에 있음을 명확히 하기도 했다.[16] 사실상 이러한 주장을 직접적으로 반박할 수 있는 지면을 상실했다는 점에서 『문지』의 "어떠한 형태의 의견도 의견으로 충분히 개진되어 그 유효성이 진지하게 토론될 수 있어야 한다"는 발전적 형태로의 방향성은 증명되지 않는 듯했다.

그러나 문단 내에서 『문지』의 영향력이 완전히 사라진 것은 아니었다. 계간지로의 활동은 이어가지 못했지만, 시집만 하더라도 이성복의 『뒹구는 돌은 언제 잠 깨는가』1980.10, 최승자의 『이 시대의 사랑』1981.9, 김혜순의 『또 다른 별에서』1981.9 등의 출판을 이어갔기 때문이다.[17] 또한 1982

---

15 당시의 무크지 역시 정부의 검열에서 자유로운 형편은 아니었다. 이에 『실천문학』 창간호는 수많은 부분이 삭제된 채 세상에 공개됐다. 이후 복간 형태로 검열에서 삭제된 부분들이 복원됐는데, 해당 글 역시 마찬가지였다. 고은·박태순·이문구, 「민중시대와 실천문학 -『실천문학』 제1권의 보안판에 붙여」, 『실천문학』 1, 실천문학, 1980.
16 대표적으로 『민중시』는 "명분으로만 앞서거나 퇴행적인 유명(?)시들은 가능한 한 배제하고" "허위의식이 없는 감동의 파장으로 접해져야 된다고 믿는 삶들의 치열한 시정신을 담고자 노력했다"고 밝혔고, 『삶의 문학』은 "'삶의 현장' 속에 우리가 작업의 초점을 맞추려고 하는 근본적인 까닭은 그러한 과정에 의하여 다소나마 문학의 민주화가 가능해지리라는 은밀한 믿음 때문이다"라고 언급하기도 했다.

년 이성복·이인성·정과리당시 필명은 정다비가 참여한 『우리 세대의 문학』이 창간되며 담론 형성의 직접적 영향을 미치는 비평 영역을 제자·후배와 양분하는 움직임을 보여주었는데,[18] 이 같은 흐름이 주목되는 이유는 앞선 1세대가 평론에 한정되어 있던 반면 『우리 세대의 문학』은 시인, 소설가, 평론가 등 다양한 장르를 분담할 수 있는 편집진으로 영역 면에서의 확장을 보였기 때문이다. 더불어 김정환의 합류로 대립 구도에 놓여있던 진영 쪽의 의견까지 수용하고자 했다는 것[19] 역시 확인할 수 있으며, 이에 '어떤 의견도 유효성이 토론될 수 있는 장'이 무엇이었는지에 대해 가늠할 수 있게 되는 것이다.

제각각 확고한 이념과 그에 상응하는 문학형의 적극적인 모색을 보여주는 그러한 움직임들은 앞으로도 더욱 다양화되고 활발해지겠지만, 그에 대해 이제 우리에게 필요한 것은, 공통된 기반에 뿌리를 내리고 있으면서도 때로는 상이한 것들로, 때로는 부분적인 것만으로 얼핏 받아들여지는 여러 움직임들 간의 '열린' 관계의 확립이며 가능성의 확대·심화일 것이다. 머리말에서 지시되었듯, 이 책의 의도는 바로 그런 개별적인 움직임들

---

17 이성복은 제하더라도 최승자·김혜순의 시집은 주목할 필요가 있다. 앞서 1970년대에는 여성 작가들의 활발한 활동을 보기 어려웠는데, 같은 시기 두 여성 시인의 첫 시집이 나왔다는 것은 이후 언급할 기형도의 『입 속의 검은 잎』처럼 기획성이 짙은 출판으로 해석할 여지가 존재하기 때문이다.

18 김현과 직접적 관계를 맺고 있던 이성복·이인성·정과리가 참여했다는 이유로 폐쇄적 소통구조의 연속이 아니냐는 지적 역시 존재한다. 그러나 복간 이후에도 1세대인 백낙청이 주도적 활동을 보였던 『창비』와 비교한다면, 일정 부분 열린 상태로 전환됐다는 점을 인지할 수 있을 것이다. 지식인 중심의 구조에는 변함이 없었지만, 다음 세대로의 전환을 약속했기 때문이다.

19 편집진은 김정환(『실천문학』)을 편집진으로 명기하지는 않았지만, 편집부터 청탁 등에 이르는 모든 과정에서 그들과 동등한 자격으로 참여하고 있음을 밝혔다. 『우리 세대의 문학』 2, 문학과지성사, 1983, 8쪽.

의 가열한 '만남'의 공간을 마련하는 데 있다. 그러므로 이 책은 나뉘어져 있는 여러 문학적 탐색들 사이의 길트기, 종합에의 의지이다. 이것은 지난 세대가 겪은 모순으로서의 뜻 없는 대립을 지양하고, 진정한 나눔과 묶임의 자장을 형성해 보려는 노력이라 할 수 있다. 이 역시 당연하게도, 나눔은 묶임을 통해 지양·승화되고, 묶임은 나눔을 통해 확산·심화된다.[20]

결국 『우리 세대의 문학』은 지면의 재확보와 시대적 요구에의 응답으로 해석할 수 있을 것이다. "지난 세대가 겪은 모순으로서의 뜻 없는 대립을 지양"한다는 방향성 제시를 앞선 시기의 '순수 / 참여' 논쟁에 대한 의식적 발언인 동시에 당면한 과제에 대한 수행 의지로 해석할 수 있기 때문이다. 대립이 아닌 "'열린' 관계의 확립"을 위한 "'만남'의 공간"을 마련하고자 그들은 표면상에서부터의 변화를 보이기 시작했다. 창간 4년 만인 1986년 제호를 『우리 시대의 문학』으로 변경한 것이다. 이를 단순한 제호 변경에 불과하다고 여길 수 있을까. 그들은 앞서 '가능성을 준비하기 위한 '시대'의 문학에 앞서 '세대'라는 작고 구체적인 영역부터 출발하고자 한다'[21]라고 언급한 바 있는데, 이는 그들의 제호 변경이 단순한 현상으로만 치부할 수 없음을 시사한다. 이는 "계간지 활동을 할 수 있다는 나름의 의욕을 드러낸 것"[22]으로 '세대'가 '시대'로의 변모를 보였듯, '지성'

---

20 「우리 세대의 문학을 엮어 내며」, 『우리, 세대의 문학』 1, 문학과지성사, 1982, 5쪽.
21 "우리는 성급한 결론보다는 다양한 문학적 탐색들에 대한 성실한 추적을, 배타적 태도보다는 그것들의 의미의 드러냄을 통한 종합의 가능성을 준비코자 하는 것이다. 우리가 이 작업을 '잠정적인 관계'로 규정했던 이유가, 그리고 우리 '시대'의 문학을 엮어가기에 앞서 우리 '세대'의 문학이라는 작고 구체적인 영역으로부터 출발하려는 이유가 여기에 있다." 「다시, 우리 세대의 문학을 엮으며」, 『우리 세대의 문학』 2, 문학과지성사, 1983, 5쪽.
22 실제 이에 대해 이인성은 "우리로선 이제 여건만 조성된다면 본격적인 정규 계간지 활동을 할 수 있다는 나름의 의욕을 드러낸 것"이라고 밝히며, 편집 방향 역시 해당 호를 기점으로 하여 계간지 형태로 정비되었음을 언급하였다. 이인성, 「『우리 세대의 문학』과 1980년대

이 아닌 '사회'로 나아가며 새로운 계간지 『문학과사회』의 창간 동력을 획득하기 위한 준비 단계였음을 짐작할 수 있기 때문이다.


## 3. 지성과 세대의 변주, 『문학과사회』

'지성'은 어떻게 '사회'로 나아갈 수 있었을까.[23] 그것은 두 가지 측면에서의 접근으로 파악할 수 있다. 앞서 언급했듯, 전자는 문학 담론 영역과 출판 기획 분야로의 양분화 구조이고, 후자는 이후 세대에게 전환을 이행했다는 점이다. 이 같은 시도들은 여러 정황에서 짐작할 수 있듯이 우발적으로 치러진 것은 아니었는데, 실제 김병익은 해당 시기에 대한 회고적 진술에서 "이처럼 참담하고 무람없는 시대에, 언어-출판 행위의 의미"[24]에 대한 고민이 존재했음을 암시하기도 했다. 그리고 그것이 그들이 보여 준 기획력의 원인이 된다면 '언어-출판의 의미'가 무엇인지에 대해 조금 더

---

의 새로운 모색」, 『문학과지성사, 30년 1975~2005』,문학과지성사, 2005, 70쪽.

23 복간의 형태가 아닌 제호 변경으로 『문학과사회』를 창간하는 과정에서 세대 갈등이 일정 시기 존재했던 것으로 파악된다. 이인성은 "그분들은 아직 '우리 세대'에게서 어떤 이질감을 느끼고 있었던 게 틀림없었다. 그분들의 우려가 노출된 대표적인 경우가 계간지의 복간 혹은 창간이 본격적으로 거론되던 무렵이 아니었나 싶다"며 '사회'로의 제호 변경에 갈등이 존재했음을 밝혔고, 성민엽은 이에 대해 "80년대의 문학판이 워낙 사회학적 상상력에 의해 주도되고 있었고, 심지어는 사회과학이라는 제국의 지배 아래 놓인 식민지 같은 양상"을 보였으므로 '사회'라는 단어가 가져오는 거부감이 존재할 수밖에 없음을 분석하면서도, "그런 걱정은 기우였다. 후배 세대가 생각하는 '문학과사회'는 어디까지나 긍정적 의미에서의 '문학주의'에 입각"하고 있었다고 덧붙였다. 위의 책, 71·76쪽.

24 김병익은 『문지』 창간 10주년 기념호를 준비하던 과정에서 폐간 통보를 받았던 당시를 회상하며, 참담한 시기에서도 자신들의 작업이 더욱 의미 있을 수 있는 지향점으로 향하자는 결론을 도출했다고 밝혔다. 김병익, 「『문학과사회』를 창간하면서」, 『문학과사회』 1, 문학과지성사, 1988, 12~13쪽 참조.

구체적으로 파악할 필요가 있을 것이다.

먼저, 언어적 측면에 접근하기 위해서는 앞선 시기로 돌아가 김현의 발언에 주목해야 한다. 김현은 "나는 거의 언제나 사일구 세대로서 분석하고 해석한다"[25]며 자의식을 드러냈는데, 이는 역사적 국면을 의식한 발언이라기보다 해당 사건을 경험한 혹은 주도한 이들이 우리 언어로 사유하고 글을 썼다는 경험적 측면에서 기인한 것이었다. 달리 말해, 타자의 영향력이 개입되지 않은 주체적 언어활동에 대한 '4·19세대' 혹은 '한글세대'로의 자기 표명이 결국 문학적 정체성과도 접목되어 있다는 것이다. 더불어 김현이 새로운 시기를 앞두고 던진 '문학은 무엇인가'라는 질문을 그가 채택한 문학적 과제로 해석할 때, 그와 직접적 영향 관계에 놓여있던 동인들이 창간한 『우리 세대의 문학』과 이를 전신을 두고 있는 『문학과사회』로 그 역시 이전되고 있음을 짐작할 수 있게 된다.

① 어떻게 하여 글을 쓰기 시작하였는가? 그때와 지금은 어떻게 달라졌는가? 왜 달라졌다고 생각하는가?

② 무엇을 위하여, 누구를 위하여 작품을 생산하고 발표하는가? 씌어진 작품은 각각 자신에게, 타자에게 어떤 의미가 있는가?

③ '무엇을-어떻게' 쓰고자 하는가? 왜 그렇게 쓰고자 하는가? 쓰려는 의도와 씌어진 작품 사이에는 어떤 차이와 관계가 있는가?

④ 문학·현실·상상력의 관계는 어떠한가? 현실은 문학에 어떻게 작용하며, 문학은 현실에 어떻게 작용하는가? 문학과 사회적 행동, 문학과 유토피아

---

25 김현, 「책머리에」, 『분석과, 해석』, 문학과지성사, 1988, 4쪽.

적 꿈은 어떻게 결합되는가?

⑤ 문학이 필연적으로 언어를 매개체로 삼는다면, 문학 언어란 무엇인가? 문학

　언어를 통해 개인과 공동체는 어떻게 연결되는가?

⑥ 독자란 누구인가? 독자에 대한 인식은 창작에 어떤 영향을 미치는가?[26]


「한국문학을 위한 새로운 전망의 모색」이라는 주제로 기획된 『우리 세대의 문학』 2호에서는 1970년대 후반기부터 1980년대 전반기 문학에 대한 검토적 성격의 글이 실리게 된다. 위의 인용문은 그러한 기획의도를 구체적으로 명시해주고 있는 것으로, 주목할 부분은 "무엇을-어떻게"와 "문학·현실·상상력"을 동일 선상에 놓고 그 균형을 도모하고자 했다는 점이다. 더불어 그것을 위한 매개체로 "언어"를 명시하고 있다는 사실은 무엇보다 중요하다. "언어는 사회적 산물이 아니라 사회적 활동이며, 그 활동은 그 사회의 세계 전망과 밀접한 관련을 맺고 있다"[27]는 이전 세대부터 계승된 언어관 혹은 문학관과도 긴밀한 연관을 맺기 때문이다. 그리고 그것을 당면 과제 수행의 원동력이라는 이해 아래에서 다음 인용문에 접근해 보자.

현실에서 아무런 기댈 것도 찾지 못할 때, 그 현실을 넘어서려는 인간의 노력은 무엇에 의해 조명 받아야 하는가. 그것은 바로 현실을 거꾸로 뒤집는 행위, 즉 탈현실의 의지 또는 유토피아적 전망이다. (…중략…) 유토피아이지 못한 삶에서 이러이러한 것이 바로 우리가 지향해야 할 유토피아

---

26  우리에게 문학이란 무엇인가―70년대 후반기 및 1980년대 전반기 세대의 문학관」, 『우리 세대의 문학』 2, 문학과지성사, 1983, 62쪽.

27  김현, 「한국문학의 가능성」, 『창작과비평』 5, 창작과비평, 1970, 51쪽.

라고 제시하는 것은 불가능한 일이다. 그것은 이미 종교의 차원이지 인간의 문학의 차원이 아니다. 유토피아적 전망이라는 용어의 전망이라는 어휘가 적절하게 시사해 주듯이, 그들이 근거하는 유토피아는 현실 저편에 실재해 있는 이상세계가 아니라, 현실의 부정적 모습을 빠짐없이 들추어내고 그것의 비인간적 의미망을 캐어보기 위한 방법적 상징물이다.[28]

우리가 '문학'과 '사회'를 상호 포괄적인 관계로 파악하는 것도 이러한 인식을 기반으로 하여 궁극적으로 문학의 입장에서, 문학을 통해 사회 변혁의 전망을 획득하고자 하기 때문이다. 문학은 사회 밖에서 사회를 비판적으로 해석하거나, 또는 다른 방식을 통해 작용하는 것이 아니라, 서로가 서로에게 각인되고 인각을 남기는 관제에 있다. 문학은 사회 속에 존재하며 사회는 또한 문학 속에서 스스로의 존재와 구조를 발견해낸다. 문학은 스스로를 반성하면서 사회를 비판하고, 이러한 반성과 비판을 통해 스스로를 변화시켜 나가는 동시에 사회 변혁의 주요한 동인이 된다.[29]

위의 인용문은 두 지점 사이 보이는 단계성에 주목하여 접근할 필요가 있다. 먼저, 전자의 글은 정과리의 장편 평론의 일부를 가져온 것으로 거시적 관점으로의 '문학은 무엇인가'라는 질문을 보다 구체적으로 전환시키는 움직임을 보여주고 있다. 그는 당시 '지금-여기'의 문학의 기본 토대에 놓여있는 유토피아 이론을 언급하여 그 환상성과 불가성에 기대 있는 당대 담론의 모순적 행태를 날카롭게 지적한다. 그리고 "그것은 이미 종교의 차원이지 인간의 문학의 차원이 아니다"라며 "이상세계가 아니라"

---

28 정과리, 「소집단 운동의 양상과 의미-70년대와 지금」, 『우리 세대의 문학』 2, 문학과지성사, 1983, 23쪽.
29 「『문학과사회』를 엮으며」, 『문학과사회』 1, 문학과지성사, 1988, 14~15쪽.

262    해방 이후 동인지문학

"방법적 상징물"이라는 주장 전개 과정을 통해 '지금, 문학은 무엇인가'로의 확장을 시도하는 것이다. 그러나 이 같은 지적은 '배제'를 위한 주장으로 여겨질 위험성을 동시에 가지는 것이 사실이다. 그런 점에서 후자의 글인 『문학과사회』 창간사가 지니는 의미는 중요하다. 앞선 시기 별개의 것으로 인식해온 "문학과 사상 사이의 끊어진 고리를 다시 잇는"[30] 역할을 자임해왔던 계간지의 의의가 세대교체와 함께 "'문학'과 '사회'를 상호 포괄적 관계로 파악하는" 단계로 진행되며 "서로에게 각인되고 인각을 남기는 관계에 있다"는 나름의 결론을 도출하려 했기 때문이다. 즉, 당시 담론과의 필연적 관계성을 인지하고 그것을 하나의 구성적 요소로 포용한 뒤 그것을 위한 문학 장을 마련하는 데에 자신들의 존재 의의가 있음을 표명하고 있는 것이다.

이 같은 문학관은 출판 부문에서도 영향을 끼치게 된다. 『문지』 측이 스스로 밝히고 있듯 "현실적 주장이나 이념에 구애됨이 없이, 그가 얼마나 정직하게 세계를 싸우며, 체험하고, 그것을 개성적이고 창조적인 언어와 상상력으로 시적 성취를 획득하는가"[31] 하는 출판물 선정 기준을 확인할 수 있기 때문이다. 이데올로기에 근거하고 있는 작품보다는 사유로서의 언어에 그 근거를 두고자 한 것이다. 다음 장에서는 이를 면밀히 파악하기

---

30 "이전의 잡지들에서 문학과 사상은 별개로 나뉘어 있었다. 세상을 상상하는 행위와 세상을 이해하는 행위는 매우 무관했던 것이다. 상상은 이해를 참조하지 않았고 이해는 상상세계를 오직 이해의 대상으로서만 바라보려 하였다. (…중략…) 그런데 『문학과지성』과 『창작과비평』은 그들이 가지고 있는 또 다른 성격, 즉 '동인지' 혹은 '계간지'의 성격이 가리키듯 문학과 사상 사이의 끊어진 고리를 다시 잇는 데서 그들의 출발점을 삼았다" 정과리, 「『문학과지성』에서 『문학과사회』까지 ─ 계간지 활동이 이념과 지향」, 『문학과지성사 30년 1975~2005』, 문학과지성사, 2005, 162쪽.
31 「이번 호를 내면서」, 『문학과사회』 1, 문학과지성사, 1988, 422쪽.

위해 시인선으로 그 범위를 한정하여 고찰을 시도해보기로 한다.


## 4. 문학 기획의 『입 속의 검은 잎』

『문지』시인선의 기준은 ① 세계에 대한 사유 ② 개성적 언어의 구현으로 요약할 수 있을 것이다. 이를 종합하면 미학성의 근거가 무엇인지를 가늠할 수 있는데, 그런 의미에서 "현실에 대한 깊은 절망과 우울을 누구보다도 처절하게 밀고 나가려 했고, 도시 공간의 드라이한 이미지들을 통해 그 절망과 우울을 냉정한 사물들로 변용시킴으로써 자기 제어를 극단적으로 추구한"[32] 기형도의 존재와 죽음은 이중적 의미를 지닌다.

기형도 사후 출간된 『입 속의 검은 잎』에 대한 평가는 논자에 따라 그 의견이 분분한 것이 사실이지만, 대체적으로 그에게 쏟아지는 방대한 양의 관심에서 아우라가 감지되고 있는 듯하다.[33] 문제는 그 아우라가 어디에서 기인했냐는 것인데, 만일 그 주체를 시인이 아닌 출판 쪽으로 둔다면 그것에 대한 접근은 조금 더 수월해질 수 있다. 시집의 제목과 수록 작품 구성이 시인의 의도와 달랐다는 점,[34] 시인에 대한 지속적 관심에 연이어

---

[32] 「이번 호를 내면서」, 『문학과사회』 2, 문학과지성사, 1989, 863쪽.
[33] 주목할 만한 논의로는 이혜령의 「기형도라는 페르소나」(『상허학보』 56, 상허학회, 2019), 조연정의 「기형도와 90년대 – '환멸'이라는 형식과 '선언'을 대신한 '잠언'」(『구보학보』 22, 구보학회, 2019), 강동호의 「희망이라는 이름의 원리, 기형도의 90년대」(『사이間 SAI』 26, 국제한국문학문화학회, 2019)가 있다. 이들은 공통적으로 기형도가 1980년대에 활동했음에도 불구하고 '90년대 시인'으로 호명될 수 있는 이유에 주목하여 논의를 전개했다.
[34] 성석제에 따르면, 시인은 시집 제목으로 '정거장에서의 충고' 혹은 '길 위에서 중얼거리다'를 고민하였다. 목차 구성은 시인이 남겨놓은 원칙을 따랐다고 밝히고 있으나, 이영준 · 박해현 · 원재길 · 조병준 · 성석제가 고인의 발표시와 미발표시를 모두 포함하여 『문지』측에

출간된 추모 형식의 책이 일정 부분 영향을 미쳤다는 점[35] 등만 상기하더라도 그러한 추론은 가능성이 높아진다.

> 심보선 기형도는 텍스트화된 세계 안에서 헤매는 자 같아요. 벤야민도 자기를 그렇게 얘기하더라고요. 파리가 나한테 준 유일한 선물은 길을 잃도록 해줬다는 거다. 산책을 하는데 길을 찾으려고 하는 게, 길을 잃기 위해서 한다는 식이었죠. 파리가 벤야민에게 파노라마였던 것처럼, 기형도도 세상을 파노라마로 보고 그 파노라마를 헤매는 자기 자신이 사실은 얼마나 매력적이냐, 라고 고백하는 거죠. (…중략…)
>
> 하재연 기형도 시에서도 자신에 대한 환멸은 보여요. 사실 자신에 대한 환멸이라면 최승자 시인의 강력하게 있었고, 1980년대에도 있었다고 할 수 있지요. 그런데 기형도 시에서는 굉장히 지적인 환멸이랄까? 그런 게 느껴져요. 아까 기형도 시에서 '속'의 세계가 없다는 이야기도 나왔는데, 기형도에게서는 환멸의 구조 자체가 지적으로 잘 짜여 있다는 느낌이 들어요.[36]

기형도 시인의 20주기를 맞아 진행된 좌담 현장에서는 그와 관련된 중요 단서들이 포착된다. 그들은 '기형도가 열어준 지점'에 대한 각자의 의

원고를 전달했다는 것 역시 확인할 수 있다. 성석제, 「기형도, 삶의 공간과 추억에 대한 경멸」,『정거장에서의, 충고』,문학과지성사, 2009, 172~173쪽.

35 『문지』는『사랑을 잃고 나는 쓰네』(솔출판사, 1994)에 수록됐던 작품 및 미발표작 20편, 소설과 에세이 등을 포함한 산문을 새로 추가하여『기형도전집』(기형도전집 편집위원회 편, 1999)을 시작으로,『정거장에서의 충고』(박해현·성석제·이광호 편, 2009),『어느 푸른 저녁』(강성은·강혜빈·곽은영 외 85명, 2019) 등 10년 주기로 기형도 관련 문집을 발간했다.

36 김행숙·심보선·하재연·김경주·조강석, 「좌담―2000년대 젊은 시인들이 읽은 기형도」,『정거장에서의 충고』, 문학과지성사, 2009, 39~40쪽.

견을 주장하던 중 동시대 여타의 작품과는 구별되는 '차별성'에 동의하면서 그 원인으로 작품에 내재한 '알레고리적 시선'을 주목하게 된다. "텍스트화된 세계 안에서 헤매"던 시인이 "세상을 파노라마로 보"게 된 이후 "지적으로 잘 짜여 있"는 "환멸"을 작품으로 구현할 수 있게 됐다는 것이다. 마치 사유로서의 모더니티에 대한 고찰이 담겨있는 발터 벤야민의 『아케이드 프로젝트』의 댄디적 영웅인 '산책자'[37]와도 같은 형상을 상기하게 하는데, 바로 이 부분에서 그것이 '출현'이 아닌 '설정'으로 해석될 가능성 역시 생성되는 것이다. 『문지』의 시인선 기준에 대한 언급, 이후의 유작으로써의 『입 속의 검은 잎』 출간, 그리고 추모 형식의 문집과 좌담 형식의 행사를 시간성의 맥락에서 추적하는 것이 아니라 '텍스트화된 세계 안에 지적으로 잘 짜여 있는' 전략적 측면으로 접근하는 경우에서이다.

① 그러나 서울은 좋은 곳입니다. 사람들에게

분노를 가르쳐 주니까요. 덕분에 저는

도둑질 말고는 다 해보았답니다.

조치원까지 사내는 말이 없다. 그곳에서

그를 기다리고 있는 것은 무엇일까. 그의 마지막 귀향은

이것이 몇 번째일까, 나는 고개를 흔든다

(…중략…)

조치원이라 쓴 네온 간판 밑을 사내가 통과하고 있다.

---

**37** 산책자(Flaneur)를 명확히 규정한 이론은 없다. 다만 발터 벤야민의 『아케이드 프로젝트』를 따르면, 근대화를 이룬 19세기 파리의 화려한 거리를 관조적 시선으로 응시하는 고독한 감수성의 소유자(남자)로, 발터 벤야민은 그 전형을 보들레르에게서 발견할 수 있다고 주장한다. 발터 벤야민, 조형준 역, 『아케이드 프로젝트』 1, 새물결, 2005 참조.

나는 그때 크고 검은 한 마리 새를 본다. 틀림없이

사내는 땅 위를 천천히 날고 있다. 시간은 0시.

눈이 내린다.

「조치원」 부분

② 김은 상체를 구부린다, 빵 부스러기처럼

내겐 얼마나 사건이 많았던가, 콘크리트처럼 나는 잘 참아왔다

그러나 경험 따위는 자랑하지 말게, 그가 텅텅 울린다, 여보게

놀라지 말게, 아까부터 줄곧 자네 뒤쪽에 앉아 있었네

(…중략…)

김은 중얼거린다, 누군가 나를 망가뜨렸으면 좋겠네, 그는 중얼거린다

나는 어디론가 나가게 될 것이다, 이 도시 어디서든

나는 당황하지 않을 것이다, 그래서 나는 당황할 것이다

그가 김을 바라본다, 김이 그를 바라본다.

「오후 4시의 희망」 부분

③ 어두운 방 한복판에서 김은 짐을 싸고 있다. 그의 트렁크가 가장 먼저 접수한 것은 김의 넋이다. 창문 밖에는 엿보는 자 없다. 마침내 전날 김은 직장과 헤어졌다. 잠시 동안 김은 무표정하게 침대를 바라본다. 모든 것을 알고 있는 침대는 말이 없다. 비로소 나는 풀려나간다, 김은 자신에게 속삭인다, 마침내 세상의 중심이 되었다.

「그날」 부분

위에 인용된 작품들은 공통적으로 도시 공간을 바라보는 주체인 '나'가

등장하고 있다. '나'의 시선이 닿는 사물 혹은 사람과의 사이에는 일정한 거리가 확보되어 다소 냉소적 분위기를 자아내기도 하는데, 중요한 것은 이러한 과정 중 인칭의 분열이 포착된다는 점이다. ①의 "그"와 "나", ②의 "김"과 "그"와 "나", ③의 "김", "나"의 주어 사용이 다수의 인물 등장만을 지칭하는 것이 아니라 '나'가 세상을 바라보는 과정에서 겪은 혼란·절망·방황으로 주체의 분열이 시작되고 있음을 예감케 하기 때문이다. 그것은 기형도 작품세계의 특징적인 요소 중 하나로, 90년대의 시의 경향과도 그 맥락에 있어서 일치를 보이는 지점이기도 하다.

사실, 1980년대와 1990년대를 10년 단위로 구분하여 서술하고자 하는 문학사의 관습에 따르자면 그 기준은 '개인화' 혹은 '내면화' 여부에 있을 것이다. 독재정권의 몰락이라는 공통의 목적이 달성된 이후 집단은 해체되고 가치 지향점이 개인으로 이동한 것처럼 문학 역시 내면화 과정을 겪으며 문학적 성취 역시 획득할 수 있었던 것이다. 그리고 "80년대가 강요한 문화적 공백"[38]에 대한 인지를 분명히 하고 있었던 『문지』측의 문학적 대응 중 하나로 『입 속의 검은 잎』이 선택됐다면, 기형도의 활동 시기가 1980년대였음에도 불구하고 1990년대 시인으로 호명되는 단서 획득의 가능성을 높일 수 있을 것이다. 즉, 1980년대의 특수성이 90년대의 보편성으로 연결되는 경우이다.

시집의 제목으로 채택된 「입 속의 검은 잎」을 그러한 관점에서 접근해보자. 시대적 사건과 우울을 예감케 하는 "그 일이 터졌을 때" "먼 지방에

---

[38] 『문학과사회』 창간호 편집 후기에서는 1980년대 무크지운동의 의미를 점검하는 기획에 대해 "80년대가 강요한 문화적 공백을 타개하기 위해 돌출해 만개한 무크지운동의 의의와 한계를 살피기 위해 마련되었다"고 언급하였다.

있었다"는 구절은 화자와 시대성 사이에 거리감을 생성해주는 동시에 당시 실천적 의미로서의 작품들과의 차별성까지 획득하게 해준다. 또한 "내 입 속에 악착같이 매달린 검은 잎이 나는 두렵다"는 마지막 구절은 내면화 과정으로, 1990년대의 보편성으로 이끄는 역할을 수행하고 있다는 것을 확인할 수 있다. 반면, 시인이 제목으로 생각한 「길 위에서 중얼거리다」, 「정거장에서의 충고」는 내면화 과정에 집중한 작품으로, 두 시대 사이 경계점을 획득하기에는 다소 어려운 것이 사실이다.

또 한 가지 주목할 점은 시집의 해설을 맡은 1세대 김현과 뒤이어 해당 작품에 대한 해설을 맡았던 2세대 정과리와의 비평적 관점의 차이이다. 우선적으로, 김현은 기형도의 작품을 '그로테스크 리얼리즘'이라 명명하며 '보편성'을 부여하고자 했는데, 이 과정에서 작품 속 부정적 이미지에 집중한 분석으로 "아무리 비극적인 세계관에 침윤되어 있더라도, 대부분의 시인들은 낙관적인 미래 전망의 흔적을 보여준다"[39]며 동시대에 활동한 이성복·황지우의 작품관과는 구분을 짓고자 한다. 즉, 기형도 작품의 보편적 가치를 주목하면서도 그 주된 특징인 '죽음'을 상실시키지 않고자 한 것인데, 여기에서의 '죽음'은 이후 10년 뒤인 1990년대의 끝자락에서 정과리의 구조적 분석으로 "사건이 아닌 작동으로" 그 성격이 바뀌며 주체의 자리에 위치하게 된다.[40] 신화적 존재가 되어버린 기형도 작품의 비밀이 시인-독자의 자리를 뒤바꿔놓는 작품의 내재적 구조에 존재한다고 분석한 것이다. 즉, 시인이 타자가 되고, 타자는 주체가 됨에 따라 앞서 언급한 90년대

---

39 김현, 「영원히 닫힌 빈방의 체험 ─ 한 젊은 시인을 위한 진혼가」, 『입 속의 검은 잎』, 문학과 지성사, 1989, 152쪽.
40 정과리, 「죽음, 혹은 순수 텍스트로서의 시 ─ 『기형도전집』에 부쳐」, 『무덤 속의 마젤란』, 문학과지성사, 1999, 87쪽.

작품의 특징인 '개인화', '내면화' 과정과 닿아 있음을 언급한 셈이다.

이렇듯 『입 속의 검은 잎』의 현재적 의미를 파악하는 것은 문학사 내에서의 주요한 작업이 될 수 있다. 단 한 권의 시집으로 '포스트 기형도 세대'를 이끌었던 지대한 영향력도 그러하지만, 그것이 가능했던 근본적 이유에 '문화적 공백기인 1980년대'를 설명할 수 있는 단서가 내포되어 있기 때문이다. 한정된 텍스트로 추가적 결과물을 획득하기에 많은 한계가 따름에도 불구하고 기형도의 작품에 수많은 연구자가 주목하는 이유가 그것을 증명해주는 지점일 것이다.


## 5. 나가며

1980년대는 시대의 강요에 의해 문화적 암흑기를 겪을 수밖에 없었다. 그럼에도 불구하고 그것을 극복하기 위한 다양한 움직임이 포착되는 특징이 존재하는 것 또한 사실이다. 그러한 성과들은 그 자체만으로도 의의가 있는 것이 분명하지만, 그것에만 한정된 단편적인 시각으로의 접근은 해당 시기를 '신화적 공간'으로 몰아넣는 또 다른 강요를 불러올 위험성을 내재할 수밖에 없다. 해당 시기가 가지는 '지금-여기'로의 문학과 필연적 관계를 부정할 수는 없지만, 앞서 언급한 어느 평론가의 주장처럼, 현실에 닿을 수 없는 '환상성'에만 기대어 있는 문학이 과연 어디까지 문학일 수 있겠냐는 근본적 문제를 마주할 수밖에 없는 것이다. 1980년대를 상징하던 '무크지운동'이 1990년대의 등장으로 증발의 형태를 보이며 문단 내에서 소멸해버린 사실은 그러한 지점을 증명해주는 듯하다.

결국, 오늘날 문학은 독자적으로만 존재할 수 없다는 결론을 가져오게 된다. 작품은 현실과의 사이에서, 또 작가는 독자와의 사이에서 긴밀한 연관성을 맺으며 발전적 형태로 나아갈 때, 문학성뿐만 아니라 문학사적으로도 그 의의를 획득할 수 있다는 것이다. 그러한 의미에서 앞선 시기의 한계를 인식하고 그에 따른 자성적 움직임을 문학의 본령 내에서 도모하고자 했던 『문지』의 활동은 해당 시기의 '심리적 거리감'을 소거하고 문학사적 작업을 체계적으로 전개해가는 데에 중요한 단계가 될 수 있다. 비록 동인지적 성격의 폐쇄적 구조가 완벽히 해소된 것은 아니라는 지적을 피할 수는 없겠지만, '긍정적 의미로의 문학주의에 입각한 문학과 사회'로 나아가기 위해 다양한 문학적 대응을 보여주었다는 측면에 주목한다면, 급격한 단절을 상기하는 문화적 상황에서도 연계적 흐름을 지속했음을 확인할 수 있기 때문이다.

　이 글에서는 그에 따른 성과에 주목하여 10·26 직후부터 '무크지시대'에서의 매체 활동과 출판 부문에 접근하여 『문지』의 문학적 공간에 대한 고찰을 시도해보았다. 제2절에서는 1세대와 차별화된 편집진의 확대 등에 주목하고자 하였고, 제3절에서는 '세대'에서 '시대'로 변주를 이뤘듯 '지성'이 '사회'로 나아갈 수 있었던 원동력에 접근하고자 했으며, 제4절에서는 출판 부문에 주목하여 1990년대 시인으로 평가받는 기형도의 『입 속의 검은 잎』을 파악하고자 하였다. 물론, 이 모든 과정을 전반적으로 조명하는 데에 초점을 맞추어 논의를 전개하는 과정에서 충분히 해명되지 못한 지점들이 존재하는 것이 사실이다. 그러한 부분들에 대한 자세한 분석들이 차후의 과제가 될 것이다.

# 참고문헌

**기본자료**

『문학과사회』 1·2, 문학과지성사, 1988.

『문학과지성』 39·40, 문학과지성사, 1980.

『우리 세대(시대)의 문학』 전권

기형도전집 편집위원회 편, 『기형도전집』, 문학과지성사, 1999.

기형도, 『입 속의 검은 잎』, 문학과지성사, 1989.

**단행본**

강성은 외, 『어느 푸른 저녁』, 문학과지성사, 2019.

권오룡 외, 『문학과지성사 30년 1975~2005』, 문학과지성사, 2005.

기형도, 『사랑을 잃고 나는 쓰네』, 솔, 1994.

김현, 『분석과 해석』, 문학과지성사, 1988.

박해현 외, 『정거장에서의 충고』, 문학과지성사, 2009.

발터 벤야민, 조형준 역, 『아케이드 프로젝트』 1, 새물결, 2005.

정과리, 『무덤 속의 마젤란』, 문학과지성사, 1999.

피에르 부르디외, 하태환 역, 『예술의 규칙-문학 장의 기원과 구조』, 동문선, 1999.

**논문**

강동호, 「반시대적 고찰-1980년대 '문학과지성'과 『우리 세대의 문학』」, 『상허학보』 52, 상허학회, 2018.

_____, 「희망이라는 이름의 원리, 기형도의 90년대」, 『사이間SAI』 26, 국제한국문학문화학회, 2019.

고은 외, 「민중시대와 실천문학-『실천문학』 제1권의 보안판에 붙여」, 『실천문학』 1, 실천문학, 1980.

고봉준, 「80년대 문학의 전사, 포스트-유신체제 문학의 의미-1989.12.12부터 1983년까지의 비평 담론」, 『한민족문화연구』 50, 한민족문화학회, 2015.

김현, 「한국문학의 가능성」, 『창작과비평』 5, 1970.

김문주, 「1980년대 무크지운동과 문학장의 변화」, 『한국시학연구』 37, 한국시학회, 2013.

_____, 「무크지 출현의 배경과 맥락-『마산문화』를 중심으로」, 『현대문학의연구』 43, 현대문학연구회, 2011.

김성환, 「1960~1970년대 계간지의 형성과정과 특성 연구」, 『한국현대문학연구』 30, 한국현대문학회, 2010.

배하은, 「'시민'적 주체와 이념의 문학사적 재구성-김윤식·김현의 『한국문학사』 연구」, 『한국현대문학연구』 48, 한국현대문학회, 2016.

백낙청, 「1980년대를 맞이하며」, 백낙청 회화록 간행위원회 편, 『백낙청 회화록』 1, 창작과비평.

신두원, 「1980년대 문학의 문제성」, 『민족문학사연구』 50, 민족문학사연구소, 2012.

이혜령, 「기형도라는 페르소나」, 『상허학보』 56, 상허학회, 2019.

전승주, 「1980년대 문학(운동)론에 대란 반성적 고찰」, 『민족문학사연구』 53, 민족문학연구소, 2013.

조연정, 「기형도와 90년대-'환멸'이라는 형식과 '선언'을 대신한 '잠언'」, 『구보학보』 22, 구보학회, 2019.

천정환, 「1980년대 문학·문화사 연구를 위한 시론 (1)-시대와 문학론의 '토픽'과 인식론을 중심으로」, 『민족문학사연구』 56, 민족문학사연구소, 2014.

한영인, 「글 쓰는 노동자들의 시대-1980년대 노동자 "생활글" 다시 읽기」, 『대동문화연구원』 86, 성균관대 대동문화연구원, 2014.

# 『시운동』의 견유주의 정신과
# 1980년대 문학의 정치주체 재론

김웅기

## 1. 들어가며

비교적 최근에 속하는 1980년대 문학에 대한 연구는 재래의 문학지형 내지는 제도권 문학 담론의 '타자'로써 기능했다고 평가되었던 다양한 형태의 무크지문학과 동인지문학을 새롭게 해석하고 있다. 본격적인 '무크지 / 동인지의 시대'는 1979년 긴급조치 9호의 해제 이후 12·12사태로 인한 언론 통제로 다수의 언론인이 출판업에 뛰어들기 시작하면서 전개되었다.[1] 이러한 사정 때문에, 1980년대 무크문학 및 동인지문학의 운동

---

[1] 고봉준, 「80년대 문학의 전사(前史), 포스트-유신체제문학의 의미 — 1979.12.12부터 1983년까지의 비평 담론」, 『한민족 문화연구』 50, 한민족문화학회, 2015, 417~418쪽 참조; 그에 따르면, "국민 다수는 박정희의 죽음을 긍정의 징후로 받아들였다"는 당시 대중의 생각을 추수할 수 있다. 그 이유는 "1979년 12월 8일 긴급조치 9호가 해제되면서 김대중을 비롯한 시국 관련자에 대한 사면" 및 복권 조치가 이뤄짐에 따라 자연스럽게 새로운 정치 환경이 구성되었기 때문이다. 이러한 새로운 정치 환경은 사회, 문화적으로 많은 변화와 민주정치라는 새 국면을 기대하게 만들었을 것이다. 물론 머지않아 일어난 12·12사태

양상은 제도권이라는 힘의 균형을 무시하고는 이야기될 수 없다. 김문주는 1980년대 문학에 대해 무크지의 본격적 등장이 『창비』와 『문지』의 폐간 이후에 생긴 공백에 자극을 받은 반작용의 효과로 드러난 것임을 인정하면서도, 그 범주를 『실천문학』을 비롯한 수도권문학뿐만 아니라 지역문학, 여성문학, 르포나 수기 등으로 장르 및 공간의 제약을 탈피하여 해석하고 있다.[2] 그는 종래의 한국문학사가 무크지운동을 현실에 저항하기 위한 일종의 게릴라 운동으로 소략하고 있는 점에 문제를 제기하면서, "80년대 무크지를 민중문학의 일부로서 수렴하는 일반적인 시각과 달리 종전의 문학 개념을 변혁하고자 하는 경계허물기의 일환"[3]으로 보고자 했다. 이는 1980년대 문학장을 이중으로 해석하는 시선에서 기인하는 전제라 볼 수 있다. 먼저 5·18민주항쟁1980으로 말미암은 정치 폭력의 군상을 직/간접적으로 목도한 사회 문화 각층의 지식인들에게 표상적/잠재적 '적'은 바로 정부라는 하나의 구도가 존재했다. 여기에 문학의 차원에서 또 다른 구도가 하나 더 존재했는데, 그것은 1970년대 제도권문학의 힘의 균형을 자연스레 상속받았던 '창비'와 '문지'라는 양 진영의 대립 구도의 계승과 그 제도권 안에 속하지 못한 문인들의 욕망 표출이 맞서는 형국이라는 사실이었다. 이에 따라 1980년대 무크지문학은 제도권문학의 '타자'로 남는 것이 아니라 그것을 한국문학사에 어떻게 주체로 편입시킬

---

로 전두환 중심의 신군부 세력이 급속도로 정권을 장악하고 이듬해 광주에서의 비극이 벌어진 것을 생각해보면, 자유 및 민주주의에 대한 국민들의 막연한 기대가 실현된 것은 결코 아니었다. (위의 글, 416쪽)

2 김문주, 「무크지 출현의 배경과 맥락-『마산문화』를 중심으로」, 『한국근대문학연구』 30, 한국근대문학회, 2014 참조.

3 김문주, 「1980년대 무크지운동과 문학장의 변화」, 『한국시학연구』 37, 한국시학회, 2013, 86쪽.

지에 대한 재론으로서 연구대상이 된 것이다. 그러나 이와 같은 연구경향은 당시 무크지 및 동인지문학의 본질적인 가치를 정치적 구도로만 이해한다는 한계를 갖고 있다.

따라서 무크문학을 '타자'의 삶 속에 침투한 '타자 글쓰기'의 일환으로 해석하는 것에 대한 문제제기가 필요했다. 그것은 1980년대 문학의 정체성을 온전히 '타자 글쓰기'의 일환으로만 수렴시킬 수 있는지, 또는 '서발턴은 쓸 수 있는가'라는 근본적인 물음 앞에서 논의 자체가 다소 무기력해지는 것은 아닌지에 대한 반성적 담론으로서 접근하는 것이었다.[4] 이와 같이 무크지를 비롯한 지역문학 또는 여성문학으로서 1980년대 문학장을 재론하는 흐름 가운데 기존 담론의 급진적 성격으로 새롭게 호명된 동인지는 『반시』1976, 『시운동』1980, 『시와 경제』1981, 『5월시』1981 등이었다. 이 중에서 상징주의문학 기반의 동인은 '시운동'이 유일했는데, 이에 대해서는 김예리의 논의를 살펴볼 필요가 있다. 그는 『시운동』을 탐색하기 위한 전제로 우선 무크문학[5]을 '타자 글쓰기'의 소산으로 이해하거나, 단순히 '타자의 주체화 과정'으로 바라보는 것을 지양한다. 그는 오히려 무크문학을 "제도의 반성적 해체의 맥락 속에서" 보는 것이 더 온당하다

---

4 이와 같은 논의로는 다음을 참조. 천정환, 「서발턴은 쓸 수 있는가−1970~80년대 민중의 자기재현과 "민중문학"의 재평가를 위한 일고」, 『민족문학사연구』 47, 민족문학사학회·민족문학사연구소, 2011; 김은하, 「1980년대, 바리케이트 뒤편의 성(性)전쟁과 여성해방문학운동」, 『상허학보』 51, 상허학회, 2017; 임세진, 「문학(성)의 민주화와 민중 언어의 실천−대전지역 무크지 『삶의 문학』을 중심으로」, 『겨레어문학』 59, 겨레어문학회, 2017; 이선옥, 「1980년대 여성운동 잡지와 문학논쟁의 의미−『또하나의 문화』, 『여성』을 중심으로」, 『여성문학연구』 43, 한국여성문학학회, 2018.

5 그의 논의에서 무크문학과 동인지문학의 차이성을 따로 밝혀두고 있진 않으므로 통상적 표현으로서 무크문학이란 표기를 따르기로 한다. (김예리, 「80년대 '무크문학'의 언어 풍경과 문학의 윤리−『시와 경제』와 『시운동』을 중심으로」, 『국어국문학』 169, 국어국문학회, 2014 참조)

고 주장하는데, 그 이유로『시운동』이 보여준 문학 제도 해체의 가능성을 설명한다. 그에 따르면『시운동』이 만들어내는 '상상력의 이미지로서' "의미적 공백"은 곧 권력화 되어 있는 문학제도를 원천적으로 거부하고 있는 태도로 볼 수 있다. 그것은 곧 "사회적 상징성 너머를 향한 움직임을 보여"주는 것으로, "『시운동』은 언어의 개념적 경계가 세워지기 전의 충동적인 공간으로 물러섬으로써 '언어적 의미 질서로서의 현실'을 능가하는 가능성의 세계를 시적 이미지를 통해 보여"[6] 준다고 파악한다. 이는『시운동 4-그 저녁 그 나라』[1982]가 출간이 되었을 때, 채광석의 "쇠그물의 좁은 구멍에 머리를 들이밀고 몸부림치는 자의 마지막 단계"[7]와 같은 동시대적 평가로 인해 현실 인식의 결여 혹은 지나친 자의식 과잉으로만 치부되었던 '시운동'에 대한 재구를 충분히 이뤄냈다는 점에서 그 의의에 주목하지 않을 수 없다. 다만 이 글의 문제의식이 촉발된 지점도 이곳과 동일하다. 다음을 살펴보자.

> 사람들을 '자동적 의식intransitive consciousness'의 울 안에 가두고 전반적으로 '침묵문화culture of silence' 또는 복창문화에의 매몰을 가져온다. 그런 사회에서 지배체제는 체제 자체와 그 촉수인 대중매체와 제도교육 등을 통해 사람들을 지배체제의 세계관 속에 매몰시키는 것이다. 따라서 침묵문화가 지배적일 때 사람들은 자동적 의식이나 '나이브한 비판의식'에 머물기 쉽다. 전자는 문제를 주입받은 남의 세계관으로 보기 때문에 주체로서의 인간

---

6   김예리, 앞의 글, 187쪽.
7   채광석, 「부끄러움과 힘의 부재─『시운동』과『시와 경제』에 대하여」, 『한국문학의 현단계』 2, 창작과비평, 1983, 67~68쪽.

을 사상撖象하며 후자는 인간과 세계의 살아있는 관계를 피상적으로 인식함으로써 현실에서 유리된 개인적 감상주의에 집착하거나 구호적 감상주의에 빠져든다. 이럴 경우 문학은 살아 움직이는 주체와 세계의 관계를 박제된 꿈속에 가두고 정체 모를 '아프다 아프다 병病'의 오염지대가 되고 마는 것이다.[8]

"우리 문학인은 지난 수년간의 고립 분산과 태만을 깊이 반성하면서 그간의 축적된 역량과 새롭게 성장한 역량들을 한 데 엮어 이 위기를 극복하는 데 우리의 모든 문학적 사회적 실천을 쏟아나갈 것"[9]이라 선언한 바 있는 채광석은 민족문학의 좌장이라는 타이틀에 걸맞게 민족문학론자 중에서도 가장 급진적인 관점에서 1980년대 리얼리즘의 당위적 호명을 앞장세운 인물이었다. 그는 문학에 있어서 현실과 유리된 자아적 인식으로 발현된 감각을 철저히 배제시키고 있는데, 그 이유는 그러한 경향 자체가 고도의 경제성장과 더불어 대중매체 및 언론에 대한 끊임없는 검열과 지배를 통해 입지를 다져나간 신군부 세력의 통치체제 속에서 거대한 "침묵문화 또는 복창문화"를 형성하는 것이라 보기 때문이다. 그렇기에 이 침묵문화에 매몰된 문학은 곧 개인적 혹은 구호적 감상주의에 불과하며, 주체적이지 않은 타자의 목소리로 전락해버리고 마는 것이다. 「부끄러움과 힘의 부재─『시운동』과 『시와 경제』에 대하여」1983를 통해 채광석이 '시운동'을 콕 집어 그들의 작품을 자동적 또는 반자동적 의식의 문학적 표현으로서 순수문학·예술지상주의를 표방하려다 극단적인 개인에의 함몰을

---

8  채광석, 앞의 글, 56~57쪽.
9  박선욱, 「1980년대 민족문학의 좌장(座長) 채광석」, 『웹진 대산문화』 가을, 2010. (http://www.daesan.or.kr/webzine/sub.html?uid=1785&section=sc12&section2=&ho=43)

빛은 사례로 평가한 까닭도 이러한 관점에서 연유하는 것이라 볼 수 있다. '시운동'에 대한 동시대적 비판이 이처럼 민중문학 진영의 인물들에 의해, 1980년대에 제대로 소화되지 않고 소략된 점을 감안한다면, 김예리의 언급처럼 '언어 질서 이전'의 상상력을 동원하여 새로운 가능성을 타진한다는 해석도 충분한 의의가 있다고 판단된다. 하지만 강조한 '원시적 상상력'의 정제와 '시운동'의 1980년대 정체성 확립의 기점이 되는 후반기 작업에 대한 논의는 여전히 1990년대 문학에 급히 수렴된 감이 없지 않다.

"당시만 해도 문학 동인을 결성하는 일은 그렇게 특별한 일이 아니었다. 거의 모든 대학마다 문학 동아리가 몇 개씩이나 생겼다가는 사라졌"[10]다는 박철화의 회고를 통해 '시운동'의 동인 결성이 특별한 확신이나 목적의식을 가지고 결성된 결사체라고 판단하기는 어려운 것이 사실이다. 이를 반증해주는 또 하나의 근거는 『시운동』 제1집1980에 안재찬의 「돌들의 사랑」 발문을 제외하고는 결사체의 성격이나 정체성을 짚을 수 있는 권두언이나 날개문도, 평론이 일체 실리지 않았다는 점이다. 그러나 이십 대 초반의 대학생들이 모여 만든 이 동인지는 1991년 제14집 『지상의 울창한 짐승들 ─ 숲의 시』를 끝으로 그 '운동'이 멈추기 전까지, "이문재와 남진우, 장정일과 황인숙, 기형도와 박주택 등등의 시인들이 속속 이 진영에 가세"[11]함으로써 대학사회를 넘어 점차로 다양한 세계관을 수용해가며 1980년대를 정면으로 자생한 시 전문지였다. 특히 1986년에 발간된 『시운동』 제8집1986에서는 '언어공학'이라는 표제를 통해 문학적 방법론을

---

10 박철화, 「상상력과 현실 사이 ─ 80년대를 관통한 시 동인 '시운동'의 자리」, 『웹진 대산문화』 여름, 2010.(http://www.daesan.or.kr/webzine/sub.html?uid=1705&section= sc12&ho=41)

11 박철화, 위의 글 참조.

강구하는 등 동인의 지속적 쇄신을 시도하는데, 이러한 후생적 발전 양상은 그들의 목적의식이 단순히 언어질서 이전의 상상력을 통한 인정투쟁의 한 방식으로 그치지는 않았다는 사실을 유추하게끔 한다.

또한 채광석의 '시운동' 동인에 대한 평가도 '날선 비판'에만 집중되어 소모된 경향이 있다. 그는 '시운동'에 대해 고조된 비판을 가했지만, 한편으로는 프레이리의 프락시스를 통한 '이름붙이기naming the world'의 상상력을 전제할 수 있다면 그들 나름의 문학운동을 소명할 수 있을 것이란 기대를 표하기도 했다. 프락시스praxis란 주체적 인간으로서 현실을 인식하는 관계성의 형상화 과정에서 이미 '버린 몸'을 다시 버리는 과정에서 언어는 기존의 관계와 결별하고 새로운 관계를 얻음으로써 비로소 힘을 가짐을 의미한다. 채광석의 억센 채찍에 가려진 이와 같은 '당근'은 『시운동』의 그간의 문학적 성과를 규준할 수 있는 중요한 기준이 될 수 있다. 따라서 이 글은 '시운동' 후반기에 해당하는 『언어공학 1 - 시집편』1986과 『언어공학 2 - 평론편』1986을 중심으로 아직 추수되지 않은, 그들이 스스로 정체성을 더욱 공고하게 확립하기 위한 시도를 검토하고 이에 따라 1980년대 문학장에서 정치주체로서 『시운동』의 자리를 다시금 규명하는 것에 목적이 있다.[12]

---

12 기존의 논의가 '시운동'의 문학적 추구 또는 정체성이 1980년대 문학의 자장 속에서 어떠한 위치를 가지는지에 대한 인정투쟁의 소산, 또는 이른바 참여문학자들의 논리에 의해 매도되다시피 했던 문학성 자체를 재구하는 것에 관심을 기울인 것이라면, 이 글은 1980년대 참여문학의 당위성이 점차로 강화되고 있는 상황, 그리고 『한국문학의 현단계』 2와 『우리 세대의 문학』의 무크지 활동을 통해 결코 사라지지 않은 '창비 대 문지'라는 진영 논리의 제도문학이 간과하고 있는 새로운 서정성을 통해 '시운동'이 내는 '목소리'가 정확히 어떤 것인지 살피고, 그들의 목소리가 자연히 감각하고 있는 정치성을 발견하는 것에 목적이 있음을 밝힌다.

## 2. 지형의 균열이라는 상상 『시운동』의 자리

"가깝게는 외국문학을 전공한 '문학과지성' 동인이 스승이자 선배로 자리잡고 있었으나 문학과지성 동인에게 적통嫡統은 따로 있었다"는 박철화의 언급은 『시운동』의 자생력을 더욱 강조해준다. 그의 회고는 『시운동』을 새로운 자리를 찾아가는 과정에서 "초기의 '서양 신화적 상상력'이 강렬했던 만큼 자폐적이었다는 사실을 시인하면서도, 1980년대 중반 이후 '시운동'의 궤적은 새로운 서정성, 일상과 도시에 대한 관심 등을 통해 성숙한 개화로 이어"[13]진다는 동인 자체의 역동성을 짐작케 한다. 이 역동성을 추적하기 위해서는 새 시대의 지반을 먼저 차지하고 있었던 기성문단의 자리부터 먼저 살펴볼 필요가 있다.

현실세계에 전면화 되어 있는 폭력에 대항하는 '실천하는 문학'의 기조를 보인 1970년대 민족문학의 주류였던 『창비』가 사라진 자리[14]에는, '창비'의 무크지 『한국문학의 현단계』와 계간지로 기획했다가 제도에 따라 무크지로 전환한 『실천문학』, 이외에도 『반시』, 『5월시』, 『시와 경제』 등

---

13 박철화, 앞의 글 참조.
14 지속적으로 강조하고 있는 바, 1980년대 문학은 세대가 전환되는 초기서부터 상당한 지형 변화를 겪어야 했음은 주지의 사실이다. 그것은 계간지 폐간 조치 및 언론 통제 속에서 어쩔 수 없이 문학이 소집단화의 양상으로 나아가는 압제적 상황뿐만 아니라 1970년대 문학의 소산을 어떻게 계승하면서도 세대론적인 차원에서 재생산되지 않는 '새로운 문학'을 할 수 있을지에 대한 궁극적 고민이 다양한 문학집단을 통해 양산되는 측면의 영향도 있었다. 이 과정에서 80년 5월 광주에서 일어난 참극을 모두가 목도했으므로, 민중을 중심으로 일어난 민중문학 / 참여문학이 1980년대 문학을 지배하는 형국이 된 것은 어쩌면 당연한 일이었다. 이러한 비정상적 국가의 통치하에서 순수하게 문학의 예술성을 주창한다는 것은 민주주의와 인권이 결여된 사회에서는 소시민적 군상이거나 패배주의에 도태된 것으로 치부될 것이 뻔했기 때문이다. 심지어 민중문학의 최전선에 선 인물들에게 그러한 관점은 '사치'로 느껴지는 것이기도 했다.

민중문학을 표방하는 문학집단이 자리를 잡았다. 이들에게 있어 문학의 주체는 '노동자, 농민'이었으며, 문학과 강력하게 결부시켰던 사회적 기표는 '노동, 혁명, 실천, 민중, 해방' 등이었다. 특히 민중문학론은 비평을 통해 강조되고 관철되었다. 1970년대부터 기조를 굳건히 해온 "민중적 민족문학론, 노동해방문학론, 민족해방문학론 등이 그것으로 문학의 특수성에 기초하기 보다는 변혁노선의 이념적 등가물이거나 사회과학이론에 기대 정치적 논리적 성격을 과도하게 표출"[15]하였던 것이다. 하지만 그들에게는 단순히 문학의 정치를 이행하는 차원에서 '시'나 '소설'을 동원하는 구호문학의 한계를 벗어나야 한다는 과제도 있었다. 따라서 1970년대 민중문학과는 다른 차원의 문학적 시도가 필요했다. 다음의 글을 살펴보자.

> 분단시대를 사는 한국인의 경우 분단의 진실을 알고 분단에 거역하는 일을 각자가 놓인 자리에서 온몸을 다해 이행할 때 자신에게 주어진 삶과 화해하며 이웃들과 화해하는 경지에 저절로 들어서 있다고 보아도 무방할 것이다. 그러므로 우리는 분단 극복 의지의 표현이 곧 삶과의 종교적 화해를 뜻하게 되는 몇 편의 시에서 분단시대에 대한 인식의 진전과 리얼리즘으로의 전진을 동시에 보았고, 민족분열의 상처를 새로이 더듬으면서 분단시대 삶의 의미를 묻는 소설들을 같은 차원에서 평가하기도 했다.[16]

---

15 홍성식, 「1980년대 민족·민중문학 논쟁 연구」, 『새국어교육』 78, 한국국어교육학회, 2008, 467쪽.
16 백낙청, 「민족문학의 새로운 고비를 맞아」, 백낙청 편, 『한국문학의 현단계』 2, 창작과비평사, 1983, 46쪽.

「민족문학의 새로운 고비를 맞아」1983에서 백낙청은 '화해'를 제시한다. 그는 화해가 단순한 변증법적 결합의 논리는 아니라고 주장한다. 그에 따르면, 화해를 위해서는 기본적으로 분단국가라는 현실태를 인식하고, 분단국가의 모순을 파악해야 하며, 분단을 거부하는 실천의 자리에 있어야 한다는 것이 전제되어야 한다. 또한 이때 분단의 의미는 냉전체제의 소산이라는 가시적 범주에서 한 발 더 나아가, 지역으로 스며든 정치적 분단에의 의미까지로 나아가야 하는 것이다. 심지어는 현실을 속세로 차치하고 산중으로 숨어든 종교인에게도 분단에 대한 인식을 가능케 하여 그들이 곧 "삶과의 종교적 화해"를 할 수 있어야 하는 실천적 의지를 강조하고 있다. 이 '화해'의 경지는 문학 내지 예술이라는 문화적 차원에 이르러서는 그것이 순수와 참여로 양분되어 있지만 종국에는 분단의 이데올로기와 접점을 이루는 차원까지 나아가야 하며 따라서 분단시대에 대한 정확한 인식이 이뤄져야 한다는 주장을 내포한다.

그는 분단시대에 대한 정확한 인식이 전제되고 나면, 문학 장르의 형식이 어떻든 그 속에 내재된 현실에 대한 첨예한 실천의지가 저절로 나타날 것이라 본 것이다. 따라서 민중문학 진영에서는 진정한 리얼리즘에 대한 서술을 이어감에 있어 상당히 다양하고 포괄적인 인식을 전제하고 나설 수밖에 없었다. 가령 자연주의와 리얼리즘이 본질적으로 다르다는 사실을 견지하면서도 두 맥락이 어떻게 상호 접합할 수 있는지를 발견하려는 노력[17]이나, 문학의 총체성을 인식함에 민족문학의 사활이 걸려 있는 형

---

17 그는 1970년대 주요한 문학적 성과를 말하는 대목에서 「객지」, 「한씨 연대기」, 『관촌수필』 등을 들어 다음과 같이 자연주의 성과를 주지하고 있다. "한국적 리얼리즘의 성취를 위해서는 자연주의 소설이 그것 나름으로 성취해 놓은 미덕을 쉽사리 무시할 수 없음을 강조하는 것이며, 이것이 단순히 소설기법상의 문제만이 아니라 자연주의문학의 과학주의가 불완

국에 대한 어쩔 수 없음을 토로하면서도 "리얼리즘문학에서 요구되는 '인식'이란 바른 지식과 바른 행동이 하나를 이루는 실천적 깨달음의 경지"라며, 지식과 실천의 양적 동일의 원리를 강조하는 대목에서도 1980년대 새로운 민중문학에 대한 민중문학 진영의 인식을 짐작할 수 있다. 따라서 민족문학 / 민중문학이 구호문학일 뿐이라는 일각의 비판을 벗어나면서도 진정한 리얼리즘문학으로 발현되기 위해서는 이와 같은 '화해'의 기술을 통하여 문학의 예술성 결여의 혐의를 해소해야 한다고 본 것이다. 물론 백낙청이 '화해'라고 언명하기는 했지만, 이와 비슷한 고민은 민중문학 진영 전체의 몫이었다. 문학적 주체를 '노동자, 농민, 민중'으로 범주화하고 있지만, 민중문학 진영을 이끄는 지배계층은 지식인이라는 괴리로부터 오는 고민을 해결하기 위해 그들에게 있어 실천적 문학에서의 실천과 문학의 균형은 중요했기 때문이다. 따라서 현실에 대한 역사적, 사회적, 정치적 지식을 부단히 갈고 닦으면서도 그것을 예술로서의 문학과 어떻게 접맥해야 할지는 늘 과제이자 한계였던 것이다. 이러한 차원에서 민족문학이 끊임없이 토속문화에 관심을 기울였던 사실이나, 『시와 경제』에서 실제 노동자 박노해를 호명하는 등의 노력이 끊임없이 있었던 것이다.

　민중문학론의 전개는 1980년대 문학이 현실에 대한 윤리적 인식과 실천의 소산이어야 한다는 당위성을 끊임없이 주입하는 꾸준한 목소리로 작용한다. 그것은 또한 역사와 현실이라는 범주 안에서 진정한 민중 / 민족의 자격을 얻기 위한 윤리의식의 일관된 노력이라 볼 수도 있을 것이다. 이러한 노력은 자유주의문학 진영의 비판을 받으면서도 꾸준히 나아가는

전하게나마 내포하고 있는 인간해방의 정신을 우리가 주체적으로 수용하는 길을 좀 더 착실하게 모색하는 작업의 일환이라는 것이다." (위의 글, 32쪽)

데, 이로써 민중문학론이 형성하고자 했던 것은 실제가 되어야 하는 통일과 화합에의 이데아를 향하는 길목에 문학이 있다는 인식을 은연중에 드러내는 것이기도 했다. 따라서 민중문학론은 역사·사회·정치를 잇는 하나의 민족국가를 형성한다는 점에서 또 하나의 이념을 대전제하고 있었던 것이다. 그러나 이는 반민주주의 국가체제에 따른 민중적 / 민족적 실천의 당위성이 강조됨에 따라 그 반대편에서 이 또한 하나의 이데올로기적 구속이 될 수 있음을 지적하며, 인간의 진정한 자유를 통해 사상적 해방을 꿈꾸는 집단이 출현하게 되는 계기를 만드는 논리이기도 했다. 그 사실은 1970년대 참여 / 순수라는 이분법의 한 축을 담당했던 '문지'의 『우리 세대의 문학』1982을 통해 알 수 있다. 그들은 1980년대 내내 『문지』 1세대의 결산과 계승이라는 임무를 띤 운동을 이어갔다. 이 무크지는 『문학과사회』1988의 전신으로, "『창작과 비평』과 『문학과지성』의 공백으로 시작된 1980년대를 돌파하기 위한 '문지'의 문학적 이념과 비평적 전략을 대변하면서, 흔히 '자유주의문학'으로 일컬어지는 문학적 조류를 적극적으로 발굴하려 했던 문학인들의 근거지"로 기능했다. 이들은 민중문학론을 헤게모니 차원에서 비판적으로 수용했다. 다시 말해 이미 1980년대 문학의 대타자로 존재했던 '언어'가 강요하는 또 다른 이데올로기를 거부하는 차원에서 "변혁적 열망"[18]을 이어나갔다.

지배체제는 글이라는 간접화의 수단을 통하여, 피지배 집단을, 더 나아가, 세계 전체를 자신에 맞게 변용시킨 것이다. 만일 우리가 그 존재 양식을 수락

---

[18] 강동호, 「반시대적 고찰—1980년대 '문학과지성'과 『우리 세대의 문학』」, 『상허학보』 52, 상허학회, 2018, 16쪽.

하면서, 그것이 내포하고 있는 이데올로기를 해체할 수 있다면, 글은 이제 타자와의 이타적 상호 관련을 위한 적절한 매개자가 될 수 있다.[19]

1988년 정과리의 이와 같은 선언은 변형된 문학주의의 일종으로 치부되거나, 자유주의문학을 표방하기 위한 어쩔 수 없는 절충으로 무력화될 여지도 있는 것이었지만 1970년대 김현의 작업을 정점으로 하는 '문지'의 일관된 주장이라는 점에서 의미가 있다. "지배체제는 글이라는 간접화의 수단을 통하여, 피지배 집단을, 더 나아가 세계 전체를 자신에 맞게 변용"한 것이라는 언급을 자세히 살펴보면, 그것은 곧 언어라는 타자를 주체화하는 과정에서 함께 수용된 사회적, 문화적 소산을 어떻게 윤리적으로 해결할 것인가에 대한 고민이 내재되어 있음을 알 수 있다. 그것은 1980년대 문학을 둘러싸고 있는 '언어'가 갖는 현실적 폭압에 대한 해방의지 또는 의지를 가져야만 한다는 실천적 요구를 문학적으로 적절히 변용하는 것이었다. 이는 문학이 인간의 자유라는 가치를 본질적으로 인식하는 길이기도 하며, 동시에 자유로운 인간을 존재할 수 있게 만드는 양식이라는 점에서 반드시 필요한 '해체'의 논리였다. 따라서 『우리 세대의 문학』이 민중문학론에 적을 두고 있던 김정환이나 황지우 등의 문학세계도 적극적으로 끌어들이려 했던 것 또한 이러한 '해체'의 일환으로 그들의 작업을 바라보았기 때문이다. 이는 전면화 된 정치적 현실에 대한 대항으로서 문학의 위치를 자처하는 것이 아니라, 어떤 형상으로든 재생산 될 수 있는 이데올로기의 구속성 자체를 거부하는 것이며, 그 공간 자체를 언어

---

[19] 정과리, 「민중문학론의 인식 구조」, 『문학과사회』 여름호, 1988, 128쪽.

의 자장 안에서 해결하고자 했던 것이라 판단할 수 있다.

이러한 해석은 주체와 타자의 관계 내에서 어떤 자장을 형성할 때 발견할 수 있는 문학의 심미적 자율성을 용인하는 태도에서 기인한 것이었다. 따라서 자유주의문학을 표방하고 지지하는 자들에게 문학은 타자를 본격적으로 주체화하는, 그래서 이 시대에 필요한 인격을 형상화한 결정체로 귀결된다. 이들이 줄곧 민중문학론에 대해서, 가시적으로 드러나 있는 문학적 원동력으로서의 적대감이 해소될 경우를 우려하면서 진정한 인간해방은 이데올로기의 헤게모니 다툼이 아니라 그 이데올로기 자체를 해체함에 있다고 말한 것 또한 이와 같은 동시대적 인식에 연유한 것이다. 물론 이러한 동시대적 인식에의 천착을 일관되게 견지하는 것은 어려운 일이었다. 그들에게 있어서 1980년대 새로운 목소리라는 것은 비판받는 '세대론'의 발전적 계승과 자성적 쇄신을 일거양득해야 하는 차원에서 구가되어야 할 과제였음은 물론이고, 일시적이고 반역사적인 문학이라는 민중문학 진영의 강력한 비판에 대해서도 완벽하게 자유로울 수 있는 해결책을 완성한 것은 아니었기 때문이다. 그러나 이들의 경우 인간 탐구와 전위적인 문학성에 방점을 찍고자 함으로써 그들만의 목소리를 1980년대 내내 유지했다는 소기의 목적 달성은 1990년대 문학의 기반을 제시했다는 점에서 분명한 의의가 있다. 결과론적이지만, 이들이 갖는 목소리는 민중문학론과 새로운 차원에서의 정치적 관계를 형성했음이 자명하고, 특히 문학의 '목적'을 인간 개인의 주체와 타자의 관계성에 위치시키며 자연히 인간의 실존적 탐구에의 방향으로 나아갔다는 점에서 양극의 일단을 분명히 보여주는 것이라 할 수 있다.

그러나 '문학과지성'의 자유주의문학 전개는 엄밀히 따져서 '예술로서

의' 완전한 자유를 문학에 선사하는 논리는 아니었다. 그들의 경우 언어
라는 타자를 주체가 받아들이는 과정에서 형성되는 다양한 사유구조를
이데올로기의 재생산이 아닌 방식으로만 구현하고 있기 때문이다. 이데
올로기는 이미 형성되어 있는 지배체제 또는 윤리체계에 다름 아니다. 그
렇기 때문에 문학의 자유정신을 구가하던 그들에게는 어떤 이데올로기에
도 기댈 수 없었던 사정이 있었다. 그들에게 의지할 것은 '언어'뿐이었다.
하지만 이 '언어'마저도 헤게모니의 다툼에서 밀려난 처지에서는 타자의
이념적 상징체계였던 것이다. 따라서 그들은 이 언어를 수용하면서도 그
언어가 내재하고 있는 이데올로기를 해체해야 하는 이중적 과제를 떠맡
게 된 것이었다. 이런 점에서 본다면 그들은 세계에 대한 전면적인 부정
또는 원시성을 통한 새로운 세계의 도래 내지는 부활을 꿈꾸는 급진적 자
유주의의 목소리와는 다른 것이었다. 다음의 시들을 살펴보자.


조카는 내 가슴 속에 손을 넣는다.

조카의 얇은 생명선을 따라

은하의 별들이 흘러든다. 조카는

푸른 눈. 별과 별이

내 속에서 서로서로

사랑의 불을 뿜는다. 다리 위의

나의 클리토리스

박덕규, 「외계로, 나에게로」[20]

---

20 이 글에 인용된 시편은 『시운동』 1(한국문학사, 1980), 『시운동 2 – 꿈꾸는 시인』(월인재,
   1981), 『시운동 8 – 언어공학 1 시집편』(한국문연, 1986) 등의 원전을 기본으로 하며, 인

죽어있는 성
그래도 속은 따뜻해. 한없이 투명에 가까운
푸른 공간, 그곳은 「창세기」의 냄새로 가득하고
뱀들이 지나갈 균열의 틈도 없다.
그렇다. 나는 아직 태어나지 않았다.

안재찬, 「돌의 세계」


그러나 지금은 내 가슴 속 출렁이는 공기를 타고
태양이 그 예지를 살 밖으로 뻗쳐가지 않도록
먼저 내 꿈의 고삐를 단단하게 잡아당겨야 한다
그 뒤에 튀어오르는 팽팽한 힘으로


저 산맥 속에 잠자는 숯 한 낱을 꺼내
이슬무덤 그득한 네 나라를 다스리겠다.

하재봉, 「안개와 불」


『시운동』제1집에 실린 일련의 작품들은 완전히 개인화되어 있는 상징의 세계 안에서 어떤 태동의 움직임을 포착하려는 시도를 보여준다. 중요한 점은 그 움직임이 타자를 주체화하는 과정이 아니라 타자의 행동에 주체가 영향을 받는 방식으로 나타나고 있다는 점이다. 가령 박덕규의 「외계로, 나에게로」는 미성숙하고 호기심 많은 시적 타자인 '조카'와 함께

---

용 작품에 각주는 따로 달지 않는다.

'나'를 메타적으로 바라보는 또 다른 '나'의 시적 인식을 통해 작품이 서술되고 있다. '다리 위의 / 나의 클리토리스'라는 섹슈얼리티의 본능적 운동성을 발견함으로써 원시성을 띠는 '나'와 '조카'의 병치 또는 조카의 "푸른 눈"이 "별"이 되어 "내 속에서 서로서로" 화합을 맺는 이러한 역동성은 바로 인간 실존에 대한 탐구를 인간이 가진 동물적 본능으로서의 '성性'에서 도출함으로써 촉발시키고 있는 초기 단계라 볼 수 있다. 그리고 이 과정에서 생물학적 차이는 있겠으나 인간 본연의 성질은 동일하다는 시인의 세계관이 은근 가늠되기도 한다. 그러나 명확하게 그것이 어떤 의도를 갖는지는 다소 의문이다.

이는 다음의 「돌의 세계」에서 조금 더 명확하게 형상화된다. 이번에는 "성性"이 죽어 있다. 그렇지만 그 내면에는 어떤 '온기'를 간직하고 있는 형국이다. 따라서 생물학적으로는 수명을 다했거나 무생물의 존재처럼 보일지 몰라도 그 안의 세계관은 견고하다는 시적 인식을 창출한다. 그것은 "「창세기」의 냄새"와 "균열의 틈도" 없는, "태어나지 않"은 존재의 것으로 표상된다. 이것이 상징하는 것은 제목에도 나와 있듯 바로 '돌'이다. 시적 주체를 '돌'이라는 무생물로 둠으로써 시인이 의도한 의미는 무엇인가? 그것은 바로 다른 세계에 있음에도 불구하고 자신은 견고한 태초의 존재로 '살아있음'을 표명하는 것이다. 다시 말해, 처음부터 "죽어있는 성"이란 인간 / 비인간 또는 생물 / 무생물이라는 이분법적 관념을 생산하는 기준이므로, 그것을 애초에 죽었다고 말하지만 "그래도 속"에서는 "푸른 공간"이 펼쳐지는 생명성을 간직한 아이러니를 통해 기존의 인식을 무마시키는 과정이라 할 수 있다.

이러한 인식의 전환은 「안개와 불」에 이르러 "태양"이 등장함으로써,

더욱 명확한 세계관으로 나타난다. 『시운동』의 작품들을 살펴보면 시인들마다 사용하는 시어의 편차가 조금씩은 있지만, 전체적으로 '태양'이라는 시어가 빈번하게 등장하는 것을 알 수 있다. 그것이 시운동이 바슐라르의 미학을 수용하는 과정에서 '불'이라는 상징적 원소가 갖는 객관적 인식에 대한 사유를 경유했기 때문[21]이며, 이들이 상상하는 '외계'의 원형으로 '태양'을 보고 있다는 사실을 의미한다. 「안개와 불」의 시적 주체는 마치 태양처럼 자신의 "꿈"이 뻗쳐나가는 것을 막기 위해 고전苦戰하고 있음을 알 수 있다. 이러한 태양에 대한 자기동일성의 욕망은 마침내 "이슬무덤 그득한 네 나라를 다스리겠다"는 욕망으로까지 확장되고 있다. 이처럼 『시운동』1의 작품들을 통해 분명히 알 수 있는 것은 창작에 있어 그들의 방점은 인간 실존에 대한 탐구와 상징의 형식에 찍혀 있다는 점이다. 그렇다면 그들이 추구한 상징세계가 '태양'을 기반으로 했다면, 시 창작에 있어 시운동이 주안점을 두었던 본원적 가치는 무엇이었을까? 이 궁금증은 사실 순수 / 참여 대립의 존속이 징후적으로 나타나는 1980년대 문학장에서 '시운동'의 위치를 파악할 수 있는 중요한 준거가 되는 호기심이기도 하다.

시집 첫머리에 발문식으로 옮겨놓은 안재찬의 「돌들의 사랑」에는 다음과 같은 구절이 나온다. "낮에 사랑하리라. 아침에 사랑하고 저녁에 사랑하고 / 또 밤에 사랑하리라. 죽도록 사랑하리라." 이 시구를 통해 알 수 있는 것은 그들의 가치관이 본질적인 '사랑'에 연관한다는 것이다. 이때 '사

---

21 "대상이 단순할수록 몽상은 더 커진다. 고독자의 책상 위에 놓인 촛불은 온갖 수직 몽상들을 준비한다. 불꽃은 굳세고도 취약한 수직선이다. 숨결하나에도 흐트러지지만 금방 다시 일어선다. 어떤 양력이 그의 위신을 회복시켜준다." (가스통 바슐라르(Gaston Bachelard), 김병욱 역, 『촛불』, 마음의숲, 2017, 71쪽)

랑'은 단순히 섹슈얼리티 차원에서 해석되는 것만은 아니고 포괄적인 의미를 지닌다. 그것은 인간 자체에 대한 탐구를 위해 그들이 제1기준으로 세운 가치이자 덕목이기 때문이다. 사랑은 1980년대 폭압적 시대 상황 속에서도 민중이나 자유가 아닌 새로운 상상으로서의 가치다. 그 가치는 어떤 관념에 종속되는 성질의 것이 아니라 성역 없이 존재하는 것이며, 동시에 '외곽'으로 도외시 된 존재에까지 시선을 지향하는 가치로 나아간다. 다음의 시를 살펴보자.

> 점點들에 대하여 말합시다.
> 점들의 운동에 대하여 말합시다.
> 점들의 한계에 대하여 말합시다.
>
>
> 인간이
> 새가 혹은 고독한
> 태양이
> 불을 품고 그 계곡으로 갈 때
>
>
> 흐르는 물에 대하여.
> 흐르고 흘러 저 대양에 이르는
> 우리들 집에 대하여.
> 옷에 대하여.
>
>
> 너라고 말하지 맙시다.

태초라고 말하지 맙시다.

낮의 무겁고 운명적인

시간이라고 말하지 맙시다.


붉은 실줄의 빛방향 속

그리고 언제나 침묵은 침묵과 더불어 가고.


점들에 대하여 말합시다.

점들의 운동에 대하여 말합시다.

점들의 한계에 대하여 말합시다.

안재찬, 「나체족族」


　「나체족」에 등장하는 "점"이란 무엇을 의미하는가? 그리고 그 "점에 대
하여 말합시다"라는 선언은 어떤 의미인가? 사전적 의미로 보면 점은 '마
침표'를 뜻한다. 이에 따르면 점차로 소멸되는 시적 대상의 마지막이라는
측면에서 "인간이 / 새가 혹은 고독한 / 태양이" "계곡"이라는 자연으로
숨어들 때의 그 형상을 상징한다고 유추해볼 수 있다. 이런 가정이 가능하
다면 그것은 1980년대 문학의 갖가지 욕망을 추동하는 원동력이라 할 수
있는 타자로서의 "너"도 될 수 없고, "태초"도 될 수 없는 것이다. 그리고
1980년대의 시대적 상황의 한복판을 유유히 흘러가는 "시간"도 될 수 없
다. 오로지 "침묵"에 가까운 아주 작은 마지막 "점"으로서만 언급될 수 있
는 형상인 것이다. 이 형상을 제목에서 "나체족"이라 정의해 놓은 것을 보
면, 이는 모든 질서, 제도, 이데올로기로부터 벗어난 인간 본연의 존재로

서 호명되는 것이 중요하다는 세계관을 엿볼 수 있다. 나체족으로 형상화된 이 '점'의 목소리는 이념과 제도로부터 벗어나 있는 / 벗어나려고 시도하는 전면적 부정성으로 일관되어 있다. 그것은 심지어 이념을 해체하려는 목적성 자체에도 헤게모니를 느끼며 '외계'의 세계에 침잠해 있다.

『시운동』제1집이 자아내는 전체적인 분위기는 채광석이 '개인에의 함몰로 인한 자폐성'으로 평가한 것과 같이 중심과의 상당한 거리감이 느껴지며, 그래서 더욱 난해한 언어로 치부되었다. 하지만 이와 같은 전면적 부정성은 그들이 기정질서와 관념으로부터 완전히 탈피하고자 했던 잠재적 목적을 징후적으로 보여주는 것이었다. 특히 "태양"이라는 새로운 상징계를 바탕으로 스스로의 기원을 탐색한 흔적은 분명 기존의 문학장이 지향하는 체제를 일체 거부[22]함과 동시에 자신들의 자리를 찾는 균열적 상상을 생산하고 있다. 이처럼 스스로를 나체족으로 언명함으로써 떠나온 "집"과 벗어던진 "옷"에 미련을 갖지 않고 새로운 윤리와 질서를 찾아 탐색을 이어갔다는 점에 주목해볼 때, 이후 작업은 필연적으로 그들이 견지했던 희미한 의식을 구체화시키는 과정으로 나아갔음을 알 수 있다.

---

22 기존의 담론을 일체 거부하는 태도로부터 체제의 균열적 양상을 상상하는 것은 지극히 견유주의적인 태도관이라 할 수 있다. "요컨대 마네에서 베이컨에 이르는 예술, 또 보들레르에서 베케트에 이르는 문학에서 발견할 수 있는 반-플라톤주의와 반-아리스토텔레스주의에서" 푸코는 견유주의자들의 파레시아를 경험할 수 있다고 말했다. 보들레르의 상징주의나 베케트의 부조리극, 또는 베이컨의 인상주의가 갖는 관념 탈피적 성향은 시운동이 지향하는 문학적 예술의 맥락과 간접적으로 닿아 있다(미셸 푸코(Michel Paul Foucault), 오트르망, 심세광·전혜리 역, 『담론과 진실』, 동녘, 2017, 385쪽).

## 3. 견유주의를 위한 시학 새로운 '렌즈'

민주화운동의 전운이 감돌고 있던 1980년대 대학가의 사정을 고려해볼 때, 권력에 대한 개인의 예속화를 경계하는 '비판정신'은 대학생들에게 요구되는 필요조건 중 하나가 아닐 수 없었다. 상술한바, 이는 문학의 사정도 크게 다르지 않았다. 민중문학론의 열기가 고취되어 있었고, 이에 대한 반발성으로 존재했던 자유주의문학의 대립구도는 문학장에 막 발을 내딛은 젊은 시인들에게는 정해진 답과도 같았다. 그러나 이러한 헤게모니적 양상을 예민하게 반응하는 징후가 아주 없었던 것은 아니다. 앞서 살펴보았듯이, '시운동'의 시작은 애매모호한 것이었지만 그들의 가치관은 이듬해 발간된 『시운동 2 – 꿈꾸는 시인』1981, 이하『시운동』제2집에서 바로 확인할 수 있다. 『시운동』 제2집은 창간 동인에 이어 한기찬과 이병천이 새롭게 합류하면서 시적 시선의 다채로움을 시도한 것으로 보인다. 또한 『시운동』 제1집에서는 볼 수 없었던 꽤 긴 분량의 권두언을 남겨두었는데, 그 글에 등장하는 것이 바로 '렌즈의 시학'이다. 이 시학을 이해하기 위해서는 먼저 그들의 사고방식을 추론할 필요가 있다.

어떤 권력이 올바른 권력인가를 판단하기 위해서는 권력관계 안으로 들어와야 한다. 권력관계를 주체화하기 위해서는 권력지식 구성체의 계보에 대한 분석이 필요하고, 자신과의 관계에서 설정되는 진실의 문제에 주목해야 한다.[23] 이러한 윤리 방정식에 관심을 가졌던 인물은 푸코였다. 고대 그리스 정치 개념의 하나로 '모든 것을 말하기' 내지는 '비판적 말하기',

---

**23** 김주환, 「사회 비판과 민주주의의 가능성 조건으로서 푸코의 파레시아(parrhesia) 윤리에 대한 비판적 검토」, 『경제와 사회』 121, 비판사회학회, 2019, 245쪽 참조.

'진실 말하기', '직언', '충언' 등으로 번역할 수 있는 '파레시아parrhesia'는
1980년대 초반 푸코에 의해 일종의 게임으로 도식화 된다. 그에 따르면
파레시아는 단순히 진실만을 말하는 것이 아니다. 그것은 완벽히 '정치적
역할'을 수행하는 기술이다. 따라서 파레시아가 작동되는 사회에는 그것
으로 인해 파란이 일어나고, 공격의 대상이 된 자가 정치적 상해를 입을
수 있다는(혹은 입어야만 한다는) 강력한 전제가 존재한다. 이러한 파레시아
는 고대 그리스 민주정에서 민주주의를 존속시키는 중요한 원리로 작용
한다. 민주주의가 다수의 정치라는 점에서 파레시아를 통해 대중에 지속
적인 혼란을 가하고 전체성이 형성되지 않도록 동요시킨다면, 그 민주주
의는 건강하게 지속될 것이기 때문이다. 하지만 파레시아는 민주주의에
서 쉽게 은폐되는 것이기도 했다. 그것을 수행하기 위한 일종의 '용기'를
가진 소수를 민주정이 무시하거나 보장해주지 않는 것은 다수결이라는
차원에서 생각보다 수월한 일이었기 때문이다. 푸코는 파레시아가 이러
한 제국주의시대로의 변천 과정에서 일정한 의미 변화를 겪었으며, 그것
을 다음과 같이 정리하고 있다.

〈표 1〉 파레시아 유형

| ① 플라톤의 파레시아 | 체제 원칙론자. 군주에게 직언을 하는 자로서의 파레시아스트[24] |
|---|---|
| ② 소크라테스의 파레시아 | 민주주의 원칙론자. 국가의 차원에 종속되어 있으면서도 파레시아를 인간의 내면을 탐구하고 자신의 삶을 올바르게 영위할 수 있는 파레시아스트 |
| ③ 견유주의자들의 파레시아 | 이방인 또는 히피. 자신의 정체성을 확립함에 있어 파레시아를 보다 적극적으로 사용하며, "공적인 장소에 빽빽이 모인 군중을 향한 까칠한 기술과 도발적인 말"도 서슴지 않는다. 체제 자체를 거부하는 파레시아스트 |

①은 국가를 통치하기 위한 올바른 윤리성을 갖춘 인물형을 확립하는

---

24 파레시아스트는 파레시아를 수행하는 개별자로 번역되어 있다. (Michel Paul Foucault,
앞의 책, 370쪽 참조)

것에 목적이 있다. ②는 ①보다 개인성에 중점을 둔 유형이다. 다만 한계가 있다면 '죽더라도 감옥 안에서 죽겠다'는 소크라테스의 준법정신이 반증하듯 그것은 여전히 국가라는 이념 내지는 이상향에 종속된 파레시아라는 점이었다. ③은 소크라테스의 파레시아를 수용하는 한편 그보다 더 나아가서 개인의 자유를 더욱 옹호하는 개념으로 확장된다. 집시, 히피 등이 이러한 유형에 해당될 것이다. 푸코의 파레시아 게임은 이와 같은 다양한 파레시아스트들과 그들의 이야기를 듣는 대화자 간의 계약을 의미한다. 따라서 그 이야기를 듣는 파레시아스트를 군중이 공격하지 않고 경청한다면 게임은 이내 성립되는 것이다. 이 글에서 주목하는 것은 ③의 태도에 있다. 『시운동』제2집에서 언명한 렌즈의 시학은 견유주의자의 사고방식과 상당 부분 부합한다는 사실을 파악할 수 있다. 렌즈의 시학에서 렌즈는 '본다'라는 술어보다 '굴절'이라는 체언에 무게가 실린다는 점 때문에 이들이 제1집에서 보여주었던 상징주의문학에서 어떤 전환이 일어난 것인가 하는 의문이 들 수 있다. 하지만 그 내막을 들여다보면 시적 전환으로 내세운 시학이 아님을 알 수 있다.

안이한 정신의 유희와 감상적 사고에 빠져 있는 그런 모든 세계를 부정한다. 더욱 참다운 것은, 나의 모든 것을 응시하고 정직하게 그것을 표현하는 데 있을 것이다. 내 작은 가슴 속에는 우리들 낱낱의 고통과 절망이나 사랑, 역사의 거대한 흐름, 이런 모든 것이 담겨 있다고 굳게 믿고 있기 때문이다. 나의 아픔을 뜨겁게 바라보고 그것이 곧 우리 모두의 아픔이라는 것을 확인할 때, 스스로 그 상처를 매만지며 언어로 형상화시키는 어려운 작업을 통해서 우리는 거대하게 성장할 것이다.

문학이, 시가, 현상적인 상태에 머물러서는 안 된다고 우리는 생각한다. 시가 낮은 땅 위로 내려와 일상적인 것 속에 함께 섞일 때 일단의 만족은 느낄 수 있어도 보다 중요한, 시의 예술성은 잃어버린다는 것을 우리는 믿는다. 볼록렌즈로 종이를 태우기 위해서는 한 곳으로 초점이 모아질 때까지의 알맞은 거리가 필요하다. 우리가 속해 있는 모든 것들로부터 눈 돌리지 않고 오히려 정확히 보기 위하여 우리는 역시 알맞은 시점의 거리를 필요로 한다. 우리가 갖고 있는 렌즈의 두께는 각각 다르지만 우리의 최대의 과제는 이 초점을 어느 정도의 거리에서 정확하게 잡느냐 하는 것일 것이다. 우리는 **이것을 렌즈의 시학**이라고 부르고자 한다.

시는 본질적으로 예술이고 언어의 예술이다. 무엇을 표현하든지 그것이 언어로써 효과적으로 형상화되어야 한다. 이 기본적인 명제가 지금은 너무나 잊혀져 있는 것을 우리는 안타깝게 생각한다. **시는 시다. 외형적으로 인간은 시가 없어도 얼마든지 잘 살 수 있다. 그 이상의 무엇이 요구될 때 시는 그 본래의 모습을 잃어버린다는 것을 우리는 똑똑히 목격했다.**[25]

렌즈의 시학은 그들의 상징주의문학을 강화하기 위한 테제임을 알 수 있다. 여기에는 상징주의에 대한 욕망이 본격적으로 표출된 근원적인 까닭이 드러나 있는데 그것은 "산업화시대의 충격"[26] 때문이다. 주지하다시피 1970년대 유신정권이 존속될 수 있었던 가장 큰 이유는 바로 경제 성장의 고도화 전략에 있는 탓이었다. 따라서 국가 주도형 산업 체제의 장기

---

25 인용문은 원래 '시의 형식'처럼 행갈이와 연 구분이 되어 있다. 그러나 이 글에서는 행갈이와 연 구분 없이 옮김을 밝힌다. (『시운동』 제2집, 2쪽)
26 위의 책, 1쪽.

화에 따른 경제개발 5개년과 같은 정책은 그 성과가 어떻든 간에 대다수의 국민을 노동력으로 활용했기 때문에, 그 과정에서 '소외'가 발생하는 것은 당연한 일이었다. 이러한 산업화의 충격이 1980년대에도 지속되고 있다고 생각하는 '시운동'의 목소리는 "분노"로 가득 차 있는데, 그 이유는 산업화의 결산으로 맞이한 사회 / 문화에 만연해 있는 상업성에 매혹되어 있는 문학적 산물 또는 그것을 반대하기 위한 구호적이며 획일적인 문학적 산물에 불만을 가지고 있기 때문이었다. 따라서 그들의 노선은 자연스럽게 "안이한 정신의 유희와 감상적 사고에 빠져 있는 그런 모든 세계를 부정"하는 방향으로 나아가게 된다. 그렇다면 그들이 추구하는 것은 무엇인가?

그것은 바로 타자에 대한 자기동일성을 강화하면서도, 그 개인적 가치가 곧 세계의 가치로 이어질 수 있다는 일종의 신의를 "언어로 형상화시키는 어려운 작업"이었다. 이것은 지극히 견유주의적 태도이다. 작금의 문학적 / 시대적 상황을 바라보는 그들의 관점이 정확히 현실을 냉소적으로 바라보면서도, 자기 자신에 대한 치열한 탐구로 얻어낸 윤리와 철학을 믿으며 그것을 현실로, 외연으로 확장시킴으로써 자신들만의 세계를 구축해가는 것에 초점이 맞춰져 있기 때문이다. 따라서 그들의 시는 단순히 현상적인 것을 재현하거나 "일상적인 것 속에 함께" 섞여서 "시의 예술성을 잃어"버리는 것을 지양한다. 그보다는 오히려 수많은 인식들이 하나의 상징으로 종합되기를 욕망하는 차원에서 "렌즈의 시학"을 주장하고 있는 것이다. 이는 곧 개인의 정서와 욕망, 개인사事는 뿔뿔이 흩어져 있지만, '렌즈'라는 일종의 상징계를 통과하는 순간 종합됨으로써 강력한 힘을 발휘할 수 있다는 의미로 해석할 수 있다. 여기서 렌즈는 단순히 '본다'라는 현상적 술어의 차원에 동원된 수단의 상징이 아니라 '보는 것'을 적절하게 굴절시킬 수 있는 새로운 관념이자 타자로 개입되는 것이다. 렌즈는 곧 새로운 세계관이다. 이 상징계를 어떻게 주체화할 것인지가 이제 그들의 궁극적 목적이 된 것이다.

이에 대해 그들은 "우리의 참여는 상상력이다"라고 선언하며, "왜 우리는 우리 자신이 물방울의 아들들임을 잊고 있는가?"라고 반문한다. 그러나 이 문장만 봐서는 이들의 시학이 추구하는 존재태의 명확한 형상을 가늠하기 어렵다. 다행스럽게도 『시운동』 제2집에 수록된 하재봉의 '별의 전설' 연작시편을 살펴보면 그것이 무한대로 변형 가능한 '상상력'의 소산이라는 의미를 추수할 수 있다. '별의 전설' 연작시편은 부제로 '별의 전설 연작'이 달려 있지 않았다면 연작임을 알아차릴 수 없을 만큼 서사적 맥락이 잘 보이지 않는 구성이다. 각각, 「점성술사의 꿈」, 「모래의 꿈」, 「생명나무」, 「번개의 칼」, 「항해도」, 「유리구슬」, 「시간의 춤」의 표제를 달고 있는 작품들을 나열하면, 종잡을 수 없는 "하나의 물줄기"가 휘몰아치는 형국이지만, 공통적으로 내장하고 있는 것은 "꿈"처럼 생경한 풍경 속에서 시적 주체의 욕망을 발동시키는 상상력임을 알 수 있다. 이러한 상상적 주체[27]가 가지는 욕망이란 『시운동』 제1집에서도 확인된 바 있는 '태양'이라는 새로운 상징계로의 진입 또는 자기동일성을 발견하는 과정을 의미한다.

---

27 라캉의 주체이론에 의하면 상상적 주체는 상징계에 진입하기 이전의 자아를 발견하는 단계에서의 주체를 의미한다. (자크 라캉(Jacques Lacan), 맹정현·이수련 역, 『자크 라캉 세미나』 11, 새물결, 2008 참조)

① 어두워지면 갈데없는 태양의 무리들을 / 끌어모아 내 핏줄 속에 함께 구르
   게 하고「점성술사의 꿈」

② 내 그렇게 불의 말씀으로 꿈꾸는 태양과 만난 뒤「모래의 꿈」

③ 태양의 긴 손으로 경작된 지구의 잘 다듬어진 / 행로를 따라 목마를 때까
   지 걷고 걸어간다면, / 내 삶의 반대편 땅에 거꾸로 설 수 있을까.「생명나무」

④ 타오르는 나의 별. 무너진다. 우주의 빛 한 기둥이, / 다족류인 태양의 어느
   한 다리가「유리구슬」

⑤ 별들의 나이보다 오랜 순간부터 / 내 몸을 칭칭 결박한 이 빛의 사슬「시간의 춤」

   연작을 통해 알 수 있는 것은 시적주체와 '태양'이라는 타자가 동일화되
는 과정이 나타나기도 하고, 그 욕망이 실현된 이후 엄습하는 또 다른 고
통을 느끼기도 하면서 주체가 감각하는 정서의 형태가 상당히 다양하게
표출되고 있다는 점이다. 이는 일종의 '신경증'처럼도 느껴지는 바, 해석
의 여지가 복잡하게 얽혀 있다. 우선「점성술사의 꿈」에서 시적 주체는 아
직 인간의 형상을 하고 있다. 그렇기 때문에 타자를 주체화 하는 과정에
있어서 그 욕망이 아직은 꿈의 단계에 있음을 확인할 수가 있다. 하지만
그러한 욕망을 포기하는 것이 아니라「모래의 꿈」에서는 "모래"가 되어
"불의 말씀"을 익힌 뒤 본격적으로 새로운 상징계로 진입함을 보여줌으로
써 상상력의 주체가 세계에 진입하는 가능성을 엿볼 수 있게 해준다. 그러
나 새로운 상징계가 조형하는 낯선 지형"태양의 긴 손으로 경작된 지구"(「생명나무」)에
시적 주체는 만족하지 않고 끊임없는 탐험을 이어간다. 그것은 곧 "유리"
「유리구슬」,「시간의 춤」로 몸을 바꾸는 장면을 통해 새로운 국면을 맞는다. 이러
한 신체의 자유로움은 시사하는 바가 큰데, 인간의 신체에서 모래로, 다시

모래에서 유리로 되어가는 과정 속에서 주체는 상징계 그 자체가 되어 가기 때문이다. 즉 유리로 된 자신의 몸을 관통하는 무수한 빛이 자신에 의해 발산되는 것인지 자신을 "결박한" "빛의 사슬"인지 혼란스러운 지경에 도달한 것이다.

이 경지까지 주체의 움직임이 진행됐을 때 "나는 내가 처음 태어난 곳으로 돌아가고 싶다"「시간의 춤」는 후회와 고통, 그럼에도 불구하고 진정한 '태양'이 됨으로써 "아직 태어나지 않은 시간"을 기다리는 정신이 혼재되어 있는 이 연작시편의 상징성은 시운동이 말한 상상력의 이미지를 가장 잘 보여주는 것이라 할 수 있다. 이제 다시 "우리의 참여는 상상력이다"라는 선언문으로 되돌아가 보자. 참여란 새로운 상징계로의 진입 이전의 불완전한 주체가 "꿈"이라는 욕망의 '감각체'를 통해 상상계를 만들고 그 상상계에서 상징계로의 전환이 어떻게 이미지화 되는지를 보여주는 전全과정에 있다 할 것이다. 여기서 중요한 것은 상상력을 통한 상징계로의 진입이나 주체의 자기동일성에 대한 인식의 구도를 발견하는 것보다는 그 과정에서 주체가 감각하는 정서의 발현이라는 점에 있다. 다시 말해서 '시운동'에게는 한 개인이 자신의 자아를 형성하는 작품의 성패보다, 이미 구현되어 있는 시적 장면을 통해, 일정한 거리에 있는 또 다른 개인들이 이 시를 마주했을 때 인간 실존에 대한 욕망과 정서를 통감하게 되는 것이 더욱 중요한 문학적 성과였던 것이다.

따라서 '시운동'의 이와 같은 상징주의 기법에 경사된 작품은 단순한 '개인의 중얼거림'이 아니라 현실과 유리된 하나의 완성된 상징체계와 개인의 구도를 '렌즈'를 통해 투사해놓은 것이 된다. 물론 문학지형에 투사된 '시운동'의 작품들은 평소에는 초점이 엇나가 있을 터였다. 하지만 선명하게 인식될 인간 보편의 정서를 언제나 내장하고 있는 것이므로 언제 어디서 일순간 선명한 목소리로 발현될지 모르는, '현실과 유리된 기획이 결코 아니었다는 점'에서 그들의 시학은 역설적으로 성취되고 있음을 알 수 있다.[28]

"시는 본질적으로 예술이고 언어의 예술"이라는 언급을 통해서도 알 수 있듯, 그들이 생각하는 언어 또한 앞서 '문지'가 주체와 타자의 관계를 종합함으로써 새롭게 형성되는 지배체제의 존재양식을 인정할 때 받아들이는 그 '언어'와 연결이 되는 부분과 의미가 통하는 것은 사실이다. '시'라는 몸이 존재하기 위해서는 그에 앞서 '언어'가 존재해야 한다는 진리를 간과할 수 없기 때문이다. 그들은 이것을 "기본적인 명제"라 말하고 있으며, 그것이 1980년대에 가닿아서는 "너무나 잊혀져 있는 것"에 안타까움을 토로하고 있다. 그런데 한 가지 '문지'와 차이를 보이는 것은 이러한 사유의 종결이 언어의 한 예술 양식인 시의 존재를 인간에게 강요하는 것이 아니라 오히려 '인간'과 명확하게 분리하고 있다는 점이다. 시운동은 분명히 "시는 시다. 외형적으로 인간은 시가 없어도 얼마든지 잘 살 수 있다"고 선언한다.

시를 시라고 함에 있어 어떤 의미를 굳이 부여할 필요는 없지만, 이 선언을 자세히 뜯어보면 시가 언어라는 제도에 종속된 예술적 산물이라는 점에서 이 또한 거부할 수 있는 타자의 존재를 용인하는 차원이 존재할 수

---

**28** 『시운동』 제3집(1981)과 『시운동』 제4집(1982)에서도 동일한 기조의 시학이 성취되고 있다. 특히 3집에는 남진우가, 4집에는 한기찬이 빠지고 이름이 새로 합류하면서 "사회학적 상상력에 의해 씌어진 시들의 허구와 병폐를 극복"하고자 했다. "삶과 세계를 폭넓게 조망하려는 순수한 상상력의 세계를 구축·전개시키려는 노력"(『시운동』 제3집, 1쪽)한다는 선언을 통해서도 그들의 노선에 기존의 문학과 차별을 두려는 움직임이 있었다는 사실을 유추할 수 있다.

있다는 판단이 가능하다. 그리고 "그 이상의 무엇이 요구될 때 시는 그 본래의 모습을 잃어버리는 것"이기 때문에 상호적으로 '시'라는 존재에 어떤 관념이나 제도가 산입되어서는 안 된다는 의미 또한 함께 추수하고 있다. 다시 말해, 시는 시의 자리에서 시의 역할을 해야 한다는 시의 '절대적 위치'를 고수한 것이다. 이러한 선언은 분명 민족주의문학 / 자유주의문학 진영의 노선과는 차별적이라 할 수 있다. 이제 그들은 자신들의 전선에서 "바슐라르의 상상력 이론을 사숙하며"[29] "언어의 순수성을 보존하고자 하는"[30] 태도를 일관되게 견지하며 나아간다.

## 4. '언어공학'을 통한 견유주의문학의 정제

'시운동' 동인의 전반기 시학은 '렌즈'를 통한 새로운 상징계 구축과 그들의 견유주의적 태도를 언명하는 것이었다. 다만 렌즈에 투과된 '상상력'을 표제로 한 그들의 시정신을 기존 문학 담론의 타자 또는 반성적 주체로 머물게 하는 것이 아니라 적극적인 정치적 주체의 관점에서 바라볼 때는 그들의 후반기 텍스트를 반드시 살펴보아야 한다. 그들은 후반기[31]에 이

---

**29** 박철화, 앞의 글 참조.
**30** 정효구, 「90년대 초의 동인활동 불운한 세대의 자화상-「21세기 전망」, 「시운동」, 「슬픈시학」」, 『작가세계』 3, 1991, 460쪽.
**31** 『시운동』은 1980년부터 1991년까지 총 14집을 출간했다. 이 가운데 2집과 3집, 4집과 5집, 9집과 10집, 12집과 13집이 같은 해에 출간된 것을 제외하면 대부분 1년에 한 번씩 정기적으로 발표된 것을 알 수 있다. 이에 따라 전반기는 1집에서 7집까지 발행한 1980~1985년까지로 보고, 후반기는 그 이후인 1986~1991년까지로 보는 것으로 설정했음을 밝힌다. 출간년도에 따른 목록은 박철화, 앞의 글 말미를 참조.

르러 비평 작업은 물론이고 외국 소설과 시론 번역, 희곡, 서평 등 장르의 확대와 작가 영입을 통한 외연 확장으로 자신들의 방식을 더욱 구체화시켰다. 후반기의 시작이라 할 수 있는 『시운동 8 - 언어공학』 1편과 2편 1986, 이하 『시운동』 제8집은 각각 시집과 평론집으로 구성되어 있다. 『시운동』 제8집을 후반기의 시작으로 보는 이유는 출간년도로 미루어 짐작한 것이기도 하지만, 시창작과 비평 작업의 본격 기획의 차원이라는 점에서 그 이전의 작업과 뚜렷한 차이를 보여주기 때문이다.[32] 『시운동』 제8집에는 새로운 필진이 대거 참여한다. 전반기를 담당했던 남진우·이문재·하재봉에 더하여, 기형도·박주택·장정일·황인숙 등의 시인이 새롭게 참여했으며, 평론에서는 송제홍·이남호·정한용 등이 참여해 "자유로운 상상력과 역동적 리듬을 통한 궁극적인 인간의 해방"[33]이라는 '시운동'만의 실천

---

32 물론 『시운동』 제5집에는 옥타비오 파스와 프랑시스 퐁쥬 등의 번역시, 『시운동』 제7집에는 남진우와 정한용의 평론이 각각 실렸다. 하지만 『시운동』 제8집이 평론 작업의 본격적 기획인 이유는 '시'와 '평론'으로 책을 따로 구성했다는 점과 그 내용의 분량에도 확연한 차이가 있기 때문임을 밝힌다.

33 박철화의 「상상력과 현실 사이 - 80년대를 관통한 시 동인 '시운동'의 자리」(2010)에 수록된 명단에는 생략된 작가가 다소 있어, 서지 정리를 간략하게 이곳에 해두고자 한다.

『시운동』 제8집 참여 동인 목록(가나다 순)

| 이름 | 약력 | 참여 장르 |
|------|------|-----------|
| 강영순 | 1959년 출생, 홍익대 서양화과 대학원 졸업. | 번역 |
| 기형도 | 1960년 출생, 연세대 정외과 졸업. 1985 『동아일보』 신춘문예(시) 등단. | 시 |
| 김정숙 | 1960년 출생, 경희대 국문과 졸업. 1983 『문예중앙』 신인 추천(시) 등단. | 시 |
| 남진우 | 1960년 출생, 중앙대 대학원 문창과 졸업. 1981 『동아일보』 신춘문예(시). 1983 『중앙일보』 신춘문예(평론) 등단. | 시 |
| 박기영 | 1959년 출생, 1981 『대구매일』 신춘문예(시) 등단, 국시 동인. 『시운동』 제7집. | 시 |
| 박상우 | 1964년 출생, 서울예전 문창과 졸업. 1985 『현대시』 2 신인 추천(시). 『시운동』 제7집. | 시 |

기조에 목소리를 더했다. 이렇듯, 새로운 시 작품과 더불어 1980년대 문학을 해석하는 다채로운 시선을 장착한 '시운동'의 후반기 작업은 "인간이 가장 놀랄 만한 영역인 상상력을 통하여 접근"에의 가능성을 이미 타진하고 있는 다음의 서문을 경유함으로써 그것이 문학지형에 대한 의도적 접근이자 새로운 시도였음을 간접적으로 파악할 수 있다.

1980년, 우리가 처음 『시운동』을 세상에 내놓았을 당시와 지금은 여러 가

| 이름 | 약력 | 참여 장르 |
|---|---|---|
| 박주택 | 1959년 출생, 경희대 국문과 졸업. 1986 『경향신문』 신춘문예(시). | 시 |
| 서성록 | 1957년 출생, 홍익대 대학원 미학과 졸업. 1985 『동아일보』 신춘문예(미술평론) 등단. | 번역 |
| 송제홍 | 1957년 출생, 중앙대 문창과 졸업. | 평론 |
| 윤인선 | 1954년 출생, 외대 대학원 불문과 졸업. 전주대 불문과 교수. | 번역 |
| 이남호 | 1957년 출생, 고려대 대학원 국문과 졸업. 1980 『조선일보』 신춘문예(평론) 등단. | 평론 |
| 이능표 | 1959년 출생, 서울예전 문창과 졸업. 1984 『문예중앙』 가을호 신인 추천 (시) 등단. | 시 |
| 이문재 | 1959년 출생, 경희대 국문과 졸업. 『자유시』, 『언어의 세계』, 『우리 세대의 문학』 등 작품 발표. 『시운동』 제4집. | 시 |
| 이윤탁 | 1952년 출생, 『현대시학』으로 등단(시), 열린시 동인. | 평론 |
| 정성일 | 1959년 출생, 성균관대 신방과 졸업. 열린영화 편집동인. | 번역 |
| 장정일 | 1963년 출생, 『현실시각』에 작품 발표. 국시 동인. 『시운동』 제7집. | 시, 희곡 |
| 정한용 | 1957년 출생, 충북대 영문과 졸업. 1980 『중앙일보』 신춘문예(평론) 등단. 『시운동』 제7집. | 시, 평론 |
| 하재봉 | 1957년 출생, 중앙대 대학원 국문과 졸업. 1980 『동아일보』 신춘문예(시) 등단. 『시운동』 제1집. | 시 |
| 한기찬 | 1955년 출생, 연세대 국문과 졸업. 1980 『현대문학』 시 추천(시) 등단. 시집 『나무 오르기』. | 시 |
| 황인숙 | 1958년 출생, 서울예전 문창과 졸업. 1984 『경향신문』 신춘문예(시)등단. | 시 |

지 점에서 많이 변화하였고 또 하나도 변하지 않았다. '해체시'와 '민중시'로 특징지워지는 1980년대의 시적 움직임을 바라보는 우리들의 시선은, 매우 복합적이다. 주지하다시피 의 시적 명제 중 하나는 자유로운 상상력과 역동적 리듬을 통한 궁극적인 인간의 해방이다. 가시적인 세계 뒤에 숨어 있는 더 큰 세계의 진실은, 인간이 가장 놀랄 만한 영역인 상상력을 통하여 접근할 수 있다고 우리는 믿고 있다. 그 세계에 완전하게 접근하는 것이 불가능할지라도 가능성의 영역까지 치열하게 탐구하는 것, 그 과정의 소산이 문학일 것이다.[34]

"자유로운 상상력과 역동적 리듬을 통한 궁극적인 인간의 해방"이라는 명제는 그것이 결코 언어라는 이데올로기에 종속되지 않는 견유주의 정신이라는 점을 뒷받침한다. 그들은 이러한 명제의 (불)가능성에 치열하게 도전함으로써 진정한 문학을 구가할 수 있음을 밝히고 있다. 그 일련의 도전은 비평이라는 지식 담론 생산을 통해 실현된다. 주목할 점은 1980년대 중반에 이른 그들의 문학에 대한 담론적 접근이 곧바로 그들이 추구하는 문학의 방법론으로 작용하고 있다는 사실이다.

이남호의 「도시적都市的 삶의 시적수용詩的受用」을 살펴보자. 그는 도시화에 따른 몰인간적 삶의 폐해를 인간의 본원적인 삶에 대한 강조로 해결하고자 한다. 그는 식민지기 모더니즘의 발현이 '도시'라는 근대성에의 탐닉으로 시작되었다면, 현대사회는 그러한 상상력의 '도시'가 실현된 세속적 세계 속에 편입된 사정을 간과할 수 없다는 유종호의 의견을 수용하면서도, "도시적 삶을 도시적 정서라는 은빛 메스로 해부하여 보여주는 시

---

**34** 「날개문(文)」, 『시운동』 제8집.

는 80년을 전후해서야 나타나"[35]고 있다고 말한다. 그가 예로 들고 있는 시인은 이하석, 이윤택, 최승호이다. 이남호는 이하석의 『투명한 속』문학과 지성사, 1980을 두고 도시가 보여주는 화려한 풍경보다는 그 외곽에서 찾을 수 있는 핍진한 현실에 더욱 천착하였다고 평가한다. 그는 작품을 통해 이 하석이 도시 외곽의 '쓰레기'와 '자연'을 동일화하면서 몰인간성에 매몰된 인간들의 도시를 역설적으로 비판했다고 해석한다. 한편 이윤택은 결과적으로는 이하석과 동일한 시적 주제를 표방하지만, 그 해부의 과정이 외부가 아닌 내부에서 시작한다는 점에서 차이가 있음을 알 수 있다. 그것은 바로 도시 문명 내부에 종속돼 있는 인간의 원시성, 동물적 감각을 시를 통해 나타내고 있기 때문이다. 이러한 사실에 대해 이남호는 "이윤택의 시정신은 도시라는 동물원에 갑자기 뛰어들어 동물원의 비굴한 질서를 뒤흔드는 한 마리 야생동물"[36]이라고 표현한다.

그의 논리는 이러한 도시 내부의 해체 작업을 소시민의 삶으로 심상적 형상화하는 최승호로 귀결된다. 도시라는 편리하지만 거대한 문명이 가져다주는 폭력에 가까운 전횡에 맞서지 못하는 소시민의 삶에는 오직 경계심과 불안만 남게 된다. 이를 최승호는 "고슴도치라고 표현하였으며, 도시를 고슴도치의 마을이라고 표현하였다".[37] 각각의 시인들은 '쓰레기', '동물원', '고슴도치'를 도시의 매개적 기표 또는 상징 기표로 표상하고 있다. 이러한 상징기법을 통해 도시의 현실을 더욱 적나라하게 드러낼 수 있다는 사실을 이남호는 보여주고 싶었다. 따라서 결코 상상력에 따른 상

---

35 이남호, 앞의 책, 203쪽.
36 위의 책, 212쪽.
37 위의 책, 216쪽.

징주의가 현실과 동떨어진 방법이 아니라 오히려 날카로운 '메스'가 될 수 있다는 사실을 반증한다. 송제홍의 「시적 형식의 파괴와 다양성의 한 국면」은 이남호의 상징주의의 현실적 정당성이라는 전제를 바탕으로 실험적 형식의 작품을 예로 들며 시운동이 그간 지적받아 온 '난해성'을 옹호한다. 그는 서두에서 고전주의문학이 지향하는 예술의 형식성에 대한 권위를 인정할 수밖에 없었던 사정을 인정[38]하면서도 "예술만이 또한 파괴를 허용한다"[39]고 반론한다. 다만 '파괴'의 의미가 종래의 예술이 가진 미학적 특질을 해체하는 단순한 차원의 것이 아니라, "창조적 파괴"라는 개념을 통해 이해되어야 함을 주지한다. 그것은 예술이 지향하는 "이미 신비화된 현실의 지배와 기만의 도구로 전락한 기성의 언어와 이미지를 타파함으로써 커뮤니케이션의 새로운 형식을 발견하려는 진지한 시도"[40]를 의미하는 것이기도 하다. 이러한 시도는 문학의 총체성을 주장하는 변증법적 서술을 내세웠던 루카치의 이론을 비판함과 동시에 벤야민의 문예이론에 기댐으로써 타당성을 얻는다.

벤야민의 「파괴적 성격」을 살펴보면 '파괴'의 미학적 의미를 간결하게 유추할 수 있다. 가령 "파괴적 성격은 단 하나의 구호만 알고 있는데, 그것은 공간을 만드는 일이다. 그리고 파괴적 성격은 단 하나의 행동만을 알고 있는데, 그것은 공간을 없애는 일이다"[41]와 같은 언급은 시에 있어서 항상

---

38 "오랜 세월 동안 미적 조화의 이념과 그 전범으로서 아리스토텔레스의 은 절대적인 권위를 차지해 왔다. 그것의 가장 전형적인 예는 문예사조상의 고전주의다. 고전주의는 이성과 법칙에 근거한 합리적 세계관의 표현이다. 그러므로 고전주의 미학은 객관적이며 규범적인 질서의 미학이다." (앞의 책, 217쪽)
39 위의 책, 217쪽.
40 위의 책, 220쪽.
41 발터 벤야민(Walter Benjamin), 반성완 역, 『발터 벤야민의 문예이론』, 민음사, 1983, 27쪽.

전위적 위치에 있을 수밖에 없는 파괴적 시형을 만들어내는 새로운 담론의 (불)가능성을 잘 보여주는 표현이라 할 수 있다. 즉 파괴란 끊임없이 오해를 불러일으키지만 그 오해를 불식시키려는 특별한 노력은 하지 않음으로써, 그보다는 오히려 오해를 허용함으로써 가능해지는 것이다. 그렇게 하더라도 파괴적 성격은 역사적 인식을 가질 수밖에 없다. 그것은 존속하는 방법을 전혀 모르는 파괴적 성격임에도 불구하고 그 존재가 어디에서나 발현될 수 있는 힘이기에, "파괴적 성격이 가장 신빙성을 갖는 이유"[42]로 작용하기 때문이다. 송제홍이 벤야민의 이론을 빌린 까닭도 여기에 연유한다. 그가 의미 있다고 판단한 실험형식의 예시로 황지우, 박남철, 이성복, 최승자 등을 들었던 것은 나열한 시인들의 '파괴'가 시정신을 함의하지 못한 단순한 형태 변환에 그치지 않고 현실과 첨예하게 대립하고 있기 때문이다. 그들의 1980년대 시정신은 정치적, 역사적 압제가 양산한 과제에 대응하는 가장 공격적인 형태일 뿐만 아니라, 제도권에 이미 함몰된 기성문학에 '다양성'을 요구하는 국면에 가장 가까이 닿아 있다고 볼 수 있다.

송제홍은 이러한 '다양성'이라는 새로운 미적 태도만이 1970년대 문학에 대한 반성적 차원에서 기계적인 변증법으로 말미암아 분출된 1980년대 초 '시의 시대'에서 발견할 수 있는 유일한 성과[43]이자, 앞으로 나아갈 수 있는 조타수가 될 것으로 판단했다. 이와 같은 급진적인 해체시에 대한

---

42 발터 벤야민(Walter Benjamin), 반성완 역, 위의 책, 29쪽.
43 "80년대 초반 시의 시대라는 말과 더불어 제기 되었던 전 시대에 대한 나름대로의 반성과 비판 그리고 그것을 의욕적으로 넘어서고자 했던 갖가지 주의와 주장들은-그러나 사실 그것은 수사와 용어상의 풍성함에도 불구하고 전 시대에 대한 비판적 반성과 그것의 변증법적 통일 · 화해 · 종합이라는 관점에서 요약될 수 있다-후에 그 성취도야 어찌 되었든 일단은 불가피한 현상이었다고 할 수 있다"(송제홍, 앞의 글, 221쪽)는 그의 판단은 백낙청과 김현의 담론을 현실 제도적 상황에 의한 절충주의의 일환으로 비판하고 있음을 알 수 있다.

옹호론은 '시운동'이 초기에 보여주었던 극도의 상징주의가 서정시라는 이미 제도화 된 문학의 한 형식적 기법이었다는 점을 인정하는 자성의 목소리이기도 했지만, 그들의 '참여' 방식인 '상상력'이 조금 더 자유를 얻는 결과를 부여하는 것이기도 했다. 또한 비평을 통해 더욱 폭넓은 차원에서 다양한 미적 시도를 함의할 수 있는 장으로 작용하기도 했다.[44] 소략적인 차원이지만, 가령 시운동의 이 이후 행보가 장정일에서 안도현에 이르기까지 폭넓은 스펙트럼을 보여주게 되는 것, 그리고 '시힘' 동인과의 합동시집 『저녁 거리마다 물끄러미 청춘을 세워두고』문음사, 1989[45]를 통해 1980년대를 결산하는 것은, 이러한 전제가 방법론에 그치지 않고 적극적 실천으로 이어졌음을 알 수 있는 대목이기도 하다. 『시운동』의 세 번째 방법적 모색에 해당하는 정한용의 「노동시 연구」는 1980년대 초반 폭발적으로 양산되었던 노동시의 문제점을 구체적으로 제시한다. 문학의 현실참여의 당위성을 앞세운 민중문학론과 그 대표적 사례로 꼽히는 노동시는 『시운동』 전개과정에 있어 가장 치열하게 대립했던 '주의'의 구체적 사례가 아닐 수 없다. 그렇기 때문에 '시운동'은 자신들의 후반기를 노정

---

[44] "익숙한 것과 익숙하지 않은 것, 기지의 것과 미지의 것, 고유의 것과 낯선 것 사이의 이행을 도시는 조직한다. 도시가 양쪽 중 어느 한쪽으로만 치우쳐서, 즉 완전히 익숙한 것의 장소로만, 혹은 익숙하지 않은 것의 장소로만 여겨질 경우 도시는 위협받고 있는 것처럼 보인다." (마르쿠스 슈뢰르(Markus Schroer), 정인모·배정희 역, 『공간, 장소, 경계』, 에코리브르, 2010, 276쪽) 따라서 송제홍이 주장하는 시의 '다양성'의 본질적 의의는 한때 이방인으로 치부되었던 시운동이 점유한 새로운 문학장의 위치는 이방인과 매개하는 장소로 다시금 재조정하는 일에 있다.

[45] 이 시집의 표제는 기형도, 「질투는 나의 힘」(『현대문학』 3월호, 1989)의 한 구절이다. 동인으로서 함께 한 시인의 작고를 기리는 의미가 가장 크겠지만, 보편적으로 '문학과지성'의 아이콘으로 알려진 기형도의 史的 위치를 고려해봤을 때, 문학과지성과 시운동 동인이 친연하면서도 사뭇 달랐던 문학적 정치 구도를 살폈을 때, 추후 논의로 미루는 것이지만 이러한 흔적들은 시사하는 바가 적지 않다고 판단된다.

하는 가운데 민중문학론, 특히 노동시를 정치하게 지적하고 넘어가는 일은 운명적 과제였다. 다만 그것은 민족주의문학 진영의 공격으로부터 동인을 건사하기 위한 옹호론만이 이유는 아니었다.

오히려 정한용의 이러한 논의는 민중의 글쓰기로서의 한 소산인 노동시가 갖는 "앎의 위상학과 분배체계를 위협하는"[46] 정치성에 대한 본격적 탐구인 동시에 노동시가 미학적으로 가질 수밖에 없는 한계를 밝힘으로써 정치적 구도를 전복시키려는 시도로까지 볼 수 있다. 그는 노동시의 한계를 다섯 가지 항목에 걸쳐 지적한다. '① 언어에 대한 깊은 통찰의 부족, ② 윤리적 목적성으로 시를 오도한 잘못, ③ 소재주의나 구호주의의 극단으로 시를 몰아붙인 것, ④ 역사의식의 천착이 미흡했던 점, ⑤ 시의 언어에 의한 서정과 정서의 수용상황이 저조했던 점'이 그것이다. 1983년 채광석이 시운동의 작품을 두고 '현실과 유리된 구호적 감상주의'로 평가절하 했던 것을 떠올리면 그것을 그대로 노동시의 문제점에도 적용시킬 수 있다는 점에서 정한용의 지적은 시사하는 바가 크다.[47] 이 글에서 집중적으로 살펴보고자 하는 것은 바로 구도의 재조정 양상이다. "노동시의 대

---

46  천정환, 「서발턴은 쓸 수 있는가―1970~1980년대 민중의 자기재현과 '민중문학'의 재평가를 위한 일고」, 『민족문학사연구』 47, 민족문학사연구소, 2011, 237쪽.

47  정한용은 1989년에 『민족문학 주체 논쟁』(청하, 1989)이라는 책을 엮었다. 1980년대 민중문학론의 성패를 결산하고 1990년대 민족문학의 가능성을 타진하고 있는 이 책에서, 김명인・성민엽・정과리・최원식 등이 입을 모아 이야기하고 있는 것은 지식인과 노동자 / 농민 사이의 현실적 괴리를 봉합하지 않고 리얼리즘적 구호만 앞세웠던 것이 민중문학론의 성장을 저해한 가장 큰 요인이라는 성찰이었다. 이러한 반성으로 말미암아 주목 받는 동인 중 하나가 바로 '시운동'이었다는 점은 이 글에서 시사하는 바가 크다. 1980년대가 저무는 시기의 회고적 평가의 일문이기는 하지만, "『5월시』, 『시와 경제』, 『반시』, 『시운동』 등 시의 시대를 대표했던 동인지들"(김명인, 「지식인문학의 위기와 새로운 민족문학의 구상」, 정한용 편, 『민족문학 주체 논쟁』, 청하, 1989, 122쪽)이라는 김명인의 평가는 '시운동'이 1983년 채광석으로부터 받았던 평가와는 사뭇 다른 것이기 때문이다.

부분은 기존시인들에 의하여 쓰여지고 있"[48]다는 그의 언급은 민중문학론의 대표적인 좌표인 노동시가 시의 주체가 현실 주체와 상동하지 않은 점에서 오는 일종의 괴리를 여전히 돌파하지 못했다는 것을 의미한다. 다시 말해―그에 의하면 기존시인과 노동자시인, 다시 산업근로 지향 시인과 농촌지향 시인으로의 분화되는―노동시는 노동현장의 모순과 폭력, 현실의 주체들이 바라는 삶의 조건 등을 진실로 노래한다는 기본적 원리를 전제하지만, 애초에 그러한 문학 주체가 노동참여자가 아니라는 점에서는 단순한 구호주의, 소재주의에 빠질 수밖에 없었다. 즉, 예술의 엘리트주의를 극복함과 동시에 민중의 주체로 노동자를 호명하는 과정에서 노동자-되기[49]의 진정한 작업이 생략되었다고 보는 것이다.

한편 이러한 과정에서 시적 언어와 현실 언어를 매개하기 위한 언어의 성급한 변증법적 절충이 시의 본질적이면서도 보편적인 원리마저도 상실했다고 판단하기에 이른다.[50] 물론 정한용의 이와 같은 논의가 노동시를 비판하기에만 그치는 것은 아니었다. 말미에 그가 진술해놓은 "보이지 않는 거대한 손, 삶을 관류해 흘러가는 일반원리와, 언어의 표현을 어떻게 일치시키느냐 하는 것이 노동시에 주어진 가장 시급하고 커다란 과제"라는

---

48 정한용, 앞의 책, 『시운동』 제8집, 309쪽.
49 들뢰즈의 소수정치는 타자 '되기'를 기본 전제로 한다. '되기'란 단순히 타자의 모습을 흉내내거나 모방하는 것이 아니라 정서의 감각을 동일화함으로써 제도화된 영토의 경계를 해체하거나 타자를 그 장소 안으로 편입시킬 때 발생하는 일종의 충격을 바탕으로 하는 정치적 행동이다(질 들뢰즈·펠릭스 가타리(Gilles Deleuze·Pierre-Félix Guattari), 김재인 역, 『천개의 고원』, 새물결, 2001 참고).
50 물론 정한용은 노동시의 성과에 대해서도 형식해체 및 매체활용, 제3세계문학에의 탐구 등을 예로 들며 언급하고 있다. 가령 시운동과 동시대 동인 중 황지우, 김정환, 박노해 등이 참여한 '시와 경제'의 경우를 들 수 있는데, 이와 관련한 자세한 내용은 김예리, 「80년대 '무크문학'의 언어 풍경과 문학의 윤리―『시와 경제』와 『시운동』을 중심으로」, 『국어국문학』 169, 국어국문학회, 2014 참조.

대목을 곱씹어 살펴보면 그것은『시운동』초기의 '렌즈의 시학'과도 연관성이 있는 것이다. '시운동'이 "우리의 참여는 상상력"이라고 했을 때, 상상력이 상징계의 새로운 건설을 위한 하나의 방법론이었던 것처럼, 노동시 역시 이미 존재하는 상징계를 대상화하는 것에 그치지 않고 문학의 보편원리로서의 언어라는 존재, 인간의 보편원리로서의 현실세계라는 존재를 본질적으로 해체하고 새롭게 종합하는 과정에서 의미를 찾을 수 있을 것이라는 판단이 전제돼 있는 것이다. 상론한『시운동』8의 언어공학이 보여주는 세 가지 방법론을 종합해봤을 때, 그것은 결코 변증법적 사유에 의한 절충론이 아니다. 문학은 언어의 장막을 벗겨낼 수 없으며, 인간은 현실세계로부터 도주할 수 없다는 그들의 철저한 인식은 당대 문학적 이념과 주의에 쉽게 포섭되지 않는 것이었다. 그것은 오히려 새로운 공간을 만들어내는 일이었다. 1980년대 사회풍경의 중심으로 기능했던 도시에서 그들은 한 발자국도 벗어나지 않았다. 그들이 보여주는 생태이미지나 혼곤한 꿈의 해석, 상상력의 가능성은 자연으로 침잠하는 나르시시즘이 아니라, 큰 맥락에서 보았을 때 참여와 순수의 대립이 여전한 기성문학 담론의 정치적 구도에 균열을 발생시키는 새로운 공간으로서 '시운동'을 이해하게 만든다.

물론 이러한 '시운동'의 견유주의자로서의 정체성을 두고 한 가지 주목해야 할 혐의가 있다면, 그것은 그들의 존재를 호명한 실질적 존재가 민중문학론의 주체였다는 점, 그래서 태생부터 1980년대 문학의 피동사로 기능할 수밖에 없었다는 점이다. 그러나 역설적이게도 이러한 민중문학론 주체의 비판으로 인해, 기저에 존재했던 '이방인'의 등장은 참여 또는 순수의 공동체가 각각 갖는 문학장의 획일성이라는 모순에 적극적으로 반기를 드는 국면으로 전환되었다. 슈뢰르의 "참여가 원칙이 되고, 부정, 일

탈, 접촉 기피가 어렵게 되면 도시성은 위험에 빠진다"[51]는 언급처럼, 문
학 이념의 공동체화는 문학장이라는 공간을 경직시키는 결과를 가져오게
된다. 그렇기 때문에 문학장의 실질적인 견유주의를 표방했던『시운동』8
1편의 시들을 보면 이방인의 목소리가 자주 목격된다.

> 나는 즐거운 노동자, 항상 조용히 취해 있네
>
> 술집에서 나를 만나려거든 신성한 저녁에 오게
>
> 가장 더러운 옷을 입은 사내를 찾아주오
>
> 사냥해온 별
>
> 모든 사물들의 圖章
>
> 모든 정신들의 장식
>
> 랄라라, 기쁨들이여! 過誤들이여! 겸손한 친화력이여!
>
> **기형도, 「집시의 詩集」 부분**

기형도의 「집시의 시집」은 "어른"과 "아이들", 그리고 "사내"의 관계를
통해 제도권에 속해 있는 이방인의 '이상행동'이 구성원들로 하여금 어떻
게 경계심과 관심을 촉발시키는지 잘 보여준다.[52] 이 시는 "사내"를 경계
하는 어른들과 그에게 포섭된 아이들의 이미지를 병치함에 따라 이방인
으로서 "사내"가 무관심의 주체이자 일탈의 주체인 견유주의적 태도를 일

---

51 마르쿠스 슈뢰르(Markus Schroer), 앞의 책, 277쪽.
52 기형도의 작품 중, 「집시의 시집」을 비롯해 「專門家」, 「소리의 뼈」 등에서, 이러한 이방인에
   의한 '일탈성', '비일상성'을 통해 구현되는 유토피아적 이미지가 자주 출몰하는데, 이와
   관련해서는 졸고, 「기형도 시의 유토피아 특징 연구―비일상의 반복을 중심으로」, 『高凰論
   集』 64, 학술단체협의회, 2019 참조.

관함에도 불구하고 그 존재가 발각되는 즉시, 정치적인 존재로 변모한다는 사실을 보여준다. 이러한 이방인의 유폐된 내면이자 '판도라의 상자'와도 같은 정치적 이미지는 박기영의 시에서도 잘 드러난다. 「꿈꾸는 房」이나 「도대체 이 房은 어디에 있었던가?」, 「전화에 대한 네 개의 이야기 3」과 같은 시를 살펴보면 "방" 내지는 "집"이라는 개별성이 짙은 장소를 앞세워 그 속에 존재하는 혹은 그 장소를 창조한 주체의 내면의식을 드러내는 한편, 존재의 부재를 끊임없이 이미지화 한다. 종교적 이미지가 강하기는 하지만 이를 통해서도 알 수 있는 사실은 현실사회에서 유폐된 존재에 대한 그리움의 정서가 유관하고 있다는 점이다.

시운동 초창기 동인에 해당하는 남진우의 경우에서도 "몽상, 몽상적, 누가 우릴 이 좁은 반도에 유폐시켰나요"「몽상가」, 40쪽라는 시구처럼 '억제된 존재'에 대한 그리움 내지는 괴로움의 정서를 직접적으로 표출하고 있는 서정적 이미지를 종종 목격할 수 있다.

> 삶이 어두운 길이라면
> 어두운 길을 걷는 우리는
> 어떤 꿈을 꾸어야 되는 것일까.
> 쓸쓸한 이미지로 행복 따위가
> 불빛처럼 명멸하면 더욱 더 어두워지는 법.
> 그래, 삶은 애초, 반짝이지 않는지모른다.
> 병든 말처럼 고삐에 묶이어
> 몸져 눕는 불명不明인지도 모른다.
>
> 박주택, 「고독한 산보자의 꿈」 부분

한편 「고독한 산보자의 꿈」처럼 "공허한 결집"을 고독한 눈빛으로 바라보는 타자의 시선에서 새로운 의미를 추출하는 경우도 있다. 이 견유주의자들에게 현실세계의 군상은 "피곤한 듯이 걷는" 사람들의 행렬로 이미지화 되어 있다. 그러나 이 이미지는 괴로움으로 내면화되기도 하지만 결과적으로는 사회의 일반 현상을 묵시해야 하는 운명적 태도를 지연시키는 서정의 이미지이다. 다시 말해 그들에게 있어 공동체의식은 애초에 '자유'라는 느슨하지만 분명한 경계선을 전제하고 있는데, 이러한 견유주의자의 운명을 징후적으로 감각하게끔 만드는 이미지로 활용되고 있는 것이다. 이는 적극과 소극의 차원이 아니라, 그들이 시와 인간을 구분하였듯, 개별성을 인정하고 무관심의 효용을 극대화할 때 보편원리와 현실세계의 참상이 모습을 드러낸다는 사실을 주지한 것이라 볼 수 있다. 이렇듯 이방인의 존재를 입각시키는 서정시류가 관조되고 있는 가운데, 장정일의 서사시나 극시, 정한용의 시적 콜라주와 해체 형식과 같은 실험은 앞서 송제홍의 시적 '다양성' 원리를 실천하는 일환으로 보인다.

「p.13~25」장정일가 보여주는 시형식의 생경함이나, 「현상과 인식계간」정한용[53]에서 나타나는 파편화 된 현실의 이미지 수집 및 해석은 파격적인 해체주의에 초점을 맞춘 작품이라기보다는 시의 언어가 미래에 향할수록 다양할 수 있고 또 다양해져야 한다는 그들의 의식과 나름대로의 실천을 보충한다는 의미에 초점을 맞췄다고 보는 것이 합당하다. 종합하면, 1986년에 이르러서야 '시운동'은 "마치 1980년대 시단의 암세포라도 되는 양 취급"[54]당하면서도 끊임없이 문학의 참여적 의미에 복무하라는 정

---

53 해체형식을 직접적으로 느낄 수 있도록 사진으로 인용을 대신 하였음을 밝힌다.
54 남진우, 「「시운동」과 1980년대」, 『저녁 거리마다 물끄러미 청춘을 세워두고』, 문음사,

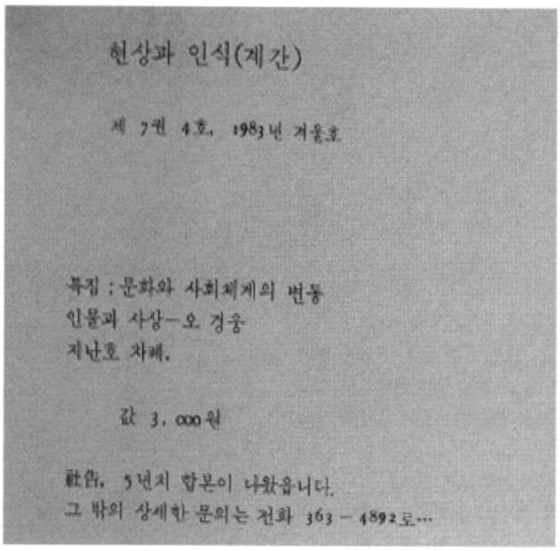

〈그림 1〉 정한용, 「현상과 인식(계간)」 부분

〈그림 2〉 장정일, 「p.13~25」 부분

치적 목소리에 대해, '언어공학'의 방법론과 그 실천을 제시하며 자신들의 '자리'를 외연적으로도 정제했음을 살필 수 있다. 다시 말해 1980년대 문학장의 정치적 역동성은 모두가 주지하는 바이지만, 남진우의 지적처럼 "「시운동」/「시와 경제」를 순수/실천의 낡은 이분법적 도식에 적용시키는 자세가 탐탁치 않기"로서니와, "의식의 존재구속성이 자동적으로 「시운동」의 성격 및 진로에 대한 면죄부가 되지는 않으며 충분한 설명 또한 되어주지 않는다"[55]는 말은 문학장에서 그들이 점유한 파이가 분명 존재했다는 사실을 뒷받침한다. 『시운동』의 파이는 1980년대 문학 담론을 형성함에 있어 분명한 균열을 일으킨 정치주체로서의 한 룸room을 보여주고 있다. 그것의 의의는 "외연의 확대를 통한 새로운 문학적 출구의 모색에 성공한 것으로 보아야 한다"[56]는 박철화의 평가로 요약할 수 있다. 이후 그들의 시적 행보는 암중모색이 아닌 1990년대 시문학의 젖줄이 되는 방향

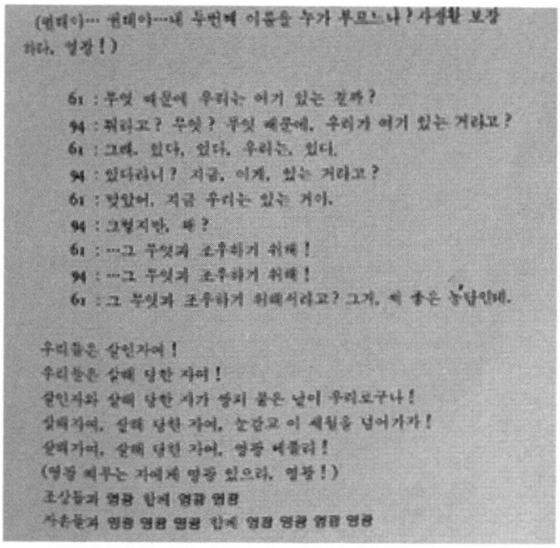

1989, 152쪽.

**55** 위의 글, 153쪽.

**56** 박철화, 앞의 글 참조.

으로 전개된다. 견유주의자로서 시적언어의 '다양성'에 자율성을 적극적으로 부여함과 동시에 그들 스스로도 이방인의 포즈를 자처했던 것이다.

## 5. 나가며 '이방인'들의 '운동장運動場'

『시운동』의 견유주의 정신과 정치주체로서의 교집합은 잘 드러나지 않는 난맥상이었다. 대학가를 중심으로 동인 활동이 우후죽순 생겨나던 1980년대 초반, 타 동인들의 평범한 사정과 다를 바 없이 등장한 『시운동』은 문학의 참여의식을 강조하던 민중문학 진영의 공격을 유독 직격으로 받았다. 그 이유야 어찌 되었건 그러한 사실 자체가 시운동의 전반기를 형성함에 있어 상당한 영향을 끼쳤다는 점은 부인할 수 없다. 그러나 시운동은 절충주의에 협력하지도 문학주의의 반성적 개각에 쉬이 수렴되지도 않는 특징을 보여준다. 4·19 세대로 입지를 견고히 한 기성의 문단권력과 5·18민주화운동으로 더욱 강력해진 공동체의식이 그들을 부정적 존재로 호명함에 말미암아 일종의 콤플렉스를 내면화할 수밖에 없었던 사정을 용인하더라도, 『시운동』은 시종 시라는 예술 장르와 인간이라는 존재 체제가 갖는 보편 원리를 탐구하고 그들의 시학과 접맥할 수 있는 다양한 시적 시도를 보여주며 1991년을 끝으로 문학사에서 발전적으로 해체되었다.

꾸준히 외연을 확장한 그들은 순수 / 참여라는 이분법적 논리로는 설명되지 않는 다원적 차원의 공간을 형성한다. 그것을 이 글은 이방인의 '運動場'이라 표현해보고자 한다. 다소 가벼워 보일 수 있다는 우려도 적지 않지만, 운동장은 개방된 공간이면서도 느슨한 형태로 공동체적 결속을 지향하는 전이공간의 표본이다. 공간이론의 일종인 전이공간은 내부와 외연을 연결하는 징후적 공간으로 항시 역동성을 담보한다. 이것은 『시운동』이 보여준 시적 보편원리와 다양성이라는 다소 상충되는 양간의 성질을 종합할 수 있는 상징적 표현으로 적합하다. 『시운동』은 자신들의 정체성을 이방인으로 판단하고 끊임없이 경계하고 공동체의식을 요구받던 1980년대 문학의 재생산적인 기성 담론에 냉소적이면서도 그들만의 방식으로 문학을 정당화하고 주변을 포섭하는 방식으로 나아간 정치주체였다.

이같은 결繡은 이 글의 의의와 한계를 동시에 함의하는 것이기도 하다. 시운동 동인의 후반기 작업을 통해 그들이 내었던 문학적 '목소리'가 갖는 정치적 양상을 새롭게 조망하고자 했음에도 불구하고, 여전히 한 가지 질문이 남기 때문이다. 이방인의 존재를 존속하는 가치이자 요소가 '무관심'이자 '관계의 해체'라면 그들은 다시 본래의 자리로 돌아가기 위해 상론한 가치를 이행해야 한다는 의무를 떠안게 된다. 따라서 본 연구의 완전한 결론은 그 의무의 이행 과정을 추적한 끝에야 비로소 날 것으로 본다. 정치적 상황이 일갈 해소되고, 『시운동』을 비롯한 무크문학의 열기와 자취가 사라진 자리에 들어선 1990년대 문학이 갖는 정체성과 사적史的 위치에 대한 연구는 개별론적 성격이 강하다. 그리고 이 같은 통시론적 공백은 역설적으로 1990년대 현역이자 중견시인으로 자리 잡은 『시운동』 출신의 시인들에 대한 시적 탐구와 작품의 정치한 분석의 필요성에 대한 방증이며 1980년대와 1990년대 문학의 (불)연속성을 탐구할 수 있는 이정표가 될 것이다.

# 참고문헌

**기본 자료**
『시운동』제1부,『시운동 2-꿈꾸는 시인』,『시운동 3-그리고 우리는 꿈꾸기 시작하였다』,
    『시운동 4-그 저녁 그 나라로』,『시운동 8-언어공학』제1·2부.

**단행본**
고운기 외,『저녁 거리마다 물끄러미 청춘을 세워두고』, 문음사, 1989.
기형도,『입 속의 검은 잎』, 문학과지성사, 1989.
박선욱,「1980년대 민족문학의 좌장(座長) 채광석」,『웹진 대산문화』가을호, 2010.
백낙청,「민족문학의 새로운 고비를 맞아」, 백낙청 편,『한국문학의 현단계』2, 창작과비평
    사, 1983.
정한용,『민족문학 주체 논쟁』, 청하, 1989.
채광석,「부끄러움과 힘의 부재-『시운동』과『시와 경제』에 대하여」, 백낙청 편,『한국문학
    의 현단계』2, 창작과비평사, 1983.
가스통 바슐라르, 김병욱 역,『촛불』, 마음의숲, 2017.
질 들뢰즈·펠릭스 가타리, 김재인 역,『천개의 고원』, 새물결, 2001.
자크 라캉, 맹정현·이수련 역,『자크 라캉 세미나』11, 새물결, 2008.
마르쿠스 슈뢰르, 정인모·배정희 역,『공간, 장소, 경계』, 에코리브르, 2010.
미셸 푸코, 오트르망 심세광·전혜리 역,『담론과 진실』, 동녘, 2017.
발터 벤야민, 반성완 역,『발터 벤야민의 문예이론』, 민음사, 1983.

**논문**
강동호,「반시대적 고찰-1980년대 '문학과지성'과『우리 세대의 문학』」,『상허학보』52,
    상허학회, 2018.
고봉준,「80년대 문학의 전사(前史), 포스트-유신체제문학의 의미-1979.12.12부터
    1983년까지의 비평 담론」,『한민족 문화연구』50, 한민족문화학회, 2015.
김문주,「1980년대 무크지운동과 문학장의 변화」,『한국시학연구』37, 한국시학회, 2013.
_____,「무크지 출현의 배경과 맥락-『마산문화』를 중심으로」,『한국근대문학연구』30,

한국근대문학회, 2014.

김예리, 「80년대 '무크문학'의 언어 풍경과 문학의 윤리-『시와 경제』와 『시운동』을 중심으로」, 『국어국문학』 169, 국어국문학회, 2014.

김은하, 「1980년대, 바리케이트 뒤편의 성(性)전쟁과 여성해방문학운동」, 『상허학보』 51, 상허학회, 2017.

김주환, 「사회 비판과 민주주의의 가능성 조건으로서 푸코의 파레시아(parrhesia) 윤리에 대한 비판적 검토」, 『경제와 사회』 121, 비판사회학회, 2019.

박철화, 「상상력과 현실 사이-80년대를 관통한 시 동인 '시운동'의 자리」, 『웹진 대산문화』 여름호, 2010.

성민엽, 「전환기의 문학과 사회」, 『문학과사회』 봄호, 문학과지성사, 1988.

이선옥, 「1980년대 여성운동 잡지와 문학논쟁의 의미-『또하나의 문화』, 『여성』을 중심으로」, 『여성문학연구』 43, 한국여성문학학회, 2018.

임세진, 「문학(성)의 민주화와 민중 언어의 실천-대전지역 무크지 『삶의 문학』을 중심으로」, 『겨레어문학』 59, 겨레어문학회, 2017.

정과리, 「민중문학론의 인식 구조」, 『문학과사회』 여름호, 1988.

정효구, 「90년대 초의 동인활동 불운한 세대의 자화상-「21세기 전망」, 「시운동」, 「슬픈시학」」, 『작가세계』 3, 1991.

천정환, 「서발턴은 쓸 수 있는가-1970~80년대 민중의 자기재현과 "민중문학"의 재평가를 위한 일고」, 『민족문학사연구』 47, 민족문학사학회·민족문학사연구소, 2011.

홍성식, 「1980년대 민족·민중문학 논쟁 연구」, 『새국어교육』 78, 한국국어교육학회, 2008.

# 필자 소개(수록순)

**박주택** 朴柱澤, Park Ju-taek
경희대학교 국어국문학과를 졸업하고, 동대학원을 졸업했다. 1986년『경향신문』신춘문예로 등단하였으며 시집『꿈의 이동 건축』,『방랑은 얼마나 아픈 휴식인가』,『사막의 별 아래에서』,『카프카와 만나는 잠의 노래』,『시간의 동공』,『또 하나의 지구가 필요할 때』, 시선집『감촉』등이 있으며, 연구서『낙원회복의 꿈과 민족정서의 복원』,『반성과 성찰』,『현대시의 사유 구조』등이 있다. 현재 경희대학교 국문과 교수로 재직 중이다.

**유성호** 柳成浩, Yoo Sung-ho
연세대학교 국어국문학과를 졸업하고, 동대학원에서 박사학위를 받았다. 1999년『서울신문』신춘문예에 문학평론으로 등단했다. 주요 저서로『한국 현대시의 형상과 논리』,『상징의 숲을 가로질러』,『침묵의 파문』,『한국 시의 과잉과 결핍』,『현대시 교육론』,『근대시의 모더니티와 종교적 상상력』,『정격과 역진의 정형 미학』,『다형 김현승 시 연구』등 다수가 있다. 김달진문학상, 대산문학상 등을 수상하였다. 서남대, 한국교원대를 거쳐 현재 한양대학교 국어국문학과 교수로 재직 중이며 인문대학 학장을 역임했다.

**박성준** 朴晟濬, Park Seung-jun
경희대학교 국어국문학과를 졸업하고, 동대학원에서 「일제 강점기 저항시의 낭만주의적 경향 연구」(2018)로 박사학위를 받았다. 주로 식민지 근대시의 낭만주의적 경향과 모더니즘 시 특징 연구에 주력해왔으며, 최근에는 전환기 문화계와 좌담회 담론 연구로 관심을 확장하는 중이다. 2013년『경향신문』신춘문예 문학평론에 당선되어 비평 활동을 시작했고, 편저로『구자운 시 전집』,『김우종 수필선집』과 공저『한국현대시의 공간 연구』1, 2가 있다. 현재 경희대, 군산대, 남서울대, 서울과학기술대, 우석대, 충남대학교 등에 출강 중이다.

**이형권** 李亨權, Lee Hyeong-kwon
전남대학교 국어국문학과를 졸업하고, 동대학원에서 박사학위를 받았다.『녹두꽃』,『창작과 비평』,『사상문예운동』에 시를 발표하며 문단활동을 시작했다. 주요 저서로『타자들, 에움길에 서다』,『한국시의 현대성과 탈식민성』,『발명되는 감각들』등 다수가 있다. 현대시 우수작품상, 편운문학상 등을 수상하였다. 현재 충남대학교 국어국문학과 교수로 재직 중이며,『경향신문』,『한국일보』,『한겨레신문』등에 칼럼을 연재하며 문학평론가로도 활동하고 있다.

**송기한** 宋起漢, Sohng Ki-han
서울대학교 국어국문학과를 졸업하고, 동대학원에서 박사학위를 받았다. 주요저서로『한국 전후시와 시간의식』,『문학비평의 욕망과 절제』,『한국 현대시의 서정적 기반』,『시의 형식과 의미의 이해』,『21세기 한국시의 현장』,『비평과 인식』,『서정의 유토피아』,『현대문학의 정신사』등 다수가 있다. 시와시학 평론상, 대전시문화상 등을 수상하였다. UC BERKELEY 객원교수를 거쳐 현재 대전대학교 국어국문학과 교수로 재직 중이다.

**오형엽** 吳瀅燁, Oh Hyung-yup
고려대학교 영문과를 졸업하고, 동대학원 국문과에서 석사와 박사학위를 받았다. 1994년 『현대시』신인상, 1996년 『서울신문』신춘문예 평론부문 수상으로 등단했다. 주요 저서로 『한국 근대시와 시론의 구조적 연구』,『현대시의 지형과 맥락』,『현대문학의 구조와 계보』,『문학과 수사학』,『한국 모더니즘 시의 반복과 변주』등이 있다. 편운문학상, 김달진문학상 등을 수상하였다. 고려대학교 국문과 교수로 재직하고 있으며 문학평론가로 활동 중이다.

**조강석** 趙强石, Cho Kang-sok
연세대학교 영문과를 졸업하고, 동대학원 국문과를 졸업했다. 2005년 『동아일보』신춘문예로 등단했다. 주요 저서로 평론집 『이미지 모티폴로지』,『경험주의자의 시계』,『아포리아의 별자리들』등이 있고, 연구서로 『비화해적 가상의 두 양태』등이 있다. 김달진 젊은평론가상, 현대문학상을 수상했다. 현재 연세대학교 국어국문학과 교수로 재직 중이며, 계간 『문예중앙』편집위원으로 활동하고 있다.

**김태형** 金泰亨, Kim Tae-hyeong
경희대학교 국어국문학과를 졸업하고, 동대학원에서 박사학위를 받았다. 주요 논저로 「황동규 초기 시 내부 공간 변모에 대한 시선 연구」, 「이수이 시론을 통한 『三四文學』의 '오리지날리티' 분석」 등이 있다. 현재 경희대학교 후마니타스칼리지에 출강하고 있다.

**최민지** 崔悶智, Choi Min-ji
추계예대 문예창작학과를 졸업하고, 경희대학교 대학원에서 국어국문학과를 수료했다. 주요 연구로 「『新時代』와 총후부인, 일제 강점기 여성이라는 좌표－모윤숙의 발표작을 중심으로」, 「1980년대 『문학과지성』의 공간과 아우라－『우리 세대의 문학』에서 『입 속의 검은 잎』까지」, 「AI의 감성분석 기법을 활용한 문학사 연구에 대한 시론(試論)－해방기 문단과 시대의 감정」 등이 있다.

**김웅기** 金雄基, Kim Woong-gi
대구대학교 국문과를 졸업하고 경희대학교 대학원 국문과에서 석사와 박사학위를 받았다. 주요 연구로 「김수영 시의 변증법적 공간 연구」, 「윤곤강 시 연구」, 「동경유학생 동인지 『創作』의 아방가르드의 의미 변용과 문예전략 연구」, 「조선의 헤테로토피아로서 '白潮時代' 연구」 등이 있으며 공저로 『한국문학사와 동인지문학』,『인공지능과 문학의 미래』 등이 있다. 우리문학회학술상, 백조학술논문상을 수상했다.